LA MEILLEURE D'ENTRE NOUS

Après des études d'anglais à Oxford, Sarah Vaughan s'est consacrée au journalisme. Elle a travaillé pendant onze ans au *Guardian* avant de publier *La Meilleure d'entre nous*. Elle vit près de Cambridge avec son époux et leurs deux enfants. Son deuxième roman, *La Ferme du bout du monde*, a paru aux éditions Préludes en 2017.

SARAH VAUGHAN

La Meilleure d'entre nous

TRADUIT DE L'ANGLAIS (ROYAUME-UNI) PAR ALICE DELARBRE

LE LIVRE DE POCHE

Titre original :

THE ART OF BAKING BLIND

ISBN : 978-2-253-07081-8 – 1re publication LGF

Pour Ella, Jack et Phil

Avec amour

« Tout se disloque. Le centre ne peut tenir.
L'anarchie se déchaîne sur le monde [...]. »

W. B. Yeats, *La Seconde Venue*[1].

« Je suis sincèrement convaincu que les gâteaux rendent notre existence meilleure. »

Dan Lepard, *Short & Sweet*[2].

1. In *Anthologie bilingue de la poésie anglaise*, trad. d'Yves Bonnefoy, Gallimard, « Bibliothèque de la Pléiade », 2005. (*Toutes les notes sont de la traductrice.*)

2. Célèbre pâtissier australien installé en Angleterre et ayant publié plusieurs livres de recettes, comme celui dont est tirée cette citation.

PROLOGUE

Avril 1964

Imaginez la maison de vos rêves : le pavillon d'un garde-chasse ou une immense ferme pleine de recoins, aux murs festonnés de glycine, aux briques chauffées par le soleil. Passez au jardin : des abeilles enivrées par le nectar des roses trémières, l'air moiré par l'été. Un pommier bruisse et laisse tomber quelques fruits précoces.

Maintenant représentez-vous la même bâtisse en pain d'épices, les flancs légèrement dorés, le glaçage à la royale qui ourle le toit ponctué de bonbons. Plantez des sucres d'orge dans les parterres de fleurs, arrosez de vermicelles, pavez de pastilles en chocolat. Reculez et admirez cette merveille miniature. La maison de vos rêves est aussi un en-cas dont vous ne ferez qu'une bouchée !

Kathleen Eaden pose son stylo et se mordille la lèvre inférieure, mécontente. Ce n'est pas ce qu'elle voulait écrire.

Elle place sa création par terre et s'allonge devant à plat ventre, sa jupe en tweed remontée sur ses longues jambes écartées comme une petite fille. Le magnifique tapis d'Axminster lui procure du réconfort. Relevant sa taille fine, elle enfonce ses hanches un peu plus profondément dans l'épaisse laine douillette.

En appui sur les coudes, elle observe son œuvre et hume les parfums de Noël : gingembre, cannelle, mélasse raffinée, sucre muscovado. Des zestes d'orange. Un soupçon de girofle. Les tuiles du toit sont saupoudrées de sucre et si elle tend le bras, elle pourra, très délicatement, redresser le heurtoir en forme de cœur qui a glissé sur le glaçage encore mou. Voilà qui est mieux. Grâce à son petit geste précis, le cœur se retrouve au bon endroit, maintenu en place par le mélange d'eau et de sucre.

Il n'est pas encore parfait, cependant, ce délice kitsch auquel elle a consacré les quatre heures qui viennent de s'écouler. Les tuiles sont de guingois et les trous pour les fenêtres devraient être mieux alignés. Elle s'approche un peu plus près. Des rayons de lumière s'y infiltrent et disparaissent dans l'obscurité du pain d'épices. Oh, mais quelle erreur d'écolière ! Elle récupère son stylo. « Utilisez une règle pour positionner vos fenêtres. » À moins qu'il ne faille prévoir des meneaux ? Elle remue les lèvres en silence tout en couchant sur une feuille les instructions pour les lectrices de *Home Magazine*. Sa main file si vite qu'elle froisse le beau papier crème. Son écriture n'en est pas affectée, elle : les boucles gracieuses tracées à l'encre Quink bleu roi se font la course.

Kathleen relit ce qu'elle vient de noter. Elle n'a pas encore réussi. Pas réussi à cerner la raison de son amour pour les maisons en pain d'épices, alors que leur confection ne répond à aucune logique pratique. Elle tente de faire le vide dans son esprit, de repousser l'angoisse du délai à respecter. Les accords joyeux du dernier tube des Beatles résonnent dans son crâne, la mélodie, entraînante, est entêtante. Les fameux Fab Four, les quatre fabuleux, chantent qu'ils ne s'intéressent pas beaucoup à l'argent[1]. Et même si, à vingt-sept ans, elle est trop vieille pour tomber sous le charme de ces garçons aux cheveux longs, elle se laisse un instant distraire par la légèreté de la chanson.

Elle doit s'y remettre. Se baissant vers la construction, elle jette un coup d'œil par les fenêtres. Peut-être a-t-elle adopté le mauvais angle d'approche ? Pourquoi Susan, sa nièce de six ans, aime-t-elle tant ça ? Et qu'en est-il de la petite fille de six ans toujours présente en Kathleen ?

Une maison en pain d'épices est davantage que la somme de ses parties : plus que des bonbons et du pain d'épices assemblés grâce à un glaçage à la royale – le blanc d'œuf pour le brillant, le sucre glace pour la solidité. Il y a quelque chose de fantastique dans cette construction de conte de fées…

Tout à coup, la réponse est là.

Des larmes lui brûlent les yeux. Elle les chasse d'un battement de paupières. Pas maintenant. Elle n'a pas le temps. Elle doit finir son article. Respire profondément, s'intime-t-elle : inspire sur deux temps, expire sur cinq ; inspire sur deux, expire sur cinq.

1. « I don't care too much for money » (*Can't buy me love*, 1964).

Elle s'accroupit, soulève la maison pour la poser sur son bureau, puis range des papiers afin de s'occuper. Une tasse de Earl Grey refroidit sur le plateau et elle la renverse presque en voulant l'attraper. L'apitoiement est toujours là, un nœud si serré qu'il doit être visible à travers son étroite cage thoracique. Elle tente de le chasser avec une plus grande gorgée de thé. Encore là ? Oui, évidemment. Il ne disparaît jamais pour de bon, toujours disposé à l'étouffer. Mais ça n'est pas possible. Elle doit se ressaisir.

Il reste un bonbon à la réglisse dans le paquet, elle le laisse fondre contre son palais. La douceur du sucre pénètre ses papilles avant de couler dans sa gorge. Insuffisante bien que distrayante. Elle avale une autre gorgée de thé. Voilà, ça va mieux.

« La reine de la pâtisserie, dont beaucoup envient la silhouette » ne peut se comporter ainsi, n'est-ce pas ? La formule, concotée par le mensuel *Harper's*, suscite en général un sourire narquois sur ses lèvres. Aujourd'hui, pourtant, elle s'efforce de prendre le compliment pour argent comptant. Ses mains se portent à sa taille et défroissent sa jupe tandis qu'elle se redresse. Ses pouces s'emboîtent dans les creux de ses hanches. Peut-être y a-t-il certains avantages, après tout…

Elle se cale dans son fauteuil et lisse la feuille. Si elle parvient à ignorer la tristesse qui lui ronge le ventre, elle viendra peut-être à bout de cet article. Elle renifle avec conviction et s'applique à relire son dernier paragraphe. Les mots se brouillent et tanguent.

Oh, pour l'amour de Dieu, Kathleen ! Dans un sursaut de colère, elle décapuchonne son stylo à plume et, résolue à oublier les larmes qui, bien malgré elle, lui piquent encore une fois les yeux, Kathleen Eaden se met à écrire.

Gâteaux

Les gens m'interrogent souvent sur le secret de la pâtisserie. Dois-je vous le révéler ? Il n'y en a pas. N'importe qui peut faire des gâteaux à condition de maîtriser quelques principes de base et de suivre, du moins avant d'avoir fait ses preuves, la recette à la lettre. Ce respect n'est jamais aussi crucial que dans la pâtisserie. Un écart dans le réglage de la température du four ou dans la mesure des ingrédients, une farine mal tamisée, une préparation trop peu aérée, et votre génoise fera triste mine. Bien exécutés, ces gestes vous permettront facilement de réaliser le plus délicat des gâteaux.

Les principes de base, donc : utilisez toujours des œufs à température ambiante et du beurre ou de la margarine en pommade. Utilisez de la farine levante, tamisez-la pour l'aérer et incorporez-la toujours progressivement pour que la préparation reste légère. Préparez toujours vos moules avant de commencer la recette et préchauffez votre four. Enfournez les moules avec délicatesse et refermez la porte aussi doucement que si un nourrisson dormait juste derrière. Et ne vérifiez jamais l'avancée de la cuisson tant que les deux tiers du temps, au moins, ne sont pas déjà écoulés.

Une fois vos deux génoises dorées sorties du four, laissez-les reposer une à deux minutes, puis démoulez-les.

Placez-les ensuite sur une grille afin de permettre à l'air de circuler. Quand elles ont refroidi, étalez une couche de confiture de choix sur le dessus de la première, que vous recouvrirez avec la seconde. Saupoudrez de sucre glace et servez avec un thé de l'après-midi.

Pour être irréprochable, la génoise victorienne doit être légère et humide, embaumer les œufs frais et la vanille. Un péché qui demeure mignon. Une part de ce gâteau, fourré avec de la confiture de framboises ou, en été, de crème fouettée et de fraises tout juste équeutées, est un plaisir quotidien auquel chacun peut se sentir autorisé. Il suffit de trois œufs, de cent soixante-dix grammes de chacun des autres ingrédients – sucre, beurre ou margarine et farine levante –, pour que ce paradis dans un moule à gâteau soit à votre portée.

Kathleen Eaden, *L'Art de la pâtisserie*, 1966.

1

Janvier 2012

Après avoir soufflé sur une vitre glaciale de la porte-fenêtre, Vicki Marchant y trace avec application un cœur. Une grosse goutte de condensation s'en échappe et elle la retient du bout du doigt. Puis elle écrit un A, comme Alfie. La lettre dégouline à son tour et Vicki essuie le carreau doucement, épongeant l'humidité avec des feuilles d'essuie-tout.

Je dois devenir folle, pense-t-elle. Ça ou je suis vraiment très malheureuse. Dehors, des grêlons martèlent les brins d'herbe gelés avec un bruit de roulement à billes.

Oui, bon, c'est difficile d'être joyeuse en janvier. Le bonheur de Noël – démultiplié par le regard émerveillé d'Alfie, trois ans – a brutalement disparu, remballé avec les décorations (cette année des poires et des perdrix dorées, des chérubins rococo, des stalactites en verre et des étoiles).

Janvier – ou plutôt ce maudit janvier, ainsi qu'elle a tendance à le qualifier en son for intérieur – n'est qu'abstinence, pénitence et moralisation à tous les étages. Ainsi que l'illustrent ses amis, s'astreignant tous à un mois sans alcool, sans laitage et sans gluten. Personne n'accepte d'invitation à dîner en janvier. Et si elle réussit à convaincre la mère d'un des copains de son fils de partager un déjeuner, c'est une affaire frugale : soupe aux brocolis sans le stilton qui traîne depuis Noël. Et toute offre de mignardises maison – stollen, florentins ou tartelettes aux fruits – est écartée sans appel.

— Non, vraiment, je ne peux pas, a insisté hier sa voisine, Sophie, lorsque Vicki lui a présenté une boîte remplie de petits gâteaux.

Elle paraissait au bord de la panique, comme si son hôtesse risquait de les lui faire avaler de force.

Ce n'est pas cette humeur de diète généralisée qui lui pèse le plus mais ce sentiment de temps suspendu. Les températures inférieures à zéro interdisent à Alfie de courir dans le jardin et Vicki ne peut pas l'emmener tous les jours à l'aire de jeux. Sans le plaisir de la neige ou d'un rayon de soleil, « le grand gel », ainsi que l'ont surnommé les médias, leur impose au quotidien de dégivrer la voiture et de saler les allées, de trouver assez d'épaisseurs de vêtements à enfiler et de supporter les pleurnichements d'Alfie si, ce qui arrive invariablement, elle oublie de lui enfiler des chaussettes montantes.

Elle laisse échapper un lourd soupir douloureux. Dehors, la grêle s'est interrompue d'un coup : seules les billes de glace nichées dans l'herbe prouvent son passage. Le ciel gris est aussi immuable que jamais, les arbres dépouillés immobiles, la terre nue. Aucun signe des perce-neige et des narcisses « tête-à-tête » qu'ils ont plantés en octobre, le petit Alf et elle. Son jardin ne lui inspire aucun espoir.

Elle allume sa machine à café et mesure la quantité de grains nécessaire pour préparer un double expresso. Avec un peu de chance, la caféine donnera un petit coup de fouet à sa matinée. Car si elle veut être honnête, et elle s'efforce toujours de l'être, son insatisfaction n'a rien à voir avec le temps, rien du tout.

Elle s'imagine à un de ces interminables goûters d'anniversaire, se présentant aux autres parents : je m'appelle Vicki Marchant, et je suis une mère au foyer frauduleuse. J'ai un fils unique et non une famille nombreuse, synonyme de sollicitations constantes et d'activité ininterrompue. Mon garçon est beau, en bonne santé, et il m'aime. Moi, je l'adore. Pour autant, je ne suis toujours pas certaine d'être très douée pour la maternité ni – ajouté dans un murmure – d'y prendre beaucoup de plaisir. Oh, et voici le meilleur. J'étais une institutrice « d'exception », à en croire le service d'inspection. Quelqu'un censé savoir ce qu'il fait. Alors pourquoi m'occuper de mon propre fils me paraît-il si compliqué ?

Ça aurait dû se passer différemment, songe-t-elle alors que la machine l'asperge, dans un grognement, de grains de café brûlants. À la naissance d'Alfie, elle avait prévu de cesser de travailler pour se consacrer entièrement à son premier bébé et à ceux qui suivraient.

Les murs de sa cuisine sobre et fonctionnelle auraient été couverts de reproductions de chefs-d'œuvre réalisés par ses soins ; son jardin, tout en longueur, aurait hébergé des poules, des herbes et des fleurs ; et chaque nouvelle journée aurait apporté son lot d'aventures, vécues avec son enfant habillé en Petit Bateau. Vicki n'avait pas anticipé l'épuisement des premiers mois, avec un bébé qui refuse de dormir et un mari qui refuse de se lever. Pas plus qu'elle n'avait imaginé sa colère quand son fils a abîmé sa peinture Farrow & Ball en laissant des empreintes de mains, ni son impuissance le jour où un renard a dévoré ses poules.

On aurait pu croire qu'une institutrice savait que les enfants préféraient jouer au centre aéré, où l'on disposait d'un stock inépuisable de biscuits industriels et caloriques – et de mauvais café soluble pour les adultes –, plutôt que d'aller prendre un chocolat chaud dans le dernier café à la mode. On aurait pu croire qu'une institutrice avait conscience qu'une sortie en ville se terminerait forcément en grosse crise de larmes : Alfie se raidissant de la tête aux pieds, parce qu'il refusait d'être ficelé dans une poussette et se détendant comme un ressort dès qu'il s'échappait.

Elle aurait dû être préparée à retrouver, en permanence, des paillettes éparpillées dans sa cuisine, aurait dû savoir qu'elle ne pouvait pas attendre d'un enfant de trois ans qu'il produise autre chose qu'une boule humide de papier mâché. Et pourtant, pour une raison mystérieuse, elle avait fermé les yeux sur tout ceci, ou fait preuve d'un optimisme naïf. Elle était convaincue que n'importe quel problème pouvait se résoudre avec une voix calme et une réserve inépuisable de smileys autocollants. Non, décidément, la maternité ne ressemblait pas du tout à ce qu'elle s'était figuré.

Il y a bien une activité, une seule, qu'elle réussit à partager avec Alfie, pense-t-elle en réunissant les grains de café sur le plan de travail pour les remettre dans la machine : la pâtisserie. Voilà pourquoi ils commencent à exceller dans ce domaine. Ils ont débuté par des cupcakes – elle a tenu à conserver le contrôle de la partie artistique. Puis ils sont rapidement passés des bonshommes en pain d'épices aux tuiles, de la pâte à pizza à la pâte au levain, des tartelettes à la confiture aux tartes Tatin.

Alfie, qui a vite appris qu'il déclenchait une vive réaction quand il renversait de l'eau par terre ou de la colle sur la table lors de ses séances de peinture, a découvert que sa maman réagissait beaucoup plus favorablement lorsqu'il réussit à casser un œuf. Surtout si le blanc visqueux glisse dans le bol « sans morceaux de coquille ». Sa maman chante quand elle fait des gâteaux, et si elle plisse le front dès qu'il ne se contrôle plus avec le tamis – maculant le parquet de farine et de cacao en poudre –, toute contrariété n'est que temporaire, chassée par l'odeur réconfortante d'un gâteau au four et le plaisir voluptueux de lécher le bol.

Aux yeux de Vicki, cuisiner avec son fils constitue une preuve tangible qu'elle est une bonne mère.

— Tu les as préparés toi-même ? Avec Alfie ? lui a demandé son amie Ali, pas plus tard que lundi, en repoussant une boîte à biscuits rétro avec un sourire de refus poli.

Vicki a ressenti une bouffée de satisfaction : son amie n'admirait pas seulement ses œuvres, mais aussi le fait qu'elle les avait réalisées avec son fils.

— Mon Dieu, je ne sais pas comment tu supportes le désordre ! a poursuivi Ali. Ça doit être ton côté instit ! Je ne fais jamais de gâteaux avec Sam.

Comme toujours, Vicki a perçu la pointe d'apitoiement.

— Il adore ça, a-t-elle répondu avec un haussement d'épaules, minimisant ses efforts.

Alfie a alors relevé sa tête ébouriffée pour lui décocher un bref sourire, avant de proposer un biscuit au fils d'Ali, du même âge que lui.

— Et moi aussi, a ajouté Vicki.

Aujourd'hui, cependant, ce sentiment de satisfaction n'est pas au rendez-vous. L'irritation monte en elle devant l'océan de Lego, le linge qui se flétrit sur l'étendoir, les chaussettes ôtées sur un coup de tête et oubliées un peu partout : sur la chaise ergonomique d'Alfie ou sous une boîte à jouets, ratatinées tels des croissants rassis.

Vicki souffle, puis se force à respirer plus calmement, emplissant ses narines des délicieux arômes du citron, du sucre et du beurre dans lesquels baigne sa cuisine. Un minuteur sonne et elle extrait du four une tarte au citron qui frôle la perfection. La crème jaune, brillante, tranche sur la pâte dorée et croustillante, précuite à blanc. Enfin, Vicki sourit.

2

En pâtisserie, il est essentiel de ne pas lésiner sur les ingrédients par un quelconque souci d'économie. Ne croyez pas pouvoir vous en tirer avec le minimum. Votre famille mérite le meilleur.

Et bien que je prône par ailleurs la modération et la parcimonie, qui voudrait une génoise faisant triste mine ou une miche de pain n'ayant pas bien levé, une tarte à la garniture chiche ou un entremets flasque ? N'oubliez pas : la pâtisserie est une preuve d'amour.

Occupée à travailler de la pâte à focaccia sur son plan de travail en granit, Jennifer Briggs s'interrompt un instant et regarde par la fenêtre de sa cuisine. Elle observe son jardin clos et la campagne du Suffolk qui s'étend au-delà. Ses bras commencent à être endoloris à force de punir le pâton : l'étirer, le pétrir, l'étirer à nouveau pour hydrater le gluten. Son nez lui démange et elle se gratte avec le dos de ses doigts légèrement farinés.

L'un des deux chats qui la surveillent pendant qu'elle cuisine, une chatte plus précisément, s'approche en poussant un miaulement insistant. Elle s'assied et fixe le gigantesque réfrigérateur.

— Non, tu n'auras pas à manger tout de suite.

Puis Jennifer ajoute, amusée :

— Oh, tu te poses des questions à ce sujet aussi ? Eh bien, Tabby, je ne crois pas que ça va marcher.

La chatte cligne des yeux d'un air impénétrable avant d'entreprendre sa toilette. Jennifer, elle, continue à considérer la publicité, découpée avec soin dans le mensuel distribué par Eaden et fixée par un aimant en forme de cœur sur la porte du frigo.

« Nous voulons les meilleurs pâtissiers de Grande-Bretagne, clame-t-elle, parodie de la célèbre affiche qui représente Lord Kitchener appelant les citoyens anglais à s'engager dans l'armée, lors de la Première Guerre mondiale. Votre pays a besoin de vous pour préparer les meilleurs gâteaux de la nation. »

Dans une typo survoltée, en italique, il est précisé que Eaden et Fils est à la recherche de la nouvelle Mrs Eaden, une pâtissière (ou un pâtissier) amatrice si talentueuse qu'elle pourrait prétendre succéder à la femme du fondateur des magasins du même nom. Cette dernière a publié son livre de recettes, *L'Art de la pâtisserie*, un classique du genre, en 1966 et s'est éteinte l'an dernier. Le gagnant du concours se verra offrir un contrat de cinquante mille livres sterling pour donner son avis sur les gâteaux distribués par la chaîne, tenir une rubrique dans la publication mensuelle et incarner son visage lors des campagnes publicitaires. La nouvelle Mrs Eaden sera ensuite en mesure de lancer sa propre carrière de pâtissière.

Jennifer, cuisinière fervente, a été interpellée par cette annonce et, à sa propre surprise, s'est inscrite. Il faut préciser, bien sûr, qu'elle a été élevée dans le culte de *L'Art de la pâtisserie*, sa mère ne jurant que par Kathleen Eaden et ses odes aux bienfaits de la gourmandise.

Jennifer, qui fait ses courses chez Eaden, est convaincue qu'il s'agira d'une compétition sérieuse, en dépit de l'exercice plutôt ridicule auquel les candidats devront se prêter : apparaître dans des vidéos sur YouTube, dans lesquelles ils exécuteront leurs meilleures recettes. Les juges sont on ne peut plus crédibles. Dan Keller, artisan boulanger séduisant, et Harriet Strong, auteur de plus de trente livres de cuisine et animatrice vedette d'une émission à la télévision depuis des années. Il ne s'agit pas de la dernière invention de la téléréalité, mais bien d'un concours organisé par la chaîne de magasins la plus chic du pays : une entreprise qui ne jure que par la qualité, l'élevage en plein air, les produits frais, et qui part du principe que ses clients n'affectionnent rien tant que la pâtisserie.

Jennifer est justement l'une de ces clientes et elle a rempli un formulaire à quelques jours de Noël. Elle n'a toujours pas digéré la déception de ne pas avoir été contactée, sans en être pour autant étonnée. Pourtant, elle ne peut pas s'avouer surprise. En tout petits caractères, sur le site internet du concours, Eaden explique qu'il se réserve le droit de sélectionner des concurrents qui représenteront au mieux les différents groupes démographiques du pays. La nécessité de fournir des photos a été amplement soulignée, et, à cinquante-deux ans, elle craint d'être trop vieille pour participer. Et trop grosse.

Avec un soupir, elle imagine le regard qu'ont dû porter sur elle les organisateurs du concours, de jeunes adultes sans doute, guère plus âgés que ses trois filles à peine sorties de l'adolescence. Elle porte ses cheveux coupés en un carré court et pratique, peu flatteur, sans originalité, mais on ne peut plus adapté quand on est la femme d'un dentiste et membre d'une association caritative. Son visage rond, ouvert, est rougi par la couperose – signe d'une vie saine et d'une absence apparente de vanité. Enfin ses rondeurs peuvent la faire passer pour une caricature : la grosse cuisinière joviale et asexuée.

Elle reprend le pétrissage.

Le surpoids, songe-t-elle en malaxant la pâte avec une vigueur subite, inspirée par un accès de rage, elle s'en est fait une raison : son amour pour la pâtisserie est apparu en même temps que son entrée dans la cinquantaine.

« Ne jamais se fier à une cuisinière mince », plaisante-t-elle parfois en pliant ses bras encore bien dessinés sous une poitrine – car il s'agit d'un tout à présent et non plus de deux seins distincts – qui continue à grossir chaque fois qu'elle change de taille de vêtements. À présent qu'elle a atteint le 48, elle ne peut plus prétendre aux qualificatifs de pulpeuse, appétissante, ni même enrobée. Ses cuisses, qui frottent l'une contre l'autre lorsqu'elle marche, sont zébrées de vergetures, que lui rappellent les entailles apparues dans sa pâte à focaccia. Son ventre a la consistance tremblotante de la crème légèrement fouettée.

Ses filles, si elles se donnaient la peine de s'interroger sur le sujet, en déduiraient que leur mère traite la question avec désinvolture. Jennifer a le physique qui lui correspond : une mère nourricière aux joues roses, une excellente cuisinière capable, si des amis annoncent leur arrivée pour vingt minutes plus tard, de concocter une douzaine de scones ou une génoise avec des œufs pondus par ses propres poules – des poules blanches du Sussex. La cheville ouvrière de la famille, qui répond toujours présent.

Seule Lizzie, la plus jeune, qui vient d'entrer à l'université de Bristol, se demande si sa mère est aussi heureuse qu'elle le prétend.

— Tout va bien, maman ? s'est-elle enquise, avec hésitation, à Noël. Ça ne te dérange pas d'être coincée ici, à cuisiner pour deux seulement, maintenant qu'on est toutes à la fac ?

Jennifer lui a souri.

— Tu t'inquiètes de savoir comment j'occupe mes journées ?

Ses filles aînées ne voyaient pas où était le problème, et Kate, du haut de ses vingt-trois ans, a lancé :

— Oh, tu sais bien qu'elle adore ça, maman, veiller sur nous tous et s'occuper du vieux ronchon, n'est-ce pas ?

— Bien sûr, a renchéri Emma, sa cadette d'un an, connue pour ne pas avoir sa langue dans sa poche. C'est notre mère poule !

Elle a glissé un bras mince autour de la taille de sa mère et s'est blottie contre elle. Bien que décontenancée par cette remarque, Jennifer s'est abandonnée à cette étreinte filiale.

— C'est vrai que je n'ai pas le temps de m'ennuyer : il y a beaucoup de cuisine et de jardinage à faire… sans oublier les poules, bien sûr.

Elle a cherché à se donner l'air occupé. Et ses filles, promptes à se convaincre que tout va pour le mieux, ont éclaté de rire.

— Arrête de l'embêter, Lizzie, l'a tancée Emma. Tu as entendu maman. Elle fait ce qu'elle a toujours fait.

À une époque, elle a eu une carrière pourtant, même si ça ne semble pas leur traverser l'esprit. Il est vrai qu'elle a renoncé à son métier d'infirmière avec l'arrivée de sa première fille. Le temps que les trois entrent à l'école, tout le monde s'était habitué à sa présence et personne ne voulait qu'elle reprenne le chemin de l'hôpital. Elle est donc restée à la maison.

À présent, lorsqu'elle s'inquiète pour sa mère, Lizzie lui envoie un texto affectueux. Ce qu'elle vient d'ailleurs de faire à l'instant. Jennifer lui répond aussitôt : « Quel plaisir d'avoir de tes nouvelles, chérie ! Ai passé une journée merveilleuse dans le jardin et suis en train de préparer des petites crèmes au caramel. Bisous. »

Jennifer, qui s'est creusé la cervelle pour trouver un ton enjoué, fixe le téléphone, priant pour qu'il sonne. Il reste silencieux. Voilà pourquoi, seule chez elle, elle cuisine sans relâche.

3

Servez toujours un gâteau avec une fourchette à dessert et une serviette. Et ne forcez jamais vos invités à en manger. Ce n'est qu'après en avoir évalué les éventuelles incidences sur votre tour de taille que vous choisirez de succomber ou non aux délices d'une pâtisserie. Il n'y a qu'une alternative : céder sans réserve à son attrait, ou savourer la satisfaction d'avoir su lui résister.

Perchée sur l'îlot au centre de sa cuisine dépouillée, Karen Hammond observe sa surface de marbre avec un mépris qui accentue la ride entre ses sourcils.

Les rayons de soleil aqueux qui filtrent par l'immense puits de lumière dans le toit soulignent les reflets cuivrés de ses cheveux. La femme de ménage doit venir plus tard, et quelques grains de poussière dansent dans la lumière, créant un halo gris changeant. Elle grimace.

Une trace de gras, coiffée d'une empreinte de doigt impossible à manquer, ruine la brillance uniforme du meuble. Comment a-t-elle pu laisser passer ça ? Elle s'empare de son spray antibactérien et frotte. Son visage se plisse et elle s'interrompt un instant, surprise par son reflet : elle y voit une femme concentrée, implacable, tendue.

Le défaut effacé, elle range les produits d'entretien et promène son regard sur la pièce. Ses ongles, vernis avec le Rouge Noir de Chanel, jouent un petit roulement de tambour sur le plan de travail. Un appel à l'action. Un appel à la perfection.

Un gâteau à la carotte trône en face d'elle. Son glaçage étincelle. De gros raisins secs affleurent à la surface de la croûte orange et lui font de l'œil : elle aspire les effluves sucrés d'épices et d'œufs. Il la provoque, ce gâteau, tel un ado arrogant adossé au coin d'une rue. « Allez, tu as envie de moi, je le sais. Rien qu'une bouchée ? Un petit bout de mon glaçage ? Dis-moi, chérie, où est le mal là-dedans ? »

Karen résiste cependant. Le matériel de cuisine se trouve dans le lave-vaisselle, le bol contenant le glaçage pur sucre a été, quant à lui, immédiatement lavé, essuyé et rangé à sa place, dans un placard. Un instant, elle s'est vue passer l'index dedans et lécher le mélange divin de mascarpone et de sucre, agrémenté d'un trait de jus de citron vert. Et pourtant, même au moment de se représenter la chose, elle savait qu'elle ne craquerait pas. Contrôle et discipline sont les clés de tout. Elle a compris depuis longtemps que le plaisir de la capitulation, bref, ne souffre pas la comparaison avec le frisson du refus.

Jake, son fils de dix-sept ans, mi-homme, mi-gamin, entre dans la cuisine d'un pas nonchalant.

— Ça roule, maman ?

Elle se crispe en l'entendant affecter un langage décontracté. Il ouvre le réfrigérateur et enfonce les mains tout au fond des poches de son jean le temps d'en examiner le contenu. Son tee-shirt se soulève et elle aperçoit le haut de ses fesses menues. Elle voudrait remonter son jean. Lui dire de s'habiller correctement. Au lieu de quoi, elle détourne le regard.

— Il y a quelque chose à manger ?

La question est rhétorique. Il entreprend d'empiler du fromage, du jambon, du beurre et des bagels, dans une accumulation sans fin de calories que sa carcasse de plus d'un mètre quatre-vingt-cinq peut absorber sans la moindre difficulté. Elle se raidit au moment où il lâche tout sur le plan de travail, anéantissant instantanément le bel ordonnancement maternel. Les yeux de Jake balaient la cuisine désinfectée et tombent sur la dernière création de Karen.

— Ah… un gâteau. Ça ne t'embête pas, maman, si ? continue-t-il en y plantant un couteau à pain pour se couper une belle part.

Il la dévore comme s'il était affamé. Des miettes moelleuses tombent sur le carrelage et une goutte de glaçage, qui n'a pas encore complètement pris, coule du couteau. C'est plus qu'elle n'en peut supporter.

— Pour l'amour de Dieu, Jake, si tu tiens à l'engloutir, fais-le proprement.

Elle sort une petite assiette en porcelaine et une fourchette à dessert en argent.

— Ça sert à quoi ?

— Tu le sais très bien. C'est une fourchette à dessert. Fais un effort.

Il la considère avec une surprise feinte.

— La vache, maman. On en oublierait que tu es née à Sarffffend.

Il étire volontairement le mot pour imiter l'accent de l'Essex.

— Depuis quand tu prends des grands airs ? ajoute-t-il.

Son ton est aussi tranchant qu'un scalpel. Depuis que mon fils se moque de moi, voudrait-elle répondre. Depuis que sa sœur et lui ont changé de sphère sociale, avec matchs de rugby, leçons de violoncelle, virées au ski et gérondifs latins à la clé. Depuis qu'ils évoluent dans un autre univers que le mien.

Elle n'en fait rien. Elle se contente d'admirer son magnifique garçon, ses traits aristocratiques, miraculeusement épargnés par l'acné et entachés par la dérision.

— Si tu veux manger mon gâteau, tu suis mes règles.

Voilà tout ce qu'elle réussit à dire. Elle n'avait pas l'intention d'être aussi agressive. Moins un ordre qu'un reproche farouche. Il part d'un rire retentissant.

— Mais détends-toi, maman ! Du calme…

Il la considère comme si elle venait d'une autre planète avant de reprendre la démolition du gâteau, secondé par des mâchoires très efficaces.

— C'est bon, au fait. Tiens, goûte.

Il lui tend un bout, l'approche de ses lèvres. Elle recule, prise d'une peur subite.

— Ça va, merci, dit-elle d'une voix crispée. Je n'ai pas faim.

Il hausse les épaules, puis entreprend de terminer sa part.

— Et le glaçage ? insiste-t-il en se coupant une seconde tranche, plus fine. Tiens, tu peux juste en prendre un peu sur le couteau. Vas-y…

Il esquisse un sourire au moment de le lui présenter, récompense pour bonne conduite. Le glaçage approche dangereusement de la bouche de Karen. Elle refuse néanmoins de flancher.

— Je t'ai dit non.

Elle a presque crié. Il hausse un sourcil. Elle se force à inspirer profondément.

— Je n'en ai pas envie, mon chéri, dit-elle d'un ton radouci. Je te remercie. J'aimerais juste que tu m'écoutes.

Afin de détourner l'attention de son coup de sang, elle s'occupe, range au frigo la nourriture qu'il a sortie, y prend une canette de Coca Light. Elle verse le liquide caramel pétillant dans un verre transparent. Il lui brûle la gorge. C'est son principal poison depuis qu'elle a laissé tomber la nicotine : une boisson magique qui ne contient pas une seule calorie et semble la remplir.

Son fils, qui ne l'a pas quittée des yeux, lève les deux mains en signe de prière.

— Je ne te comprends pas. Tu prépares ces incroyables gâteaux et tu refuses de les goûter. Où est le problème ? On ne peut pas dire que tu sois grosse…

Il détaille sa silhouette taille 36 : le ventre plat et le sternum saillant, la peau bien tendue sur les pommettes, les côtes supérieures qui semblent rayonner de part et d'autre de ses seins. Il secoue la tête, comme un parent déconcerté par sa progéniture et s'éloigne avec indolence.

Elle s'apprête à protester, à lui demander de l'aider à mettre de l'ordre, lorsqu'il décoche sa pique finale. Une insulte lancée avec un tel détachement que, dans un premier temps, elle croit avoir mal entendu.

— Tu ne trompes personne, maman, marmonne-t-il, les mains au fond des poches.

Puis à nouveau, plus bas, presque dans un murmure :

— Tu ne trompes personne.

Que voulait-il dire par là, putain ? Électrisée par la peur, elle sort en courant de son immense demeure victorienne et se dirige vers les limites de la ville de Winchester. Ce jogging de quarante-cinq minutes lui permettra de brûler 565 calories au moins et, elle l'espère, d'étouffer sa honte.

Elle garde une cadence soutenue, déroule ses pieds en rythme, du talon aux orteils, le torse droit mais détendu, la respiration régulière et contrôlée. Les contours des bâtiments se brouillent, leur valeur immobilière diminue dès qu'elle quitte le centre. Aux maisons de ville imposantes succèdent des rangées d'habitations mitoyennes, coquettes, puis des propriétés individuelles encore plus modernes, pour la plupart insignifiantes, à l'exception d'une rare perle banlieusarde.

Elle a fait beaucoup de chemin, songe-t-elle alors qu'elle accélère. Elle longe le tribunal, la voie de chemin de fer et l'hôpital, pour atteindre des champs dégagés. Elle a fait beaucoup de chemin et elle ne laissera pas tout s'effondrer parce que son fils, ce bel homme-enfant qu'elle s'étonne souvent d'avoir mis au monde, croit savoir quelque chose qui la remettra à sa place.

La bile lui ronge le ventre. *Tu ne trompes personne, maman.* Une allusion vague à ses racines populaires qu'elle refuse d'évoquer ou une attaque plus précise ? Que sait-il ? Lequel de ses deux secrets inavouables a-t-il découvert ? À moins qu'il ne s'agisse d'un coup de bluff ?

En a-t-il parlé à Oliver ? Il reste son mari, même si depuis qu'il passe la semaine dans leur appartement londonien ils mènent des vies de plus en plus distinctes. Elle se demande parfois s'il tient toujours à elle, tant il est absorbé par son travail, tant il s'éloigne. Et Livy ? Karen se représente sa fille sérieuse, si différente d'elle-même à quinze ans, et se surprend à serrer les poings, comme si elle cherchait à se raccrocher à l'innocence de celle-ci.

Ses souvenirs la ramènent dix ans en arrière : Jake, âgé alors de sept ans, marquant son premier essai au rugby, les genoux écorchés, les mollets aspergés de boue, le visage rayonnant de fierté. Vers qui s'était-il précipité pour la première embrassade ? Ni Oliver ni son entraîneur. Non, c'était vers elle, qui grelottait sur la ligne de touche. « Je t'aime, maman », avait-il chuchoté dans son cou, les bras serrés autour d'elle, des accents passionnés dans la voix. Elle était tout pour lui. « La meilleure maman du monde… de l'univers. » La passion s'était prolongée un temps. Alors pourquoi, à présent, autant de mépris ?

La question la tracasse de plus en plus à mesure que le parcours se corse : une pente plus ardue pour atteindre le sommet de l'une des collines les plus hautes du coin. Une occasion de repousser les limites de son corps. Il n'y a pas de trottoirs ici, elle court sur le bitume, se rabattant sur le bas-côté herbeux, bordé de ronces, lorsqu'une voiture déboule à toute allure et lui éclabousse les jambes au passage.

Elle jette un coup d'œil à la montre de course à pied, fixée à son bras, au-dessus de son coude. Presque à mi-chemin. Quatre kilomètres quatre-vingt-dix-huit ; vingt-deux minutes ; 257 calories. Elle force l'allure. Il faut qu'elle en brûle davantage, qu'elle coure plus vite ; oui, elle devrait être capable de courir plus vite.

Sa respiration est saccadée maintenant, irrégulière. Elle tente de fredonner, comme pour chasser l'angoisse. Continue, se dit-elle. Il ne sait rien. Continue.

Le sang lui monte au cerveau par vagues puissantes qui ne suivent pas le rythme de la musique de son iPod. Elle doit juste continuer. Continuer. Il ne sait rien. Elle se répète ce mantra… et désespère de réussir à y croire.

Puis, soudain, elle atteint le haut de la côte et sa voix lui échappe dans un éclat : un cri de soulagement et d'accomplissement. Derrière elle, Winchester s'étend, tout en richesse, héritages et privilèges. Tu as fait beaucoup de chemin, se rassure-t-elle. Beaucoup de chemin.

Les prairies inondables sont recouvertes d'une nappe d'eau scintillante. Tandis qu'elle reprend son souffle, elle remarque qu'un rayon de soleil tombe sur la cathédrale et la prestigieuse école. Elle reprend son jogging et son souffle retrouve une régularité à présent qu'elle évolue sur du plat. Ses foulées gagnent en vitesse. Tu as fait beaucoup de chemin. Tu as fait beaucoup de chemin et tu vas tenir bon.

4

Si vous recevez des amis pour un café dans la matinée, veillez toujours à servir le meilleur, acheté chez Eaden et accompagné, cela devrait aller sans dire, de biscuits préparés par vos soins. Ne revoyez pas vos exigences à la baisse même si vous n'offrez qu'une boisson chaude. Vous ne voulez pas passer pour le genre d'hôtesse qui propose du café soluble à ses invités.

Trois semaines plus tard. Une matinée humide et venteuse de février. Vicki essaie de se faufiler entre les gouttes de pluie sur King's Road, à Londres. Elle est en route pour son audition dans le cadre du concours « À la recherche de la nouvelle Mrs Eaden ».

Sa montre lui indique qu'elle a encore pas mal de temps devant elle – elle est arrivée avec quinze minutes d'avance. Vicki déteste les retards, dans tous les domaines, de même qu'elle déteste être prise au dépourvu. Elle serre son panier d'osier contre elle et soulève le torchon vichy pour vérifier que ses muffins aux myrtilles et ses croissants à l'emmental ne se sont pas, par on ne sait quel tour de passe-passe, enfuis. Naturellement, ils sont toujours là. De grosses gouttes de pluie s'écrasent sur sa boîte à biscuits et elle incline son parapluie de sorte à la protéger, puis presse le pas.

Cesse d'être aussi nerveuse, s'intime-t-elle au moment où elle repère le magasin phare de Eaden et Fils, avec son enseigne élégante et sa devanture entièrement vitrée. Regarde, tu es arrivée. Profites-en. C'est ce dont tu rêvais : une occasion de faire de la pâtisserie, d'exceller, d'avoir une activité en dehors de la maison.

Oh, et Alfie ? S'il allait mal ? Elle ressent l'habituelle morsure de la culpabilité en revoyant son petit visage mouillé de larmes lorsqu'elle l'a déposé chez Ali. Il jouait la comédie rien que pour toi, la rassure sa voix d'institutrice plus raisonnable. Mais est-ce vraiment le cas ? Et s'il couvait quelque chose sans qu'elle s'en soit rendu compte ? Pourquoi sinon se serait-il agrippé ainsi à elle ?

Un instant, elle envisage de rappeler Ali, cependant elle lui a déjà envoyé un texto en sortant du métro à Sloane Square, à l'entrée de King's Road, et elle a peur de passer pour une névrosée. Son portable émet justement un petit *ding !* dans sa poche. Une réponse d'Ali ! *Bien sûr qu'il va bien. Maintenant amuse-toi !*

Elle sourit – puisqu'une autre mère lui en a donné l'autorisation – et, le cœur plus léger, accomplit presque en courant les derniers pas qui la séparent du magasin. Voilà. Elle n'est pas une mauvaise mère.

Pas vraiment. Elle saisit juste cette occasion exceptionnelle de briller.

Au moment où elle pénètre dans le magasin, c'est d'ailleurs ce sentiment d'incrédulité qui domine : elle est ici, convoquée pour l'audition. Elle a envoyé sa candidature au tout dernier moment, à la date limite, le 31 janvier. Ce n'est pas qu'elle ne voulait pas participer. La publicité, découpée dans le magazine de Eaden, se trouvait sur la porte de son frigo depuis début décembre et défendait son territoire face aux nombreuses attaques d'Alfie – dessins de bonshommes ou œuvres réalisées avec un tampon sculpté dans une demi-pomme de terre. Elle a simplement fait preuve d'indécision, répugnant à prendre un engagement qui l'éloignerait de son fils. Puis il y a eu cette matinée où elle s'est sentie si seule… Elle a compris, pendant qu'elle rangeait les rails du train électrique, les Lego, la pâte à modeler, la ferme et ses animaux, que si elle ne sortait pas plus souvent, elle se laisserait consumer par sa mauvaise humeur, ou deviendrait folle à lier.

Et voilà pourquoi elle est ici. C'est loin d'être la destination la plus audacieuse qui soit et pourtant l'excitation est à son comble. L'appréhension prend d'ailleurs le pas sur l'angoisse dès qu'elle avise la table près de l'entrée, sur laquelle sont exposées des bouteilles de prosecco et des boîtes de truffes au ruban noué avec sophistication. Elle identifie aussi l'odeur de pains aux raisins tout frais.

Tout, dans cette boutique, respire la perfection : les pommes empilées en pyramides sur la reproduction d'un vieil étal de marché ambulant, qui n'ont pas le moindre défaut, les choux noirs de Toscane bien feuillus, le pain – les flûtes au levain enveloppées dans des feuilles de papier brun astucieusement découpées – qui semble avoir été préparé aux petites heures du jour par un artisan boulanger. Le rayon boucherie expose avec une fierté évidente de gros morceaux de gîte de bœuf et de magnifiques faux-filets : puissants, succulents, vermillon. Quant aux bars et aux langoustines, ils brillent sur leurs coussins de glace pilée.

Il n'est pas encore dix heures et, déjà, le magasin bourdonne du bruit des clients satisfaits qui choisissent leurs produits frais et se livrent à un débat intérieur devant le café, les sachets de thé issu du commerce équitable, le chocolat à 85 % de cacao, les galettes bios, les biscuits italiens.

Les larges allées peuvent aisément supporter deux chariots de front et Vicki observe trois femmes d'âge moyen aux prises avec une manœuvre délicate. L'une d'elles se presse contre les rayons pour passer, et il n'y a ni tension ni rancœur, rien qu'un sourire contrit et un affable signe de tête en réponse. Il ne s'agit pas du genre de supermarché où les clients s'insultent, se bousculent ou tentent de tricher dans la queue aux caisses. Eaden incarne des valeurs démodées telles que le bon goût, la qualité, le raffinement. Et, par-dessus tout, la courtoisie.

Il n'y a personne pour accueillir Vicki, elle se dirige donc vers le service clientèle, observant en chemin le rayon pâtisserie.

Un vieil homme très élégant examine les épices. Pantalon en velours moutarde, cravate, veste en tweed qu'il porte depuis quarante ans déjà et qu'il emportera dans la tombe, le visage particulièrement rougeaud. Et l'air perdu.

— Puis-je vous aider, monsieur ?

La jeune vendeuse élancée qui l'a abordé lui adresse un sourire qui témoigne de l'intérêt qu'elle lui porte.

— Je suis en quête de gousses de vanille. Ma femme en a besoin et je ne suis pas fichu de les dénicher…

— Si vous voulez bien me suivre, monsieur, je vais vous montrer.

Elle l'invite d'un geste du bras sans le toucher.

— Et voici, reprend-elle, vous en avez trois variétés. Pour la pâtisserie, je choisirais celle-ci.

— Vraiment ?

— Elle est moins chère alors qu'elle a poussé sur la même plantation et répond donc aux mêmes critères de qualité.

— Merveilleux !

— Avez-vous besoin de mon aide pour autre chose ?

— Non… Non, c'est parfait. Merci beaucoup.

Laissant le client scruter les bâtonnets noirs, ratatinés dans leur minuscule tube à essai, la vendeuse se volatilise.

— Vicki… Vicki Marchant ?

Une jeune femme avec un carré blond soigné et des perles aux oreilles lui sourit.

— Euh… oui.

Elle se sent instantanément déstabilisée.

— Bienvenue à « La recherche de la nouvelle Mrs Eaden » !

Vicki lui rend son sourire, tout excitée soudain.

— Je suis Cora Young. Assistante marketing pour Eaden.

Elle tend une main soignée, une chevalière à l'auriculaire. Vicki essuie sa paume moite avant de la prendre.

— Les entretiens se déroulent dans les bureaux du siège, qui se trouvent à l'étage. Si vous voulez bien me suivre ?

Une autre candidate patiente déjà dans la salle de réunion qui surplombe le magasin. La cinquantaine, elle incarne la pâtissière parfaite avec son sourire doux, son visage rond et une poitrine généreuse qui attire aussitôt le regard de Vicki.

Elle a l'air nerveuse… et adorable. Une mère, ou une jeune grand-mère, accomplie. Alfie l'adorerait. Il se blottirait contre sa poitrine et lèverait vers elle des yeux énamourés. Un vrai paradis pour petit garçon.

— Bonjour, je suis Jennifer.

Elle s'approche de Vicki et lui tend la main, un peu embarrassée. La jeune femme se présente en la lui serrant. Les doigts de Jennifer sont froids et sa poignée étonnamment ferme pour quelqu'un qui manque d'assurance. Elles échangent un sourire, à la recherche toutes deux d'un sujet de conversation.

— Avez-vous… ?

— Êtes-vous… ?

gros boutons et une robe droite qui s'arrête juste au-dessus du genou. Des petits talons bobines soulignent le fuselé de ses mollets.

— C'est la même photo qu'ici, non ?

Vicki sort de son immense sac à main un exemplaire de *L'Art de la pâtisserie* : une couverture cartonnée brillante, d'un vert bleuté, illustré par de nombreuses photographies. L'ouvrage a été réédité au moment de la mort de Kathleen Eaden, l'année précédente.

— Oh ! Je vois que vous êtes une vraie fan !

Jennifer agite son propre exemplaire à reliure souple : corné et taché, il a au moins quarante ans de plus que celui de Vicki.

— C'est une édition originale ? s'enquiert Vicki.

Elle a l'impression d'avoir été battue, même si elle ne soupçonne pas Jennifer de malveillance.

— Il appartenait à ma mère. J'ai été élevée dans l'amour de Mrs Eaden. J'ai pensé que je devais l'apporter.

Elle le confie à Vicki, qui passe plusieurs minutes à le feuilleter. Les recettes des brioches de Chelsea, des tartelettes aux amandes et de la charlotte aux pommes retiennent son attention. Il y a aussi le gâteau Battenburg, la tarte au citron meringuée, ainsi que la quiche au saumon et au cresson. Les photos de cette édition, en noir et blanc, sont plus rares et montrent, pour l'essentiel, Kathleen Eaden présentant une de ses réalisations. Son sourire est si hypnotisant que le regard du lecteur est attiré par lui plutôt que par la tarte ou le gâteau.

— J'aime tellement ce livre, s'enthousiasme Vicki. Je l'ai découvert qu'il y a deux ans. Bien sûr, j'avais distendu après plusieurs grossesses. Celle-ci ne paraît pas se formaliser pourtant.

— Trois filles. De dix-neuf à vingt-trois ans, toutes adultes maintenant… Enfin, c'est ce qu'elles aiment se figurer.

— Je n'en ai qu'un. Un petit garçon de trois ans.

Vicki se répète comme pour s'excuser. La douleur sourde qui lui vrille alors le ventre semble venir le confirmer.

— Le premier est toujours le plus difficile. Le plus gros choc pour l'organisme. Ma fille aînée a été un vrai coup de tonnerre. Ça devient plus facile avec le second, et encore plus avec les suivants.

Jennifer sourit. En temps normal, Vicki y aurait vu de la condescendance : une platitude énoncée par une femme ayant mis au monde, sans efforts particuliers, plusieurs enfants. De la part de Jennifer, il s'agit de pure gentillesse. Loin de se sentir rabaissée, Vicki se trouve aussitôt rassurée, comprise. Elle vient peut-être de rencontrer une future amie.

Dix heures moins trois, et la nervosité de Vicki croît. La porte s'ouvre à la volée sur Cora : elle introduit un homme qui se répand en excuses. Des cheveux poivre et sel, une apparence soignée, la petite quarantaine, un regard d'un brun profond, avec un quelque chose de tourmenté.

— Dieu merci, je suis arrivé !

Son visage, crispé et charmant, bien que relative-ᵉnt ordinaire, se détend lorsqu'il constate qu'il n'est que le troisième. La crevasse entre ses deux sourcils s'atténue en un pli plus discret.

— Je suis vraiment confus d'être en retard, poursuit-il.

Il dépose un immense sac à dos qui doit contenir ce qu'il a préparé et ajuste son imperméable humide. La chemise bleue qu'il porte dessous a été mal repassée.

— Du café ? pépie Cora en désignant la table jonchée de tasses.

— Un expresso, avec grand plaisir, répond-il.

Il avise alors le thermos contenant du café-filtre préparé une heure plus tôt.

— Oh, ça ira très bien, ajoute-t-il.

Le sourire aux lèvres, il prend une petite tasse blanche avec sa soucoupe, avant de s'attarder devant l'assiette de friandises. Cookies bien épais aux flocons d'avoine et aux raisins secs, mini-muffins aux myrtilles et petits pains aux raisins.

— Les cookies sont bons, lui signale Vicki avec un geste dans leur direction. Pas maison, mais bons.

Elle se mord aussitôt la langue : Cora pourrait y voir une insulte.

— Enfin, je suis certaine qu'ils ont été préparés sur place, en bas.

Après avoir choisi un muffin, il tâte son sac à dos, comme pour se rassurer. Je me demande ce qu'il cache là-dedans ? s'interroge Vicki. Un panettone ? Du pain à l'épeautre et au miel ? Ou quelque chose de moins original… Puis : Je me demande s'il est doué et ce qui l'a poussé à participer à ce concours.

— Bonjour !

Jennifer se montre plus accueillante.

— Pardon… Bonjour. Mike. Mike Wilkinson.

Sa poignée de main est ferme.

— Jennifer.

— Vicki.

Un sourire jusqu'aux oreilles, tous se déclarent enchantés. Mike hoche la tête d'un air encourageant, pourtant le silence retombe. Le cliquetis des tasses sur les soucoupes comble le vide.

— Oups ! s'écrie tout à coup Vicki, qui vient de renverser un peu de jus de chaussette.

Avec une grimace d'embarras, elle s'empare d'une serviette en papier et éponge, sans grand résultat, les quelques taches qui ont baptisé sa robe tunique, de style rétro. Jennifer lui sourit, le regard rendu brillant par la compassion. Ne voulant pas rajouter à sa gêne, Mike se détourne.

— Je suis très nerveuse, tout à coup, se justifie Vicki. C'est idiot.

La peur lui ronge le ventre.

— Nous le sommes tous, la rassure Jennifer, rien de plus naturel. Nous n'avons aucune garantie de participer au concours, même si nous avons passé la première épreuve de sélection. Et si vous êtes du même bois que moi, ça doit vous paraître énorme déjà !

La discussion s'engage : ils évoquent leur intérêt pour la pâtisserie, leurs appréhensions, leurs attentes concernant ces entretiens. Puis ils dévoilent ce qu'ils ont apporté pour séduire les juges : des croissants aux amandes et une tarte au chocolat pour Jennifer, un gâteau au chocolat – la version diabolique ! – et une brioche pour Mike.

— Il doit y avoir d'autres candidats que nous trois, non ? s'étonne Vicki. Cora nous a dit que nous serions cinq. Les clips vidéo manqueront de variété, autrement.

Comme par enchantement, la porte s'ouvre à cet instant précis. Un nouveau concurrent ? La conversation s'interrompt aussitôt.

La femme qui pénètre dans la salle de réunion semble prête à en découdre : des bottes jusqu'aux genoux, une chemise d'un blanc immaculé, un jean bleu foncé. Sans oublier la crinière brune aux reflets châtains qui ont dû coûter cher. Son visage est éclairé par un léger voile de poudre bronzante et la lueur de l'excitation. Elle porte un panier en osier gris. Elle a l'air de qui détient un secret savoureux et a du mal à le garder.

Mike rougit et paraît rajeunir de dix ans. Le sourire de Jennifer reste accueillant bien que légèrement réservé. Vicki éprouve une crainte subite.

— C'est bien le concours « À la recherche de la nouvelle Mrs Eaden » ?

La question superflue de Karen trahit une petite gêne. Avec un soupçon d'ironie, elle ajoute :

— À nos fourneaux, alors !

Kathleen

Si seulement elle pouvait être dans sa cuisine, songe-t-elle, alors qu'elle se tient à l'entrée du centième magasin Eaden, prête à couper le ruban pour l'inauguration.

Autour d'elle, l'équipe de vendeurs frémit d'impatience, tandis que ces messieurs de la presse se retiennent de jouer des coudes comme une bande de gamins à qui on a promis des gâteaux à la crème, des flans pâtissiers tièdes et des tablettes de chocolat, arrosés de ginger-beer.

Oui, elle préférerait être dans sa cuisine... ou assise à son bureau. Créer quelque chose, n'importe quoi. Un beau chou joufflu qui serait englouti en une seconde, ou une description qui durerait à peine plus longtemps.

Au lieu de quoi elle est là, sur King's Road, dans le quartier de Chelsea, malmenée par la brise fraîche de ce mois d'avril. Elle regrette de ne pas avoir choisi une tenue plus chaude que cette redingote légère et ces bas extrafins. Ses pieds sont à l'étroit dans ses nouvelles chaussures à talons. La douleur lancinante et le froid persistant la distraient.

— Un petit sourire, Mrs Eaden ?

C'est l'un des reporters. Des flashs crépitent et elle leur décoche un sourire éclatant.

Et si elle avait refusé ? La pensée lui traverse l'esprit au moment où une bourrasque la frappe de plein fouet. Elle vérifie qu'elle n'est pas décoiffée : ses cheveux, crêpés et raides de laque, n'ont pas bougé d'un millimètre. Bien sûr, elle n'aurait jamais refusé. Être Mrs Eaden – la femme de George, une autorité de l'art culinaire et l'atout essentiel de la chaîne Eaden – constitue son rôle principal, même si parfois elle préférerait manipuler des mots ou du sucre. Prendre la pose, sourire, hocher la tête, voilà son travail. Et, ces derniers temps, avec un plaisir qu'elle n'aurait pas soupçonné, écrire et cuisiner.

Plus que cinq minutes, estime-t-elle en se frottant les bras pour tenter de se réchauffer ; puis vingt autres, le temps de rencontrer l'équipe du nouveau magasin et d'échanger quelques civilités. Ça ne lui coûte pas grand-chose, et elle sait combien c'est crucial pour le succès de leur entreprise – et bon pour sa carrière, si elle mène à bien la rédaction de son *Art de la pâtisserie*.

La voix d'une femme d'un certain âge, qui bouscule les badauds pour profiter du spectacle, lui en apporte la preuve :

— Qui est-ce ? Une star de cinéma ?

Les questions lui parviennent, portées par le vent.

— Non. C'est Kathleen Eaden. Elle possède ce magasin et tient cette rubrique à la mode… Mais si, tu sais, dans *Home Magazine*. Jolie, non ? ajoute l'amie avec vénération. Et beaucoup plus jeune que je ne le pensais.

— Un peu maigre à mon goût… Enfin l'époque veut ça, non ?

D'autres voix se mêlent aux précédentes.

— Elle est belle.

— Qui ? Kathleen Eaden ? Oh ! Je n'avais pas remarqué…

— C'est Kathleen Eaden !

— Qui ?

— Kathleen Eaden. Tu sais, Mrs Eaden.

— Ah… soupire la voix. Je l'aime beaucoup.

L'information se propage sur le trottoir, en direction du nouveau magasin Habitat, avec ses murs de brique blanchis à la chaux et son plafond en lattes de bois, ses vendeurs aux airs d'enfants des rues, sa clientèle jeune et élégante. « Mrs Eaden », scande la foule qui se presse autour d'elle sur cinq rangées. Elle se demande combien de temps encore elle pourra le supporter. Comme des bulles de champagne exerçant leur pression sur le bouchon. George vole à son secours.

— Tu es prête, ma chérie ?

— Bien sûr, mon amour.

— Voici les ciseaux. Sois prudente.

Il les lui tend, enveloppant les lames de ses doigts épais, ainsi qu'il le ferait avec une petite fille. L'espace d'un instant terrible, elle imagine la panique généralisée si elle s'en emparait et les actionnait sauvagement dans les airs.

— Chérie ?

George la considère avec une inquiétude teintée d'affection : à croire qu'il n'en revient toujours pas de sa chance, trois ans après l'avoir épousée.

— Une seconde, le rassure-t-elle en écartant les lames des ciseaux et en les plaçant de part et d'autre de la bande de satin bien tendue.

Laisse-moi faire un vœu. Un vœu pour ce que j'ai toujours souhaité. Elle ferme brièvement les paupières avant de se forcer à les rouvrir. Le ruban, coupé en deux, glisse sur le sol dans un tonnerre d'acclamations et d'applaudissements.

Pourquoi ne pas y voir un bon augure ? Si Eaden a pu s'épanouir ainsi – la poignée d'épiceries devenue une entreprise dotée de cent succursales en dix ans –, qu'est-ce qui l'empêcherait de suivre les mêmes traces, elle ? Après tout, les femmes le font sans arrêt.

— Kathleen ?

George pose la main au creux de ses reins pour la pousser à l'intérieur de ce supermarché du futur, tout en lumières au néon et en armoires réfrigérées accessibles aux clients.

Et Mrs Eaden affiche son sourire de façade.

5

Ne partez jamais du principe que pour être une bonne pâtissière il faut avoir suivi des cours de cuisine, que ce soit dans l'Institut pour femmes le plus proche de chez vous ou chez Cordon Bleu[1]*. N'importe qui peut apprendre la pâtisserie, et si un bon professeur vous apportera une aide précieuse, rien ne vous empêche de vous instruire par vous-même. Certains des desserts les plus merveilleux qu'il m'ait été donné de goûter avaient été confectionnés dans les foyers les plus modestes.*

1. Les *Women's Institutes* sont apparus en Angleterre pendant la Première Guerre mondiale pour créer une plus grande cohésion dans les campagnes et encourager les femmes à cuisiner. Depuis, leurs missions se sont élargies et ce réseau représente la plus grande organisation féminine fondée sur le volontariat en Angleterre. *Le Cordon bleu* est une école de cuisine réputée. La première a été ouverte à Paris en 1895, et son antenne londonienne en 1933.

La pluie qui a éclaboussé Vicki et trempé Mike est en train de noyer la cathédrale d'Exeter, avec ses grosses gouttes qui dévalent les collines et ruissellent sur les trottoirs, qui débordent des caniveaux.

Claire Trelawney passe une matinée morne à la caisse du Eaden local : le magasin, qui fait les frais de ce déluge, est moins fréquenté que de coutume, et le temps s'écoule encore plus lentement.

Elle lance un rapide sourire à une jeune mère accompagnée de son nouveau-né, qui dépose ses courses sur le tapis roulant. Comme la plupart de ceux qu'elle accorde depuis ce matin, il est triste ; marque de politesse ordinaire que ses supérieurs attendent d'elle et qu'en temps normal elle donne avec un certain enthousiasme. Pas aujourd'hui. Une bourrasque de pluie fouette soudain les vitres, provoquant la surprise des clients… et en poussant de nouveaux à l'intérieur, désireux de fuir le ciel ruisselant. Je vais être trempée jusqu'aux os, pense Claire, les yeux posés sur son pantalon noir réglementaire, qui lui glace les cuisses quand il est mouillé, et ses petites chaussures en toile, bon marché, déjà humides. Elle tente de se ressaisir, mais le cœur n'y est pas. Quelle raison y a-t-il de sourire dans un supermarché de province par une matinée maussade de la mi-février ?

Elle entreprend de passer les articles à la douchette, et l'appareil émet son *bip* avec une régularité monotone. Couches, *bip*, lingettes, *bip*, lait, *bip*, beurre, *bip*, chocolat au lait, *bip, bip, bip.*

— Il y avait une offre spéciale, se justifie la mère avec un sourire coupable.

Claire a dû trahir une émotion malgré elle. On en apprend long sur les gens grâce au contenu de leur caddie. On ne repère pas seulement les boulimiques ou les alcooliques, mais aussi les obsessionnels, ceux qui s'en tiennent rigoureusement à leur liste, ceux qui ne cuisinent jamais et ceux qui cuisinent sans relâche.

Prenons cette mère. Son butin devient de plus en plus intéressant. Claire a peut-être eu tort de la juger sur le kilo de chocolat, car voici qu'arrivent les œufs bio, le sucre glace, le sucre semoule, le mascarpone, le fromage à tartiner, l'essence de vanille – la version de luxe, dans sa jolie bouteille de verre brun, pas le simple extrait –, les biscuits.

— Vous allez préparer un cheesecake ?

La question lui a échappé. Claire baisse aussitôt la tête, gênée, et enregistre les articles suivants. Farine levante, *bip*, raisins secs, *bip*, carottes, *bip*, courgettes, *bip* – bio pour ces deux derniers.

— Oui, lui répond la mère avec un sourire.

Sa voix, qui trahit une bonne éducation, n'en est pas moins chaleureuse.

— Comment avez-vous deviné ? ajoute-t-elle.

Je pourrais réciter la recette par cœur, songe Claire. Non que je puisse me permettre d'acheter les ingrédients pour le faire – du moins tant qu'ils n'auront pas atteint leur date limite de consommation. Alors je pourrai les récupérer dans la salle du personnel. Quelle version cette cliente va-t-elle préparer ? Celle de Nigella Lawson, de Rachel Allen ou de Mary Berry ?

La question franchit ses lèvres avant qu'elle ait pu la retenir.

— Je suis la recette de Nigella, lui répond la jeune mère, interloquée.

Son interrogation muette flotte entre elles deux : par quel mystère une caissière en connaît-elle autant sur un gâteau aussi sophistiqué ?

— Vous aimez faire la cuisine ? poursuit la cliente.

Claire a repéré que Margaret, chargée de superviser les caisses, la surveille. Elle est censée scanner dix-huit articles par minute et, même si on attend d'elle qu'elle soit aimable, discuter la ralentit.

— Euh… je me contente de feuilleter des livres de recettes, je suis une adepte de la pornographie alimentaire, si vous voulez, répond Claire avec un bref sourire.

La cliente rougit. Pornographie alimentaire. J'ai vraiment dit ça ? frémit Claire. La femme tape son code de carte bancaire d'un mouvement brusque, et elles patientent en silence, le temps que l'opération suive son cours.

— Eh bien, au revoir, réussit à articuler la cliente.

Elle transvase aussitôt ses sacs en jute dans son chariot et éloigne son bébé au plus vite de cette jeune femme maigre qui l'a déstabilisée parce qu'elle s'est dévoilée, qui l'a surprise avec une remarque inattendue.

C'est pourtant vrai que je feuillette des livres de recettes, se défend Claire intérieurement. Et regarde des rediffusions d'émissions culinaires comme *Master-Chef.* La mère célibataire d'une fillette de neuf ans, qui n'a ni argent ni vie sociale, a-t-elle vraiment le choix ?

La plupart du temps, elle est trop épuisée pour réaliser ces recettes, ou trop fauchée pour acheter les ingrédients les plus complexes. Néanmoins, Chloe et elle préparent régulièrement des génoises et des viennoiseries, des bonshommes en pain d'épices, des cupcakes, des brioches suédoises au safran et même des chaussons de Cornouailles. Autant de recettes qui ne réclament ni ingrédients onéreux ni talents particuliers, mais qui emplissent leur minuscule appartement de l'odeur réconfortante de la pâte en train de cuire et de la promesse de lendemains heureux.

Claire sait que peu de jeunes femmes de vingt-sept ans prennent le temps de préparer des gâteaux. Elle ne fait que suivre les leçons de sa mère Angela.

— On poursuit la tradition des Trelawney, dit-elle à sa fille.

Chloe, les cheveux toujours emmêlés, pince les bords des chaussons ou découpe des étoiles en pain d'épices avant d'improviser une chorégraphie, ses jambes grêles la conduisant hors de la cuisine exiguë en un bond.

— Tu es douée, observe la mère de Claire d'un air approbateur, même si elle ne peut résister à la tentation d'ajuster les petites feuilles décoratives sur son chausson aux pommes.

— Hé !

Dans ces cas-là, Claire ressent l'habituelle morsure de l'irritation. L'intervention de sa mère n'était pas inutile, cependant, et elle ne touche à rien.

— J'aimerais tellement que tu te remettes à faire de la pâtisserie, poursuit en général Angela.

Autrement dit : je préférerais que tu reprennes un travail dans une boulangerie plutôt que de te voir passer tes journées derrière une caisse. Mais les horaires sont plus commodes au supermarché, répond-elle toujours. Comment pourrait-elle être à son poste à cinq ou six heures du matin avec Chloe ?

— Et reprendre tes études ? suggère alors sa mère.

Elle pense au cursus de restauration écourté par une grossesse imprévue. Elles savent aussi bien l'une que l'autre qu'il s'agit d'une utopie. L'époque où elle était étudiante et rêvait de travailler dans un restaurant coté – voire avec une étoile au Michelin – s'est terminée il y a neuf ans, quand on lui a confié un bébé vagissant, enduit d'une substance visqueuse et sanguinolente. Elle ne regrette en aucun cas la naissance de Chloe – comment le pourrait-elle alors que, grâce à sa fille, elle éprouve l'amour le plus pur et le plus inconditionnel qu'elle ait jamais connu ? Tomber enceinte à dix-sept ans a mis un terme à certains de ses rêves. Claire Trelawney ne peut se payer le luxe de les entretenir.

Dans le département marketing de Eaden et Fils, Cora Young étudie une photographie. Une jeune femme élancée serre contre elle une fillette aux jambes interminables qui pourrait presque être sa petite sœur si la première n'avait pas le front barré de rides d'inquiétude précoces et si elle ne l'étreignait pas avec une passion aussi féroce. Des cheveux ternes tirés en arrière dégagent un visage pâle où deux yeux bleus brillent avec une intensité surprenante. Il y a aussi l'énergie, la tension qui irradient de ses membres, comme si la femme se tenait constamment sur ses gardes, prête à agir.

Cora, confrontée à des candidats presque exclusivement issus de la classe moyenne, décide de passer sur le fait que celle-ci soit une employée de Eaden. Personne ne la soupçonnera de s'être introduite en douce par la petite porte. Au contraire, le public verra en elle une battante, qui a réussi à se hisser jusque-là. Elle représentera un vrai atout pour le concours.

Cora jette un dernier coup d'œil à la photo.

Elle me plaît, songe-t-elle. Je l'appelle.

Lorsqu'elle reçoit le coup de fil lui confirmant qu'elle a réussi l'entretien, Jennifer est en train de préparer une pâte sablée. Ses doigts trapus sont enduits de beurre et de farine, elle vient juste de lier la base avec de l'eau glacée et un gros jaune d'œuf orangé – les ingrédients liquides s'unissant aux ingrédients secs par le miracle de l'alchimie culinaire.

Elle prépare une tourte au poulet et à l'estragon, qu'elle servira avec des pommes de terre nouvelles au beurre et des haricots verts. Quant à savoir si Nigel, son mari, en voudra, c'est une autre question. Peut-être les pommes de terre, s'il arrive au bon moment, quand elles sont encore fumantes, avant qu'elle n'ait eu le temps de les arroser de beurre. Dans ce cas, il les mélangera avec les haricots et quelques cœurs de laitue, et se contentera de cette salade composée, sans sauce bien sûr, si peu attrayante. À la réflexion, il s'octroiera peut-être un trait de vinaigre balsamique.

À une époque, Nigel était tout aussi gourmand qu'elle. Mais à cinquante ans, son frère cadet, Tom, a été victime d'une crise cardiaque, ce qui a été – ainsi que Nigel l'a répété à l'envi, sur un ton moralisateur – un « signal d'alarme ».

Adieu le whisky du soir, le chocolat d'après dîner, la part de gâteau au retour du travail, les quantités généreuses de viande rouge ! Bonjour la course à pied ! Pas le gentil petit tour de pâté de maisons, non, le jogging obsessionnel et acharné d'un homme de cinquante-deux ans qui a senti la mort sur ses talons et qui cherche désespérément à la semer. Un homme qui a attendu d'avoir un certain âge pour décider de courir le marathon.

— Écoute, c'est toujours mieux que s'il avait pris une maîtresse, maman, la réprimande Lizzie, leur cadette, quand Jennifer ose commenter le changement d'attitude de son mari.

Certes, sa fille a raison, même si, à sa façon, l'attitude de Nigel s'apparente à une trahison. Il ne s'agit pas seulement du temps investi : trois joggings par semaine et un parcours de vingt kilomètres le week-end, les réunions hebdomadaires avec son club de course à pied, où il s'entraîne avec des femmes qui tiennent une forme redoutable et sont adeptes du triathlon, enfin les marathons en eux-mêmes – en un peu plus d'un an, il en a déjà accumulé quatre. Ce qu'elle vit le plus mal, c'est son rejet de leur ancien mode de vie, pile au moment où, tour cruel du destin, leurs trois filles ont pris leur envol : Lizzie, absorbée par sa première année à l'université, Emma, à Montpellier pour sa licence de français et Kate, qui s'octroie une année sabbatique en Australie après avoir décroché son diplôme.

Elle sait, bien sûr, qu'elle devrait s'efforcer d'être la bonne épouse qu'elle a toujours été et s'adapter à ses nouveaux besoins, se plier à ses désirs, cuisiner en conséquence. Seulement, son identité tout entière repose sur le fait de lui servir des repas riches et chaque fois qu'elle lui prépare un bar à la vapeur accompagné d'une salade thaïe ou, avant une course, un bol de pâtes avec une sauce à base de tomates – au lieu d'une onctueuse carbonara –, elle éprouve une pointe de ressentiment. Et puis elle a faim. Elle mange le bar et si elle en apprécie la chair délicate, il n'en reste pas moins qu'elle rêve ensuite de glucides. Après avoir débarrassé, elle ouvre la boîte à biscuits, qui ne se vide jamais, ou le réfrigérateur. Une fois Nigel expédié hors de la cuisine – « Non, je vais ranger, chéri, ne t'inquiète pas » –, elle sabote le bien qu'elle vient de se faire en se gavant de tarte au chocolat ou de flan.

À l'évidence, elle sait que cette attitude est intenable sur le long terme. Elle s'en est rendu compte à Noël quand Emma, celle des trois qui a toujours eu la langue la plus acérée, a lancé à Lizzie que Nigel était devenu un Jack Sprat, ce personnage d'une comptine qui « ne pouvait pas manger gras ».

— Et qu'est-ce que ça fait de moi ? a rétorqué Jennifer, les mettant au défi de continuer le poème (« sa femme ne pouvait pas manger maigre »).

Em a eu l'élégance de rougir.

— Mais on t'aime comme tu es, il n'y a pas mieux pour les câlins, a-t-elle tenté de rassurer sa mère en la prenant par la taille et en se blottissant contre elle, ainsi qu'elle le faisait enfant.

Mais le mal était fait, et Jennifer l'a repoussée pour une fois, elle la moins affectueuse de ses filles.

— Essaie de réfléchir avant de parler, a-t-elle soufflé. J'ai des sentiments.

Nigel, qui entrait dans la pièce au moment où Jennifer en sortait, a levé les yeux au ciel et ajouté son grain de sel.

— La ménopause…

Elle a entendu les filles rire, et même si elle savait qu'elles cherchaient juste à camoufler leur gêne et à éviter de se mettre leur père à dos, elle l'a vécu comme une trahison des plus cruelles. Elle a observé son ventre qui débordait de son pantalon en velours après ce déjeuner de Noël particulièrement plantureux et a été prise d'un violent dégoût de soi. Pire que ça, plantée sous le gui dans le couloir, ses larges pieds bien campés sur les vieilles dalles d'origine, elle a senti le désespoir prendre toute la place en elle.

Bien sûr que Nigel a raison. Elle est ménopausée. Cependant le temps qu'elle passe dans sa cuisine n'a rien à voir avec ça. Non, il a tout à voir avec le fait de vouloir remplir le vide croissant de son existence.

Elle se sent désorientée. Elle a perdu le rôle qu'elle joue depuis vingt-cinq ans et, tel un hamster névrosé qui fait tourner sa roue sans relâche, elle est incapable de s'arrêter et de s'adapter aux nouvelles circonstances. Elle a toujours préparé à manger pour sa famille, et le fait que plus personne ne veuille de sa cuisine – et, semble-t-il, de son attention – ne l'empêche pas de garder le cap. Les tourtes et les gâteaux continuent à se succéder. Pour les fêtes du village, les goûters des œuvres de charité, les voisins âgés. Lorsque ses amis soulignent sa générosité, sa réponse laisse toujours entendre que c'est naturel. Un réflexe. « Que voulez-vous, dit-elle, la nourriture, c'est de l'amour ! »

— Jennifer Briggs ?

La voix à l'autre bout du fil interrompt le fil de ses pensées.

— Jenny, oui.

— Je vous appelle à propos du concours « À la recherche de la nouvelle Mrs Eaden ». Vous avez bien passé un entretien mardi dernier ? Nous aimerions que vous participiez aux épreuves.

Debout dans sa cuisine, le combiné serré entre deux mains humides sur lesquelles s'accrochent encore des bouts de pâte collante, Jennifer a le cœur qui se gonfle de joie.

Kathleen

C'est l'endroit où elle préfère se livrer à sa passion, sa cuisine de Chelsea. Le soleil filtre par les fenêtres à guillotine et la baigne de lumière.

Ses balances sont soigneusement alignées, ses ingrédients rangés par ordre de taille croissant. Un carnet de notes et un crayon se trouvent sur une console – elle veut pouvoir annoter ses recettes ou inscrire les réflexions qu'elles lui inspirent, en vue de la publication de *L'Art de la pâtisserie* l'an prochain, ainsi qu'elle l'a confirmé à George.

Aujourd'hui, cependant, la page reste blanche. L'inspiration refuse peut-être de venir face à l'absence de nécessité. Elle a déjà rédigé sa prochaine rubrique : une ode aux joies de la pâtisserie, dans laquelle elle promet, avec une certaine inconséquence, « le paradis dans un moule à gâteau » à partir d'un simple mélange de beurre, de farine, de sucre et d'œufs. Elle n'a donc aucun besoin de cuisiner. Elle peut occuper son temps à sa guise, mettre au point de nouvelles génoises ou de nouveaux biscuits, des meringues ou des pâtisseries pour le seul plaisir de s'adonner à une activité qui la réjouit.

Elle est systématique néanmoins, et prolifique. Plus concentrée que jamais, elle puise les recettes dans sa mémoire, et les fournées de gâteaux familiers se succèdent : cake aux amandes et au citron, gâteau au café et aux noix, gâteau Battenburg, parfumé à l'essence d'amande et à la purée de framboises. Puis viennent un gâteau au chocolat, qu'elle recouvre d'un épais glaçage au caramel, et des madeleines, d'une grande sobriété après une telle débauche. Quand arrive l'heure du déjeuner, la table ploie sous les desserts, plus ou moins prêts. Il y a ceux qui refroidissent, ceux qui viennent d'être oints du glaçage choisi avec un soin particulier et ceux qui attendent d'être dégustés.

Malgré elle, elle se surprend à récupérer son cahier pour définir ces délices en quelques mots bien sentis : le glaçage au caramel est qualifié de « pâteux », le gâteau Battenburg d'« odorant », et celui au café possède « le juste degré d'amertume ». Non, ce n'est pas exact. Le gâteau au café « allie douceur et raffinement : la crème au beurre vient relever la génoise, les noix apportent une certaine onctuosité ». Est-ce exact ? Les noix sont-elles plus fondantes qu'amères ? Elle en grignote une avant de rayer sa description et de faire une proposition qui ne la satisfait pas entièrement. « Amertume onctueuse ? » couche-t-elle sur la page de son carnet. Elle souligne le point d'interrogation.

Juchée sur la table, elle avale une gorgée de son Earl Grey et s'autorise à goûter une petite madeleine : sans doute le plus ennuyeux des desserts, ce qui ne l'empêche pas d'être plaisant. Elle en met deux de côté pour George et range le gâteau au café et aux noix dans une boîte en fer-blanc. Elle le donnera à sa cuisinière, Mrs Jennings. La plupart de ces merveilles sont destinées à une autre maison.

Quelques heures plus tard, les pâtisseries ont été emballées et envoyées à quatre kilomètres de là, à l'hôpital pour enfants de Westminster, situé à l'angle de Vincent Square.

Les médecins s'étonnent qu'un hôpital spécialisé dans le traitement de la malnutrition infantile reçoive des friandises qu'ils n'ont jamais réclamées. Les infirmières, elles, s'en régalent à l'heure du thé.

6

Tentez d'associer le plus souvent possible vos enfants à la préparation des gâteaux. Ils se réjouiront de cette occasion de partager une activité avec leur mère et il n'est jamais trop tôt pour apprendre à nos chères têtes blondes, filles comme garçons, les bases de la pâtisserie. Efforcez-vous de faire preuve de patience et de bonne humeur, d'encourager d'un sourire leurs efforts, et vous aurez ainsi la garantie d'avoir toujours un assistant enthousiaste, désireux de s'attirer vos louanges.

— Dépêche-toi, Alfie. Non, pas comme ça.

Alors que Vicki s'efforce d'attacher un Alfie récalcitrant dans le siège-auto, une bourrasque de vent glaciale l'enveloppe, menaçant de rabattre la portière sur elle.

Il est sept heures quarante-cinq et aujourd'hui a lieu la première épreuve du concours. Vicki doit déposer Alfie chez son amie Ali, à Putney, avant de se rendre jusqu'au manoir de la famille Eaden, dans le Buckinghamshire, où elle doit être à dix heures, pour le début de la compétition. En théorie, elle a largement le temps, mais c'est compter sans les caprices de la circulation londonienne… et de son fils.

Elle s'est déjà préparée à l'inévitable crise – « J'ai besoin de toi, mamaaaaaan » – et a ajouté vingt minutes à son planning pour la résoudre. Elle pourrait en écrire d'avance le scénario : après le réconfort viendra la démonstration d'autorité parentale, puis le chantage flagrant. Elle ne parviendra à s'extraire de ses griffes, et ils le savent tous deux, qu'en lui promettant, en désespoir de cause, de nouveaux Lego. Alors, les larmes d'Alfie s'évaporeront comme par miracle. Elle se précipitera à sa voiture et rejoindra Fulham Palace Road à l'heure de pointe, autrement dit en roulant au pas, dans les gaz d'échappement. Elle éprouvera culpabilité, anxiété et colère. Rien que d'anticiper ses émotions, elle sent l'étau de la tension se resserrer autour de son crâne.

— J'ai dit non.

Une amie lui a un jour soufflé que pour attacher un enfant agité dans son siège-auto il suffisait de lui donner un coup dans le ventre. À l'époque, Vicki a cru à une blague, au genre d'humour noir qu'affectionnaient ses amies les plus spirituelles. Ça lui a rappelé les commentaires sur certains blogs : des mères qui s'ennuient tellement qu'elles rivalisent d'esprit pour produire le bon mot le plus percutant. Aujourd'hui, elle ne sait plus trop. Elle considère son rejeton avec gravité. Tout en affichant un vrai sourire d'ange, il tente d'arracher la barrette de feutre qui retient la frange de sa mère. Or elle a besoin de ses deux mains pour l'attacher. Il bombe le torse et arque le dos, de plus en plus tonique, et de moins en moins câlin. Elle écarte son visage pour échapper à ses griffes et, dans le même moment, le plaque contre son siège. La ceinture est bouclée. Il soutient son regard, et son petit sourire moqueur se transforme en une grimace tremblante. Elle répète, avec la satisfaction d'avoir tenu bon :

— J'ai dit non.

Quand est-elle devenue cette figure dominatrice ? s'interroge-t-elle en claquant la portière avec une agressivité inutile, avant d'ouvrir la sienne et de s'attacher. Elle refuse d'être une maman qui crie. Ce n'est, pour citer l'euphémisme d'une sage-femme, « pas d'une grande aide ». Et ce n'est certainement pas digne d'une institutrice « d'exception ». Enfin, ce n'est pas non plus ce que fait la maman d'un enfant unique. Si elle avait une voiture pleine de gamins, et un travail où elle était attendue, ce serait plus compréhensible. Mais elle a un fils unique, ainsi que le lui rappellent chaque mois ses douleurs menstruelles ; un enfant unique auquel elle peut consacrer tout son temps et toute son attention. Dans l'état actuel des choses, son comportement est tout bonnement inacceptable.

Et malgré tout, elle se trouve des excuses au moment d'insérer sa Land Rover dans le flux de la circulation. Oui, pense-t-elle avec irritation, elle n'a pas non plus la vie facile. Ce matin, par exemple, elle aurait bien apprécié un petit coup de main de la part de Greg, mais où était-il ? Comme chaque matin, il a quitté la maison à six heures et quart. Il est vrai que, en tant qu'avocat d'affaires, il aime être à son bureau à sept heures et quart au plus tard, et c'est d'ailleurs grâce à son sérieux que Vicki peut s'offrir le luxe de rester avec Alfie. Il n'empêche qu'elle aimerait bien qu'il soit plus présent, de temps en temps.

Il sait à peine ce qui attend son épouse aujourd'hui. Bien sûr, il est au courant qu'elle a été retenue pour la première épreuve d'un concours de cuisine organisé par la chaîne de supermarchés où ils font leurs courses. Elle est néanmoins convaincue qu'il ne l'écoutait que d'une oreille lorsqu'elle lui a rappelé les détails de la compétition, la veille. Et quand elle a défilé devant lui dans différentes tenues, il n'arrivait pas à garder les paupières ouvertes. Il s'est d'ailleurs excusé et s'est allongé avec un sourire contrit. Elle le soupçonne de s'imaginer qu'elle sera éliminée dès cette étape – idée qu'elle a d'elle-même encouragée, alors même que le concours ne fonctionne pas ainsi : les candidats devront participer à l'ensemble des épreuves. Elle espère en tout cas que le manque d'intérêt de Greg est dû à cela. Il s'est seulement inquiété pour Alfie, et la maison, qu'elle fait tourner avec efficacité

— Qu'arrivera-t-il si tu te qualifies ? s'est-il enquis lorsqu'elle a reçu une réponse positive de Eaden, la semaine précédente. Qui s'occupera de notre petit Alf ?

La panique s'est répandue sur ses traits si impassibles, et il a ajouté :

— Je ne peux pas m'en charger.

— Oh, je suis sûre que le problème ne se posera même pas, l'a-t-elle rassuré. Et si c'était le cas, ma mère ou Ali prendraient le relais. Ça n'aura aucune incidence sur toi.

Ce ne sera pas si simple, s'avise-t-elle au moment de couper le flot de voitures pour s'engager dans la rue adjacente qui conduit chez Ali. Si je réussis à rester dans la course, il y aura d'autres épreuves, un week-end sur deux. Or la mère de Vicki, entre ses nombreuses escapades, ses engagements bénévoles et son voyage organisé à Pâques, ne sera sans doute pas disponible pour veiller sur son petit-fils turbulent.

Tu devras peut-être jouer un peu ton rôle de père, ajoute-t-elle à part elle tandis qu'elle aperçoit une place étroite et réussit son créneau avec la décontraction d'une Londonienne. Le tank se glisse du premier coup dans l'espace réduit. C'est peut-être un bon présage…

— Allez, mon grand, dit-elle en croisant le regard de son fils dans le rétroviseur.

Il est pâle et ses grands yeux papillotent. Sa lèvre inférieure se met à frémir : il se force à pleurer. Une vague de lassitude envahit Vicki. Et si elle passait directement au chantage ? Elle se retourne vers lui.

— Si tu laisses maman partir pour aller faire des gâteaux pendant que tu joueras avec Sam, et si tu es gentil avec lui, tu auras un hélicoptère en Lego.

Kathleen

À l'évidence, ce n'est pas une maison en pain d'épices.

Quand George lui a annoncé qu'il lui avait acheté une propriété à la campagne, sa première pensée, irrationnelle, a été d'imaginer un pavillon de garde-chasse : une bâtisse début XXe, avec des pignons, des corniches festonnées, des briques d'un rouge profond évoquant le pain d'épices, patinées par l'âge.

Elle n'avait pas imaginé qu'il puisse acquérir quelque chose d'aussi immense et – même s'il ne lui viendrait jamais à l'esprit de le dire – d'aussi prétentieux. À la réflexion, pourtant, c'est exactement le genre de monstruosité sur lequel le fils d'un épicier jetterait son dévolu s'il cherchait à faire étalage de sa fortune récente et à impressionner la fille d'un juge. Elle a soupiré. Elle l'aime à cause et non en dépit de ses origines. Pourquoi alors éprouve-t-il ce besoin constant de faire ses preuves ?

— Elle te plaît, n'est-ce pas, ma chérie ?

George, toujours soucieux de satisfaire son épouse, passe le bras autour de ses épaules, alors qu'ils sont à Bradley Hall, le manoir de style gothique qu'il lui a offert pour son anniversaire. Une goutte de transpiration lui brûle le front.

— Bien sûr, mon trésor.

Elle l'embrasse sur la joue en se disant qu'il a voulu bien faire, qu'il n'a agi ainsi que parce qu'il l'adore.

— Quelle belle surprise ! ajoute-t-elle.

— Je pensais bien que tu serais conquise, poursuit-il tandis qu'ils remontent l'allée de gravier en direction de griffons effrayants.

Il s'arrête, nerveux subitement.

— Il y a tant de pièces… J'ai pensé que tu pourrais avoir un bureau fantastique, regarde.

Il lui indique un bow-window au premier étage avant de poursuivre :

— La vue est incroyable. C'est bien ce que tu voulais, non ? Un bureau avec vue ? Ou alors était-ce une chambre avec vue ? Je ne sais plus, tu as aussi parlé d'une chambre à soi…

Il rougit et elle ressent un élan d'amour pour cet homme, qui l'a donc écoutée parler de Viriginia Woolf et qui a lu le roman d'E. M. Forster[1], moins pour lui – même s'il ne cache pas son envie de s'instruire – que parce qu'il savait que cela lui ferait plaisir.

— Un bureau avec vue, ce sera parfait.

---

1. Cet échange entre les deux époux fait référence à l'essai de Virgina Woolf *Une chambre à soi* (*A room of one's own*) et au roman de E. M. Forster *Une chambre avec vue* (*A room with a view*).

Elle sourit.

— Si nous voulons publier *L'Art de la pâtisserie* au début de l'été prochain, il faut que tu mettes les bouchées doubles.

L'homme d'affaires refait tout à coup surface : plus déterminé qu'elle et, même s'il ne le formulera jamais ainsi, plus conscient de la valeur croissante de son épouse pour sa marque.

— J'ai fini les génoises.

— Tu ne peux pas écrire un livre uniquement là-dessus.

— Non… mais j'ai commencé à travailler sur les biscuits… Puis il y aura le pain, les brioches, les tartes, les viennoiseries, les entremets et… peut-être, même si je n'ai pas encore tranché la question, une dernière partie sur les goûters.

— Alors il faut t'installer dans cette pièce sans tarder.

— Oui… ou dans la cuisine.

— Oui, convient-il avec un sourire. C'est plus logique. Plus vite tu y seras, plus vite tu pourras t'affairer.

Ils poursuivent leur chemin dans un silence complice. Kathleen est soudain excitée à la perspective d'avoir une grande cuisine à l'ancienne avec d'immenses fours et des tables longues de plusieurs mètres sur lesquelles elle pourra abaisser la pâte à son aise pour réaliser des pâtisseries complexes et mettre à refroidir plusieurs fournées de biscuits. Elle pourra aussi y rédiger *L'Art de la pâtisserie*. Non dans un bureau grandiose ou une mansarde secrète, cachée sous les toits, mais au cœur de sa maison. Les mots couleront de sa plume pendant que les gâteaux gonfleront et que la pâte lèvera. Le temps que l'appareil se transforme en génoise au four, un chapitre pourrait prendre forme de son côté. Elle peine parfois à façonner des phrases dans son bureau, comme si elle avait besoin de l'odeur du beurre fondu, des œufs et du sucre pour être inspirée.

— J'ai aussi pensé…

La voix de George interrompt le cours de ses réflexions. Il s'empourpre un peu plus en poursuivant :

— … que c'était l'endroit rêvé pour élever des enfants. Je l'imagine rempli de nos tout-petits.

Le magenta de ses joues remonte jusqu'à la racine de ses cheveux et la pointe de ses oreilles. La gorge de Kathleen se serre ; elle lui tapote pourtant le bras avec un sourire. Puis elle part d'un rire qui, même lui doit s'en rendre compte, manque de sincérité. Comment lui dire ce qu'il soupçonne forcément ? Que l'héritier qu'il appelle de ses vœux – le Fils de son Eaden et Fils – semble n'avoir aucune intention de se manifester dans l'immédiat.

— Oh, nous avons tout le temps du monde pour ça, mon chéri.

Elle se hisse sur la pointe des pieds pour déposer un baiser sur ses lèvres, les siennes légèrement entrouvertes. Je le désire autant que toi, George, voudrait-elle lui dire. Tu sais l'importance que la famille a pour moi, tu dois bien sentir combien j'en ai envie. Simplement, je ne suis pas capable de trouver les mots.

Elle cherche donc à l'apaiser d'une phrase qui n'a rien d'un mensonge, se raisonne-t-elle. Disons que ce n'est peut-être pas tout à fait la vérité.

— Je ne crois pas que nous soyons pressés, si ? Nous avons le temps d'avoir des bébés. Profitons encore un peu d'être tous les deux.

7

Au moment de servir votre gâteau ou votre tarte, soyez attentive. Un mouvement raté du poignet, un instant de distraction, et votre génoise peut se retrouver endommagée ou, pire, tomber par terre. Vous avez pris du temps pour créer votre dessert, prenez-en aussi pour sa présentation. La forme importe autant que le fond.

— Oh… mon… Dieu…

Claire Trelawney ne peut contrôler sa réaction lorsqu'elle remonte l'allée de gravier qui conduit à Bradley Hall, l'ancien manoir de George et Kathleen Eaden qui accueille aujourd'hui le concours « À la recherche de la nouvelle Mrs Eaden ».

— Pas mal, hein ? lui lance le chauffeur de taxi, qui aperçoit, dans son rétroviseur, les yeux écarquillés et la jolie bouche arrondie de Claire.

Elle a l'air sidérée.

— Bonté divine… Ils vivaient vraiment ici ? Et c'est là que je vais, moi ? ajoute-t-elle avec un rire incrédule.

L'excitation finit par se frayer un chemin à travers la boule de nerfs dans son ventre. Elle se dévisse le cou pour scruter le manoir en grès, avec ses tourelles, ses arcades ornées et ses fenêtres d'une hauteur inhabituelle qui scintillent au soleil, si rare, de début mars.

— Vous participez au concours, alors ? lui demande le chauffeur, qui l'a récupérée à la gare de Reading.

Il ralentit pour lui permettre de profiter du spectacle dans toute sa splendeur. Elle voit le terrain de croquet, sur lequel un faisan égaré se pavane.

— Oui. Oui, je suis candidate.

Claire, que la fébrilité a réduite au silence dès qu'elle est montée dans le taxi, s'esclaffe soudain devant l'invraisemblance de la situation. C'est même franchement ridicule.

— On n'est pas habituée à ce genre de luxe ? plaisante-t-il.

— Non, pas du tout, répond-elle avec un sourire triste.

Elle remarque les gargouilles qui lui jettent un regard menaçant depuis le toit, puis, au moment où le taxi s'arrête dans un grognement, les lions en pierre qui encadrent l'entrée.

— Moi non plus, ma petite ! s'exclame-t-il. Eh bien… Profitez-en ! Un de mes potes appartient à l'équipe chargée de rénover cette baraque et il m'a dit qu'elle est censée ressembler à un hôtel de charme.

— Ah…

Claire ne se donne même pas la peine d'insinuer qu'elle a déjà mis les pieds dans un hôtel de ce genre. De toute façon, elle ne lui accorde que peu d'attention, trop occupée à étudier les fenêtres cintrées qui lui rappellent celles des châteaux dans les vieux contes de fées de Chloe.

— Il faut savoir que cet endroit était dans un état catastrophique : toit affaissé, charpente pourrie, électricité obsolète. Ça montre bien que les apparences sont parfois trompeuses.

— Hmm, hmm.

Elle ne l'écoute plus que d'une oreille.

— Comme souvent dans ces cas-là, ce n'est que de l'esbroufe.

Il coupe le moteur, retire la clé du contact et se retourne pour lui faire face.

— Je ne devrais pas le répéter, mais la plomberie était HS. Un vrai merdier, si vous me passez l'expression.

Il lui adresse un clin d'œil, de l'air de celui qui connaît tous les secrets de la région.

— Souvenez-vous-en !

Suis-je réellement au bon endroit ? se demande Claire en poussant une porte en chêne massif qui ouvre sur la beauté fanée de Bradley Hall. Elle pénètre dans l'impressionnant vestibule, où personne n'est là pour l'accueillir. Et rien ne suggère qu'il s'agisse d'autre chose que d'un hôtel de charme à la décoration chargée. Elle avance à pas feutrés sur le parquet – ses baskets ne font aucun bruit – et suit du regard le gigantesque escalier en acajou, tapissé d'un papier peint William Morris, avec des forêts de roses.

— Il y a quelqu'un ?

Son appel est hésitant. Elle le réitère, de plus en plus mal à l'aise. Sa voix, marquée par le ronronnement caractéristique du Devon, ne porte pas. Toujours aucune réponse.

Elle pose le sac qui contient ses affaires pour la nuit et extrait de la poche de son jean son portable et le petit papier avec le numéro dessus. Son ventre se serre dès qu'elle entend sonner à l'autre bout du fil.

— Allô ?

Son interlocutrice s'exprime d'un ton posé et assuré, elle a une élocution soignée.

— Euh… oui, c'est Claire Trelawney… Je suis arrivée pour le concours, mais je ne suis pas sûre d'être au bon endroit…

Son embarras l'exaspère. Elle baisse les yeux et remarque qu'elle a les jambes croisées. Pas étonnant qu'elle se sente déstabilisée en plus d'avoir le sentiment de ne pas être à sa place.

— Claaaaire !

Une vague de chaleur traverse le combiné et se déverse dans son oreille.

— Merveilleux ! On vous attendait. Je suis Cora. Où êtes-vous ? Dans l'entrée. Oh, pardon ! Nous sommes dans la cuisine… Il devrait y avoir une pancarte. Vous la voyez ?

Elle repère une feuille A4 scotchée sur un interrupteur. On peut y lire « À la recherche de la nouvelle Mrs Eaden » et « PAR LÀ », accompagnés d'une grande flèche noire.

— Oh, oui, je suis désolée.

— Merveilleux ! Suivez les indications et vous devriez être avec nous d'ici une minute.

Son soulagement est tel qu'elle lance un « D'accord ! » jubilatoire.

Mais Cora a déjà raccroché. La pancarte insuffle à Claire un minuscule regain d'assurance : l'encre noire et les lettres tracées d'une main ferme contribuent à ancrer la situation dans le réel. La pancarte a beau n'être que temporaire, on l'a néanmoins solidement fixée. La personne qui s'en est chargée n'a pris aucun risque : la feuille ne s'envolera pas, elle ne sera ni piétinée ni froissée. Et puis c'est quelque chose de tangible, un objet du quotidien, pas un fantasme.

Ces quatre derniers jours, Claire a eu du mal à conserver son emprise habituelle sur le réel. Tout est arrivé si vite. Le mardi précédent, sa mère l'a appelée au travail, ce qui en soi relevait de l'exceptionnel, et lui a demandé d'une voix tendue par la nervosité si elle pouvait la retrouver à la sortie de l'école de Chloe.

— Tout va bien ?

Claire s'est efforcée de garder un ton léger malgré sa gorge nouée.

— Très bien, mon ange. Tout va à merveille, s'est-elle empressée de répondre, avant de préciser : J'ai une grande nouvelle à t'annoncer.

Claire a menti à son patron, prétextant que l'école lui avait demandé de venir chercher Chloe sur-le-champ. Elle a fui la lumière oppressante des néons du magasin et filé à l'appartement de ses parents dans une ancienne HLM, poussant sa vieille Ford à plus de soixante kilomètres à l'heure pour arriver plus vite.

Angela exultait, son visage épais barré d'un immense sourire. Claire a aussitôt exprimé sa peur :

— Mais que se passe-t-il ?

— Rien. Je te l'ai dit, j'ai une grande nouvelle à t'annoncer. Je crains juste qu'elle ne te plaise pas.

Angela s'est interrompue un instant.

— J'ai fait quelque chose que je n'aurais pas dû faire... seulement c'est pour ton bien.

Bill, le père de Claire, souriait lui aussi.

— Allez, crache le morceau, chérie, a-t-il encouragé sa femme.

Il se balançait frénétiquement sur ses talons. Il s'est précipité pour prendre sa benjamine dans ses bras – ce qui ne lui arrivait jamais. Leur comportement étrange ne faisait qu'accroître la nervosité de Claire.

— Bon sang, maman, tu n'as pas essayé d'entrer en contact avec Jay, si ?

La perplexité s'est peinte sur les traits d'Angela à la mention du père démissionnaire de Chloe, qu'elle a, sans succès, tenté d'intéresser à la paternité.

— Ce minable ? s'est-elle presque emportée. Ne sois pas ridicule !

Puis, passant le bras autour des épaules crispées de sa fille, elle a enfin réussi à divulguer son secret délicieux.

— Tu sais, ma chérie, ton don pour la pâtisserie… Eh bien, je me suis inscrite à un concours pour toi… « À la recherche de la nouvelle Mrs Eaden », tu en as entendu parler ? Il est organisé par les magasins Eaden. Et, voilà, ils veulent que tu participes…

— Je ne comprends pas.

— J'ai rempli le formulaire en indiquant ce que tu étais capable de préparer : cornets à la crème, feuilletés à la confiture, brioches au safran, friands, tourtes, gâteaux d'anniversaire. Et, j'ai… euh… aussi envoyé une photo de toi. Ils veulent que le responsable régional te fasse passer un entretien demain, histoire de s'assurer que tu es capable d'aligner deux mots et que tu sais bel et bien te débrouiller dans une cuisine, puis tu prendras part à la suite du concours, dans le Buckinghamshire, samedi. Ils veulent que tu participes.

Son cœur a balancé entre l'irritation et l'incrédulité. Plantée dans leur cuisine exiguë, elle a agrippé le plan de travail en Formica rayé, comme si elle risquait de tomber à la renverse. Elle a ressenti un grand vide dans son ventre, suivi de l'effervescence de l'adrénaline.

— Mais, et Chloe ? Et mon travail ? Je ne peux pas disparaître du jour au lendemain pour prendre part à un concours. Je n'ai pas de vêtements, je n'ai pas d'argent…

— On s'arrangera.

Son père, toujours si fiable, ne parvenait pas à cacher sa fierté.

— Bien sûr qu'on s'arrangera, a répété Angela.

Eaden et Fils prendrait en charge les différents frais, notamment les billets de train et les courses en taxi. Angela et Bill s'occuperaient de Chloe pendant chacune des six épreuves.

— Et mon boulot ? Je ne peux pas me permettre de le perdre.

— Tu peux permuter avec une collègue et Cora, la dame qui m'a contactée, m'a dit qu'elle parlerait à ta direction. C'est dans leur intérêt d'avoir une employée qui deviendra une star de la pâtisserie et une « consultante culinaire ».

Dans son emballement, Angela a visiblement tout prévu.

— Voyons, Claire, que risques-tu ? lui a lancé son père, le visage plissé par le rire.

— De perdre mon travail. Et mon salaire. D'être encore plus pauvre.

Elle a été submergée par une panique grandissante. Angela a secoué la tête, n'en revenant pas d'avoir une fille aussi raisonnable. Une fille que la vie a conduite à être aussi raisonnable.

— Ma chérie, lui a-t-elle dit avec un sourire, si tu remportes ce concours, le monde sera à toi. Tu seras leur employée vedette ! Tu prendras même sans doute la tête du département boulangerie-pâtisserie ! Ils ne pourront plus se passer de toi.

Cette scène a eu lieu quatre jours plus tôt. Aujourd'hui, par ce samedi glacial où elle s'est levée à l'aube pour attraper le train de 6 h 52 à la gare de Paddington, elle a beaucoup de mal à rallier l'esprit fanfaron de ses parents. Elle a pourtant conscience qu'elle devra faire preuve de culot, redevenir l'intrépide jeune fille de dix-sept ans qui croyait pouvoir conquérir le monde de la gastronomie.

Elle tient sa chance. Une chance de donner à son existence un nouveau souffle, d'échapper à la monotonie de la caisse enregistreuse, d'offrir à Chloe un avenir meilleur. Une chance de ne pas avoir peur, d'envisager un futur où elle ne se contenterait pas de survivre avec à peine plus que le smic et où elle profiterait du quotidien sans se soucier constamment de ses finances. Une chance d'être audacieuse, une chance de rêver… même si elle n'est plus certaine de savoir comment faire.

Elle suit les pancartes qui indiquent « Cuisine pour le concours ». Jetant un coup d'œil par le panneau vitré de la porte, elle aperçoit une pièce gigantesque avec cinq postes de travail et, à l'extrémité, ce qui ressemble à la table du jury.

En dépit de son allure de hangar, l'endroit s'efforce d'être chaleureux. Des banderoles pastel décorent les murs, de vieux présentoirs à gâteaux ornent les plans de travail en chêne, quatre réfrigérateurs crème montent la garde. La lumière limpide de ce jour d'hiver pénètre par des fenêtres bordées d'herbes aromatiques en pots : persil plat, romarin, basilic doux et thym. Des spots à halogène dispensent un éclairage plus fiable.

Une porte à l'autre extrémité de la salle s'ouvre, et à l'horreur de Claire, plusieurs personnes entrent. Elle regarde les concurrents défiler : une femme corpulente à l'air maternel, une femme des beaux quartiers, une jeune maman séduisante, un homme dans la quarantaine qui tâche de cacher son anxiété.

Claire ne s'était pas rendu compte qu'elle était aussi en retard, qu'en prenant le premier train ce matin pour ne pas laisser Chloe dès hier soir, elle se retrouverait forcément à la traîne. Elle prend une profonde inspiration. Je peux y arriver, se dit-elle, même si elle peine à le croire. Je suis aussi douée qu'eux. Puis, avec un culot qui manque de conviction : la victoire est à ma portée...

— Claire ! Joignez-vous à nous !

Elle est accueillie par une voix puissante et assurée, celle d'une femme élégante, d'âge moyen. Tous les regards se tournent vers la nouvelle venue.

— Je suis Harriet Strong, poursuit la femme, l'un des juges. Et voici mon collègue, Dan Keller.

Elle fond sur Claire à grandes enjambées et lui tend une main où étincelle une énorme bague ancienne qui broie les doigts de Claire.

— Enchantée de vous rencontrer, réussit-elle toutefois à articuler.

Harriet la gratifie d'un hochement de tête professionnel avant de retourner à sa place. Elle sourit, retire une minuscule peluche de son chemisier. Une fois qu'elle est sûre d'avoir capté l'attention générale, elle déclare :

— Bienvenue au premier concours « À la recherche de la nouvelle Mrs Eaden » !

Des rires nerveux s'élèvent de l'assemblée.

— Voici la pâtissière dont vous devez vous inspirer, Kathleen Eaden !

Elle désigne une grande photographie en noir et blanc. Claire la reconnaît aussitôt. Le même visage souriant veille sur le rayon boulangerie-pâtisserie de chaque magasin Eaden, et sur les coffrets de vaisselle à pois bleu canard de la gamme Kathleen Eaden. Claire ne peut cependant s'empêcher d'être frappée par son côté « comme il faut ». Pas très rock and roll. Jupe crayon et veste en tweed. N'a-t-elle pas connu les swinging sixties ? Elle est peut-être passée à côté de la folie libertaire des années 1960…

— Cette photo a été prise en 1963, deux ans après le mariage de Kathleen et de George, explique Harriet. Kathleen s'est révélée un atout hors pair pour la marque Eaden. Vous le savez tous, je suppose, lorsqu'elle a été vendue au groupe Marshall en 1967, la poignée d'épiceries du père de George était devenue un royaume de deux cent huit supermarchés. Kathleen a joué un rôle clé dans cette croissance exponentielle et ce succès. Elle représentait tout ce à quoi aspirait un client de Eaden : beauté, élégance, raffinement. Et les femmes l'adoraient. Elle les a amenées vers de nouveaux ingrédients avec beaucoup de délicatesse, en les convainquant qu'elles pouvaient accomplir des merveilles et en leur fournissant les recettes qui leur permettaient de réaliser ce rêve. Son écriture, empreinte de fermeté, n'était cependant pas dénuée d'espièglerie. Tout comme son contemporain Robert Carrier, qui rédigeait une chronique pour le *Sunday Times*, elle adorait écrire sur la cuisine. Et, surtout, elle ne privilégiait pas la forme au détriment du fond. Sa pâtisserie était à la fois simple et exquise.

Elle sourit avant de poursuivre :

— En résumé, nous avons placé la barre très haut, et celui ou celle qui remportera le concours, et le contrat, devra être de taille à relever le défi. Il ou elle devra égaler la perfection de Kathleen Eaden.

Un silence. Bonté divine, songe Claire, j'en suis incapable. À quoi pensait maman ? Ils sont tous plus vieux, plus expérimentés, plus proches de Kathleen Eaden que moi.

Elle prend une profonde inspiration et, à travers les larmes qui montent, lit la première recette, sur une carte plastifiée : génoise victorienne. Elle s'essuie les yeux. Les mots sont toujours là. Elle ne les a pas imaginés. Une génoise victorienne. Le gâteau le plus facile du monde. Celui que même Chloe est capable de préparer seule depuis qu'elle a sept ans. Un jeu d'enfant.

— Nous avons décidé de commencer en douceur.

Claire a l'impression que le sourire de Harriet lui est destiné. Comme une petite fille, comme Chloe, elle se met au travail.

Dix heures et demie, et la salle bourdonne sous l'effet de la concentration collective. Cinq personnes appliquées à une même tâche, toutes sérieuses, toutes démontrant une attention méticuleuse et excessive.

Jenny, à sa propre surprise, pèse le moindre de ses gestes. Elle, capable de préparer une génoise victorienne les yeux fermés – elle a dû en faire plus d'une centaine –, mesure chaque ingrédient avec une précision exagérée. Sucre roux, farine levante – versée de très haut au-dessus du bol et tamisée deux fois de suite –, levure et beurre doux. Elle traite chacun avec autant de précaution que s'il s'agissait de la cocaïne la plus pure ou d'un médicament pouvant entraîner la mort. Un gramme de trop ? Elle ne veut prendre aucun risque et retire un soupçon de farine.

Bien sûr, elle sait que la pâtisserie est une question de précision : trop peu de levure, trop peu d'air, trop de malaxage, des ingrédients trop froids, un four trop chaud, un temps de cuisson trop long… Chacune de ces variables peut transformer la génoise idéale en une parodie plate, sèche et grasse de l'idéal de toute garden-party. Malgré tout, le soin qu'elle apporte à ce gâteau est ridicule. Elle tient la recette d'une main tremblante. Certes, son excès de zèle vise à dissiper sa nervosité. Mais son application lui sert aussi à chasser d'autres pensées.

Son estomac pousse un grognement d'angoisse, et pas seulement parce que ce concours a acquis de l'importance à ses yeux : elle ne parvient pas à chasser de sa mémoire les mots durs que Nigel a eus la veille. Elle n'arrive pas à concilier l'image de l'homme bon, du père de ses enfants, de son mari depuis vingt-cinq ans avec celui qui s'est révélé capable d'une telle dérision. Enfin, ce n'est pas parfaitement exact. Elle a toujours été consciente de son côté cinglant, cependant elle n'en avait encore jamais fait les frais. Les piques et les critiques acerbes ont toujours été réservées aux patients pénibles, et tempérées d'un éclat de rire. À présent, elle est en première ligne, et le rire est absent.

Ça a eu lieu dans la cuisine, naturellement. Elle venait de sortir une fournée de muffins aux myrtilles et en avait ouvert un en deux : soi-disant pour s'assurer que son mélange de beurre et de bicarbonate de soude avait donné une consistance plus aérée. En réalité, pour s'empiffrer de myrtilles sucrées et de pâte moelleuse.

Nigel a déboulé après un jogging de seize kilomètres, moulé dans sa tenue en Lycra. Une bourrasque glaciale s'est engouffrée dans la cuisine surchauffée lorsqu'il a ouvert la porte.

En dépit des températures inférieures à zéro, il semblait grisé plutôt que frigorifié. Son visage, encore séduisant, était rouge et éclatant. La sueur assombrissait son tee-shirt par endroits et sa respiration était saccadée, précipitée. Il n'avait pourtant rien de ridicule, loin de l'archétype du cinquantenaire prêt à tout pour retenir sa jeunesse. Jenny s'est du reste fait la réflexion que sa silhouette était même plus avantageuse que trente ans auparavant : à l'âge mûr, il était devenu mince et musclé, lui qui, jeune, avait été plus studieux que sportif.

Avec sa respiration sonore, il évoquait un animal sauvage : pas non plus un guépard – ce serait le flatter –, plutôt un renard ou un loup. Oui, a-t-elle pensé avec amusement, entre ses boucles brunes, parsemées de gris et luisantes de sueur, et ses jambes poilues, il avait une parenté évidente avec le renard.

Il s'est d'ailleurs brusquement retourné, comme un fauve.

— Tu n'es pas encore en train de préparer des gâteaux ?

Là où autrefois il y aurait eu de l'amusement affectueux, il n'y avait plus qu'un grondement menaçant.

— Tu ne crois pas que tu devrais ralentir le rythme, Jen ? Il est presque vingt-deux heures. Je suis sûr que même toi, tu n'as rien à faire dans la cuisine à cette heure.

L'attaque lui a fait l'effet d'un coup en plein ventre. Elle a été tentée de lui rétorquer qu'il s'adonnait lui aussi à sa passion à une heure indue, mais a gardé le silence, préférant se concentrer sur l'eau qu'il avalait, sur sa pomme d'Adam qui se soulevait tandis que le liquide coulait bruyamment dans sa gorge. Un jet d'eau a jailli de la bouteille et éclaboussé le carrelage.

— Je m'entraîne pour le concours de demain, s'est-elle excusée alors qu'elle s'emparait d'un torchon.

Elle s'est baissée pour essuyer la petite flaque, retenant la colère qui montait en elle.

— Je voulais juste perfectionner mes muffins, a-t-elle ajouté.

— Ça vire un peu à l'obsession, non ? l'a-t-il provoquée. Aucune personne saine d'esprit n'éprouve le besoin de cuisiner autant que toi. Et je ne suis pas certain que ce soit bon pour ta santé, d'ailleurs.

— Ma santé va très bien.

Sa voix s'est faite cassante pour barrer la route à la critique implicite. Sauf que, cette fois, elle n'est pas restée implicite.

— Détrompe-toi, Jen ! Ton IMC doit être dans la tranche de l'obésité. Tu es en train de grossir… Non, tu es grosse, mon amour.

Le mot a rebondi sur les murs de la pièce. Il ne l'avait jamais qualifiée ainsi auparavant. Ronde, voluptueuse, plantureuse, tels étaient les euphémismes qui avaient sa faveur et qu'il n'employait que lorsqu'elle demandait à être rassurée. Ces derniers temps, ils ont soigneusement évité d'évoquer sa corpulence croissante.

Un contrat tacite venait d'être rompu.

Elle lui a fait face, ses yeux bleu pâle embués de larmes, et a cherché du réconfort. Elle n'a trouvé qu'un regard froid et cynique.

— Je suis sérieux, Jen.

Pragmatique et direct.

— Tu dois te ressaisir, a-t-il poursuivi. Ce concours est une véritable invitation au laisser-aller. Personne n'a besoin de s'empiffrer de tartes, de gâteaux à la crème et de biscuits. Et toi encore moins.

Il a retourné le couteau dans la plaie, l'air de rien, alors qu'il ouvrait le réfrigérateur pour en sortir une bouteille de jus de pomme.

— Un peu d'exercice ne te ferait pas de mal, d'ailleurs. Si j'étais ton généraliste, je préconiserais la pratique régulière d'un sport en plus d'un régime.

— Eh bien, c'est une bonne chose que tu ne le sois pas, a-t-elle riposté.

— Tu l'as dit. Je verrais en toi un poids pour la sécurité sociale.

Elle aurait aimé trouver un soupçon d'humour dans ses propos, mais ils ne contenaient pas un gramme de malice. Il a arqué un sourcil, incarnation achevée du critique inflexible.

— Je vais me coucher.

Et elle s'est retrouvée seule, comme toujours, dans sa cuisine. Sur pilote automatique, elle a essuyé les plans de travail, retiré les muffins refroidis de la plaque pour les ranger dans une boîte en fer. Puis, tout à fait consciemment, elle a récupéré celui qu'elle avait entamé et l'a enfourné.

Ça ne lui a pourtant apporté aucun réconfort. Les miettes moelleuses lui ont gratté la gorge et elle les a recrachées dans son bel évier, manquant de s'étouffer avec un sanglot. Agrippée à l'émail glacial, elle a laissé les larmes couler, s'apitoyant sur son mariage et son identité perdus.

Aujourd'hui, après ce déferlement d'émotions, elle se sent vide. Ses yeux ont dégonflé, et elle a camouflé les vestiges de son chagrin avec du fond de teint et un trait d'eyeliner bleu. Elle garde néanmoins l'impression qu'un pas a été franchi. Elle n'arrive pas à chasser de son esprit la phrase d'un texte depuis longtemps oublié et qui remonte à ses études secondaires. « Tout se disloque. Le centre ne peut tenir[1]. » Qui a écrit ça, déjà ? Le nom de ce poète, qui ne lui a pas beaucoup

1. W. B. Yeats, *La Seconde Venue, op. cit.*

servi après la fin de ses études secondaires – et plus du tout dès qu'elle a eu son premier enfant –, continue à se dérober. Ses mots, en revanche, deviennent un véritable mantra tandis qu'elle travaille le sucre et le beurre. Elle imagine la préparation figée par l'ajout d'œufs trop froids. La génoise resterait mangeable, mais elle monterait moins bien et ne serait pas à la hauteur. La comparaison peut sembler prosaïque, elle n'en reste pas moins pertinente : un nœud dans le ventre, elle se demande si l'on peut dire la même chose de son mariage.

Il lui est apparu évident ce matin, sur le trajet de la gare, qu'elle est face à un choix. Se plier aux désirs de Nigel et renoncer au concours avant même d'avoir commencé, abandonner la pâtisserie, chercher à s'affamer pour devenir l'épouse mince et pleine de santé dont, elle n'en doute plus, il rêve. Elle pourrait même se mettre au sport – l'idée de courir est risible, il lui faudrait quelque chose de plus accessible, comme le golf. Ou alors continuer sur sa lancée : se consacrer à la pâtisserie corps et âme, avec passion, trouver un exutoire à sa créativité qui lui fournirait l'occasion d'être reconnue et applaudie. Et puis, à l'issue de cette compétition de deux mois, elle pourra retirer ses œillères, monter sur la balance et reprendre son rôle d'épouse – fût-ce au sein d'un mariage en lambeaux.

Lorsque l'on présente les choses sous ce jour, la décision s'impose d'elle-même et voilà comment ce concours, cette simple génoise, a pris une importance démesurée. Après une trentaine d'années à s'occuper des autres, elle tient enfin une occasion de faire quelque chose pour elle. Elle peut se distinguer dans son domaine de prédilection, mais aussi, constate-t-elle avec une pointe d'excitation, se redéfinir. Rien ne l'oblige à être une cuisinière forte, la grosse dame joviale de la compétition – bien qu'elle ait conscience d'avoir été cataloguée ainsi par Eaden et Fils. Et si elle demandait à ce qu'on utilise le surnom Jenny, ainsi qu'on l'appelait dans sa jeunesse ? Plutôt que Jennifer, au côté si maternel… Oui, peut-être lui permettra-t-on encore une fois d'être Jenny.

Elle se concentre sur le gâteau. Les jaunes d'œufs, ces grosses sphères orange, tombent dans le cul-de-poule et sont vivement battus avant d'être ajoutés à la préparation. La farine levante et la levure supplémentaire sont tamisées à trente centimètres du récipient, puis incorporées d'un geste délicat. Un trait de lait permet de rendre le mélange plus onctueux encore. Elle vide la pâte d'un mouvement précis de la spatule, la guidant dans les deux moules beurrés et bien alignés, portant une attention excessive à ce que la répartition soit parfaitement équitable. Elle va jusqu'à peser les moules pour vérifier. Elle lisse le dessus avec une palette et place les moules au centre du four, côte à côte. Enfin, elle attend que la magie opère.

Onze heures. Maintenant que sa génoise est au four, Karen prend le temps d'observer les autres concurrents. Vicki incorpore et mélange, travaille et bat comme s'il s'agissait d'une chorégraphie élégante. Claire fait preuve d'une grande précision, ses mouvements sont sobres, précis, l'heure n'est pas à l'approximation. Jennifer est d'une nervosité extrême. Et Mike ignore les instructions avec désinvolture. À croire qu'il a suffisamment traversé d'épreuves dans son existence pour ne pas faire toute une histoire au sujet d'un gâteau.

Tandis que Harriet passe d'un concurrent à l'autre, le second juge, Dan, déambule dans l'allée entre les différents postes, se mouvant avec l'assurance froide d'un jeune trentenaire séduisant qui a le monde à ses pieds.

Karen se repaît de cette vision. D'épaisses boucles noires entourent son visage harmonieux ; ses yeux, cachés derrière des lunettes à la mode, sont francs et brillants ; le contour de sa mâchoire et de ses pommettes, bien définies, suit un dessin harmonieux. Un véritable adonis, songe-t-elle, arraché à un paysage méditerranéen pour être placé dans le plus ordinaire des décors : une cuisine. Sa peau mate et soyeuse rayonne de santé, ses lèvres pleines s'incurvent naturellement, comme dans l'attente d'un baiser.

C'est surtout son corps, toutefois, qui invite à la comparaison avec les dieux grecs : des pectoraux fermes, que l'on devine à travers une chemise en coton dont il a défait un bouton de trop, un torse effilé qui se termine par une taille fine, des fesses et des jambes d'athlète olympique. Sans oublier qu'il dépasse le mètre quatre-vingt-dix.

La cinquantaine bien entamée, il pourrait grossir s'il abuse du pain, des pâtes et des gâteaux qui ont, prétend-il, constitué la base de son alimentation dans son enfance. Elle le soupçonne néanmoins d'être trop narcissique, et futé, pour ça. Son livre de cuisine a beau s'être hissé à la troisième place des meilleures ventes juste avant Noël, il doit sans doute se rendre compte que le public a moins d'appétit pour ses recettes que pour lui. Il est l'un de ces rares êtres à posséder un véritable charisme. Beau à croquer, inquiétant... et inatteignable.

Ou peut-être pas. Jauger les gens est une seconde nature chez Karen. Un réflexe acquis très tôt, quand il était indispensable d'évaluer l'adversaire. C'est la première chose qu'elle fait en entrant dans une pièce. Et son instinct, affûté depuis plus de quarante ans, est rarement en défaut.

Elle perçoit aussitôt le danger. Celui du flirt, voire de la séduction. Elle le regarde s'approcher de son poste de travail d'un pas fluide mais déterminé et attend de croiser ses yeux. Ils sont chaleureux. Une moue s'esquisse sur ses lèvres.

— Bonjour.

Il sourit ; la tension est palpable. Et merde, merde, merde, merde, merde.

— Bonjour.

Elle adopte un ton poli plutôt qu'engageant, le menton relevé dans une attitude de défi.

— Comment ça se passe ?

La question est absurde. Sortie de nulle part. Qu'entend-il par là ? Impressionnée par sa beauté, elle perd contenance.

— Pour la génoise ? ajoute-t-il avec un sourire encourageant.

— Oh, la génoise…

Comme s'il avait pu penser à autre chose !

— Euh, parfaite… enfin, j'espère, nous allons devoir être patients, s'entend-elle jacasser.

C'est pourtant une chose qu'elle ne fait jamais. Il doit la trouver stupide, s'alarme-t-elle. Elle doit se ressaisir. La voix de Harriet vole à son secours, interrompant le bourdonnement ambiant :

— Vous devriez envisager de sortir vos gâteaux du four.

Les génoises trônent bientôt sur leurs grilles, sorties de leurs moules pour refroidir.

— Plus que cinq minutes.

Les pâtissiers caressent leurs gâteaux avec des palettes réchauffées pour y étaler la confiture de framboises. Jennifer ajouterait volontiers de la crème fouettée et des framboises glacées au sucre, ce qui ne l'empêche pas d'apprécier l'exigence de simplicité. Claire, qui saupoudre sa génoise de sucre, grimace devant son manque d'épaisseur.

— Et… posez vos ustensiles !

Un cri déchire l'atmosphère. Vicki se tient la tête à deux mains, paralysée par l'effroi. Son gâteau s'est renversé en tombant, il y a du sucre glace par terre et de la confiture s'écoule entre les deux disques de génoises décalés.

— Tout va bien, tout va bien…

Rouge et paniquée, elle semble sur le point de fondre en larmes. Elle fait signe aux autres de ne pas approcher davantage.

— Je voulais juste le changer d'assiette.

Elle se penche pour ramasser son œuvre ruinée et, ce faisant, casse une des génoises en deux. Alors, sous le regard ébahi des autres, elle fond en larmes.

— La pauvre chérie, murmure Jennifer.

Au fond de la pièce, Claire libère son souffle.

Kathleen

La première fois, elle s'est à peine autorisée à y croire. Bien sûr, elle savait qu'elle était enceinte. Elle a gardé le secret bien au chaud, pour elle, incapable de le partager avec quiconque, surtout pas George, de peur de lui donner de faux espoirs. Durant quatre semaines entières, tout en cuisinant, écrivant et inaugurant des supermarchés, elle a brûlé d'annoncer cette nouvelle incroyable. Sa poitrine était sensible et il lui semblait qu'en se concentrant bien, elle pouvait déceler un léger renflement de son ventre.

Après coup, ça l'a aidée, de ne pas avoir crié sa joie sur les toits, de ne pas avoir poussé ne serait-ce qu'un gémissement. Ça l'a aidée, de se convaincre, à demi, que ses règles avaient simplement du retard, que celui-ci était dû à l'angoisse d'écrire sa rubrique. Quatre semaines de retard.

La douleur a été presque inexistante. Ce qui a contribué à la dérouter.

Car la quantité de sang était surprenante, elle.

8

Le gâteau Battenburg peut sembler un peu compliqué à réaliser, mais, croyez-moi, il mérite cet effort. Peu de pâtisseries vous vaudront aussi sûrement un sourire. Il y a quelque chose de festif, et de frivole, dans le battenburg. Et personne ne peut remettre en question le soin et l'application requis pour sa confection. Voilà un gâteau à préparer pour un être cher.

Lorsque Harriet s'approche d'elle pour discuter de la recette du battenburg, Vicki sait qu'elle n'a pas besoin de ses conseils. Évidemment, il fallait que ce soit ce gâteau-là, songe-t-elle. Celui qui est à l'origine de son obsession pour la pâtisserie, le symbole de sa quête de reconnaissance.

Tout a commencé avec sa mère, bien sûr. Vicki a voulu préparer un battenburg pour le quarantième anniversaire de Frances. Elle avait treize ans. Et c'était un gâteau ridiculement compliqué pour une gamine de son âge. Elle était bien la fille de sa mère, pourtant. « Nourrie à l'ambition », plaisantait souvent Frances – Vicki se souvient parfaitement du rire gêné et hypocrite des amies de celle-ci.

Petite, Vicki adorait les battenburgs des pâtisseries. Ce gâteau composé d'un damier rose et jaune, dont elle séparait les différentes parties, le rose artificiel et le jaune citron, après avoir défait, tel un ruban fragile, la croûte de pâte d'amandes, fixée par de la confiture qui lui laissait les doigts poisseux. Elle grignotait chaque carré du bout des dents, s'imaginant être une princesse de conte de fées. Puis elle dégustait le ruban qu'elle avait mis de côté, l'enroulant bien serré sur lui-même avant de le défaire et d'arracher des bandelettes pour les laisser fondre sur sa langue.

Le battenburg était un plaisir rare. La plus exquise des friandises. Frances refusait d'acheter des gâteaux à sa fille, à l'exception des barres de céréales préparées avec du miel, et non du sucre, et des brownies à la caroube, vendus par le magasin bio du coin – alourdis par la farine de blé complet, par les noix sèches, ils manquaient cruellement de chocolat.

Elle ne pouvait goûter au battenburg que chez Nicola, sa meilleure amie. Nicky. Dans sa cuisine douillette, ou au fond de son jardin, elles disséquaient la mosaïque et disposaient les carrés sur les assiettes de la dînette afin de préparer des sandwichs magiques pour leurs poupées.

Naturellement, à treize ans, Vicki ne jouait plus à la poupée. L'excitation liée au battenburg – le gâteau en quelque sorte interdit, synonyme de joie et de fête – lui était restée toutefois. Et voilà pourquoi, épaulée par Nicky, elle a décidé d'en préparer un pour les quarante ans de sa mère.

Elle a connu un moment d'hésitation.

— Tu ne crois pas qu'elle préférerait un gâteau à la carotte ? a-t-elle demandé à son amie. Je ne l'ai jamais vue manger un battenburg, ni aucun truc aussi rose.

— Ne fais pas l'idiote, s'est moquée Nicky. On ne prépare pas un gâteau à la carotte pour un anniversaire aussi important ! Ce n'est pas un lapin !

Dédaignant les réserves de Vicki, elle les a chassées d'un fou rire.

Avec l'aide de la mère de Nicky, les deux filles ont trouvé une recette et passé un long après-midi studieux à confectionner la pâte. Les carrés roses étaient pâlots, ceux au citron d'un jaune agressif. Le gâteau était légèrement plus étroit à une extrémité, et légèrement renflé au milieu. Quant au damier, il manquait de précision. Du haut de ses treize ans, Vicki s'est pourtant efforcée de rester optimiste.

— Tu crois que ça lui plaira ? a-t-elle demandé à Nicky et à la mère de celle-ci en se rongeant un ongle jusqu'à sentir le goût salé du sang.

— Si ça lui plaira ? Elle va l'adorer, oui, l'a réconfortée la mère de Nicky. Elle l'adorera parce qu'il est réussi et parce que tu l'as préparé rien que pour elle.

Vicki l'a présenté à Frances le lendemain matin, soit le jour de son anniversaire, avec son habituel petit déjeuner constitué d'un demi-pamplemousse et d'une tasse de Earl Grey, qu'elle buvait noir avec une rondelle de citron. Vicki avait l'intention de le garder pour le goûter, mais elle n'a pas pu attendre jusque-là.

Frances, gênée de n'avoir pu cacher qu'elle avait traîné au lit – elle se levait habituellement à six heures et demie –, s'est esclaffée, incrédule.

— Oh, ma chérie, c'est toi qui l'as fait ?

— Oui.

Vicki en a rosi de plaisir. Soudain, elle n'avait plus treize ans, elle en avait huit, sept, six. Elle rentrait de l'école avec des poèmes pour Frances, composés à l'occasion de la fête des Mères, de Noël, de son anniversaire : l'orthographe était capricieuse, la motivation toujours la même – besoin d'amour, d'attention.

— Je ne sais pas très bien quoi dire !

Frances a étudié le gâteau sous toutes les coutures, un sourcil dressé pour exprimer une horreur feinte. Dis qu'il est très réussi, a prié Vicki, farouchement consciente que la réaction de sa mère n'était pas normale.

— Il a le mérite d'être intéressant. Quelles couleurs ! C'était ton intention de le rendre aussi psychédélique ?

Son rire a tinté. Vicki a rougi.

— Elles ne sont pas censées être aussi psyché... aussi vives, a-t-elle tenté de s'excuser d'une petite voix tendue. C'est censé être délicieux.

— Et je suis certaine que ce sera le cas, a lancé Frances, juste à temps.

Vingt ans plus tard, Vicki se rappelle encore le soulagement qu'elle a éprouvé en entendant ces mots

– et sa honte quand sa mère s'est empressée de le saper.

— Tu en veux une part ? a-t-elle proposé, pleine d'espoir.

— Oh, pas maintenant, chérie. Peut-être plus tard… pour le goûter. Et un tout petit morceau. Je ne pense pas qu'une telle quantité de colorants alimentaires soit très bonne pour quiconque.

L'inquiétude dans sa voix était perceptible.

Aujourd'hui, dans la cuisine du manoir des Eaden, Vicki se rend compte qu'elle tient une occasion de réparer son erreur. De préparer un gâteau Battenburg qui n'effraiera personne avec ses couleurs criardes et qui lui apportera la reconnaissance qu'elle recherche depuis vingt ans. Elle s'attaque donc à sa confection avec la détermination qui lui a fait défaut plus tôt. Elle va préparer le plus délicieux des gâteaux et surprendre non seulement les juges, mais, plus important encore, sa mère.

L'épreuve a débuté il y a vingt minutes, et Claire essaie toujours de se persuader qu'en dépit de ses études interrompues elle est capable de réussir. Capable de verser des préparations de différentes couleurs dans des compartiments distincts, puis de les agencer afin qu'elles forment un damier. Elle est naturellement soignée et précise : ses cheveux blond foncé attachés en queue-de-cheval haute, son tablier fixé par un double nœud, ses baskets neuves achetées pour l'occasion, son jean repassé en témoignent. Ses doigts tremblent tandis qu'elle plie en deux le papier sulfurisé avant de former un pli de quatre centimètres qui lui permettra de séparer les différents appareils. Elle ne s'autorise aucun moment de faiblesse, pourtant. Ressaisis-toi, tu en es capable. Tu sais que tu en es capable.

Ses doigts frémissent encore. Elle imagine sa fille, ses grands yeux bleus encadrés de cheveux châtain clair, ces yeux qui expriment la même confiance en Claire que lorsqu'elle était bébé. Cette image l'apaise. Tu dois y arriver, pour Chloe. Tu n'as pas le choix.

Karen essaie, elle aussi, de se concentrer sur cette recette qui lui permettra d'exercer son goût pour l'ordre, sinon la perfection. Elle a toujours une conscience aiguë de la présence de Dan. Sa taille, alors qu'il flâne dans l'allée, ses épaules larges, son regard d'un bleu incroyable. Elle s'efforce de faire abstraction de sa présence, de songer plutôt à sa fille Livy, une beauté à quinze ans déjà, ou à Jake.

Non, mieux vaut éviter de penser à Jake. Elle le comprend à peine dorénavant, cet homme-enfant à qui elle a donné le jour et qui manifeste une agressivité perturbante. À moins qu'elle ne le comprenne que trop bien. Elle ravale une bouffée de peur. Son changement d'attitude vis-à-vis d'elle est-il un effet secondaire du bouleversement hormonal de l'adolescence, ou ses sarcasmes ont-ils un fondement plus solide ? « Tu ne trompes personne, maman. » Les a-t-il vus ? Et, s'il est au courant, l'a-t-il trahie ? En a-t-il parlé à Oliver ?

La pâtisserie – et plus précisément la mise à l'épreuve de ses talents de pâtissière – a pour objectif de la libérer de ces angoisses. De lui permettre de se réinventer, de développer une activité plus adaptée, plus maternelle que s'affamer, courir avec acharnement ou s'obséder pour son corps vieillissant, de moins en moins attrayant. Dans ses grands moments de solitude – et ils ne sont pas rares –, elle s'imagine devenir la méchante reine de *Blanche-Neige*, face à sa fille, qui incarnerait la jeune princesse, bien sûr. Ou une Mrs Robinson[1] séduisant les amis de son fils. Dans un cas comme dans l'autre, elle redoute de susciter la honte de ses enfants.

Et donc elle cuisine : elle bat et elle fouette, elle pétrit et elle caresse, elle mesure, elle chronomètre, elle jauge. Une balance électronique et un thermomètre à sucre l'aident à gagner en précision, même si rien ne lui permet de compenser son refus de goûter. Ça ne l'empêche pas de démontrer compétence et assurance. Détermination et, dans une certaine mesure, implacabilité. Elle déverse autant d'énergie dans ce battenburg que si sa confection était la chose la plus importante de son univers. Et pour le moment, par cette journée maussade de début mars, c'est le cas.

Une heure plus tard, la recette s'est révélée dans toute sa difficulté. Un glaçage au beurre est étalé sur les bandes de génoise rose et dorée, et les pièces

1. Personnage du film de Mike Nichols *Le Lauréat* (1967).

assemblées pour créer un damier. La pâte d'amandes blanche, aplatie en forme de rectangle, accueille la génoise enduite de crème, tel un papier cadeau d'exception. Cinq battenburgs tapis les uns à côté des autres. Certains plus réguliers que d'autres. Deux manquent de précision dans leurs contours. Un est composé de cubes irréguliers. La reine Victoria – le gâteau a été inventé pour sa petite-fille – n'aurait sans doute pas apprécié. Mrs Eaden aurait probablement été consternée. Pourtant dans la cuisine du concours, c'est un sentiment d'accomplissement qui domine – et le soulagement d'avoir été jusqu'au bout.

— Posez vos ustensiles !

La voix de Dan, grave et mélodieuse, emplit l'atmosphère et les concurrents s'interrompent. Cinq gâteaux dorés, installés sur des présentoirs blancs, sont déposés sur la table des juges pour être découpés. Vicki s'autorise un petit sourire en coinçant ses cheveux derrière ses oreilles. Même à distance, le sien est, de loin, le favori : net, dodu, majestueux. Un couteau s'y enfonce et dévoile un agencement irréprochable de carrés roses et dorés. Le kitsch dans toute sa splendeur, ce qui ne l'empêche pas de paraître délicieux. Les juges sont du même avis.

— La texture est parfaite, déclare Harriet.

Une miette s'accroche à son rouge à lèvres et elle la récupère du bout de la langue.

— Nos deux gagnants de la semaine, poursuit-elle, qui apparaîtront donc sur YouTube, sont Jennifer pour la génoise victorienne et Vicki.

À l'annonce d'un verdict qu'elle attend depuis vingt ans, Vicki ne peut retenir un immense sourire sincère. Parfait. Ils ont dit que mon gâteau était parfait. Son sourire s'élargit tant qu'elle en vient à craindre d'être ridicule. Mais c'est plus fort qu'elle. Enfin, elle a la reconnaissance qui lui manquait.

Biscuits

Un biscuit fait maison est une œuvre de toute beauté. Léger et éphémère, sucré et savoureux, il doit fondre sur la langue et donner à vos invités le désir d'en déguster d'autres.

Nos amis américains mangent des cookies, ces ronds de pâte moelleuse parsemés de pépites de chocolat, et nos jeunes enfants les trouvent peut-être attrayants. Sachez cependant que les biscuits les plus réussis sont plus délicats. Une cigarette russe bien roulée, une meringue à la crème au café, un macaron à la framboise ou un sablé fondant au citron, toutes ces gourmandises permettront à la ménagère ordinaire de déployer raffinement et élégance. Elle régalera les hôtes venus prendre un café dans la matinée, et ils repartiront confondus par son talent.

Les règles sont simples. Travaillez la pâte le moins possible et évitez d'ajouter trop de farine : celle-ci empêchera certes la pâte d'adhérer, mais vos biscuits seront moins tendres. Avant d'abaisser la pâte, placez-la au réfrigérateur une bonne demi-heure au minimum. Pour les cookies, il faudra compter beaucoup plus longtemps. Les parfums les plus simples sont les plus efficaces : un zeste d'orange ou de citron, de l'essence de vanille ou du cacao en poudre.

Les biscuits n'ont pas besoin d'être coûteux ; en revanche, ils doivent représenter la tentation absolue : ils ouvriront l'appétit de vos convives, qui devront se retenir d'en prendre un « dernier ». Comme les petits-fours servis dans les restaurants français les plus chics, on n'en fait qu'une bouchée. Et, pour cette raison sans doute, ils n'en sont que plus irrésistibles.

Kathleen Eaden, *L'Art de la pâtisserie*, 1966.

Kathleen

Elle s'affaire dans sa cuisine de Bradley Hall, une immense salle haute de plafond. Sa cuisinière œuvre de son côté à préparer un dîner pour seize tandis qu'elle, Kathleen, fait de la pâtisserie pour son seul plaisir.

Son livre avance bien : elle en est déjà à la moitié de la partie consacrée aux biscuits, les mots coulent sous sa plume, couvrant des pages de papier crème, pendant que ses petites merveilles dorent au four ou caramélisent.

Aujourd'hui, cependant, son carnet reste dans le tiroir et elle prépare des biscuits sans raison particulière. Et pas n'importe lesquels : les plus enfantins et évocateurs de tous, qui n'ont pas pour fonction d'impressionner, mais de susciter un sourire de pure joie. Bruns, dodus et fondants. Luisants de sucre. Décorés de raisins secs, faisant office d'yeux et de boutons.

Elle travaille la pâte pour ses bonshommes en pain d'épices, l'étalant d'un geste léger. Le parfum du gingembre, le mélange d'épices, la pointe de cannelle ne sont peut-être pas de saison. Susan et James, sa nièce et son neveu, ne s'en formaliseront pas.

Elle applique les emporte-pièces sur le rectangle de pâte : une maman, un papa et deux enfants – un garçon et une fille. Le plan de travail en marbre ne tarde pas à être recouvert de deux familles : ses sœurs aînées, Esme et Mary, leurs époux et enfants. Il y a aussi un homme célibataire et espiègle, son jeune frère Charlie, leur mère Celia, et un couple sans enfants (George et elle-même). Elle découpe un autre homme : son père Alexander. M. le juge Pollington. Fort, autoritaire, infatigable, fiable, et néanmoins emporté par une crise cardiaque le jour des dix-sept ans de Kathleen, laissant un vide qu'aucun bonhomme en pain d'épices ne pourra combler.

Elle roule en boule la dernière silhouette et parcourt du regard les autres : une grande famille qui continue à s'agrandir sans réussir à faire oublier cette absence. Et pourtant Charlie, qui n'avait que quinze ans à la mort de son père, s'y efforce. Les Pollington aiment donner des ordres, ne sont pas avares de jugements, tolèrent George et sa fortune, sans jamais l'accepter complètement. On ne peut en aucun cas les qualifier de malléables, or ils viennent d'être transformés en morceaux de pain d'épices.

Puis, lentement, et plus délicatement que de coutume, elle applique l'emporte-pièce en forme de petit garçon dans la pâte. Un autre enfant. Elle ne l'a dit à personne encore, ni à George, ni à sa mère. Mais ses règles ont du retard et sa poitrine lui paraît différente. Elle est parcourue de picotements. Elle a pris rendez-vous chez son médecin. Elle est presque certaine.

Elle hésite entre ajouter ce dernier enfant aux autres bonshommes ou l'agglomérer avec le restant de pâte : est-ce tenter le destin que lui donner déjà forme ? Et l'effacer ? Elle a attendu ce moment si longtemps, elle ne veut pas que ce qui s'est déjà produit recommence.

Ne sois pas ridicule, s'intime-t-elle sèchement. Tu es ridicule. Tu fais de la pâtisserie, rien d'autre.

Par acquit de conscience, elle façonne une ribambelle de garçons et de filles : robustes et compacts. À la sortie du four, ils sont plus durs et plus solides que leurs parents.

9

J'ai rarement croisé un homme – mari ou fils – qui n'ait pas de faible pour une petite friandise. Un macaron moelleux, un biscuit enrobé de chocolat, ou un sablé fondant fourré à la crème au beurre.

Ils peuvent prétendre aimer les bonnes choses en général, ils sont en réalité incapables de résister à la tentation d'une sucrerie.

Vicki se retrouve, une fois de plus, au même endroit : devant l'îlot dans sa cuisine. Des ingrédients sont éparpillés sur le plan de travail et elle a le regard perdu par la fenêtre, sur le monde gelé.

À l'intérieur de sa maison mitoyenne, début XXe, elle est bien. Le parquet en chêne de sa cuisine rétro est chauffé, sa cuisinière Aga rouge rejette des bouffées d'air brûlant avec la confiance insouciante d'une climato-sceptique. Le froid n'en est pas moins insidieux. La condensation s'accroche aux portes-fenêtres, engourdit ses doigts, et lui rappelle combien elle vit cloîtrée. Combien les éléments sont vicieux.

Le grand gel n'est pas terminé ; la terre est recouverte d'une couche de givre qui punit les rares crocus courageux. Les gens n'hésitent pas à recourir aux hyperboles : « les températures les plus basses depuis trente ans », « la vague de froid la plus tenace en un demi-siècle ». Les présentateurs, trop heureux d'avoir une météo sensationnelle à annoncer, laissent transparaître une jubilation mal contenue devant de tels extrêmes. La nation dans son ensemble éprouve une fierté toute britannique à montrer du courage face à l'adversité. Vicki, elle, trouve ça simplement horripilant.

Elle reporte son attention sur la table de sa cuisine et le fruit de son labeur matinal : huit grilles chargées de sablés au citron, galettes à l'avoine, cookies aux pépites de chocolat et aux noisettes, shortbreads, macarons. Dorés sur les bords, moelleux au centre, les biscuits brillent sous la lumière, gorgés de sucre et de beurre. Elle brise un cookie en deux et grignote la pâte fondante avec ses morceaux de chocolat coulants. Elle a peut-être bien atteint la perfection dans le domaine des biscuits.

Elle sourit à une photo de Kathleen Eaden, accrochée sur la porte d'un placard, en hauteur. Elle tient un bol à hauteur d'épaule et mélange la préparation avec une cuillère en bois. Elle donne l'impression que c'est si facile, songe Vicki. Kathleen devait pourtant posséder une énergie et une ambition hors du commun : elle n'était pas un simple mannequin photogénique. Elle semble sourire à Vicki, abolissant les dizaines d'années qui les séparent. Aide-moi, lui demande cette dernière. Aide-moi à faire de mon mieux. Aide-moi à cuisiner suffisamment bien pour apparaître à nouveau dans l'un de ces minifilms sur YouTube. Et aide-moi à remporter la compétition.

Ses yeux atterrissent sur l'horloge et elle constate qu'elle cuisine depuis plus de quatre heures. Alfie l'a aidée avant d'aller jouer avec son train électrique. À présent, il y a plus d'une heure et demie qu'il est affalé devant la télé.

Elle sait que ce n'est pas bien pour lui, mais se trouve rapidement des excuses : elle devait tester ces cinq recettes. Greg serait moins indulgent. Sauf que, comme toujours, Greg n'est pas dans le coin.

Elle se rend dans le petit salon pour éteindre la télévision, ce qui provoque aussitôt les hurlements d'Alfie. Elle aurait dû le prévenir et lui laisser cinq minutes de plus, ou compter jusqu'à dix en agitant des maracas, ainsi qu'elle le faisait avec ses élèves… Enfin bon, cet écran, il l'a fixé bien assez longtemps.

— Désolée, mon grand.

Elle tente de le prendre dans ses bras.

— Tu la regardes depuis des siècles, ajoute-t-elle. Et tu dois être affamé. Tu voudras un cookie aux pépites de chocolat après ton sandwich ?

— Noooooon !

Le cri emplit la pièce tandis que la faim, l'ennui et la frustration d'avoir été ainsi délaissé embrasent son petit corps. Il agite la tête de colère, se débat avec une violence surprenante et s'en prend à elle. Elle lui tient les jambes, écarte quelques mèches de cheveux de son front qui rougit et tente de chasser ses larmes de rage à coups de baisers.

— Je suis désolée, mon trésor, l'apaise-t-elle, je suis vraiment désolée.

Les hurlements se prolongent, de moins en moins convaincus cependant ; il abandonne le combat et se blottit contre sa poitrine, respirant ce mélange unique d'Eternity et de beurre fondu. Les pleurs se transforment en gémissements alors qu'elle l'apaise de ses caresses. Elle l'aime tellement quand il est comme ça. Lorsqu'il accepte de se laisser calmer, lorsqu'il redevient, un instant, un bébé. Lorsqu'il se recroqueville contre elle, l'air de vouloir rentrer dans son ventre, à l'abri. L'épuisement l'a adouci et rendu brièvement plus docile.

Main dans la main, ils gagnent la cuisine. Vicki met du pain à griller, puis entreprend de trancher du cheddar, de faire des cubes d'avocat et de couper des tomates cerises en deux. Combien d'enfants issus de la classe moyenne ont droit à un repas aussi équilibré le midi ? se demande-t-elle. Tomates, concombres, raisins, carottes, gressins : voilà ce que les parents servent aux goûters d'anniversaire pour offrir un minimum d'aliments sains… qui finissent en général dans d'immenses sacs-poubelle noirs, sans avoir été touchés.

Elle aimerait se convaincre que son fils les préférerait à des Fingers, des Barquettes et autres biscuits industriels, cependant, à l'instar de la plupart des enfants, il aime mieux le sucré. Comme pour lui en fournir une illustration immédiate, il chipe un cookie parmi le butin qui trône sur la table et enfourne des morceaux fondants dans sa bouche. Une pépite de chocolat noir, encore coulante, dégouline sur son menton, et il a des miettes sur les joues. Il glousse de plaisir et elle se retourne.

— Oh, Alfie… Pas avant d'avoir mangé quelque chose d'équilibré. J'avais dit après !

Son ton est implorant. Pourtant, lorsqu'elle avise les yeux noisette pleins de malice, la fossette et l'expression de délectation à l'idée d'avoir transgressé un interdit dans les limites rassurantes de la cuisine, elle cède.

— Mon adorable garçon… Comment puis-je exiger que tu m'obéisses si je te mets ces merveilles sous le nez ?

Elle prend aussi un cookie, mord dans son cœur mou et partage avec son fils un moment de rare complicité.

Dans sa cuisine du Suffolk, Jenny – car elle a décidé d'être Jenny maintenant – se débat aussi avec des biscuits, même si elle continue à penser qu'il n'y a rien de plus facile à préparer. Grisée par sa victoire lors du premier tour de la compétition, elle se montre optimiste, elle aussi. Elle ne peut pas être éliminée de toute façon, elle veut donc faire plus : exceller, même si pour cela elle doit figurer dans ces vidéos ridicules postées sur le site internet de Eaden et sur YouTube.

Pour atteindre cet objectif, elle doit viser à la perfection.

Elle s'entraîne donc avec un acharnement qui irrite ostensiblement son mari, délaissant les tâches ménagères, qu'elle accomplissait autrefois avec un zèle extrême, pour travailler dans sa cuisine du petit déjeuner jusqu'à la fin de l'après-midi. Elle se concentre sur les recettes les plus délicates et élégantes : cigarettes russes, tuiles aux amandes, florentins, sablés au citron. Ces biscuits exigent de la précision : déposer délicatement la quantité exacte de pâte sur une plaque de cuisson, glacer à la douille avec une régularité de métronome. Il ne s'agit pas de préparer de simples cookies, pour lesquels on peut se contenter d'enfourner des cuillerées de pâte irrégulières, mais d'exquises bouchées créées pour exciter l'appétit. Ces biscuits sont là pour mettre en valeur son grand talent.

Elle est à court de poudre d'amandes, toutefois, et même si la commande internet en contenant arrivera ce soir, elle ne peut attendre. Elle file donc au Eaden le plus proche afin d'acheter l'ingrédient manquant. C'est l'heure du déjeuner, et il y a plus de monde que de coutume : les employés de bureau viennent chercher un sandwich et une boisson, ou ils en profitent pour faire quelques courses. Au moment de traverser, elle remarque un break Volvo avec une plaque minéralogique qui lui est familière. La voiture de Nigel. Sa présence dans ce lieu inattendu la décontenance. Ses repères viennent de bouger. Le domaine de Nigel se limite à son cabinet dentaire, que fait-il ici ?

Ce matin, elle lui a donné une salade thaïe avec un blanc de poulet mariné. Peut-être a-t-il eu une envie subite de pâtes ? Peut-être ne suit-il pas un régime aussi ascétique et est-il venu, en douce, faire des réserves de sucres lents ? À sa grande surprise, Jenny trouve cela touchant et pas simplement irritant. Peut-être rêve-t-il en secret d'un repas concocté par les soins de son épouse… Elle s'imagine déjà le séduire et met au point le menu : un steak avec une sauce au brandy, un gratin dauphinois ainsi qu'une salade de roquette et de cresson pour la bonne conscience.

Elle se faufile entre les voitures garées sur le parking, résolue à le surprendre en train d'hésiter entre un pain aux raisins et une tourte au porc – même si ces deux options semblent peu probables. Tout à coup, elle se fige. Lui aussi navigue entre les voitures, et il n'est pas seul.

La tête rejetée en arrière par un éclat de rire, il ne paraît pas ses cinquante-deux ans. La gaieté le rajeunit. Son pas assuré suggère qu'il est un homme énergique et vigoureux. Mais c'est la proximité discrète de son corps et de celui de Gabby Arkwright – épouse du généraliste du coin, adepte du triathlon et amie de la famille – qui attire l'œil. La façon dont il se penche vers elle tandis qu'elle lui raconte sa blague. La façon dont ses traits à elle, si jolis, si réguliers, s'illuminent. Et ses yeux noirs plongés dans ceux de Nigel. Il approche la main du bas de son dos, sans la toucher, geste tendre et attentionné pour la guider entre les véhicules. C'est tout Nigel, se dit Jenny, toujours courtois, toujours charmant, surtout avec leurs amies les plus séduisantes. Soudain, il pose la main au creux des reins de Gabby, contre le Lycra de son collant de sport, et il l'y laisse. Il ne s'agit plus seulement de la guider. Il la possède. Et Jenny sait, sans avoir besoin de regarder – même si elle est pétrifiée, incapable de se détourner –, que les doigts puissants de Nigel vont caresser la taille de Gabby avant de lui effleurer les fesses. Avec ce simple petit geste, si discret qu'il n'éveillerait les soupçons d'aucune connaissance, d'aucun patient, le monde de Jenny bascule.

Abritée par une Land Rover, elle se liquéfie. De la bile âcre lui remonte dans la bouche. Son corps est en train de la trahir. Son cœur bat la chamade et sa vision s'obscurcit. Tout se disloque. Le centre ne peut tenir. Elle prend appui contre la carrosserie massive de la voiture et se penche en avant, les mains appuyées sur les genoux. Sa poitrine remonte contre son visage dès qu'elle baisse la tête. Elle attend que le malaise passe.

Elle ne sait pas comment elle rentre ; elle conduit sa Renault Espace sur pilote automatique, empruntant des routes de campagne qu'elle fréquente depuis trente ans. Elle aimerait croire qu'elle reste une conductrice prudente – elle l'a toujours été –, pourtant elle aborde les virages avec une témérité inhabituelle. Tout se disloque. Et les femmes d'un certain âge lâchent prise au volant.

Elle se sent engourdie. Sa tête tourne ; ses pensées tourbillonnent alors qu'elle réunit les fragments du kaléidoscope : la fois où il a déposé Gabby en voiture, leur complicité lors d'un dîner. Quand leur histoire a-t-elle débuté ? Vers quoi va-t-elle ? Comment a-t-il pu, comment a-t-elle pu faire une chose pareille ? Vingt-cinq années de mariage et presque autant d'amitié se révèlent aussi fragiles que ces toiles d'araignée ornées de gouttes de rosée et accrochées aux haies. Un tout petit geste a fait voler en éclats la seule certitude de Jenny.

Dans les moments de crise, elle se tourne vers ce qu'elle fait le mieux : la cuisine. Elle doit s'occuper. Exciser la haine, le chagrin et la honte. C'est un jour pour malaxer, pour pétrir, pour taper. Ce n'est pas un jour à millefeuille, mais un jour à attendrir la viande avec un rouleau à pâtisserie, à manier de la pâte, à vider des verres de merlot corsé tout en préparant une tourte au bœuf qui sent le fer et la force d'âme, qui lui apportera le réconfort dont elle a besoin – et qu'elle ne supportera pourtant pas de manger.

Elle arrache la peau dorée d'un oignon, puis ôte les couches supérieures, aussi fines que du papier. Le couteau, manié avec rapidité, fend le cœur du bulbe et lui arrache des larmes supplémentaires. Huile d'olive et beurre sont jetés dans la cocotte Le Creuset, où ils grésillent : la température est trop forte. Elle verse les dés de viande, ajoute de la moutarde et du poivre. Elle a un mouvement de recul à l'instant où ses yeux tombent sur ses doigts, peints d'un rouge vermillon, luisants de sang.

Ce n'est que lorsque l'odeur sucrée des oignons en train de dorer lui chatouille les narines qu'elle se rappelle : elle a préparé le même repas à dix-sept ans, pour son père et sa sœur, le soir du jour où sa mère est morte.

Les larmes se mettent alors à couler. Elle pleure sur un couple vieux de trente ans et sur une adolescente endeuillée, qui a appris la cuisine avec sa mère, pour qui la nourriture a toujours été de l'amour.

10

Si vous avez la chance d'avoir une fille, transmettez-lui votre amour de la pâtisserie. Vous lui enseignerez un savoir-faire précieux... et grâce à ces moments partagés vous n'en deviendrez que plus proches.

— Alors c'est à ça que tu consacres tes matinées ?

Il y a un soupçon de mépris dans la voix de Frances au moment où elle débarque dans la cuisine et avise les biscuits refroidissant sur les grilles.

Un air glacial s'est engouffré dans la pièce, pas uniquement dû à la bise qui a balayé le vestibule quand Vicky a ouvert à sa mère. L'atmosphère se charge d'un reproche si discret que seule Vicki peut le percevoir, accoutumée depuis trente ans à saisir chaque nuance de l'humeur maternelle.

— J'ai été efficace, non ?

Le ton est brusque. Vicki sourit en prenant le manteau de sa mère, tire une chaise pour elle, puis pousse à l'écart les fournées de biscuits.

— Un café ?

— Je prendrai une eau chaude avec une rondelle de citron, chérie. Ne t'inquiète pas, j'ai apporté le mien. Je parie que tu as utilisé tous les tiens pour préparer une nouvelle tarte.

Sa voix est aussi délicate et tranchante qu'un éclat de verre. Vicki lui sourit. Il y a deux minutes que sa mère a franchi le seuil et, déjà, elle essaie de la mettre mal à l'aise. Pas cette fois. La jeune femme brandit un citron non traité et l'agite avec triomphe. Elle le lave avec du savon et l'essuie, histoire de prévenir tout reproche. Sous le regard scrutateur de sa mère, elle dépose une tranche bien régulière dans une tasse en porcelaine délicate, puis verse l'eau bouillante avant de sortir une cuillère en argent et une soucoupe pour la rondelle.

— Tu n'as pas mis de l'eau bouillante, si ?

Frances affiche un air peiné.

— Oh… pardon ! Je vais t'en préparer une autre…

Vicki découpe une seconde tranche, choisit une tasse propre et verse une eau frémissante cette fois.

— Voici, j'espère que c'est mieux.

Frances, svelte, impeccable, exigeante, considère sa fille de ses yeux verts, étrécis comme ceux d'un triton. A-t-elle pris la remarque de Vicki pour un reproche ? Cette dernière sent l'habituelle boule dans son ventre. Elle sourit, cherchant à exprimer ce qu'elle éprouve depuis toujours : ma seule intention est de te faire plaisir, mon seul objectif, d'obtenir ton approbation. Frances, qui s'est mise à remuer son eau chaude, ne remarque pas l'appel que lui lance sa fille du regard.

Vicki patiente, s'identifiant pour la millième fois à l'élève rebelle convoquée dans le bureau de la mère supérieure. Ne sois pas ridicule, s'intime-t-elle. Tu n'as rien fait de mal. Tu n'auras pas d'ennuis. Ce n'est que ta mère.

Frances soulève la rondelle de citron avec la cuillère, la presse contre la paroi de la tasse, puis la pose dans la soucoupe. Enfin, elle sourit.

— Alors tout ça, c'est pour ton concours de pâtisserie ?

— Oui.

Vicki est agréablement surprise que sa mère montre de l'intérêt. Frances a mis un point d'honneur à minimiser la participation de sa fille au concours, ne la félicitant pas une seule fois – n'évoquant même pas sa sélection.

Vicki en a été blessée. En tant que proviseur fraîchement retraité, Frances est pourtant bien placée pour comprendre l'importance des entretiens, des examens, de la réussite. Toute sa carrière, elle l'a affirmé. Elle ne valorise que le succès scolaire, songe Vicki. La passion de sa fille pour la pâtisserie n'a aucune valeur à ses yeux – elle en est même gênée. Comme si elle croyait que Vicki a choisi de s'illustrer dans ce domaine avec l'unique dessein de la contrarier. Comme si elle n'en avait pas déjà fait assez en décrochant de justesse son diplôme de fin de secondaire, ou en abandonnant sa carrière pour s'occuper de son fils. Comme si elle voulait vraiment embêter sa mère et pour cela avait résolu de briller dans la sphère domestique.

— Tu voulais me demander un service, je crois ?

À son habitude, Frances va droit au but. Vicki l'imagine présidant une réunion d'enseignants. Efficace, autoritaire, intimidante.

— Oui, dit-elle en se décomposant, je voulais savoir si tu pourrais aider Greg avec Alfie pour les prochains week-ends. À cause du concours.

Un silence s'étire pendant que sa mère avale une gorgée d'eau presque brûlante.

— Je crois que j'ai une chance de réussir… Et ça implique de passer cinq nuits sur place… C'est beaucoup demander à Greg, il fait des journées énormes en ce moment.

Frances s'autorise une moue le temps de réfléchir à sa réponse.

— N'est-ce pas le rôle d'un père ? Bien sûr, ton père n'est pas resté assez longtemps dans les parages pour qu'on puisse le savoir.

C'est plus fort qu'elle, il faut qu'elle lance une pique contre les deux hommes qui ont compté pour Vicki.

— Tu as raison, et en théorie il devrait s'occuper de son fils pendant les cinq week-ends sans se plaindre… mais la réalité est différente, non ?

Elle éprouve un frisson d'exaspération. Sa mère ne lui simplifie vraiment pas la tâche. Elle décide d'en appeler à son sens du devoir :

— Et puis je pensais que tu voudrais me soutenir et en profiter pour passer du temps avec Alfie. Il est si merveilleux en ce moment et, au train où vont les choses, tu n'auras sans doute pas d'autre petit-enfant, alors je me disais que tu aimerais sans doute le voir plus…

Elle sent l'émotion monter et se distrait en rangeant certains biscuits, qu'elle place avec soin sur du papier sulfurisé. Elle remplit trois boîtes. Enfin, tu te rends bien compte qu'il est adorable, s'exclame-t-elle intérieurement. Tu entends bien ce que je suis en train de dire, non ? Je t'avoue que je ne pense pas être capable d'avoir un autre enfant. Que je suis stérile. Je te demande ton aide !

Le souvenir d'une vieille blessure se réveille et Vicki se demande si elle osera y faire allusion. Elle bat en retraite, la possibilité s'évanouit avant même d'avoir pris entièrement forme. C'est une option trop agressive. Un jour, j'aurai le courage, se persuade-t-elle. Pas aujourd'hui. Elle referme d'un geste sec le couvercle d'une boîte. Finissons-en d'abord avec cette joute.

Frances, de son côté, observe Alfie, qui fait rouler une ambulance Playmobil autour de sa chaise. Elle sursaute lorsqu'il la cogne contre un pied de la table. Il est particulièrement mignon aujourd'hui, cependant sa grand-mère n'a pas l'air convaincue que passer du temps avec lui leur permettrait de se rapprocher.

Elle a souvent souligné que les enfants ne sont intéressants qu'à partir du collège – « quand ils deviennent intelligents », formule mémorable. Si elle était parfaitement honnête, elle avouerait qu'elle préfère attendre qu'il sorte de l'adolescence. Elle n'a jamais été attirée par les tout-petits, même si elle sait qu'ils sont, objectivement, attachants.

Vicki a beau connaître sa mère par cœur, elle ne peut s'empêcher d'espérer qu'elle fera une exception. En a-t-elle fait une pour moi ? se demande-t-elle. Dans l'intimité de sa propre maison a-t-elle embrassé les bourrelets de mes cuisses de bébé ? M'a-t-elle regardée dormir, fascinée par la paix qui émanait de moi, comme je le suis devant mon petit Alf ? A-t-elle enfoui son visage dans mon cou et respiré mon odeur tiède et lactée ? A-t-elle caressé ma joue rebondie en s'émerveillant d'avoir mis au monde un être aussi pur ? Si parfait ?

Vicki n'a aucun souvenir de sa mère s'amusant avec elle, s'immergeant dans son monde imaginaire et prenant part à ses jeux. Pas plus qu'elle ne se la rappelle répondant à ses inépuisables questions sans irritation ou tolérant la répétition, la sottise. L'institutrice en elle tressaille à rebours face à la dureté de sa mère, face à la rareté de leurs interactions en dehors des dessins et de la lecture. Si Frances refusait de jouer avec elle, pourquoi accepterait-elle de le faire avec un autre enfant ?

Sa mère est débordée, Vicki le sait. Elle a pris sa retraite il y a moins d'un an et n'a aucune intention de lever le pied. Une fois par semaine, elle travaille comme bénévole à la bibliothèque Bodleian. Elle va à la piscine tous les matins, elle est un membre actif de l'antenne locale d'Oxfam, l'association internationale qui lutte contre la pauvreté, elle a aussi repris le piano et suit des cours du soir d'italien. Elle s'est inscrite à une formation avancée en informatique et, en septembre, entamera un master de psychologie, en alternance, sur le développement de l'enfant. Sans oublier, enfin, ses voyages : libre de toute contrainte personnelle – elle vit seule – et dotée d'une confortable retraite complémentaire, cumulée au fil des ans, elle prévoit un voyage en Sicile à Pâques, et un autre au Laos et au Cambodge cet été.

Et tout cela est formidable. Bien sûr que ça l'est. La mère de Vicki n'a aucune intention de devenir l'un de ces grands-parents dont la vie tourne autour de leurs petits-enfants, qui voient leur sciatique s'aggraver à force de pousser des bébés harnachés dans leurs poussettes et dont la fatigue voile les traits.

Vicki ne voudrait pas de cela, elle non plus. Elle accepte et encourage l'existence bien remplie de sa mère. Frances a travaillé dur et ça n'a pas dû être facile pour elle d'élever sa fille seule tout en gravissant les échelons de sa carrière. Le temps est venu pour elle d'être égoïste – non que Vicki puisse jamais s'imaginer la décrire en ces termes. Mais parfois, parfois seulement, elle apprécierait que sa mère s'occupe davantage de son petit-fils. Vicki ne s'attend pas à ce qu'elle en soit gaga, elle est réaliste. Pourtant, elle aimerait que Frances lui montre plus d'intérêt. Un peu d'intérêt tout court.

Sa mère réfléchit avant de répondre.

— Oh, ma chérie, j'adorerais ! Je ne pense pas avoir le temps, malheureusement. Je ne peux pas prendre cet engagement en plus de tout ce que j'ai déjà en ce moment.

Le mensonge est automatique. Et même si Vicki l'a anticipé, elle ne réussit pas à cacher sa déception.

— Bien sûr, je suis idiote. Oublie cette discussion, je suis vraiment désolée.

Elle garde la tête baissée, continue à ranger les biscuits dans leurs boîtes. Frances a dû remarquer l'émotion dans sa voix.

— Évidemment, si Greg ne s'en sort pas tout seul, vous pourrez toujours m'appeler. Je ne peux pas m'engager pour cinq week-ends, c'est tout. D'ailleurs, je suis certaine que ce n'est pas ce que tu me demandes, si ?

— Non, non, évidemment !

Entrevoyant la possibilité, inespérée, d'un soutien, Vicki s'empresse de rassurer sa mère :

— Peut-être un jour sur deux chaque week-end, ou alors un week-end…

— Sur deux ?

L'angoisse de Frances est perceptible. Elle s'empresse d'ajouter :

— Oh, non, tu sais, je ne crois pas pouvoir le prendre un week-end entier… Dans ce cas, le samedi ? Si Greg peut me le déposer et passer le rechercher ?

— Je pourrai m'en charger. À moins que tu ne viennes ici ?

Pourquoi, se demande Vicki, sa mère lui complique-t-elle autant la tâche ?

— Je préfère être chez moi, rétorque Frances avant d'aviser, avec un reniflement réprobateur, les jouets éparpillés dans la pièce.

Le message est clair : si elle rend ce service à sa fille, ce sera sur son territoire… et à ses conditions. L'accord est conclu. Vicki déposera Alfie à Oxford, puis filera dans le Buckinghamshire. Frances gardera son petit-fils pendant trois samedis, et Greg viendra le récupérer à dix-huit heures – s'il ne sera pas ravi d'avoir à prendre la voiture, il sera soulagé de pouvoir compter sur son aide.

— Merci, maman.

Submergée par la gratitude, Vicki prend sa mère par les épaules, effleure des lèvres sa joue poudrée et la serre contre elle. Frances paraît mal à l'aise, le corps inerte, incapable de s'abandonner à l'étreinte.

— Attention à mon eau chaude !

Elle déplace la tasse de porcelaine d'un geste théâtral, embarrassée par cette démonstration subite d'affection.

— Pardon…

Vicki s'écarte, la tête baissée, blessée par le rejet maternel. Frances n'a pas terminé.

— Bon, alors, tu vas m'offrir une de ces friandises ?

Kathleen

Le bébé semble pousser. Au grand étonnement de Kathleen, neuf semaines se sont écoulées depuis ses dernières règles et, bien au chaud en elle, son bébé – elle ne pense pas à lui comme à un embryon – s'installe, comptant sur elle pour le maintenir en vie.

Il n'y a aucun signe apparent. Chaque matin, elle s'observe de profil dans le miroir, mais son ventre reste plat. Elle existe toujours, « la reine de la pâtisserie, dont beaucoup envient la silhouette », ce qui ne va pas sans la dépiter. Car sans l'arrondissement de cette partie de son corps, elle redoute d'avoir tout imaginé.

Le Dr Sharp l'a rassurée, pourtant, tout comme James Caruthers, obstétricien de renom auquel son généraliste l'a adressée. Et, bien sûr, il y a l'autre signe infaillible de la grossesse : les nausées matinales. Ou, plus exactement, les nausées permanentes. Des vagues qui l'emportent et la malmènent, tel un marin embarqué sur un frêle bateau et affrontant la haute mer.

Elle n'est pas épargnée.

Seul le sucre arrive à apaiser son mal de cœur. Rien de très compliqué : scones, brioches, nature ou aux raisins, pains au lait. Elle continue donc à faire de la pâtisserie. Ignorant la bile qui monte pendant qu'elle pétrit la pâte, elle imagine le soulagement, toujours trop court, qui surviendra lorsqu'elle mettra la pâte sucrée dans sa bouche.

Elle n'oublie pas d'écrire non plus : elle rédige la description de pains aux raisins et de brioches aussi vite qu'elle les prépare. Son manuscrit s'épaissit alors que sa taille reste svelte. En dépit des nausées et de la fatigue, elle apprécie cette créativité incessante : elle cuisine, elle écrit et elle nourrit un bébé. Ce tourbillon productif la fait exister.

— Mon chapitre sur le pain avance bien, annonce-t-elle à George à la fin d'une nouvelle journée fructueuse. J'ai presque terminé la première moitié du livre.

— Tant mieux, tu n'auras plus de temps à lui consacrer une fois que le bébé sera là, lui sourit-il, déjà gâteux.

— Oh que si ! proteste-t-elle avec énergie. J'en profiterai quand il dormira. Je suis capable de faire tout un tas de choses en même temps : écrire, cuisiner, élever mes enfants.

— Et si nous partions sur un rythme d'un enfant par livre ?

Il l'enlace par la taille et elle sent son sourire vaciller.

— Attendons déjà que j'aie eu celui-ci, proteste-t-elle, gagnée par la peur. Mais sur le principe, reprend-elle en forçant son optimisme, je ne suis pas contre. Remplissons un peu cette énorme maison !

À cette époque, elle perfectionne sa recette des brioches de Chelsea.

— C'est toi, ma petite brioche de Chelsea ! s'exclame George au moment où elle sort une nouvelle fournée.

Cette obsession lui passe vite. Elle est prise en photo avec elles pour des publicités, elle écrit à leur sujet pour *Home Magazine*, puis, brusquement, elle cesse de les préparer.

Son goût pour elles a disparu.

11

En pâtisserie, l'organisation et la préparation sont de la plus haute importance. La maîtrise des deux vous garantira calme et efficacité dans la cuisine. Ce même principe peut s'appliquer à l'existence. Prenez le temps de vous préparer, que ce soit pour un rendez-vous ou pour votre mari, et vous récolterez les fruits de vos efforts.

Un samedi matin de la mi-mars. C'est le jour de l'épreuve des biscuits, et Karen Hammond est enfermée dans sa Porsche Cayenne devant Bradley Hall, guettant une accalmie.

Il pleut encore ; des trombes d'eau s'abattent sans relâche sur son pare-brise, insensibles au va-et-vient des essuie-glaces. Elle coupe le contact. Mieux vaut attendre que ça se calme. Son brushing sera ruiné si elle y va tout de suite, même en courant.

Contrainte de patienter, Karen se laisse aller contre le dossier en cuir tiédi et étudie le manoir devant elle.

Elle comprend pourquoi il a pu séduire un homme comme George Eaden – enclin à étaler sa fortune acquise à la sueur de son front, à s'offrir un palais de conte de fées avec une farandole de tourelles phalliques. Elle se figure que Kathleen Eaden aurait préféré quelque chose de plus intimiste, en revanche, d'un peu moins ostentatoire.

Poussée par l'ennui, elle sort de la boîte à gants un prospectus qui a été distribué à chacun des concurrents. George a acheté le domaine en 1964, quelques mois après que le scandale Profumo avait éclaté – la rencontre entre les deux amants avait eu lieu à Cliveden, à quelques kilomètres de là. Peut-être George a-t-il obtenu le manoir à bon prix, à moins qu'il n'ait rêvé, à l'instar de John Profumo, l'ancien secrétaire d'État à la Guerre, d'un bain de minuit coquin avec une charmante jeune femme ? Karen scrute la photo en noir et blanc : massif et impassible, des cheveux blond-roux, un sourire joyeux et une expression de vendeur de marché. Oui, il devait avoir du nez pour les affaires. Mais non, il était trop conventionnel pour se baigner nu.

Elle s'étire et poursuit sa lecture. De gigantesques travaux de rénovation ont été entrepris. « Une fois ces travaux terminés, le manoir comportera une partie musée – dédiée à la croissance de l'empire Eaden, humble épicerie devenue aujourd'hui une entreprise parmi les plus cotées du Royaume-Uni –, ainsi qu'un ermitage de luxe pour les employés les plus appréciés. Il accueillera toutes les archives culinaires de Kathleen

Eaden. » Une photo montre la demeure flanquée de bordures de plantes herbacées et baignée d'une lumière estivale. Illustration parfaite du style anglais dans toute son exubérance.

Aujourd'hui, le ciel est de plomb, les buissons privés de leur feuillage. Un vrai décor de roman gothique.

Au bout d'une vingtaine de minutes, la pluie faiblit et un soleil aqueux perce à travers la masse de gris. Karen s'empare de son fourre-tout en cuir, décidée à prendre le risque. Ses jolies ballerines crissent sur le gravier, puis gravissent d'un pas dansant les marches de pierre où se sont formées des flaques d'eau. Elle pénètre dans le vestibule sophistiqué. À partir de maintenant, les concurrents devront cuisiner pendant un week-end entier. Autrement dit, elle va passer sa première nuit sur place, ce qui lui permettra d'explorer les lieux. Les battements de son cœur se précipitent, pas à cause de l'effort mais de l'excitation. Elle se sent revigorée.

Après avoir récupéré la clé de sa chambre, elle monte l'escalier, laisse derrière elle les rosiers du papier peint, qui grimpent jusqu'au plafond et évoquent les ronces emprisonnant le château de la Belle au bois dormant. De part et d'autre du couloir, des yeux noirs, peints à l'huile et entourés d'un cadre doré, la suivent du regard tandis qu'elle ose s'aventurer plus loin. Il faut vraiment qu'ils accélèrent la rénovation…

Une surprise attend Karen lorsqu'elle pousse la lourde porte en chêne de sa chambre : la pièce, spacieuse, est de style moderne. Les murs ont été fraîchement peints en gris, les cimaises et les corniches en blanc cassé. Le lit est neuf – un king size, remarque-t-elle –, avec un jeté en mohair ardoise et des draps en lin bien raides et bien blancs, d'une marque réputée.

Elle a l'impression d'avoir mis les pieds dans un hôtel de charme, même si, dans la salle de bains d'une blancheur immaculée, elle ne trouve aucun produit de toilette. Elle dépose son sac par terre avant de s'asseoir sur le matelas : ferme, comme elle les aime. Elle s'autorise alors à s'allonger sur le lit et, autant qu'elle se le permet, essaie de se détendre.

Les préparatifs en vue de cette épreuve ont été, elle s'en rend compte à présent, intensifs. À l'instar de Vicki et de Jenny, elle s'est entraînée à parfaire ses biscuits, moulant des tuiles chaudes sur des oranges et des cigarettes russes sur les manches de cuillères en bois, ainsi que le recommande *L'Art de la pâtisserie*.

Le perfectionnement s'est étendu jusqu'à elle. Les soins de beauté qu'elle répartit en général sur un cycle de trois semaines ont été réunis sur trois jours. Elle a été taillée et affûtée, retournée et irriguée, désherbée et effeuillée, tel un jardin particulièrement foisonnant envahi de plantes grimpantes sur lequel la main humaine devait reprendre le contrôle.

La plupart de ces manipulations sont censées être plaisantes – soin du visage raffermissant et liftant, manucure de luxe, enveloppements et massages du corps – et lui sont revenus à plus de six cents livres. Ils lui ont pourtant paru d'autant plus rébarbatifs qu'elle comptait les longues heures pendant lesquelles ils la tenaient éloignée de sa cuisine. Elle ne doute pas un instant que ce temps consacré à se bonifier était utile, tout comme il était indispensable de faire retoucher ses reflets et d'ajouter cinq séances de vélo en salle à ses cours de gym quotidiens. Ses enfants l'ont à peine vue – étant inscrits à la cantine, ils ne rentrent pas du lycée avant vingt et une heures. La maison lui a paru plus calme, vide et stérile que jamais. Oliver a passé toute la semaine à Londres, planchant apparemment sur une acquisition capitale. Dieu seul sait ce qu'elle doit faire pour l'intéresser ces temps-ci. Elle doute qu'il remarque ses efforts, d'ailleurs.

Avec un soupir, elle se regarde dans la reproduction de miroir vénitien et remarque les fines rides d'expression apparues autour de sa bouche et celles, plus profondes, au-dessus de ses yeux. Ce soin du visage n'a servi à rien… Elle lisse son front comme pour effacer les signes qui la trahissent. Combien de temps encore pourra-t-elle se passer de Botox ? C'est sans doute une question de mois, maintenant.

Peut-être était-ce ce que Jake entendait avec son désinvolte *Tu ne trompes personne*. Tu n'es plus une jeune femme attirante, mais une vieille qui met des vêtements ridicules. Elle sent son ventre se serrer. Elle sait bien sûr que ce n'est pas ça, ou pas seulement, car le mépris de son fils aurait été plus général. Moins tranchant. Moins précis.

Elle se repasse sa conversation de la veille avec sa fille, la svelte et sérieuse Olivia. À quinze ans, elle est beaucoup plus prudente que ne l'était sa mère à cet âge. S'il lui arrive de flirter avec des garçons sur Facebook, elle ne s'imagine en aucun cas les toucher. Pour elle, la passion se vit dans les livres, et elle a l'intelligence d'attendre son Heathcliff, son Mr Darcy ou son Edward Cullen.

En dépit de cette naïveté, Livy est sage, si bien qu'elle paraît souvent plus âgée que son frère. Elle jauge sa mère de ses yeux gris, et Karen ne peut se défaire de l'impression, perturbante, que cette belle jeune fille innocente – si différente de l'adolescente qu'elle a été – l'a percée à jour.

Ses enfants sont proches : seuls dix-neuf mois les séparent. Jake se confie à sa sœur tout en se montrant protecteur, ce qui épate Karen chaque fois qu'elle repense à son propre grand frère, Steven, qu'elle n'a pas revu depuis vingt ans. Si Jake a une raison précise de haïr sa mère, il est très probable que Livy la connaisse. Et même si elle n'avait que peu de chances de la pousser à trahir ce secret, Karen se devait d'essayer.

Elle a interrompu sa fille pendant qu'elle lisait un texte pour son cours d'anglais, ses longues jambes repliées sous elle, sur le canapé.

— Livy… Tu sais s'il y a quelque chose qui tracasse Jake ?

— L'adolescence ? a-t-elle répondu d'une voix traînante sans lever le nez.

— Je parlais de quelque chose de plus précis.

Elle a dû expulser les mots, comme s'ils risquaient de rester coincés dans sa gorge.

— Quelque chose qui le mettrait particulièrement en colère, a-t-elle poursuivi. Quelque chose qui pourrait avoir un rapport avec moi ?

Olivia a alors redressé la tête pour la fixer à travers ces lunettes à monture épaisse que Karen aimerait la voir troquer pour des lentilles. Elle a l'impression que celles-ci mettent sa fille à distance, qu'elles rendent son expression plus implacable, plus difficile à déchiffrer.

— Si c'est le cas, maman, ce n'est pas avec moi qu'il faut en discuter.

Olivia a déplié brusquement ses grandes jambes et s'est levée pour quitter la pièce.

— Tu dois en parler avec lui.

Bien sûr, Karen n'a pas osé. Il a été tellement plus facile de les nourrir, de débarrasser leurs assiettes sales, de lui rappeler à quelle heure il était attendu au rugby, de leur redire qu'elle ne serait pas là le lendemain soir, mais qu'Oliver s'occuperait d'eux. Plus facile de s'éclipser ce matin sans passer la tête par la porte de la chambre de Jake pour lui dire au revoir, de prétendre qu'elle pensait à lui et respectait son besoin de sommeil.

Tu ne trompes personne, maman. Ces mots l'embrouillent. Non, elle ne l'a pas trompé, ni, semblerait-il, sa sœur. La peur d'avoir baissé dans leur estime à tous deux – voire d'être l'objet de leur condamnation – est aussi tranchante qu'un couteau Sabatier.

Et le reste du monde ? Eh bien, elle doit encore y croire. Elle doit encore continuer.

Elle se concentre sur le visage familier qui la regarde dans le miroir. Elle récupère la trousse à maquillage en cuir lamé, dont elle sort une pince à épiler pour parfaire le contour de son sourcil et arracher le poil récalcitrant qui n'a pas échappé à son œil expert. Elle se soumet à une nouvelle évaluation, puis brosse sa chevelure à coups fermes et réguliers, pour lui rendre du volume. Enfin, elle redessine le contour de ses lèvres et applique un rouge à lèvres neutre, d'une main légèrement tremblante, avant d'embrasser un mouchoir blanc où elle laisse une empreinte poisseuse. Elle lisse sa robe trois trous, ramène les épaules en arrière et, au moment de quitter la pièce, prend une très profonde inspiration.

En bas, les concurrents sirotent une boisson chaude dans le salon. Leur fébrilité est palpable ; ils tentent de s'acclimater au cadre prestigieux. Claire est la plus nerveuse ; incapable de se détendre sur le sofa en chintz fleuri, elle redoute de renverser son thé. Voulant stabiliser sa tasse, elle ne réussit qu'à renverser un peu de liquide dans la soucoupe. Quelqu'un l'a-t-il remarqué ? Son ventre se serre, comme prisonnier d'un écheveau inextricable de nœuds, tandis qu'elle compte les minutes la séparant de la prochaine épreuve.

Ne parvenant pas à rester assise, elle se lève et s'approche des immenses fenêtres cintrées qui donnent sur une impressionnante allée de gravier. Une vieille Ford Focus vient de s'y engager et elle sourit, envahie par un soulagement inattendu. Mike Wilkinson, assailli par la pluie, extrait un sac de son coffre et s'élance vers le manoir, tête baissée. Qui a-t-il abandonné ce week-end au profit du concours ? Si elle lui a à peine adressé la parole la semaine précédente, elle a remarqué qu'il portait une alliance et l'a entendu mentionner des enfants. Elle n'a pas pu s'empêcher de remarquer aussi qu'une certaine tristesse émanait de lui.

Alors qu'elle l'observe courir sous la pluie, elle s'aperçoit qu'elle s'est tout de suite prise de sympathie pour lui, le loup solitaire de la compétition. Elle se reconnaît en lui : il ne sait pas très bien comment il s'est retrouvé ici, mais il a résolu de profiter de l'expérience. Pour une raison inexplicable – peut-être son air accablé ou le sens de l'humour qu'elle croit déceler chez lui –, elle soupçonne qu'ils ont plus d'un point en commun. Comme elle, Mike se sent probablement un peu perdu dans la vie. Et comme elle, il gagne à être connu.

Quant à Vicki, elle affiche une assurance sans faille. Après tout, elle a remporté l'épreuve du battenburg. Jenny, elle, semble à cran. La semaine dernière, elle se pliait en quatre pour se montrer aimable. Aujourd'hui, elle n'engage pas la conversation et ne paraît d'ailleurs pas vouloir être dérangée. Après un examen plus attentif, Claire constate qu'elle n'est pas seulement préoccupée ou distante : son regard est presque mort. Quelque chose serait-il arrivé pendant qu'ils s'entraînaient, chacun de leur côté, à améliorer leurs macarons au chocolat, leurs sablés ? La vie aurait-elle suivi son cours, loin d'un four préchauffé et d'une plaque à pâtisserie beurrée ?

— Bonjour, tout le monde ! Sommes-nous prêts pour la suite de notre aventure ?

Cora, vêtue d'un pantalon cigarette bleu marine et d'une marinière, leur adresse un sourire encourageant, les yeux pétillants et la tête inclinée d'un côté.

Les concurrents ont deux heures pour préparer des sablés fondants au citron, des shortbreads, des macarons et des sablés salés, aux amandes et au piment. L'épreuve porte autant sur les talents culinaires des participants que sur leur capacité à gérer leur temps. Jenny, qui étudie les recettes au fond de la pièce, est soulagée d'avoir quelque chose de plus complexe qu'une génoise à confectionner. Elle va devoir faire des calculs et agir rapidement. L'adrénaline afflue dans ses veines pendant qu'elle met au point son planning.

Alors qu'elle inscrit les différents temps de préparation, un souvenir lui revient en mémoire. Elle revoit sa mère, qui produisait à tour de bras sablés, shortbreads et tartelettes à la confiture pour la kermesse estivale de l'église. Un livre de recettes destiné à la « parfaite ménagère » est ouvert sur la table, taché. Deux ans plus tard, c'est *L'Art de la pâtisserie* qui occupera sa place. Lucy, sa jolie silhouette cachée sous une blouse en coton, serait passée d'un ouvrage à l'autre, comparant les recettes et prenant des notes.

Juchée sur une chaise dans la cuisine, la seule pièce à rester chaude dans le presbytère traversé de courants d'air, Jenny plonge un petit doigt dodu dans la préparation, puis le lèche avec volupté.

— Voyons, Jenny… Tu devrais demander la permission avant de faire ça.

Sa mère proteste, mais garde le sourire. Sa seconde fille, âgée de seize mois, est accroupie à ses pieds et frappe le couvercle d'une casserole avec une cuillère en bois. Eleanor lève les yeux vers sa grande sœur de quatre ans, dans l'espoir d'avoir sa part du butin. Jenny lui tend un doigt enduit de pâte savoureuse dès que leur mère a le dos tourné. Les deux filles échangent un sourire poisseux et luisant : elles partagent un secret, d'autant plus délicieux qu'il est sucré.

Si seulement la vie avait pu rester aussi simple, regrette-t-elle en réunissant le sucre semoule, le beurre doux et la farine dont elle a besoin pour les shortbreads. Le cheddar, le piment et l'ail attendent de leur côté pour les biscuits salés – elle s'y attaquera ensuite.

Elle se replonge dans le cocon de chaleur maternel, enveloppée de l'odeur de beurre fondu qui monte de la cuisinière, avec sa petite sœur et sa mère. Elle peut sentir sur sa langue la pâte sucrée et élastique, qui glisse dans sa gorge. Dehors, le soleil brille sur un immense jardin campagnard. La vie ne pourrait pas être meilleure. L'espace d'un instant, elle voudrait retourner en arrière.

Le présent se rappelle à elle : l'atmosphère vibre sous l'effet de la concentration générale, que seules les questions de Harriet viennent interrompre. Elle se faufile entre les postes de travail installés dans l'ancienne écurie, telle une enseignante de biologie exigeante.

Jenny sable le beurre doux avec la farine, le sucre et le sel, et regarde les miettes se détacher de ses doigts épais pour retomber en pluie dans le bol. La délicatesse est primordiale, songe-t-elle par réflexe. En pâtisserie comme dans l'existence.

Elle réunit les miettes sablées en boule, qu'elle enveloppe de film étirable et place au réfrigérateur avant de répéter la même opération pour les biscuits au fromage : après avoir battu le beurre avec le cheddar et le piment, elle ajoute de la farine et de l'eau, puis enfin des amandes émondées bien dodues, dans une caresse. Elle forme ensuite des cylindres bien serrés, qu'elle met au réfrigérateur avec l'autre pâte.

C'est l'heure des macarons plus sophistiqués, et elle s'autorise un petit sourire en s'attaquant aux bouchées irrésistibles. Elle monte les blancs d'œufs en bec d'oiseau, ajoute progressivement le sucre semoule pour obtenir une meringue bien brillante. Un mélange de poudre d'amandes et de sucre glace est délicatement incorporé. La préparation, toujours luisante, est ensuite déposée, à la douille, sur du papier sulfurisé : elle forme des ronds bien réguliers, de trois centimètres de diamètre. Elle tapote doucement le papier pour faire disparaître les éventuelles bulles d'air, aplatit les ronds avec la lame d'un couteau, et enfin les laisse reposer une heure, le temps qu'une peau se forme.

Il ne reste plus que les sablés fondants. Après quarante minutes d'application muette, elle étudie la dernière recette. Ses fouets tout juste lavés battent un nouveau morceau de beurre ramolli avec du sucre glace. De l'extrait de vanille, de la farine de blé et de maïs sont ajoutés jusqu'à obtention d'une pâte bien lisse. La partie amusante commence maintenant. Avec la dextérité qui la caractérise, elle trace une ligne de colorant alimentaire rose à l'intérieur d'une poche à douille, avant de la remplir de pâte à l'aide d'une cuillère. Elle dépose vingt-quatre volutes de pâte. Parfaites, luisantes de beurre, précises et symétriques. Il n'y a rien de restrictif dans ces sablés. Et pourtant ils ont un côté sévère. Ils ne sont pas aussi voluptueux qu'une tarte au chocolat ou un cheesecake au mascarpone. Jenny se dit que Mrs Eaden devait les apprécier.

Ayant placé la dernière plaque de biscuits au frais et allumé le four, elle sort. Elle aspire à un moment de tranquillité, loin de ses camarades.

La pluie a perdu tout son éclat, elle goutte sur les pavés de la cour, l'air de s'excuser de sa vantardise précédente. Jenny monte la fermeture Éclair de sa doudoune et, tout en se mettant à l'abri, sort son iPhone. Pas de nouvelles de Nigel. Elle éteint l'appareil et le rallume pour vérifier. Toujours rien. La déception est aussi difficile à avaler qu'un gros morceau de pâte à pizza.

Elle ne s'explique pas pourquoi elle espérait, malgré ce que l'expérience lui a appris, un geste de réconciliation de sa part. Un message, sinon d'amour, au moins d'encouragement. Naturellement, elle ne lui a pas dit qu'elle l'avait aperçu avec Gabby Arkwright. Elle n'aurait pas supporté un aveu. Pas plus qu'un mensonge. De toute façon, elle ignore comment mettre le sujet sur la table avec un homme qu'elle a l'impression de ne plus connaître. Elle a trop peur qu'il tente un coup de bluff. Qu'il retourne la situation et qu'elle se sente coupable d'avoir eu l'audace de le soupçonner d'une telle trahison.

À l'affrontement, elle a préféré une approche bienveillante – ce qui lui ressemble bien –, pour sortir de l'impasse dans laquelle ils se retrouvent un peu plus chaque jour depuis ce fameux soir où il a rompu leur accord tacite en lui reprochant d'être grosse.

Au souvenir de cette dispute, des larmes lui montent aux yeux. Elles roulent sur ses joues alors qu'elle repense à l'humiliation de la veille.

Ils étaient au lit, un immense king size acheté plusieurs années plus tôt afin de pouvoir accueillir leurs trois petites filles pour un câlin matinal – et qui, ces derniers temps, leur permet de passer des nuits entières sans se toucher. Depuis un moment, elle n'envisage pas de porter autre chose qu'une longue chemise de nuit. Le genre de vêtement sobre qui respire la pudibonderie victorienne, la drapant dans un blanc virginal. Il sert de signal, aussi limpide que le port d'un pantalon de pyjama pour Nigel ou, à une époque plus heureuse, l'oubli d'une boîte de tampons dans la salle de bains. Pas ce soir, chéri.

La veille, elle a enfilé une chemise de nuit plus courte, bien qu'en jersey sage et d'un blanc immaculé. Une nuisette qui n'avait rien de victorien cependant. Elle a tiré sur le tissu qui adhérait à sa culotte de cheval en espérant que son décolleté avantageux, souligné par de la dentelle blanche, offrirait une diversion suffisante. Il y a vingt-cinq ans, lorsqu'elle pesait quarante kilos de moins, elle exhibait sa poitrine pour lui, la lui dévoilant même parfois dans l'intimité. Elle ne se souvient pas de la dernière fois que c'est arrivé. À l'époque, elle appréciait que le sexe soit physique, s'y préparant comme pour une séance de sport et compensant par son enthousiasme son manque de délicatesse. Ces derniers temps, leurs rapports sexuels ont été appliqués et dépourvus de toute joie. Jenny priait pour que ses bourrelets se fondent dans le matelas pendant qu'elle endurait la position du missionnaire, répugnant à introduire de la fantaisie par peur de s'exposer.

Nigel, qui lui tournait le dos quand elle est entrée dans la pièce, l'a ignorée. Elle s'est glissée sous la couette en plume d'oie, se délectant du contact soyeux des draps propres avant de se préparer à agir. D'une main hésitante, elle lui a caressé la cuisse, surprise de la trouver si musclée – surtout en comparaison de la sienne, amollie par la cellulite. Sa main est remontée jusqu'à la peau veloutée de son aine.

— Arrête.

La voix était crispée. Il a cherché sa main et l'a repoussée brutalement, lui broyant les articulations.

— Je n'ai pas envie.

Un souffle glacial a séparé chaque mot. Elle a roulé sur le flanc, mouillant son oreiller de ses larmes brûlantes, le poing pressé contre sa bouche pour étouffer ses sanglots. Face au désarroi évident de sa femme, Nigel a mis de l'eau dans son vin. Se tournant vers elle, redressé sur un coude, il a posé des doigts fermes sur son bras.

— Je suis désolé… C'est juste que je ne suis pas d'humeur. Et si tu es honnête, tu reconnaîtras que toi non plus.

Il a guetté son hochement de tête, la confirmation qu'il avait raison.

— Le travail est très prenant en ce moment, et je suis épuisé. Cet entraînement pour le marathon me vide.

Sans parler de Gabby.

— Bien sûr, s'est-elle contentée de répondre, repoussant l'image de leurs ébats passionnés.

Elle l'a gratifié d'un sourire compréhensif et a récolté un baiser sur le front, telle une bénédiction. Soulagé, il s'est recroquevillé de son côté du lit, dos à elle, et a été récompensé par un sommeil rapide.

Elle, en revanche, a passé les trois heures suivantes à se consumer d'angoisse, triturant la couette avant de la rejeter à ses pieds, l'esprit assailli par des visions qu'elle n'a toujours pas réussi à effacer : Nigel mordillant les seins fermes de Gabby, lui malaxant les fesses, allant et venant en elle ; Nigel parcouru du frisson de l'orgasme ; Nigel, les traits empreints d'une tendresse que Jenny a connue autrefois… et ne voit plus jamais à présent.

Lorsque le sommeil a fini par arriver, il a été entrecoupé. Elle a rêvé d'une athlète agile chevauchant son mari et poussant des cris hystériques. Quel soulagement quand les chiffres fluorescents de son réveil ont indiqué cinq heures et demie et qu'elle a pu renoncer à ce simulacre de sommeil…

L'image surgit à nouveau devant ses yeux, dans cette cour détrempée, alors qu'elle essuie l'écran de son iPhone. Elle doit se ressaisir, s'intime-t-elle en chassant ses larmes – et en étalant du mascara sur sa joue.

Écrire à ses filles lui fera du bien. Elle se force à des contacts restreints. Au début, elle a imité leur comportement, envoyant des textos chaque fois qu'elle en avait envie, désireuse d'exploiter ce cordon ombilical technologique. Une facture exorbitante et des taquineries gentilles de Lizzie – ainsi qu'une pique tout sauf délicate d'Emma – l'ont remise à sa place. Le flux constant de textos est bon pour les adolescentes ; les occasionnels messages enjoués, pour les mamans. Elle s'autorise un échange tous les deux jours avec sa benjamine ; deux sms par semaine pour Kate et Em, qui attendent parfois plus d'une journée avant de répondre, ce qui met Jenny à la torture. Elle a fait preuve d'abstinence la veille et se sent donc autorisée à contacter sa petite dernière aujourd'hui.

« En pleine préparation de biscuits pour le concours… Épreuve plus difficile que l'autre fois ! Souhaite-moi bonne chance ! » Ses doigts survolent le clavier, elle s'efforce d'exprimer une fausse gaieté. Peut-elle s'autoriser à être un peu sentimentale ? « P-S : Je t'aime. Maman. »

Le bruit qui annonce l'envoi du message lui met du baume au cœur. Et ce n'est rien en comparaison du tintement qui suit.

« T'es la meilleure, maman ! On se parle + tard ? Je t'm aussi. »

Une vague de chaleur enveloppe Jenny et elle esquisse un sourire au moment de regagner la cuisine.

À l'intérieur règne une odeur entêtante de beurre et de sucre en pleine cuisson. Les macarons sortent du four. Un subtil parfum d'amandes infiltre l'atmosphère. Vicki relève la tête et comprend que Jenny a pleuré.

— Tout va bien ? lui demande-t-elle en lui touchant le bras.

Jenny acquiesce avec un sourire réconfortant.

— Mieux maintenant. Ça n'a rien à voir avec le concours.

— Non… Je n'avais rien imaginé de tel…

Les yeux de Vicki sont deux flaques d'inquiétude.

— Je suis juste… préoccupée par quelque chose.

Jenny se sent obligée de justifier son état, à moins qu'elle n'ait simplement envie de s'ouvrir à cette jeune femme séduisante.

— Je ne peux pas l'expliquer, reprend-elle. J'essayais de contacter mon mari. Je ne sais pas le vôtre, le mien ne décroche jamais. Il ne comprend pas le concept de téléphone portable. Enfin, je suppose que tous les hommes sont comme ça ! Mais tout va très bien maintenant. Et j'ai reçu un adorable texto de ma benjamine. Oui, tout va pour le mieux.

Les concurrents ont droit à une heure de pause et ils s'empressent de quitter la cuisine, impatients de se désaltérer et d'échapper à la tension de la compétition. Tels deux plongeurs communiquant par signes sous l'eau, Mike et Claire se dirigent l'un vers l'autre avec le sourire timide de ceux qui veulent apprendre à se connaître et ne savent pas comment s'y prendre.

Il lui tient la porte, puis règle son pas sur le sien tandis qu'ils traversent la cour pour rejoindre la porte arrière du manoir. Le silence est d'abord agréable avant de devenir pesant : chacun attend de l'autre qu'il engage la conversation.

— Vous êtes contente de vos biscuits ?

Les mots se bousculent sur les lèvres de Mike, qui tente la première approche. Il jette un coup d'œil en douce à Claire et remarque le léger rougissement sur ses joues pâles.

— Pas vraiment, non, répond-elle avec un sourire triste qui vire à la grimace. Je crois bien que j'ai foiré… Pardon !

Elle s'empresse de vérifier que son écart de langage ne l'a pas choqué. Il la rassure d'un mouvement de tête.

— Mes macarons ne sont pas assez croustillants et j'ai eu du mal à les décoller du papier sulfurisé. Et je n'aurai pas le temps de recommencer avant d'ajouter la crème.

Elle se mordille la lèvre. Il opine du chef, refusant d'avoir recours à des formules de réconfort banales, mais désireux de poursuivre leur échange. Il semble avoir oublié comment entretenir une simple conversation. Elle vole à son secours.

— Et vous ?

— Oh… ça va.

Il ne lui dit pas qu'il a trouvé l'épreuve d'aujourd'hui d'une facilité déconcertante.

— Un peu tarabiscotés, ces biscuits, non ? réussit-il à ajouter. Pas le genre que je suis habitué à préparer.

— Quelles sont vos spécialités ?

Elle l'encourage d'un sourire, appréciant sa modestie et son indécision.

— Des trucs d'enfant, vous voyez le genre. Cupcakes en pagaille et gâteaux d'anniversaire. Bonshommes en pain d'épices. Entremets, style crème renversée, flans ou riz au lait. Un peu de pain quand j'arrive à m'organiser.

— Votre femme doit vous adorer.

— Oh, mais je n'ai pas de femme.

Claire pique un fard.

— Je suis confuse. Votre alliance… J'en ai conclu…

— Elle est morte il y a deux ans.

Il sourit pour la mettre à l'aise, s'arrête, place fermement la main sur son bras.

— Je vous en prie, ne vous en faites pas. Vous ne pouviez pas savoir.

Il accompagne sa prière d'un regard implorant, et ils se remettent en route.

— Un cancer, poursuit-il. Elle… Rachel avait quarante ans. Je me dis parfois que les gens devraient être informés avant de me rencontrer, il faudrait leur remettre un prospectus avec une biographie succincte. Ça serait peut-être utile pour tout le monde, d'ailleurs.

Il part d'un rire qui exprime à la fois nervosité et amertume.

— Elle a subi une ablation du sein, mais la tumeur était particulièrement agressive et elle s'est étendue aux os. Elle est morte juste avant l'anniversaire de Sam, mon petit garçon. Il allait avoir quatre ans. Pippa en avait six.

Il sombre dans le silence, répugnant à ajouter aux faits bruts, conscient d'avoir déjà déstabilisé une inconnue. De son côté, elle fait défiler plusieurs réponses possibles dans son esprit et les repousse toutes parce que trop galvaudées. Le silence s'étire entre eux tel un élastique trop tendu, prêt à claquer.

— Les enfants sont formidables.

Il s'engage sur un terrain plus joyeux et accessible, et elle s'y précipite avec soulagement.

— Ils ont donc six et huit ans aujourd'hui ? J'ai une fille de neuf ans, Chloe. C'est la première fois que je passe une nuit loin d'elle, et elle me manque terriblement.

— Je parie qu'elle s'éclate avec son père ?

À son tour, il part à la pêche aux informations.

— Pas vraiment… Nous avons préféré faire sans lui.

C'est au tour de Claire de créer la surprise, et elle rit, ayant l'impression que la bévue de Mike efface en quelque sorte la sienne.

— Enfin, évidemment, j'ai bien eu besoin de lui à un moment… Je n'ai pas eu recours à une banque de sperme, ni rien de ce genre. C'est juste que ça n'a pas duré. On ne l'a pas vu depuis qu'elle est bébé. Et on s'en sort très bien comme ça.

Il n'insiste pas. Ils ont déjà atteint le manoir et ont couvert plus de distance émotionnelle que n'importe quel autre participant, exposé leur âme durant ces quelques secondes hors du temps, partagé une intimité qui leur manque, à tous deux, au quotidien.

Leurs sourires sont exagérés, cette fois. Il a de jolis yeux, songe Claire avec étonnement. Brun foncé, francs. Et quand on l'étudie d'un peu plus près, il n'est pas si vieux que ça. Elle se demande comment il est lorsqu'il rit.

Elle a un sourire ravissant, remarque Mike. Et une belle vitalité. Elle doute d'elle alors qu'elle ne devrait pas. Il parierait que ce type lui a fait beaucoup de mal. Mais elle a survécu.

12

Si vous faites de la pâtisserie avec des amies – dans le cadre d'un spectacle à la salle des fêtes, ou de la kermesse de la paroisse –, essayez de ne pas verser dans la compétition. La pâtisserie peut être la plus conviviale des activités.

Karen abandonne sa tête contre le dossier en bois de son siège Windsor. Elle se trouve dans le bar de Bradley Hall, avec les autres concurrents. Elle s'autorise un soupir discret.

C'est la fin d'une longue journée, et les pâtissiers se sont réunis là pour réfléchir à leurs performances, s'interroger sur les juges, évaluer leurs chances. L'atmosphère s'est détendue, car personne – pas même Karen – ne peut supporter un tel niveau de tension. Nous commençons à nous connaître, pense-t-elle. Peut-être même finirons-nous par nous apprécier.

Pour quelle autre raison serions-nous ici ? se demande-t-elle alors qu'elle examine le bar, une autre pièce mûre pour la rénovation. Mike et Claire sont installés sur une banquette en cuir bordeaux collée aux lambris en acajou, Jenny et Vicki sur des chaises paillées du XIXe siècle. Des dessous-de-verre sont éparpillés sur la table en bois recouverte d'une épaisse couche de vernis, qui paraît – non, qui est – poisseuse.

Elle se lève.

— Excusez-moi, lance-t-elle au barman, Jerry. Pourriez-vous essuyer notre table ? Elle est un peu sale.

Il lui décoche un regard assassin, mais s'il envisage une repartie cinglante, il se ravise. Elle lui sourit avec gentillesse. Elle a une voix de miel, des yeux d'acier.

Une fois satisfaite de l'état de propreté de la table – enfin satisfaite, pas vraiment, tant le chiffon lui a paru douteux –, elle s'installe à nouveau. Elle a les joues rougies par la chaleur du feu qui crépite dans la cheminée. Mike déplace les bûches pour obtenir des flammes plus régulières. Tout en prenant une gorgée de son Coca Light, Karen s'intéresse à ce que les autres boivent. Une vodka-tonic pour Claire et une bière pour Mike. Jenny et Vicki, elles, se partagent une bouteille de merlot de la cave de Eaden, dont elles ne viendront sans doute pas à bout. L'humeur a beau être à la relaxation, personne ne prendra le risque d'avoir la gueule de bois le lendemain.

Elle a, se rappelle-t-elle pour la troisième fois aujourd'hui, accompli un long chemin depuis les pubs miteux où elle entrait en douce à quinze ans, depuis la jetée où, tout en sirotant une bière, elle échangeait des baisers, et davantage, contre de simples cigarettes. Elle réprime un frisson au souvenir du vent glacial qui remontait la Tamise et lui fouettait les cuisses, de l'odeur de vinaigre, de frites, de celle de soufre que dégageait la vase, du goût de fumée et de salive aigre. Pendant ce temps-là, sa mère, Pamela, vautrée sur le canapé de cette affreuse maison crépie, s'enfilait des barres chocolatées à la menthe et des biscuits écœurants devant des jeux télévisés. Elle ne s'inquiétait jamais de ce que faisaient sa fille de quinze ans ou son fils de dix-sept ans. Moins elle en savait, mieux elle se portait.

Un nouveau frisson parcourt Karen. Enfin, elle a réussi à échapper à cette existence infernale et c'est tout ce qui compte. Il faut surtout qu'elle arrête d'y penser. Le temps est peut-être venu de s'animer un peu ? Elle est soudain lasse de sa boisson à l'aspartame, cette béquille dans l'univers barbare de la nourriture et de l'alcool. Elle repousse son soda et annonce qu'elle part en quête d'eau pétillante.

— Quelqu'un veut autre chose ?

Si la question s'adresse au groupe en général, ses yeux sont rivés sur Mike, l'unique homme, et donc l'objet de son attention. Il paraît surpris par l'intensité de son regard.

— Une autre bière ? Claire, une autre vodka-tonic ?

— Non, merci, ça va très bien, répond la jeune femme, timide.

— Oh, allez, un petit verre !

Elle se dirige jusqu'au bar en se déhanchant et fait la sourde oreille aux protestations de Claire.

— Je vais peut-être même vous accompagner, lance-t-elle. Deux vodkas-tonic, une grande bouteille d'eau pétillante et une bière.

Elle sourit au barman avant de sortir de son énorme portefeuille un billet de vingt livres tout neuf. Ses ongles cliquètent sur le cuir verni.

— Laissez-moi vous aider.

La galanterie naturelle de Mike a pris le dessus et il l'a rejointe au bar. Elle remarque, avec étonnement, qu'il est beaucoup plus grand qu'elle. Une subite virilité émane de lui. Ils ne se touchent peut-être pas, mais ils sont indubitablement ensemble.

Doit-elle s'autoriser à flirter ? Après tout, où serait le mal ? Mike est le seul homme pour quatre femmes, et même s'il n'est pas son idéal masculin – trop vieux, pas assez musclé, pas assez beau –, s'assurer qu'elle serait celle qu'il choisirait est instinctif. Autant que respirer. Et puis ses yeux tristes ont quelque chose de séduisant, tout comme son veuvage – Claire a divulgué l'information. Karen se demande s'il a fait l'amour depuis la mort de sa femme. Elle lui coule un regard sous ses longs cils. Il ne remarque rien. Elle en doute.

Ils regagnent la table et Mike, dont la timidité s'érode avec cette seconde bière, propose de passer au tutoiement avant de s'enquérir des raisons pour lesquelles chacune s'est inscrite au concours.

— Dis-nous tout, Jenny !

Son air est engageant.

— Pourquoi ai-je voulu devenir la nouvelle Mrs Eaden ?

Elle tergiverse, le temps de trouver une réponse honnête.

— Eh bien, j'ai cinquante-deux ans, autrement dit, j'ai vu ma mère utiliser le livre de Kathleen Eaden quand j'étais petite. J'ai cuisiné dès mon enfance et j'ai eu envie de montrer ce que j'avais appris au fil des ans. Je suis une femme au foyer, mes filles ont quitté la maison et mon mari… Il n'a pas besoin que je cuisine pour lui vingt-quatre heures sur vingt-quatre. Il est très occupé, il court plusieurs marathons par an, et il n'est pas souvent là. Pour la première fois depuis longtemps… non, pour la première fois depuis toujours, j'ai le temps de faire quelque chose pour moi.

Elle sourit avant de continuer :

— Lorsque j'ai vu l'annonce pour le concours, je me suis dit : voilà qui est dans mes cordes. Je ne prétends pas être une cuisinière hors pair, cependant je connais les bases. Et ça m'avait l'air sérieux. Bien sûr, il y a ces vidéos ridicules diffusées sur YouTube et sur le site de Eaden, et nous apparaîtrons dans leur magazine… Je n'aurais jamais accepté de passer à la télévision par exemple. Disons que je ne me sens pas exploitée.

Elle avale une gorgée de vin.

— En résumé, j'ai eu l'impression que ce serait une expérience divertissante. Et une sorte de défi. J'ai pensé que je pourrais, notez bien le conditionnel, m'en tirer honorablement.

— Mes motivations étaient assez proches.

C'est Vicki qui a pris le relais avec un sourire à l'adresse de Jenny, soulagée de ne plus être au centre de l'attention.

— Je n'ai pas de filles adultes, et je ne suis pas une cuisinière aussi aguerrie, mais mon petit garçon vient d'entrer à la maternelle et je fais une pause dans ma « carrière ». Si je veux être honnête, je ne sais pas très bien ce que j'attends de la vie. J'étais enseignante, à l'école primaire. En CP et CE1. J'adorais ça et j'étais douée, je me suis donc dit que ce serait merveilleux de consacrer toute mon énergie à mon fils. Je ne m'attendais pas à ce que ce soit aussi difficile. Je n'ai guère d'autorité sur lui et ça ne m'apporte pas la même satisfaction que l'enseignement : il est trop jeune pour s'intéresser à la lecture ou même au dessin. Et on ne peut pas entretenir avec lui une conversation comme avec un enfant de cinq ou six ans. Je suppose que ce concours me permet en un sens de reprendre le contrôle. Je vois le résultat de ce que je fais… ce qui me rappelle mes années d'enseignement. Et c'est le moyen d'avoir une occupation à moi.

— Et toi, Mike ?

Tout en lui retournant la question, Karen se penche en avant pour dévoiler la naissance de ses seins.

— Oh, sans doute la crise de la quarantaine… J'en ai quarante-deux.

Son ton est léger, à croire qu'il redoute de trahir des sentiments trop personnels.

— Comme vous toutes, j'aime la pâtisserie, et ce dont je vous soupçonne toutes aussi, même toi, Jenny, je possède l'esprit de compétition. La survie du plus apte et tout ça.

Il joue avec son alliance, puis poursuit, apparemment déterminé à faire preuve de sincérité.

— Après l'annonce de la maladie de Rachel, j'ai changé de voie pour devenir enseignant. Et même si ce métier comporte ses propres défis (il sourit à Vicki), il n'y a plus ces décharges d'adrénaline que je pouvais ressentir au ministère des Finances. L'impression constante d'être sur le fil du rasoir. Oui, je sais qu'il faut toujours être au sommet de son art quand on enseigne, rester sur ses gardes, anticiper les questions pièges… Il n'en reste pas moins que je suis face à des collégiens, pas des ministres. Cette recherche de la performance maximale à chaque minute de la journée me manque.

Il rit, d'un air de s'excuser.

— Ça va sans doute vous paraître ridicule, mais ce concours me permet un peu de me replonger dans l'ambiance. Sans oublier, et j'ai conscience que c'est encore pire !, qu'il m'apporte une forme de reconnaissance. Je pense que je ne me débrouille pas trop mal dans mon rôle de père, sauf qu'il n'y a personne pour me le dire, pour me rassurer. Au moins, ici, j'ai la preuve que je réussis quelque chose. Que je suis capable de les nourrir correctement… enfin, au moins, de leur préparer de bons gâteaux et du bon pain.

Un silence suit, chacune digérant la confession de Mike qui a abattu les barrières entre eux.

— Ça n'a rien de ridicule, affirme soudain Claire en lui serrant brièvement l'avant-bras.

Le geste est un brin audacieux pour un début de soirée, non ? remarque Karen, qui focalise aussitôt son attention sur la jeune femme.

— Et toi, Claire, quelles sont tes motivations ?

Celle-ci retire aussitôt sa main du bras de Mike.

— Pourquoi est-ce que je participe ?

Elle a l'air mal à l'aise et ses épaules étroites se voûtent légèrement tandis qu'elle serre son verre à deux mains.

— À vrai dire, je n'ai pas réellement eu le choix… ma mère m'a inscrite dans mon dos et ça n'aurait pas été raisonnable de lui désobéir.

Elle éclate de rire au souvenir de la scène.

— La surprise était totale. Je ne suis pas du genre à chercher les défis. Je n'aurais pas posé ma candidature de moi-même. Je dois remercier ma mère… ou la maudire !

— Pourquoi avoir accepté d'aller jusqu'au bout ? insiste Karen.

Son regard est intense, pas hostile mais provocateur. Claire le soutient.

— Eh bien, si l'on met de côté la somme de cinquante mille dollars, je dirais que je le fais pour ma petite fille, Chloe. Elle n'a jamais vu sa mère se lancer dans une aventure aussi excitante. Elle ne savait pas que j'étais capable de réussir une chose pareille. Et pour cette raison précise sans doute, je le fais aussi pour moi.

Une bulle d'irritation monte en elle alors que la vodka commence à agir.

— Je ne suis pas comme toi, vois-tu, ni comme Vicki ou Jenny. Il ne s'agit pas d'un jeu pour moi. Avec ce concours, je tiens une chance de lui offrir un avenir meilleur. Je travaille chez Eaden, et je vois tous les jours des femmes de votre genre hésiter entre une bavette d'aloyau et un rumsteck, entre un pot de crème fraîche épaisse et un pot de mascarpone. De mon côté, assise derrière ma caisse, je réfléchis à la sauce que je pourrai préparer avec les pâtes que je serai forcée de lui servir au dîner. Je ne me suis pas inscrite de mon plein gré, et alors ? Ça ne m'empêche pas de vouloir réussir. Je dois y mettre tout mon cœur.

De toute sa vie, elle n'a jamais fait un discours aussi long, et elle a l'impression de s'être livrée à un coup d'éclat agressif, et malvenu. Les participants restent silencieux le temps de digérer ce message, de lui donner le poids émotionnel qu'il requiert. Le silence s'étire, devient gênant. Jenny se triture les méninges, en quête d'une platitude qui ne sera pas mal prise. Vicki opte pour un sourire contrit. La tension enfle, évoquant la surface d'une mare avant d'être troublée par les ricochets d'un caillou.

— Et toi, Karen ?

Mike, l'initiateur de cet examen de conscience, tient à ce que la personne ayant déstabilisé Claire ne se défile pas.

— Oh, moi, je suis l'incarnation parfaite de la femme au foyer issue de la classe moyenne, la vraie tarte qui cherche un peu d'excitation dans les recettes de Dan Keller.

— Karen !

Vicki a saisi la perche, bien sûr. L'autodérision et la provocation ont rempli leur office.

— Quelle autre raison y aurait-il ? Je suis tout particulièrement intéressée par son strudel, poursuit Karen d'un ton pince-sans-rire.

Vicki, qui en est à son deuxième verre de vin, pousse un ricanement complice.

— Son strudel… Et toi, Claire, as-tu un faible pour le strudel de quelqu'un ?

— Oh, enfin…

Elle rougit, puis s'empresse de détendre l'atmosphère qu'elle vient de plomber.

— Enfin, je préfère le strudel, le gâteau s'entend, au sexe. Et de loin !

— Quel gâchis, soupire Karen avant de regarder si Mike partage son avis.

— Pas vraiment.

Claire a retrouvé son ton de défi, agacée par cette bourgeoise et ses jugements à l'emporte-pièce.

— C'est juste plus facile comme ça, non ? ajoute-t-elle. Je n'ai personne dans les pattes pour m'embêter ou me dire quoi faire. Rien que Chloe et moi.

— Mais ça ne te manque pas ?

La vodka, à laquelle Karen ne touche pas en temps normal, lui brûle la gorge et la rend plus directe.

— Oh là ! Il faut me faire boire beaucoup plus pour que je réponde à ce genre de questions, et je n'ai pas l'intention d'avaler une goutte de plus ce soir. Sur ce, je vous laisse, je vais aller appeler ma fille. Ça a été un plaisir d'apprendre à vous connaître un peu mieux.

Elle rassemble son sac et son gilet, puis file sans demander son reste, silhouette menue qui traverse le bar et disparaît avant que quiconque ait pu la convaincre de rester. Alors que Mike semble désemparé par son départ, Karen vide sa vodka d'un trait.

— Je lui ai fait peur ?

Le merlot rend Vicki plus franche que de coutume :

— Sans doute… Mais je ne m'en ferais pas pour elle. Je suis convaincue qu'elle cache son jeu, qu'elle est plus impliquée qu'elle ne veut en donner l'impression. Elle va tous nous tuer, demain, avec sa maison en pain d'épices. En réalité, elle est partie vérifier comment préparer un caramel d'anthologie.

— Puisqu'on parle de partir, je vais y aller, moi aussi.

Jenny est embarrassée par le tour qu'a pris la discussion. Elle se sent vieille tout à coup.

— Je n'ai pas bien dormi la nuit dernière, se justifie-t-elle, trop d'anxiété. Et je ne suis pas une experte en caramel. Je devrais peut-être réviser. Rien que d'en parler, je sens la nervosité monter, bafouille-t-elle.

— Serions-nous les plus téméraires ? lance Karen, son verre levé en direction de ses deux derniers compagnons.

— À vrai dire, je ferais bien de prendre des nouvelles d'Alfie, ou plutôt de Greg, pour m'assurer qu'il s'en est sorti.

Avec un soupir, Vicki prend congé. Dans sa hâte, elle se cogne la hanche, moulée dans un jean skinny, contre un tabouret du bar. Karen la regarde s'éloigner avec amusement tout en se versant un verre d'eau pétillante. Doit-elle se méfier de la jeune femme ? Ou celle-ci n'est-elle qu'une de ces mamans manquant d'assurance qui adorent préparer des cupcakes ?

Jetant un coup d'œil à Mike, elle souligne :

— En voilà une qui ne tient pas bien l'alcool…

Le bar est tout de suite plus silencieux. À part eux deux, il n'y a plus que quelques employés du manoir, qui partagent un verre discret, dans un coin. Le feu brûle tranquillement, les braises se transforment peu à peu en cendres. Dans d'autres circonstances, ce cadre pourrait être romantique. Mais ce n'est pas ce que vise Karen ; elle a besoin de distraction. Un divertissement qui lui permettra d'oublier ses démons, resurgis sans raison du passé.

Mike se frotte les yeux, comme étonné de se retrouver seul avec elle. Le sourire de Karen se radoucit. Il est très vulnérable, se rappelle-t-elle. Elle va devoir faire preuve de délicatesse.

— Bon, murmure-t-elle en levant son verre, on dirait bien qu'il ne reste plus que nous deux.

Il la considère avec étonnement. Mince ! Mauvaise approche. Elle en tente une nouvelle.

— C'était très émouvant. Ce que tu as dit sur ta participation au concours et ta quête de reconnaissance…

— Oh…

Il se frotte le front, l'air accablé par sa vie de père veuf.

— Je n'en reviens pas d'avoir sorti tout ça. C'est ridicule, non ? Même si nous la recherchons tous, la reconnaissance, je me trompe ?

Il paraît songeur un instant.

— Tous sauf toi, peut-être, conclut-il.

— Je n'en serais pas si sûre, s'esclaffe-t-elle.

Il me connaît si mal, se dit-elle. *Tu ne trompes personne…*

— Il faut reconnaître que tu donnes bien le change. Tu as l'air moins en demande d'affection que la plupart d'entre nous.

Avec un sourire, il ajoute :

— Regarde-moi, je suis prêt à tout pour m'entendre dire que je suis un père modèle, que je fais un aussi bon boulot que n'importe quelle mère parce que je prépare des panettones à mes gosses. Tu sembles avoir beaucoup plus d'assurance.

— Oh, je pense que nous avons tous besoin de reconnaissance, Mike, objecte-t-elle, désireuse de couper court à cette tentative malvenue de psychanalyse. Pour des raisons évidentes, toi sans doute plus que la plupart.

Il garde le silence. Serait-elle allée trop loin ? Elle avale une gorgée de vodka le temps de réfléchir à sa prochaine attaque.

— Alors dis-moi, ce n'est pas trop dur, à la maison ?

— Les gosses sont super, ils me répètent sans arrêt qu'ils m'aiment.

Il sourit à leur évocation. Il se montre singulièrement obtus.

— Mais… Tu n'as pas un autre adulte pour t'aider ? Personne dans ta vie ?

La question lui paraît intrusive, seulement la subtilité ne lui permettra pas d'obtenir une réponse.

— Oh, non. Non, non, vraiment pas.

Il secoue la tête comme pour chasser de son esprit l'idée même d'une telle chose. Un nouveau silence.

— Tu dois te sentir très seul, non ?

Elle imprime à son regard une compassion profonde. Il ne semble pas comprendre qu'elle l'invite à franchir le pas.

— Oui, sans doute… Cela dit, on peut aussi se sentir seul à deux, non ?

Il boit un peu de bière, puis se plonge un instant dans ses pensées.

— Bref, parlons un peu de toi, plutôt. J'ai assez donné pour ce soir.

Il lui décoche un sourire amical. Le genre qu'il adresserait à des parents d'élèves. Elle est désarçonnée. Elle n'avait pas anticipé ce développement, à supposer qu'elle ait vraiment anticipé quoi que ce soit. Disons qu'elle imaginait plutôt un flirt discret ouvert sur d'autres possibilités : un accord complice, subtil et tacite entre deux adultes consentants.

Elle ne s'était pas rendu compte qu'elle était face à quelqu'un d'aussi fragile, à fleur de peau et qui n'a pas repris l'habitude de déchiffrer les signaux sexuels. Elle sirote sa vodka. Après tout, le défi est de taille, mais elle n'est pas sûre d'avoir l'énergie nécessaire. Elle se sent épuisée tout à coup. Et Mike semble peiner à relancer la conversation.

— Alors… Dan Keller… C'est lui qui t'a appâtée ?

Elle se cale dans son siège et décide de tenter une dernière approche.

— Soyons honnête, il est plutôt charmant, bien qu'un peu narcissique. Il est bien trop conscient de sa beauté, ce qui n'est jamais attirant chez un homme.

Elle lui jette un regard franc, le jaugeant de ses yeux noirs, un sourire aux lèvres.

— Je suis davantage séduite par ceux qui n'ont absolument pas conscience de leur physique. C'est plus sexy.

Le message n'est toujours pas passé. Elle n'en peut plus. Qu'est-ce que je fais ? Elle a envie de pleurer. J'embête ce pauvre homme, tel un chat jouant avec une musaraigne. Non, la comparaison n'est pas juste. Une musaraigne se rendrait compte des intentions du chat. Mike n'a rien remarqué. Cette certitude frappe Karen de plein fouet, aussi brûlante que la vodka dans sa gorge.

— Je dois y aller.

Elle a le temps de réunir les verres d'un geste précis, de déposer les bouteilles de bière vides sur le bar et d'enfiler l'anse de son grand sac à main avant qu'il ne comprenne qu'il est peut-être passé à côté d'un compliment.

— Ah… bonne nuit, alors, bredouille-t-il.

Sans doute a-t-il noté le changement d'humeur de Karen, la tension qui se dégage de ses mouvements brusques tout à coup.

— Bonne nuit, Mike. Dors bien.

L'espace d'un instant, elle envisage de passer la main dans ses cheveux épais ou de déposer un baiser sur sa joue, juste à côté des lèvres... mais la magie s'est envolée. Ou plutôt, elle ne s'est jamais produite.

Elle se félicite intérieurement de réussir à quitter le bar d'un pas léger, un sourire impersonnel aux lèvres.

13

Une maison en pain d'épices est la version comestible d'une maison de poupée : un monde né de l'imagination d'une pâtissière – et réalisé grâce à quelques œufs, du sucre, des épices, du beurre et de la farine. N'importe qui doit pouvoir y vivre : pas seulement une méchante sorcière désireuse d'y attirer des enfants, mais aussi une gentille grand-mère ou une mère aimante avec sa ribambelle d'enfants. C'est, ou cela peut être, la maison idéale.

Huit heures et le soleil aqueux du petit matin filtre dans la chambre de Karen, l'éclairant tel un modèle biblique des maîtres de la peinture hollandaise. Elle a l'impression d'avoir une souris morte dans la bouche. Une amertume inhabituelle lui colle au palais, mélange d'haleine matinale et d'autre chose, plus toxique. Elle tente de passer la langue sur ses dents, qui sont comme recouvertes de fourrure. Un cercle métallique lui enserre le front.

La douche est si brûlante que c'en est une punition. Des jets d'eau en fusion tombent en cascade sur son dos et entre ses seins, lui rougissant la poitrine et le visage. Elle règle le mitigeur sur l'eau froide. Le choc est instantané. Elle retient son souffle, tandis que sa peau se couvre de chair de poule, blanchit. Vient ensuite l'embrasement du froid extrême. L'eau est aussi vivifiante qu'un plongeon dans la Manche par un jour de décembre froid et humide.

Le froid la galvanise. Elle enduit ses membres de gel douche, les frictionne, sans oublier ses recoins les plus intimes, applique du shampooing et de l'après-shampooing sur ses boucles. Quand elle ressort de la douche, l'étau s'est desserré. La souris morte a été chassée par l'eau glaciale, mais son souvenir demeure. Karen s'empare de sa brosse à dents électrique et s'attaque à la fourrure. Puis elle passe du fil dentaire et crache du sang.

De retour dans la chambre, elle va se poster devant le miroir en pied, laisse tomber la serviette blanche moelleuse sur la moquette et s'observe d'un œil froid. Le corps qu'elle voit est mince et musclé. Les jambes d'une femme ayant la moitié de son âge, un ventre si plat qu'il ferait des jalouses et ne trahit pas ses deux grossesses, des seins qui pointent vers le haut et invitent à la caresse. Elle se retourne. Son derrière est ferme et lisse, ses fessiers aussi durs que de la pierre lorsqu'elle s'accroupit. Son dos reste juvénile : aucun pli, aucun bourrelet. Ses pieds sont soignés, le vernis bordeaux impeccable. Ses mains, dûment hydratées, et qui arborent toujours une french manucure, s'en tirent un peu moins bien : avec un frisson, elle remarque la fine pluie de taches de vieillesse.

Elle passe au visage, le front tiré par une serviette nouée en turban. Un nez droit, une bouche séduisante, des yeux noirs et narquois. Autour d'eux, gravées dans la chair, les rides qui trahissent son âge. Dépourvue de maquillage et de tout artifice, la peau irritée par la douche, Karen contemple un visage qui a traversé quatre décennies… et un peu plus. Qu'a-t-il dû penser de moi ? Elle tressaille au souvenir de la perplexité de Mike. Peut-être n'a-t-il vraiment pas identifié les tentatives de séduction de Karen, qu'elle déploie par automatisme et sans enthousiasme. Jerry, le barman, qui l'a détaillée de son regard ténébreux, ne s'y est pas trompé, lui. *Tu ne trompes personne.*

Elle arrache le turban et se sèche les cheveux à la va-vite. Puis elle ramasse la serviette et frotte son corps, sans relâche.

— L'épreuve d'aujourd'hui est plus ardue. Il s'agit de réaliser l'une des pâtisseries préférées de Kathleen Eaden.

Harriet, tirée à quatre épingles avec son twin-set et ses perles, jauge les cinq candidats installés derrière leurs postes de travail.

— Nous attendons de vous que vous construisiez une maison en pain d'épices, selon votre propre idéal. Que vous nous invitiez dans vos existences. Nous avons quelques exigences néanmoins : la construction doit être solide et, surtout, intéressante. Ne l'oubliez pas, surtout si vous vivez dans un pavillon de banlieue. Vous avez quatre heures pour édifier la maison de vos rêves.

Vicki sourit. Voilà le genre de défi qu'elle adore : précision et esthétique. N'ayant jamais eu une imagination débordante, elle se représente aussitôt la maison de Hansel et Gretel, dans une version plus aboutie, et plus kitsch. Ornée de festons en glaçage blanc, elle sera entourée d'arbres en sucettes et coiffée de tuiles en pastilles de chocolat. Des bonbons en guise de fleurs et de la pâte à sucre – pas du pain d'épices – pour les enfants : un garçon avec des culottes et une casquette à la Lord Fauntleroy, et sa petite sœur à tresses blondes.

Jenny, qui travaille à côté de Vicki, compte suivre les instructions de façon plus stricte et va se lancer dans une ferme de style XVIIe-XVIIIe : la symétrie de ses bâtiments sera facile à reproduire, même si elle devra se résoudre à glacer les vitres. Tandis qu'elle fait fondre le beurre avec le sucre brun muscovado et le miel, avant d'ajouter la farine, le gingembre et la cannelle, elle se demande qui devrait habiter là. Doit-elle façonner un joggeur de cinquante ans avec des jambes en pâte à sucre sortant d'un short de course rouge ? Doit-elle ajouter trois filles, devenues de belles jeunes femmes ? À moins qu'elle ne se représente seule, un cul-de-poule entre les mains, s'affairant dans la cuisine.

Claire n'a pas l'esprit tranquille, elle non plus. Harriet leur a déconseillé de construire un pavillon de banlieue : que dira-t-elle d'un trois-pièces dans une

HLM des années 1960 ? Doit-elle représenter le toit plat et fissuré ? La cage d'escalier en béton au parfum d'urine ?

Elle décide de prendre l'énoncé au pied de la lettre. Harriet leur a dit de créer la maison de leurs rêves. Où serait-elle ? Au bord de la mer. Elle va édifier un bungalow en pain d'épices, dans lequel ses parents prépareront leur tasse de thé sur un poêle à bois. Le temps dont elle aurait eu besoin pour un bâtiment plus ambitieux sera dédié à la confection de coquillages et de galets. Une Chloe en pâte à sucre jouera devant le bungalow, elle y fera le poirier.

Karen sera plus ambitieuse. Le mélange de paracétamol, de caféine et de glucides, qu'elle ne s'autorise pas en temps normal – une demi-tranche de pain aux céréales recouvert d'une épaisse couche de miel –, a relégué sa gueule de bois au placard. Elle envisage de créer une réplique de sa maison victorienne : le pain d'épices imitera les briques rouges et elle se débrouille suffisamment bien avec une poche à douille pour reproduire les ornements délicats. Elle tient cependant une occasion de donner corps à un rêve, de créer le genre d'endroit où elle aurait vécu dans une autre vie. Elle opte donc pour un loft, avec terrasse, au cœur de la City : tout en verre et lignes droites. Des feuilles de caramel durci forment deux parois vitrées, et elle se servira d'un rapporteur pour être d'une précision irréprochable. Pas de ces artifices puérils en revanche : ni bonbons ni pastilles de chocolat. Elle refuse le kitsch. Et il n'y aura pas non plus d'enfants en pâte à sucre. Son univers idéal est entièrement composé d'adultes.

Mike se passera d'enfants, lui aussi. C'est vrai, sa première idée a été de construire une cabane avec un garçon et une fille, seulement il n'est pas sûr de pouvoir ériger un arbre assez solide et doute de sa créativité. Il préfère donc choisir l'ambition. Dans un clin d'œil facétieux à son ancienne vie, il va fabriquer une copie du bureau du Premier ministre, le 10 Downing Street. Son pain d'épices sera sombre – il utilisera de la mélasse noire au lieu du miel et l'aromatisera au clou de girofle. Ainsi, il pourra reproduire les briques noires.

Durant quatre heures ils œuvrent, et cette matinée de la mi-mars prend des parfums de Noël : cannelle, gingembre, mélasse et clous de girofle. Très vite, Mike et Karen font la course en tête, se révélant des bâtisseurs astucieux, réussissant les angles les plus réguliers, les plus droits, qui confèrent la solidité nécessaire à leurs maisons.

Et pourtant, un observateur plus intéressé par la personnalité des concurrents que par leurs talents culinaires serait attiré par Vicki : elle se sert d'un pinceau à lèvres pour tracer des fleurs roses sur la minuscule robe de sa fillette. Sa maisonnette en pain d'épices est très acceptable – version parfaite de celle que l'on se représente tous –, mais elle concentre ses efforts sur les figurines. Elle les scrute, replie le bras du garçon en pâte à sucre pour le placer autour de sa petite sœur. Les cheveux de celle-ci ont été tressés.

À côté d'elle, Claire installe sa fille avec grand soin : la tête en bas, les jambes écartées comme pour faire la roue, elle la fixe sur la plage de galets à l'aide du glaçage.

Dans la maison de Jenny, il n'y a ni enfants ni mari. Elle n'est pas présente, elle non plus. Placer une figurine esseulée dans la cuisine, ainsi qu'elle en a d'abord eu l'intention, serait revenu à en dévoiler trop sur elle-même. Sa création possède un caractère étrangement aride.

— Et… posez vos ustensiles !

Les quatre heures de concentration intense sont terminées. Karen est surprise par sa propre nervosité au moment de déposer son loft devant les juges. Ça n'a rien à voir avec la présence de Dan, même si sa proximité éveille instantanément le désir en elle. Ça a tout à voir avec la fierté que lui inspirent son idée et sa concrétisation. À supposer que le pain d'épices et le caramel puissent parvenir à incarner l'avant-garde architecturale, elle a réussi.

— Voilà un endroit où j'aimerais vivre !

Dan observe l'œuvre de Karen, et sa créatrice, avec une admiration évidente.

— Je trouve ça merveilleux, poursuit-il. Je n'aurais jamais pensé à une chose pareille. Une interprétation très originale d'une forme des plus traditionnelles.

La rougeur monte du ventre de Karen, gagne sa poitrine, puis son visage.

— Merci, dit-elle.

Pour la première fois depuis le début du concours, elle esquisse un sourire sincère.

Pain et brioches

Parlez-moi de votre odeur préférée… Se niche-t-elle dans le cou d'un bébé ? Ou émane-t-elle de violettes fraîches ?

À mon sens, il n'y en a pas de plus délicieuse que celle du pain chaud.

Les Français ont peut-être leur baguette, les Italiens leur ciabatta, les peuples du Moyen-Orient leurs galettes azymes. Une bonne miche de pain demeure l'aliment de base pour la plupart des familles anglaises. Et rien ne peut concurrencer le goût, ou l'odeur, du pain maison à sa sortie du four, brûlant.

D'abord, quelques principes. Pour faire lever le pain, on utilise de la levure, un organisme vivant qui a besoin d'un environnement tiède. Il doit aussi se nourrir – grâce à la farine – et rester humide – grâce à l'eau. Un miracle culinaire se produit alors. Des bulles de dioxyde de carbone se forment. Ce sont elles qui vont donner au pain sa texture légère et aérée. Il est plus que crucial de ne pas précipiter cette étape – le levage. Une fois qu'elle est terminée, il faut toujours veiller à pétrir la pâte avec douceur, afin d'obtenir une croûte fine, dorée, qui enveloppera la miche souple et moelleuse.

Beaucoup de gens m'affirment ne pas avoir le temps de préparer du pain. Et pourquoi, arguent-ils, s'embêter lorsque l'on en trouve dans le commerce, chez Eaden par exemple, et d'aussi délicieux ?

Je conviens que le pain requiert un certain temps de préparation et qu'il ne saurait être la priorité d'une ménagère, encore moins d'une femme qui mène aussi une carrière. Toutefois, si l'on apprend à bien gérer son temps, sa confection est à la portée de tous ceux qui s'enorgueillissent d'être des cordons-bleus. Et quand vous verrez l'expression d'extase de votre mari ou le ravissement de vos jeunes enfants au moment de respirer la mie chaude et d'y étaler du beurre, vous comprendrez que le jeu en valait la chandelle.

Kathleen Eaden, *L'Art de la pâtisserie*, 1966.

Kathleen

Les crampes débutent alors qu'elle écrit : un pincement tenace qui lui tord le ventre au point qu'elle n'a d'autre choix que se plier en deux, la tête projetée vers les genoux. Elle comprend aussitôt ce qui se passe. Non pas les douleurs menstruelles, mais quelque chose de bien plus brutal. De bien plus destructeur. Qui lui vrille le bas-ventre et la contraint à agripper le bord de son bureau. Ses doigts blanchissent à force de serrer le plateau en chêne, son stylo à plume coule à l'endroit où elle l'a abandonné. Alors qu'elle tente de se redresser, la douleur afflue de nouveau.

Elle s'efforce de respirer profondément, de ne pas se laisser envahir par la panique qui monte. Ça ne peut pas être en train d'arriver. Ça ne peut pas arriver. Pas comme la dernière fois.

Son utérus se contracte encore plus.

À l'époque, elle s'était à peine autorisée à croire à sa grossesse. Ses règles étaient en retard, se répétait-elle. Et ce à cause de l'angoisse suscitée par l'écriture de sa première rubrique. La quantité de sang lui avait pourtant raconté une tout autre histoire.

Et voilà que ça recommence. Un bruit de succion retentit et soudain sa culotte est trempée. A-t-elle eu un accident ? Elle tâte le haut de ses cuisses, au-dessus de ses bas et sent le liquide poisseux, chaud.

Ses doigts sont peints en vermillon et empestent la saumure. Bouleversée, elle arrache ses bas. Le sang coule à l'intérieur de ses cuisses : épais, vif, intarissable. D'où vient-il ? se demande-t-elle, alors que la réponse est évidente.

Par miracle, elle réussit à atteindre la salle de bains. Toutes les dix minutes environ jaillit un nouveau flot de sang rouge sombre, chargé de caillots presque aussi gros que des œufs. Elle redoute de voir apparaître quelque chose de plus substantiel. Je ne peux pas le laisser sortir ainsi… dans les toilettes. Il va se salir… Dans un effort surhumain elle se redresse et s'éponge avec une serviette.

Le sol de la salle de bains est froid, toutefois c'est l'émotion plus que le carrelage glacé qui la fait trembler. Elle claque des dents tel un personnage de dessin animé. Ressaisis-toi. Ressaisis-toi ! Les mots lui échappent dans un sanglot.

Essaie de respirer. Inspiration sur deux temps, expiration sur cinq ; inspiration sur deux, expiration sur cinq… Oh, et en quoi cela va-t-il l'aider ? Renonçant à toute rationalité, elle entreprend de nettoyer le sol, désireuse d'effacer toute trace. C'est une bataille perdue d'avance. Chaque fois qu'elle essuie le carrelage en damier, une nouvelle tache apparaît. Elle se déplace et un filet de sang suit son mouvement.

Enveloppée dans des serviettes de toilette, elle se roule en boule et attend ce qui, elle le sait maintenant, est inévitable. Elle pense qu'elle en est – en était – à douze semaines de grossesse. Hier, elle se sentait encore nauséeuse. Aujourd'hui le mal de cœur avait disparu, et elle en a éprouvé un soulagement infini. Elle a passé sa journée dans la cuisine, à regarder la pâte lever en imaginant son ventre s'arrondir, et les vergetures qui dessineraient des larmes à sa surface. Elle a ensuite pétri la pâte sans redouter le reflux de bile.

À présent, elle serait prête à n'importe quoi pour retrouver ses nausées. Cette preuve qu'un bébé se développait en elle, grandissant de jour en jour, se préparant à la vie.

George va être si déçu… et elle ? On fait des enfants dans sa famille, c'est ce que les autres Pollington attendent, c'est ce qu'ils désirent, ce que son père aurait désiré.

Son utérus se contracte et, dans un torrent de sang, elle expulse ce qui serait devenu son enfant.

14

La préparation du pain s'apparente beaucoup à la vie de la femme mariée : il vous faudra, à certains moments, prêter plus d'attention à votre pâte et lui témoigner de l'affection.

C'est le bruit qui réveille Greg. Un martèlement sourd. Discret et rythmique, comme si quelqu'un comptait des mesures sur un quatre-quatre légèrement aménagé. Il jette un coup d'œil au radio-réveil : 5 h 13. Heure frustrante, trop proche de son réveil de 5 h 45 pour qu'il puisse se rendormir et pourtant trop matinale pour que, dans le froid de la fin mars, des oiseaux décident d'annoncer le retrait de la nuit et de proclamer un jour nouveau.

Le martèlement repart. Mal réveillé, il bascule vers Vicki, dans l'espoir de s'abandonner à sa chaleur, de se blottir contre elle et d'être gagné par le sommeil qui possède son corps doux. Le bras de Greg ne rencontre que des draps tièdes. L'autre côté du lit, vide, ne garde presque plus aucune trace de la chaleur de sa femme.

Il regarde à nouveau l'heure, parfaitement réveillé désormais. 5 h 14. Avec une irritation grandissante, il se rend alors compte qu'on est samedi, le seul jour où il peut espérer traîner au lit – puisque le dimanche matin, à une heure ridicule, Alfie a sa leçon de natation, au cours de laquelle il se contente de hurler, accroché au rebord de la piscine. Le samedi matin, il peut se coller à Vicki et rêver d'ébats au petit jour – même si ce fantasme est rarement réalisé grâce à Alfie, réglé comme une horloge, qui pointe toujours le bout de son nez à 6 h 30. À 5 h 14, ça reste possible, mais pour cela il faudrait que Vicki soit dans les parages.

Reposant la tête sur son oreiller, il s'avise tout à coup que le martèlement cadencé a sans doute un rapport avec l'absence de son épouse. De mauvais poil, il se lève, enfile un sweat-shirt à capuche et sort de la chambre d'un pas mal assuré. Le bruit discret se précise lorsqu'il atteint le pied de l'escalier et suit, sur les lames du parquet en chêne, la lumière en provenance de la cuisine. Un coup sec, puis un roulement, roulement, roulement ; un coup sec, un roulement, roulement, roulement.

Vicki, vêtue d'un simple pull-over trop grand et d'un tablier, malmène de la pâte sur un plan de travail en granit. Elle est entièrement absorbée par sa tâche, et il y a quelque chose de l'ordre du rituel dans ses gestes : elle jette la masse gluante, la pétrit et la plie dans une chorégraphie répétitive. Un sourire étire ses lèvres. Pour une femme si maîtresse d'elle au quotidien, si obnubilée par la quête de la perfection, elle déploie une brutalité étonnante. Après avoir écarté de sa main enfarinée la mèche de cheveux blond foncé qui lui tombe dans les yeux, elle lance la pâte, qui produit un son particulièrement retentissant.

— Vicks... Qu'est-ce que tu fabriques ?

Greg ne partage pas son enthousiasme et ne s'en cache pas :

— Il est cinq heures du mat, on est samedi... Tu m'as réveillé.

L'inquiétude voile aussitôt le regard intelligent de Vicki.

— Oh, mon amour, je te demande pardon !

Elle veut le serrer dans ses bras, mais elle lui mettrait de la farine partout.

— Je prépare des bagels. J'ai pensé que tu serais content d'en avoir pour ton petit déjeuner. Ne t'inquiète pas, je reviens me coucher tout de suite, je dois laisser la pâte reposer pendant une heure et demie. Ensuite, je la diviserai en boules que je pocherai. Je m'en occuperai à sept heures. Tu ne les aurais pas eus avant midi si je ne m'y étais pas mise maintenant.

Guillerette à son habitude, elle donne ses explications avec un naturel désarmant. Greg n'en croit pas ses oreilles.

— Tu t'es levée avant cinq heures pour que j'aie des bagels frais au petit déjeuner ? Quelle mouche t'a piquée ? Je n'ai pas épousé une boulangère.

Elle sourit.

— Tu veux dire que tu es en train de te rendre compte que si ?

— Non, pas du tout. J'ai épousé une femme obsédée par un concours de cuisine. C'est formidable, je me réjouis pour toi. Et je sais que tu veux t'entraîner. Sauf que là, ça va trop loin. Rien ne te force à te lever au milieu de la nuit. Tu as besoin de dormir comme les gens normaux. Ou peut-être de penser à faire un bébé. Je croyais que c'était ce que tu voulais ?

L'exaspération trahie par ses traits réguliers se dissipe presque sur-le-champ. Il étudie le drôle de tableau devant lui : sa femme, plantée au milieu de la cuisine, les jambes nues, couverte de farine, alors que la nuit n'est pas officiellement terminée.

Malgré lui, il est ému. Il y a quelque chose d'excitant dans l'obsession de Vicki pour la pâtisserie. Elle se frotte le nez et y laisse un peu de farine. Il remarque alors les petits cernes sous ses yeux. Elle repousse ses limites et il comprend pour la première fois qu'elle désire remporter ce concours à tout prix. Un élan de tendresse le submerge. Alors qu'elle cligne des paupières sous l'éclat vif des spots à halogène, il sent son amour se teinter de désir.

— Retournons au lit, dit-elle.

Elle place la pâte dans un bol qu'elle recouvre de film alimentaire, puis se rince les mains avant de le rejoindre. Il est frappé de constater qu'elle emploie le même ton maternel, qu'elle recourt aux mêmes techniques de diversion qu'avec leur fils de trois ans. C'est inutile, pourtant. Quand elle le regarde ainsi, elle peut faire ce qu'elle veut de lui.

— Je ne réussirai pas à me rendormir. Je suis trop réveillé pour ça.

Il lui sourit, tout en innocence feinte. Elle lui sourit à son tour et remonte des doigts froids le long de sa cuisse, à l'intérieur de son caleçon en coton rayé.

— Qui a parlé de dormir ?

Elle le connaît par cœur. Il voudrait résister – faire passer un message, exprimer son irritation d'avoir été réveillé –, mais en vain. Il en est incapable. Ils s'embrassent : un baiser de contrition chaste qui se transforme en invitation lorsqu'elle glisse sa langue dans la bouche de Greg tout en lui caressant la nuque. Il cherche ses fesses et découvre, avec un frisson d'excitation, qu'elles sont nues sous le pull enfilé à la hâte. Il n'aurait jamais cru que ça lui ferait un effet pareil. Il la soulève avec une certaine maladresse – il faut dire qu'elle a dépassé les soixante kilos avec tous ces gâteaux – et la pose sur le plan de travail. Elle sent la caresse de la farine sur ses fesses et s'écarte. Elle ne peut s'empêcher de rigoler : ses cuisses sont maculées de poudre blanche.

— Arrête.

Il voudrait figer ce moment. Le garder intact, pur, à l'abri de toute plaisanterie. Elle l'observe et lit le désir sur ses traits adoucis.

— On peut faire des choses bien plus intéressantes à cinq heures du matin que préparer des bagels, chuchote-t-il, gêné de se montrer aussi excité par elle.

Elle se rapproche et se lance dans une autre danse rythmique.

15

La plupart du temps, il vous faudra faire preuve de fermeté avec votre pâte. Vous devrez contrôler cette substance organique et changeante, la travailler, décider si elle doit poursuivre son expansion, l'étaler au bon moment et ensuite la façonner. En d'autres termes, il vous faudra agir comme une bonne épouse qui sait que le secret du bonheur conjugal réside dans sa capacité à éduquer son époux, à l'amener à apprécier ses besoins à elle.

Nu dans la salle de bains attenante à sa chambre – un ancien dressing –, Nigel Briggs se livre à sa routine matinale. Les paupières lourdes de sommeil, il se poste devant les toilettes et éprouve une satisfaction enfantine au sifflement de son jet d'urine brûlant sur l'émail froid de la cuvette ainsi qu'à sa capacité à l'orienter dans différentes directions. Il donne une petite secousse affectueuse à son pénis et une partie des gouttes qui tombent atterrissent sur le carrelage, laissant des traces bien rondes et collantes. Il ne lui vient pas à l'idée de les essuyer. Jenny s'en chargera avec un désinfectant.

Il pivote vers le lavabo et entame le processus qu'il encourage tous ses patients à suivre. Passer du fil dentaire entre chaque dent, avant de les laver avec une brosse à dents électrique en décrivant des cercles concentriques. Terminer par un bain de bouche pour éliminer la plaque dentaire. Une douche – brève, froide, revigorante – suit. Ce n'est qu'alors, une fois bien réveillé et en pleine possession de ses moyens, qu'il est prêt pour le principal.

Nu toujours, il monte sur la balance électronique de sa femme, couleur framboise. Il est parcouru d'un frisson d'excitation alors que les chiffres varient, entretenant ses espoirs puis les anéantissant, le temps de déterminer son poids : 73,8 kilos. C'est mieux que les 74 kilos d'hier mais pas encore satisfaisant. Avec une moue de désapprobation, il se demande, pour la énième fois, quelle différence il y aurait s'il avait été à la selle.

Une serviette enroulée autour de la taille, il regagne la chambre et inscrit son poids dans un petit carnet. Une fois habillé, il ajoutera la donnée dans le tableur de son ordinateur, et elle viendra compléter le graphique illustrant son importante perte de poids depuis plusieurs semaines. Il n'en a pas besoin pour se rafraîchir la mémoire. Ce nombre, 73,8, restera gravé dans son esprit toute la journée, déterminant ses choix alimentaires et la durée de son jogging du soir. Il n'a pas besoin d'un graphique pour savoir que, avec son mètre quatre-vingt-deux, il a encore quatre kilos à perdre pour atteindre son poids idéal.

— Je suis encore très loin de mon objectif.

Il aboie cette information à Jenny qui, déjà prête, vient lui apporter une tasse de thé. L'idée n'effleure pas Nigel qu'elle pourrait n'en avoir rien à faire.

— Mmh ?

Elle manifeste un minimum d'intérêt, réaction peaufinée au cours de leurs vingt-cinq années de mariage. C'est suffisant pour qu'il ne s'emporte pas, même si ça manque d'enthousiasme à son goût.

— Le poids auquel je veux arriver, précise-t-il. Je suis encore loin du compte. Pour un homme d'un mètre quatre-vingt-deux, courant le marathon, je devrais peser moins de soixante-dix kilos, autrement dit quinze à vingt pour cent de moins qu'un homme lambda de la même taille. Je suis passé sous la barre des soixante-quatorze, ce qui ne représente que dix pour cent de moins par rapport à la moyenne. Je vais devoir vérifier mon tableur pour avoir le nombre exact. Seb Coe était en dessous des vingt pour cent.

Assaillie par cette avalanche de données, Jenny cherche une réponse qui soit à la fois sensée et rassurante.

— Tu es sûr que c'est sage de te comparer à un athlète qui a remporté deux fois la médaille d'or aux jeux Olympiques ?

Elle n'a rien trouvé de mieux. L'effet n'est pas celui escompté.

— Bien sûr que non, je ne me compare pas à un champion olympique.

Cette idée absurde le fait postillonner.

— Pas plus que je ne me compare à un coureur de demi-fond. Je le mentionnais juste en tant qu'exemple de l'athlète d'élite. Et oui, si tu veux tout savoir, Jenny, j'aspire à en devenir un, moi aussi.

Vibrant de rage, et légèrement ridicule en caleçon et chaussettes, il parcourt le contenu de sa garde-robe. Malgré sa silhouette élancée et sa belle allure générale, il reste un homme de cinquante-deux ans qui aurait dû s'inquiéter de son poids trente ans plus tôt s'il espérait faire partie des meilleurs athlètes du pays.

Il continue à ronchonner pendant qu'il part en quête de sa chemise préférée, écartant les trois que sa femme lui a repassées la veille. Jenny s'éloigne vers la porte, désireuse d'échapper au dédain qui teinte la plupart des commentaires de son mari ces derniers temps. Bien qu'ayant la tête plongée dans la penderie, Nigel semble sentir que Jenny se défile et la retient, tel un maître appelant son chien au pied.

— Jennifer.

— Oui ?

— Je t'ai posé une question. As-tu confirmé la réservation de la chambre à Paris, pour le week-end du marathon ?

— Pas encore, mais je vais m'en occuper.

— Les 14 et 15 avril. N'oublie pas.

— 14 et 15.

En répétant les dates, elle se rend compte qu'il y a un problème. Ce week-end-là, qui arrivera dans trois semaines, est celui de l'épreuve des tartes. La pâte feuilletée maison, aussi légère qu'une plume, est sa grande spécialité. Les tartes en général sont son point fort. Rater cette épreuve, cette occasion de briller dans la compétition, autrement dit baisser les bras, n'est pas une option. Le moment est loin d'être idéal pour en parler, pourtant elle s'y contraint.

— Nigel, je ne pourrai pas t'accompagner, chéri.

Un point d'interrogation se lit sur ses traits.

— J'ai une épreuve de pâtisserie ce week-end-là. Je ne peux pas la rater. Je suis vraiment désolée.

Son expression passe de l'incompréhension à la dérision. Si des sourcils peuvent exprimer du mépris, c'est ce que font les siens. Sa voix dégouline de sarcasme :

— Tu préfères préparer des tartes dans le Buckinghamshire plutôt que passer deux jours à Paris en avril ? C'est ton choix, mon amour, ton choix. J'aurais cru qu'une petite escapade romantique t'aurait fait plaisir, sans oublier bien sûr l'occasion de soutenir ton mari. Mais non, retourne faire des gâteaux.

Une boule de rage violente se forme dans la poitrine de Jenny. Elle voudrait lui hurler dessus, ébranler cette certitude absolue d'être dans le vrai et lui faire remarquer qu'il pourrait, lui, la soutenir pour changer. Elle est à deux doigts d'ajouter que Gabby Arkwright pourrait être intéressée par un week-end à Paris, pourtant elle n'ose pas s'aventurer sur ce terrain. Elle se contente de prendre une profonde inspiration et de s'exhorter au calme. Lorsque sa voix franchit ses lèvres, elle est surprise de la trouver aussi posée.

— Tu as mon soutien, Nigel, bien entendu que tu l'as. Ce qui ne m'empêche pas de devoir aller au bout de ce concours.

Son ton demeure ferme, il n'y a pas la moindre note suppliante.

— Je ne vais pas abandonner, Nigel, même si ça signifie que je ne pourrai pas t'accueillir sur la ligne d'arrivée. Je suis désolée, j'ai besoin de ça.

Elle ne s'attendait pas à ce que le silence s'étire aussi longtemps. La dérision a déserté les traits de Nigel, remplacée, encore une fois, par l'incompréhension.

Jenny quitte la chambre en ayant l'impression d'avoir grandi de quelques centimètres. La tête haute, le pas plus vif que de coutume. Ce n'est qu'une fois réfugiée dans le sanctuaire de sa cuisine qu'elle le remarque : ses mains tremblent.

— Je n'arrive pas à croire que tu ne seras pas là-bas pour lui.

Emma Briggs, plus péremptoire que jamais, exprime toute l'indignation que lui inspire la nouvelle. Jenny vient en effet de l'appeler pour lui annoncer qu'elle ne pourra pas aller à Paris encourager son père.

— Ce n'est pas comme s'il s'agissait d'une course locale de dix kilomètres, maman. On parle du marathon de Paris. Un événement capital. Et on s'était dit que ce serait l'occasion de se retrouver, tous.

Elle a beau être à Montpellier et parler dans son portable, l'insistance dans sa voix est aussi palpable que si elle se trouvait dans la même pièce que Jenny. Celle-ci se sent vidée. Sa cadette, dotée de ce goût pour les leçons de morale caractéristiques des enfants sortis de l'adolescence, souligne sa déception profonde. Totalement imperméable aux sentiments de sa mère, elle continue, sans relâche, ordonne, questionne, défie, ayant endossé de son propre chef le rôle d'avocate de Nigel. Jenny laisse le déluge déferler sur elle, n'écoutant sa fille que d'une oreille, guettant une mention de Mrs Eaden. L'attente est longue.

— Et c'est quoi, cette histoire de concours de pâtisserie, d'abord ?

Jenny doit se rappeler que sa fille mène une existence bien plus intéressante que la sienne, dans un pays étranger. Si le concours suscite l'intérêt de tous les clients des magasins Eaden ayant un goût pour la pâtisserie, il passe inaperçu pour la plupart des étudiants, surtout une élève de licence qui a profité d'une année un peu moins chargée pour aller dans le sud de la France. Bien sûr, Jenny a déjà évoqué le concours devant Emma, qui persiste à faire mine de n'en avoir jamais entendu parler, l'air de suggérer qu'elle n'a pas de temps à perdre devant les vidéos de cinquantenaires préparant des shortbreads. Et c'est vrai qu'elle a autre chose à faire. Jenny refuse de s'énerver. Après avoir pris une profonde inspiration, elle répond :

— Tu sais, chérie, le concours « À la recherche de la nouvelle Mrs Eaden ». Je t'en ai parlé, je t'ai dit que l'un des juges était ce séduisant cuisinier, Dan Keller. Les épreuves se répartissent sur près de trois mois et, à chaque étape, ceux qui ont obtenu la première et la seconde place apparaissent sur YouTube. On est aussi sur le site internet de Eaden, et on figurera dans leur magazine. Ce sont les juges seuls qui auront le pouvoir de choisir le vainqueur. Si c'est moi, je toucherai un gros chèque qui me permettra de solder les emprunts que vous avez souscrits, toutes les trois, pour votre inscription à l'université. Je tiendrai aussi une rubrique mensuelle dans la publication et je serai conseillère pour les magasins Eaden dans ce domaine.

— Ah, c'est un gros truc, alors ? rétorque Emma, toujours irritée.

— Oui. Écoute, je sais que je laisse tomber ton père et qu'il est déçu, mais je ne peux pas renoncer à ce concours pour le regarder courir en simple spectatrice. Je veux faire quelque chose pour moi.

Le silence est si long à l'autre bout du fil que Jenny se demande si la communication a été coupée.

— Emma ? Em, tu es là ? Dis quelque chose…

Elle entend sa cadette pousser un lourd soupir de déception et comprend qu'elle va avoir droit au chantage affectif.

— Je trouve ça juste dommage. Évidemment, présenté comme ça, je comprends. Enfin, poupi (Emma recourt au surnom qu'elle utilisait enfant pour signifier sa loyauté) a tellement investi dans ce marathon… C'est juste un peu triste que tu ne sois pas là pour lui… Je comprends bien que ça n'est la faute de personne, poursuit-elle, se drapant dans une magnanimité digne d'une martyre. Ce qui ne m'empêche pas de partager sa déception… D'autant qu'on devait profiter de cette occasion pour se réunir tous ensemble, en famille.

L'argument d'une réunion de famille avortée – déjà idéalisée – atteint son but, naturellement. Jenny est en train de se demander comment se faire pardonner lorsque Emma décide de faire vibrer une autre corde sensible.

— Je me retrouve dans une situation délicate, moi. Je ne sais pas qui je dois soutenir…

Jenny sait reconnaître les tentatives de manipulation de sa fille.

— Oh, ma chérie, il ne s'agit pas d'une compétition, mais tu dois évidemment soutenir ton père si tu penses que c'est important.

— Çe ne te dérange pas ?

Emma peut se permettre de jouer la conciliation, maintenant que son week-end parisien n'est plus menacé.

— Tu n'auras pas l'impression que je te laisse tomber, ou que je prends ta place ? insiste-t-elle.

Jenny peut faire preuve de magnanimité, elle aussi, puisque la crise a été évitée.

— Bien sûr que non, ma chérie. À vrai dire, tu me rendras même service. Grâce à toi, je culpabiliserai moins d'être absente. Tu t'amuseras pour deux.

16

Pour faire une miche de pain traditionnelle, prenez une farine blanche T55, de la levure, de l'eau tiède et un soupçon de beurre, de sucre et de sel. Du temps, un peu d'adresse et le miracle de la nature, voilà tout ce dont vous aurez besoin.

En ce dimanche matin de la fin mars, Mike Wilkinson est aussi près d'être heureux qu'il le peut, surtout depuis la mort de Rachel.

Pippa et Sam sont affalés sur la moquette de la pièce voisine, devant un jeu télévisé grotesque, et ils gloussent de ce rire contagieux qui caractérise les tout jeunes enfants. Ce n'est pas la première fois qu'il regrette de ne plus savoir rire ainsi et qu'il se demande à quel âge ils perdront cette propension naturelle à l'allégresse.

Il passe la tête par l'entrebâillement de la porte. Tête contre tête, ayant oublié tous leurs sujets de discorde, ils se réjouissent de concert des malheurs des concurrents, qui dévalent des toboggans, tombent dans l'eau et pataugent dans la boue.

— Qu'y a-t-il de si drôle ?

Relégué au banc de touche, il cherche à participer, lui aussi. Sam, qui ne peut entendre les mots « popotin » et « crotte » sans avoir un fou rire, peine à s'exprimer clairement.

— L'homme… l'homme… a été frappé par un…

Son visage rouge se plisse à cause de l'effort fourni pour faire une phrase complète, puis se met à trembler alors qu'une nouvelle vague de rire monte de son ventre.

— Idiot, le taquine sa sœur.

Du haut de ses huit ans, Pippa aime croire qu'elle est bien plus capable de se contrôler. L'éclat de rire qui lui échappe une seconde plus tard réduit à néant cette croyance.

— Regarde… Papa, tu as vu ça ?

Elle pousse un cri de plaisir, son ravissant minois brillant d'excitation alors qu'elle se tourne vers lui.

— Il est tombé tout en bas !!!

Mike estime avoir quarante minutes devant lui, max, et pour une fois se sent autorisé à planter ses enfants devant la télé. Il vient de les emmener faire un grand tour à vélo et ils doivent avoir mal aux jambes – lesquelles sont recouvertes de boue. Il sait très bien qu'après le déjeuner il devra les conduire au terrain de jeux.

Quarante minutes. Ça lui laisse le temps de coller son ragoût au four, de préparer une purée de pommes de terre et d'avancer dans la préparation de son pain. La prochaine épreuve portera sur ce thème, mais Mike est réaliste, il sait qu'il ne gagnera pas ce concours, et il ne met donc plus beaucoup d'énergie à s'entraîner. Il compte faire du pain pour son plaisir.

Il se souvient de ce dimanche matin, en fin d'année dernière, où il en préparait, tout en écoutant l'une de ses émissions radio préférées, celle de Radio 4 consacrée à la cuisine. Alors qu'il commençait à pétrir la pâte avec doigté, la repliant vers lui avant de l'écraser avec le talon de la main, puis la faisant pivoter d'un quart de tour avant de répéter l'opération, il a découvert que l'émission portait précisément sur le pétrissage. Une de ces rares coïncidences de la vie. Le sujet concernait plus précisément la confection de pain comme thérapie. Des vétérans de la guerre en Afghanistan qui avaient ouvert une boulangerie étaient interviewés, ainsi que des victimes de la torture qui se retrouvaient pour préparer du pain ensemble une fois par semaine. Le pétrissage cadencé de la pâte avait des vertus apaisantes sur les pensées et les souvenirs importuns qui menaçaient d'envahir leur esprit. Voilà ce qu'expliquait le membre de l'association caritative dont ils étaient membres. De plus, l'odeur, le goût et la texture du pain les renvoyaient à une époque plus heureuse, une époque où ils faisaient la cuisine avec leur mère sans doute. Avant leurs traumatismes, en tout cas.

Mike s'est soudain rendu compte qu'il avait les joues mouillées de larmes. Il ne pleurait pas seulement sur les victimes de la torture – des réfugiés en provenance d'Iran pour la plupart –, mais aussi sur lui-même, sur ses tentatives pour retrouver une forme de sérénité après la mort de Rachel. Il n'avait pas envisagé la confection du pain sous l'angle thérapeutique, et pourtant il a pris conscience qu'il pouvait dater avec précision le début de cette nouvelle passion. Elle est née une semaine après l'enterrement, quand le chagrin, jusque-là trompé par l'adrénaline, l'a assailli. Malaxer la pâte – au lieu de la replier délicatement et de la presser sans excès, ainsi que les livres le conseillaient – s'est révélé cathartique. Une façon de se changer les idées pour ne pas laisser la colère le submerger – des hommes plus sportifs seraient sans doute sortis courir ou passer leurs nerfs sur un punching-ball dans une salle de sport.

Depuis, le pain est devenu un rituel hebdomadaire. Il n'a plus seulement une fonction thérapeutique, mais aussi créative. Lui qui, autrefois, y voyait un bon moyen de dépasser sa rage, il y découvre à présent un aspect plus positif, l'occasion de créer quelque chose d'unique, de s'occuper de ses enfants de la façon la plus fondamentale qui soit. Il chérit aussi le sentiment que cela lui procure, celui de s'inscrire dans une histoire. Les premiers Anglo-Saxons en préparaient déjà, ainsi qu'il aime le rappeler à ses élèves. Ce peuple, plus porté sur la chasse que sur la culture, était si terrifié par le blé qui poussait et la pâte qui gonflait qu'il jetait des sorts à chaque étape de la confection du pain. Le pain est intrinsèque à la culture et à la langue britanniques, leur serine-t-il. Pensez aux expressions inspirées de la meunerie : « donner du grain à moudre »,

« on ne peut être à la fois au four et au moulin », et à celles, plus familières : « se faire du blé », « gagner sa croûte ». Même Jésus – et là, il s'aventure sur un terrain plus glissant, ayant toujours été agnostique, y compris avant la mort de Rachel – a reconnu son rôle central dans l'existence humaine, se décrivant comme « le pain de la vie ».

L'enthousiasme que Mike met dans la fabrication du pain, et sa place au sein de la culture britannique, l'a conduit à des expérimentations auxquelles il ne se risque pas avec les gâteaux ou les entremets. Il utilise de la farine d'épeautre ou de seigle, saupoudre la miche de graines de pavot ou de tournesol, ajoute des olives et du romarin, de la pancetta et des oignons caramélisés, du bleu et des noix. Malgré tout, sa spécialité demeure le gros pain blanc classique – préparé à partir d'une farine complète de base –, avec trois entailles sur le dessus pour donner un beau relief à la croûte. Il sait qu'il devra briller lors du concours, prouver qu'il est capable de préparer des naans, des bagels ou un pain challah. Mais pour aujourd'hui, dans la chaleur de sa cuisine, pour ses enfants affamés, ce sera un bon vieux pain de campagne classique.

Claire Trelawney est aussi en cuisine. Pour sa part, elle prépare des petites brioches épicées aux raisins secs, d'autres au safran et un cake à l'anglaise, au thé et aux raisins secs. Sa mère et sa fille lui apportent leur aide.

Le toucher est léger, pourtant elle a la mâchoire bien serrée lorsqu'elle plaque la pâte sur le plan de travail, l'étire, puis la fait pivoter. Le père de Chloe, Jay, s'est manifesté, et comme toujours dans ces cas-là elle préfère les pâtisseries à pâte levée plutôt que les gâteaux plus sophistiqués. Elle cherche une consolation dans la farine blanche, là où d'autres pourraient déverser un flot d'insanités, ouvrir une vodka ou allumer une cigarette.

— Doucement, ma chérie.

Claire relève la tête et découvre qu'Angela la considère, un sourcil arqué.

— Désolée.

Elle sourit, observe la grand-mère et la petite-fille : deux générations unies par le simple plaisir de mélanger une poignée d'ingrédients – farine, levure, eau, sel et sucre – et de voir la magie culinaire se produire.

— Est-ce que je m'en sors bien, maman ?

Chloe, toujours en quête de reconnaissance maternelle, se débat avec la pâte collante des brioches qui s'accroche à ses doigts.

— Il faut que tu ajoutes un peu de farine… oh là, pas autant !

Sa voix est montée dans les aigus quand elle a vu le monticule blanc que sa fille a formé sur le plan de travail.

— Tu n'as sûrement pas envie que tes brioches soient dures et sèches, se reprend-elle.

— Laisse-moi te montrer, mon trésor.

Angela, la matriarche dans toute sa splendeur, et officiellement la meilleure pâtissière de la famille, quoi que puisse en penser Claire, prend le relais, remettant la farine dans son paquet, puis détachant la boule de pâte des doigts de Chloe afin de la travailler à sa place.

— Elle peut le faire toute seule. Elle a besoin d'apprendre, lance Claire, irritée par l'intervention de sa mère.

Angela ne veut rien entendre.

— Elle était tout empêtrée, la pauvre. Je voulais juste l'aider.

— C'est super maintenant, mamie. Regarde, maman, elle est bien élastique.

Les yeux de Chloe vont de l'une à l'autre. La pâte ne colle plus à ses doigts, grâce à l'intervention d'Angela. L'enthousiasme de la petite fille éteint aussitôt l'étincelle de la tension.

— Génial ! s'exclame Claire. Tu es trop forte.

— Maintenant tu vas la travailler pendant une dizaine de minutes comme ça. Il faut qu'elle soit bien lisse et élastique, précise Angela avant de confier la pâte à sa petite-fille. Ces brioches vont être bien moelleuses.

Toutes trois œuvrent dans un silence complice, Claire se charge de la pâte pour les brioches au safran. Elle verse du lait tiède, véritable or liquide, sur des fruits secs, du sucre, de la levure et des miettes de farine et de beurre. La préparation, soyeuse et riche, lui rappelle la pâte à modeler avec laquelle elle jouait quand Chloe était toute petite. Les sensations voluptueuses, tactiles, élastiques. L'odeur est bien plus agréable pourtant : le parfum des fruits secs et de la levure chaude est bien plus doux que celui, salé, de la pâte à modeler. Et la texture encore plus douce.

— Ça embaume, non ?

Angela étudie l'œuvre de sa fille d'un air approbateur. La sienne a déjà été roulée en sphère bien lisse et placée dans un bol recouvert d'un torchon humide.

— Tu es en train de devenir une pâtissière remarquable, déclare-t-elle.

Aveu tacite que sa fille a tous les droits de ne plus suivre ses conseils maintenant qu'elle a fait ses preuves dans la compétition.

Claire sourit devant le compliment, d'autant plus précieux qu'il est rare.

— Merci ! Oui, je m'améliore. Même si je ne suis pas encore arrivée au bout de mes efforts. Et de loin.

— Non, bien sûr, mais tu es capable d'atteindre ton objectif… N'est-ce pas, Chloe ?

Le visage gracieux de la fillette se fend d'un sourire et son nez se retrousse au milieu des taches de rousseur. Ses grands yeux brillent de fierté et d'excitation.

— Bien sûr. C'est la meilleure pâtissière et la meilleure maman du monde.

— Si vous le dites… J'ai fait des progrès, je vous l'accorde. Ils ont aimé ma maison en pain d'épices.

Claire ne peut retenir un sourire. Elle se remet cependant à malmener la pâte au souvenir des résultats de la dernière épreuve. Le jury a tellement apprécié sa création qu'elle a eu droit à sa vidéo sur YouTube. Depuis, Jay la bombarde de mails et de sms.

— Ça ne t'inquiète pas, si ? s'enquiert Angela, qui perçoit toujours les angoisses de sa benjamine et n'a pas manqué de noter le pli apparu entre ses sourcils.

— Un peu… Enfin beaucoup, même. Je sais que je ne vais pas gagner, je ne suis pas idiote, je veux juste qu'on puisse tous être fiers.

Elle sourit de plus belle dans une vaine tentative pour masquer ce qui l'a toujours animée : son sentiment de responsabilité envers Chloe. Trahie par les trémolos dans sa voix, elle a soudain dix-sept ans à nouveau, elle annonce à sa mère qu'elle est enceinte.

— Je ne veux pas vous laisser tomber.

Angela est tout en bras et poitrine lorsqu'elle attire sa fille, et sa petite-fille troublée, contre son tablier. Elle sent le savon et la pâtisserie.

— Oh, ma chérie, tu en serais incapable.

Elles restent enlacées quelques secondes avant que Claire ne se dégage de l'étreinte, gênée par les démonstrations d'affection de sa mère. Elle craint d'effrayer Chloe.

— C'est parfait, ma puce.

Elle désigne la boule de pâte de sa fille, qui repose aussi dans un bol sous un sac en plastique.

— Il ne reste plus qu'à aller l'installer près du radiateur. Puis tu te laves les mains et tu nous mets un CD ?

Chloe hoche la tête et s'éloigne avec le plat. La responsabilité la rend solennelle. Elle se précipite ensuite vers la salle de bains, libérée d'un poids : elle n'a plus à s'inquiéter pour sa mère, et elle va pouvoir danser.

— Alors… qu'est-ce qui te tracasse ?

Il est vain, Claire l'a compris depuis longtemps, d'essayer de cacher quoi que ce soit à sa mère. Elle retarde sa réponse en nettoyant le plan de travail fariné.

— Jack s'est manifesté.

Angela fronce le nez comme si elle venait de sentir un pet.

— Il a vu ma maison en pain d'épices sur YouTube.

— Je n'aurais jamais imaginé qu'il s'intéressait à la pâtisserie, souligne Angela d'un ton sec tout en se rinçant les mains dans l'évier.

— Je crois que sa sœur a posté un lien sur sa page Facebook. Enfin, n'importe laquelle de mes connaissances aurait pu le faire. Il y a beaucoup de vues déjà : 15 000. Je n'arrive pas bien à y croire.

Elle ne peut cacher sa surprise devant ce nombre… et la fierté qu'il lui inspire.

— Ah…

Il y a un blanc dans la conversation, le temps qu'Angela digère la nouvelle et prenne la mesure du pouvoir mystérieux à ses yeux d'internet. Elle s'essuie les mains avec minutie.

— Bon. Tu n'as pas l'intention de le voir, si ?

— Bien sûr que non ! répond Claire en piquant un fard. Pourquoi ferais-je une chose aussi idiote ?

— D'accord…

— Tu ne me crois pas.

— Je n'ai pas dit ça.

— Tu n'as pas besoin de le dire.

Sa mère lui jette un regard.

— Je suis désolée, maman. Pardon. Non. Je ne me suis engagée à rien. Non.

Sa réponse ne parvient pas à convaincre Angela.

— Je te connais, ma chérie. Je sais l'effet qu'il te fait.

— Tu as raison, évidemment… C'est si compliqué. J'aimerais beaucoup que Chloe le voie. J'aimerais qu'il joue un rôle plus important dans sa vie. J'aimerais qu'il soit un père pour elle.

— Tu crois que c'est ce qu'il veut ? demande Angela, sceptique.

— Il dit que la vidéo… Il dit qu'en voyant que j'ai fabriqué un bungalow sur la plage pour Chloe, il s'est rendu compte qu'il était passé à côté de quelque chose.

Elle tente de se convaincre elle-même.

— Si je le vois, c'est pour le bien-être de Chloe, ajoute-t-elle.

Angela ne retient pas un petit ricanement.

— Maman…

— Tu le connais, Claire. Rappelle-toi comment il t'a traitée. Tu n'as pas besoin de ça. Surtout maintenant que tu t'en sors si bien…

— Je sais.

Claire sourit pour la rassurer, puis répète :

— Je sais.

Angela lâche un soupir d'indignation, et Claire enfouit sa tête dans un placard : elle a un besoin subit d'essence de vanille.

17

La mode veut qu'on restreigne la quantité de pain consommée par tout un chacun, je le sais. On n'hésite d'ailleurs pas à le remplacer par des crackers. Ne vous refusez rien. La nourriture est une source de plaisir. Et les substituts sont rarement aussi satisfaisants.

Vicki fredonne tout en arpentant les allées de son magasin Eaden : un air doux et insistant, faux d'un demi-ton. L'après-midi vient de débuter, le supermarché n'est jamais plus calme qu'à ce moment de la journée. Les travailleurs qui, pendant la pause de midi, dévalisent le rayon des sandwichs au pastrami, des wraps au fromage de chèvre et aux légumes grillés sont repartis. Les mères épuisées qui traînent des enfants mécontents pour acheter, en urgence, une brioche à la sortie de l'école ne sont pas encore arrivées.

Si Vicki chantonne, c'est en partie parce qu'elle a reçu un coup de fil inattendu. Le genre de coup de fil qui a mis son cerveau en ébullition, ouvert la possibilité d'un autre monde. Amy Springer, l'institutrice en charge du CE2 dans son ancienne école, St Matthew, a appelé pour lui annoncer qu'elle était enceinte et partirait en congé maternité en septembre. Elle a proposé son remplacement à Vicki, en priorité. Bien sûr, cette dernière ne compte pas accepter. Alfie débutera l'école maternelle à la rentrée, et elle a toujours convenu de lui accorder toute son attention jusqu'à son entrée en CP… et d'avoir un autre enfant. Même si rien ne se profile de ce côté-là. Peut-être que ce serait la distraction dont elle a besoin pour se départir de l'impression que sa vie restera au point mort tant qu'elle ne réussira pas à tomber enceinte. Oui… c'est une proposition alléchante. Et elle apprécie qu'Amy ait pensé à la prévenir avant tout le monde. Qu'elle ait pensé que Vicki serait la personne idéale. Serait-il judicieux de téléphoner à Colin Johnson, son ancien directeur ?

Non, bien sûr que non. Ce n'est qu'un fantasme… Elle a simplement été flattée. Elle ne peut s'empêcher, malgré tout, de se demander ce que dirait sa mère si elle lui annonçait qu'elle reprend le travail. Frances serait sans le moindre doute aux anges. Elle a toujours vu, dans la décision de sa fille d'abandonner sa carrière, une attaque personnelle, après tous ses sacrifices, dans les années 1970 et 1980, pour assurer aux femmes cet acquis. Depuis peu, elle a cessé de lui demander quand elle comptait retourner au travail, ce qui n'empêche pas la question de rester présente en arrière-plan, aussi menaçante qu'un orage sur le point d'éclater.

Or Vicki ne veut aucune tension ce week-end, justement. Elle reporte son attention sur son travail du moment : préparer un délicieux repas pour sa mère. Une façon de la remercier d'avoir gardé Alfie, une nouvelle tentative pour gagner son admiration, son approbation.

Elle erre dans le magasin. C'est agréable d'être ici, sans enfant. Cette prise de conscience s'accompagne d'un spasme de culpabilité. Avoir le temps de s'arrêter pour choisir les produits : respirer les mangues et tâter les avocats sans qu'Alfie – qui refuse de s'asseoir dans le chariot – tire sur sa ceinture ou son sac à main, échappe à sa surveillance.

Faire les courses sans lui est un tout autre exercice. Un exercice plaisant, au cours duquel elle autorise son esprit à divaguer… Elle réfléchit à ce qu'elle pourrait préparer pour la prochaine étape qui lui garantirait une vidéo sur YouTube comme son battenburg (18 928 vues lors de sa dernière visite, il y a une heure). Cette recette, plus que toute autre, s'accompagnait d'une charge émotionnelle forte, et elle se demande si les pains qu'elle choisira devront être associés à de mauvais souvenirs pour qu'elle ait envie d'obtenir réparation.

Allez, Mrs Eaden, songe-t-elle, tandis qu'elle dirige son caddie vers son allée préférée, celle de la pâtisserie, donne-moi un petit coup de pouce. Que dois-je faire pour briller, éclipser la star de la maison en pain d'épices, Karen, ou la favorite évidente, Jenny ? Jenny est adorable, et elle traverse manifestement une phase difficile avec son mari, mais je voudrais tellement gagner… Si je ne reprends pas l'enseignement, je dois prouver à ma mère que je suis capable d'exceller dans ce domaine. Et pour la convaincre, la seconde place ne suffit pas. Je dois être la meilleure.

Elle s'engage dans l'allée de la pâtisserie. La prochaine épreuve tournera autour du pain. Ça n'a jamais été son point fort. Doit-elle se concentrer sur un mélange de céréales ou sur différentes saveurs ? Que ferait Mrs Eaden ? Quel est le goût des juges en la matière ?

Elle évalue les sacs de farine à pain : bio, seigle, un mélange d'épeautre et de graines. Elle consacre un temps excessif à les étudier avant d'opter pour un sachet de farine T55 et un second, de farine complète bio. Elle hésite, puis en prend un dernier : de la farine pour pain bio et sans gluten.

Je parie que tu n'avais pas une mère comme la mienne, pense-t-elle en mettant dans son chariot des abricots secs bio, d'énormes raisins secs de Smyrne, dorés, d'autres de Corinthe, d'un rouge flamboyant, et des écorces d'orange confites. Elle a besoin de ces ingrédients pour préparer des brioches. Avec la farine sans gluten, elle pourra préparer un gâteau pour Frances. Je recommence, s'avise-t-elle. Un gâteau pour lui faire plaisir. Cette fois-ci, malgré tout, il ne contiendra ni colorant, ni parfum artificiel, ni gluten et, dans la mesure du possible, ni sucre ni beurre. Quel genre de gâteau aurait ses faveurs ? À moins que je n'essaie plutôt de lui servir du pain ? Sans gluten ?

Non, je suis idiote. Il y aura de la levure, et ça lui donne des ballonnements.

Désertée, subitement, par la tranquillité qui l'habitait, elle se presse de retourner au rayon primeurs pour choisir des légumes qui, elle en est sûre, plairont à sa mère. Vicki pourrait très bien abandonner l'idée du gâteau et lui préparer plutôt une salade thaïe, bien relevée, avec du soja, des piments rouges, de la coriandre et du gingembre. L'apport calorique serait minimal. Elle prend des poivrons, des mini-épis de maïs, des germes de soja, des mange-tout, et s'arrête brusquement. Les mange-tout proviennent du Zimbabwe. Les mini-épis de maïs du Kenya. Elle les repose avec un soupir. Sa mère lui fera la morale sur leur bilan carbone.

Et un crumble aux pommes ? Les pommes seront anglaises, elle choisira de la farine sans gluten, ajoutera des flocons d'avoine et la quantité minimum de sucre roux, pas de beurre… Non, ça ne marchera pas. Mangera-t-elle de la margarine au tournesol allégée ?

Le mieux serait peut-être encore de lui servir une compote de pommes accompagnée d'un yaourt nature, bio et allégé ? Et avant, un poisson issu de la pêche raisonnée, accompagné de brocolis bio et produits dans la région ? Elle se débat, prise dans les filets de l'indécision. Elle veut réussir ce repas, atteindre une sorte de perfection. Elle finit par choisir les plus beaux légumes, consciente, ce faisant, que Frances trouvera à redire quoi qu'il advienne. Ils ne seront pas aussi frais, pas aussi savoureux que ceux qu'une de ses amies cultive sur son lopin, mais ils devront aller pour cette fois.

Une fois qu'elle en a terminé – et alors qu'elle continue à douter –, elle décide de se rendre au rayon presse pour se distraire un peu. Elle repère une publication jeunesse pour Alfie et imagine sa joie lorsqu'il découvrira, à l'intérieur, les autocollants à l'effigie de Rastasouris. La veille, elle lui a lu une histoire sur les exploits de la souris rappeuse et il l'a écoutée d'une oreille attentive tandis qu'elle s'essayait, sans grand succès, à l'accent jamaïcain.

— Désolée, mon grand, je ne suis pas très douée, s'est-elle excusée.

Il a aussitôt secoué la tête et utilisé un mot nouveau :

— Tu es géniale.

Et il s'est blotti contre elle, chaud, docile et sincèrement impressionné. Parfois, j'assure, se félicite-t-elle en reportant son attention sur les magazines de cuisine : *Le Monde de la pâtisserie, Le Monde des pâtissiers, Décorer les gâteaux, Cupcakes et Popcakes.* Les titres lui sautent aux yeux dans un tourbillon de jaune et de rose pastel.

Elle passe quelques minutes coupables à les feuilleter, cherchant à déterminer lequel justifiera au mieux la dépense de 3,95 livres. Aucun ne l'aidera à se perfectionner pour le pain, puisqu'ils tournent davantage autour des questions de présentation. Et d'ailleurs, même si les décorations proposées constituent une réelle difficulté technique, elles sont ordinaires. Dépassées.

Une femme la considère d'un air intrigué, la tête inclinée d'un côté, un sourire aux lèvres.

— C'est bien vous, non ?

Vicki ne comprend pas. La femme précise :

— Vicki ? Vous êtes ici pour faire la promotion du concours ? Même si vous n'en avez pas besoin.

Elle accompagne cette dernière phrase d'un geste en direction de la publication de Eaden dans sa main. Vicki la lui prend. Elle n'avait pas pensé que le numéro d'avril serait déjà sorti. Elle est là, sur la couverture, peaufinant sa maison en pain d'épices aux côtés de Claire et de Karen. Elle a l'air confiante. Douée. Elle a l'air heureuse.

— Vous êtes vraiment magnifique.

La femme semble aussi impressionnée que si elle était face à une star.

— Vous êtes ma candidate préférée, ajoute-t-elle. Vous me rappelez ma fille. Dès que je serai rentrée chez moi, je me connecterai à YouTube pour revoir votre vidéo et ajouter un nouveau commentaire. J'ai adoré votre battenburg.

— Merci… merci beaucoup.

— Je sais que ce n'est plus de mon âge, reprend la femme, mais… vous ne voudriez pas… Ça vous dérangerait… ?

Elle sort un stylo de son sac à main et indique le magazine.

— Vous aimeriez que je vous le dédicace ?

— Si ça ne vous dérange pas. Je sais que ça ne se fait pas, seulement ma fille ne voudra pas me croire sinon.

— Je suis très flattée.

Vicki semble avoir retrouvé l'usage de la parole et des convenances. Un petit rire de nervosité et d'excitation lui échappe.

— On ne m'a encore jamais demandé une chose pareille. C'est ma première incursion dans le monde de la célébrité !

— La première et certainement pas la dernière, ma chère.

La femme sourit avant d'insister :

— Oui, je doute que ce soit la dernière.

Kathleen

Ses remarques lui ont paru particulièrement hors de propos, alors qu'il cherchait juste à être gentil, elle le sait.

Quelques minutes plus tôt, allongée sur la table d'examen, dans son cabinet de Harley Street, les pieds dans les étriers, elle se faisait ausculter. L'examen avait pour but de déterminer pourquoi, deux semaines après l'événement auquel elle se refuse toujours à donner un nom, elle continuait à saigner aussi abondamment.

— Je crains de devoir procéder à un curetage pour vérifier qu'il ne reste rien de vilain à l'intérieur.

Voilà ce que lui a annoncé James Caruthers, membre du collège royal des gynécologues et obstétriciens, avant de retirer ses gants et de se laver les mains avec vigueur. Elle a rougi, répugnant à croiser son regard après qu'il venait de l'examiner ainsi.

— Rien de vilain… vous voulez parler de mon bébé ?

— Non, non, je pense à d'éventuels tissus résiduels ou à un reste de placenta.

Il a pivoté vers elle brièvement, puis a repris son nettoyage systématique, doigt après doigt. Le ton n'avait rien de désagréable, il était factuel.

Le chagrin de Kathleen s'est mis à tournoyer dans la pièce lorsqu'il lui a détaillé la nature de la procédure, ses risques et ses avantages. Les mots se sont abattus sur elle : anesthésie générale, risque d'infection, alitement obligatoire, rapports sexuels suspendus pendant un temps, intervention nécessaire pour faciliter une nouvelle grossesse le moment venu. Il aurait aussi bien pu parler en grec ancien ou dans une autre langue tout aussi ésotérique, tant le sens de ces mots lui était inconnu.

Elle s'est concentrée sur la photographie, dans un cadre argenté, sur le bureau : James Caruthers, son élégante femme et leurs trois petits garçons en uniforme scolaire. Blonds, visiblement privilégiés et imperméables aux difficultés de l'existence. Le plus jeune avait une fossette et un sourire irrépressible.

Elle a senti les larmes monter, brûlantes et incontrôlables. Julie, l'assistante médicale, lui a tendu un mouchoir en coton repassé avec un petit claquement de langue rassurant. Le Dr Caruthers a été contraint d'abandonner ses allées et venues dans la pièce lambrissée. Il est resté planté là un instant, décontenancé, avant de s'asseoir sur son bureau et de placer, bien à plat sur ses cuisses, ses mains couvertes de taches de rousseur.

— Écoutez, a-t-il commencé d'un ton calme et raisonnable. Je crois que la meilleure chose à faire est de reprendre des forces en prévision d'une autre grossesse. Mangez ces aliments dont vous parlez si bien dans votre rubrique : je pense moins aux gâteaux qu'aux tourtes et au pain complet. Aux plats qui ont de grandes vertus nutritives. Beaucoup de viande rouge et de légumes verts… ce genre de choses.

Ce sujet l'a mis en verve, il a poursuivi :

— Je dois dire que je trouve formidable que vous ayez cette passion. Mon épouse est une de vos admiratrices. Elle ne manque jamais votre rubrique mensuelle. Elle m'a dit que vous écriviez un livre, c'est exact ?

— Hmm… oui. *L'Art de la pâtisserie*.

Prise au dépourvu, elle a tenté de se rappeler le laïus qu'elle sert habituellement sur ce projet, à l'arrêt depuis quinze jours, comme si sa capacité à écrire avait, elle aussi, connu une hémorragie. Elle a réussi à bricoler une rubrique pour *Home Magazine* – ode réchauffée aux joies du crumble –, mais n'a rien produit de bon pour le livre. Comment pourrait-elle tourner de jolies phrases sur l'importance de nourrir sa famille quand elle n'en a pas, elle ? Ou plutôt, une qui se compose uniquement de George et d'elle ?

Elle a levé les yeux vers le médecin et compris qu'il n'était qu'un étranger. Convaincu qu'elle pouvait avoir envie de discuter écriture et pâtisserie alors qu'elle désirait seulement une réponse à cette question : pourquoi avait-elle perdu son enfant ?

James Caruthers paraissait aussi content de lui que s'il avait trouvé la solution pour compenser les insuffisances de la science médicale.

— Très bien, alors, a-t-il conclu en se redressant avec un large sourire. Nous allons tout remettre en ordre et vous suivre avec soin. Je suis sûr qu'il n'y a aucune raison pour que vous ne puissiez pas avoir un bébé en pleine forme. Ça prendra peut-être un peu plus de temps, ne soyez pas pressée. Et dites-vous que vous avez de la chance. Si les choses ne tournent pas tout à fait comme vous l'aviez souhaité… eh bien, il vous reste un plan B, non ? Vous pourrez toujours vous tourner vers la pâtisserie et l'écriture.

18

Le gâteau préféré de mon mari peut passer pour démodé : un cake sucré à base de saindoux, qui colle aux doigts et libère, à chaque bouchée, un mélange de raisins secs, de sucre et d'épices.

Au départ, il s'agissait d'un gâteau de fête, car ces ingrédients étaient des denrées rares. De nos jours, le problème ne se pose plus et les seules limites que nous nous fixons sont déterminées par l'importance que nous accordons à notre tour de taille.

— Bonjour !

Karen Hammond se retourne, un sourire aux lèvres, au moment où Dan Keller passe derrière elle, dans l'écurie transformée en cuisine, pour l'observer. Elle prépare sa spécialité.

Elle est convaincue d'être sur la voie de la victoire avec sa miche de pain à l'épeautre décorée de flocons de seigle. Une recette sans gluten, inattendue et moderne. Personne ne lui arrive à la cheville, certainement pas Claire avec sa brioche au safran, ni Mike avec son pain à la cardamome et au fenouil, ni encore Vicki avec son pain complet aux noisettes et au miel.

— Vous pétrissez toujours de la sorte ?

La question de Dan, teintée d'amusement ironique, prend Karen par surprise.

— Je… euh…

Elle s'interrompt, déstabilisée par sa présence, la proximité de leurs bras, leurs poils qui se touchent presque lorsqu'il approche la main de la pâte.

— Vous utilisez de l'épeautre, je ne me trompe pas ? Vous allez devoir pétrir plus longtemps qu'avec une autre farine. Ça vous embête si je vous montre ?

— C'est autorisé ? Ce n'est pas de la triche ?

L'idée de transgresser les règles au vu et au su de tous l'électrise.

— Je ne vais pas faire tout le travail à votre place. Un petit coup de pouce n'est pas interdit.

Le ton sur lequel il prononce ces paroles semble plein de sous-entendus sexuels, et elle jette un coup d'œil autour d'elle. Ses concurrents, absorbés par leur tâche, tête baissée, ne semblent rien remarquer.

Elle s'écarte pour laisser de la place à Dan et s'éloigne plus que nécessaire, consciente de la nécessité d'éviter une trop grande proximité physique. Après lui avoir coulé un regard de biais, il entreprend d'étirer la pâte, puis de la faire pivoter. Son toucher est rapide et agile, même si elle peut voir ses biceps se gonfler sous sa chemise.

— À vous, maintenant.

Il fait un pas de côté et elle reprend sa place. La pâte est tiède, adoucie par ses mains à lui. Écraser, tourner, plier, écraser, tourner, plier, écraser, tourner, plier. Elle reproduit ses mouvements, se concentrant de son mieux pour tenter d'ignorer sa présence, pour chasser la pensée qu'elle a les doigts à l'endroit précis où se trouvaient les siens un instant plus tôt, pour oublier la chaleur qui irradie dans son ventre.

— Beaucoup mieux.

Il lui adresse un dernier sourire avant de s'éloigner, d'un pas nonchalant, la laissant admirer son derrière rebondi, mis en valeur par un jean slim, la forme effilée de son torse, ses larges épaules. Elle est jouée, comme une adolescente éprise de la coqueluche du lycée, qui lui sourit l'air de rien en prenant sa copine par les épaules, ignorant tout de son désir.

Elle se remet au pétrissage. Qu'est-ce qui le rend si attirant en plus de son physique avantageux ? Peut-être y a-t-il, tout simplement, quelque chose de très viril dans ce côté nourricier. Il peut préparer des tartes, faire du pain, il serait capable d'alimenter une famille avec un peu de farine, de levure, de l'eau et le talent de ses mains. Elle n'a aucun doute là-dessus : il est le genre d'homme qui saurait d'instinct, si l'on retournait à l'état sauvage, construire un abri, chasser et dépouiller de petits mammifères, pêcher du poisson à la lance, faire un feu avec de belles flammes, pas des petites qui crépitent. Bref, un homme qui sait se servir de ses dix doigts en plus d'être désirable.

Il lui rappelle Dave, l'entrepreneur qui s'est occupé de la construction de leur extension – un bâtiment sur deux niveaux – pour deux cent mille livres, il y a cinq ans. Pendant trois mois, il lui est arrivé régulièrement de camper dans la cuisine de Karen. Au début, elle l'a snobé, il était trop rustre : un ouvrier qui lisait des tabloïds pendant ses innombrables pauses-café, qui semblait passer son temps dans sa camionnette, à s'enfiler des sandwichs en triangle, qui insistait pour débuter sa journée de travail avant huit heures, mais mettait les bouts dès la tombée de la nuit.

Elle n'a pas tardé à l'apprécier, pourtant. Il faisait preuve d'humour et d'intelligence lors de leurs échanges et dans ses relations avec son équipe de maçons, de menuisiers et de plombiers. Son embarras n'était pas feint le jour où il a débarqué juste après sept heures alors qu'elle n'était pas encore habillée, ni sa délicatesse quand il s'efforçait de marcher sur la pointe des pieds dans la cuisine – alors que ses énormes godillots ferrés déposaient des empreintes boueuses bien nettes.

Par-dessus tout, il était compétent dans son domaine, ce qui était plaisant et pratique. Lorsque le conseil d'urbanisme a décidé qu'il fallait abattre un autre mur, il a réglé la question dans la journée et fait venir une benne pour déblayer les gravats sans attendre. Lorsqu'un clou a percé une conduite et que des cascades d'eau ont dégringolé du plafond, il a identifié la source du problème, convoqué son plombier – qui était sur un autre chantier – et est resté avec lui le temps qu'il répare les dégâts, ne jurant que discrètement. Quand, avec l'arrivée de la neige et des températures au-dessous de zéro, les couvreurs ont refusé d'escalader l'échafaudage, il a commencé le travail à leur place, et leur orgueil en a pris un coup. Le jour où, pour la seule fois, Karen a perdu son sang-froid et manqué de pleurer parce que la partie vitrée du toit – qui avait coûté la modique somme de quarante mille livres – est arrivée cassée, elle a bien cru qu'il allait la prendre dans ses bras et accomplir le miracle de recoller les morceaux de verre. Au lieu de quoi, il est resté perplexe une poignée de secondes. Puis il a sorti son portable et exigé que le fournisseur remplace la pièce abîmée.

La relation employeur/employé a été préservée – scrupuleusement de son côté à lui, plus difficilement du côté de Karen –, et elle a accueilli la fin des travaux avec un soulagement infini. Elle n'aurait plus à subir cette présence de testostérone chez elle. Cette expérience avec Dave lui a néanmoins permis de comprendre une chose : l'attraction qu'exercent sur elle les hommes manuels. En comparaison d'Oliver, qui évolue dans un monde parallèle – jouant avec les chiffres, accumulant, ou perdant parfois, d'énormes sommes d'argent pour ainsi dire virtuelles –, Dave pouvait lui construire une maison. Elle ne regrettait pas une seconde de ne pas avoir épousé un homme de sa trempe : le travail d'Oliver pouvait paraître dérisoire en comparaison, il n'en restait pas moins qu'elle appréciait son salaire et ses bonus. En revanche, elle n'aurait rien eu contre une partie de jambes en l'air avec Dave. Sans oublier qu'il aurait dévoré tout ce qu'elle lui aurait préparé… Oui, l'attrait des hommes manuels était bien réel.

Bien sûr, elle remporte l'épreuve du pain, et arrive deuxième – derrière Jenny – lorsqu'ils préparent ensuite un cake au saindoux : dodu, luisant, collant. Dégoulinant de gras. La simple idée d'y planter les dents lui donne un haut-le-cœur, et elle s'agite nerveusement devant son plan de travail, désireuse de se débarrasser des rectangles caramélisés, frissonnant intérieurement en voyant le saindoux suinter entre les raisins secs.

— Puis-je vous offrir quelque chose ?

Elle se tient devant Dan, qui plisse les yeux, amusé.

— Je me fais un peu l'impression d'une fille de cuisine du XVIIe siècle, se surprend-elle à bredouiller.

Elle a peur de rougir, tout à coup.

— Et qu'avez-vous à m'offrir ? Je suis curieux, rétorque-t-il, remarquant son léger rosissement et l'éclat du succès qui, d'une certaine manière, la rend plus douce.

Ses manières paraissent moins affectées, ses traits moins anguleux. Il soutient son regard une fraction de seconde de trop.

— En ce qui concerne votre cake… si délicieux soit-il, j'ai dû en goûter cinq différents au cours de la dernière demi-heure, et deux d'entre eux (il jette un coup d'œil à Vicki et à Claire, qui ont été les moins chanceuses cette semaine) dégoulinaient de gras.

Il éclate de rire.

— Ce n'est pas pour rien qu'on dit « gros comme un tas de saindoux » ! Enfin, il faut absolument que je boive quelque chose de fort… ou que je fasse un peu d'exercice !

Son attitude invite au flirt, du moins c'est ainsi que Karen justifiera à ses propres yeux son attitude, plus tard.

— Je devrais pouvoir vous aider, s'entend-elle répondre. Pour l'exercice, s'entend.

Il dresse un sourcil, l'invitant à développer, ce qu'elle fait avec un léger gargouillis dans la voix.

— J'ai pris mes affaires de course avec moi. Je comptais sortir pour un petit jogging de moins de dix kilomètres. Ça vous tente ?

— Je ne suis pas sûr que la fraternisation avec les concurrents soit autorisée, observe-t-il avec un sourire.

— Pourquoi ? Vous avez peur d'être battu ?

La provocation lui vient naturellement, et ça fonctionne. Il se redresse de tout son mètre quatre-vingt-dix.

— Oh, je pense pouvoir vous tenir la dragée haute, Karen Hammond. Rendez-vous dans l'entrée d'ici vingt minutes.

— J'ai hâte.

Il fait noir quand ils se rejoignent. Une nuit de la fin mars, éclairée par la pleine lune et des étoiles qui brillent d'un éclat prodigieux dans le ciel indigo. Le souffle de Karen forme de petits nuages de condensation. Elle court sur place pour tenter de se réchauffer.

Elle ne porte ni bonnet ni bandeau – ses cheveux sont son meilleur atout –, juste une polaire rose et un caleçon noir qui sculpte ses jambes.

Se guidant d'abord grâce aux éclairages de l'allée, puis grâce au clair de lune, ils s'éloignent du manoir. Ils se lancent dans un tour du domaine, empruntant des chemins lorsque c'est possible, mais n'hésitant pas à faire des incursions sur l'herbe et dans les feuilles mortes. Dan donne la cadence. Ses foulées régulières lui permettent de parler sans se mettre à transpirer ou trahir le moindre signe d'essoufflement. Karen tient le rythme – elle en est d'autant plus capable qu'elle est décidée à l'intimider. Elle veut inverser la situation. L'avoir, lui, sous sa coupe. Et pas l'inverse.

Pendant un long moment ils gardent le silence, tous deux concentrés sur leur course, régulière, à une vitesse de douze kilomètres à l'heure, et sur leurs pieds qui foulent les feuilles en décomposition et l'herbe mouillée. Karen remarque soudain qu'ils respirent en rythme et se concentre sur ce synchronisme, se délectant du pouvoir de leurs corps, en accord parfait, alors qu'ils prennent d'assaut une colline.

En hauteur, le terrain plus plat leur permet d'échanger quelques paroles. Elles restent rares, comme s'ils voulaient tous deux se concentrer sur l'aspect physique de l'exercice. Les mots, le b.a.-ba du flirt, sont superflus.

— Plus vite ?

C'est Dan qui a posé la question, se retenant de lancer un défi.

— Mais avec plaisir.

Elle force l'allure, sollicitant davantage ses jambes, sentant le sang battre dans son crâne. Son cœur est sur le point d'éclater.

— Doucement…

Il éclate de rire entre deux respirations. Son souffle est plus laborieux, elle croit presque entendre son pouls.

— Je ne pensais pas à un sprint, ajoute-t-il.

Ils ralentissent et s'engagent sur un sentier faiblement éclairé qui conduit à un bosquet où le clair de lune ne filtre pas.

— Je suis bien contente de ne pas être seule, halète-t-elle.

— Moi aussi.

Les fourrés bruissent et un lapin jaillit devant eux, sa queue blanche captant la faible lumière de la lune. Le sol est plus irrégulier, les contraignant à ralentir encore.

— On fait une pause ?

— Vous fatiguez ?

Elle lance un éclat de rire par-dessus son épaule, continue, enivrée par sa force, par le flirt, par le sentiment d'être poursuivie. Il serait si facile de s'arrêter, de profiter du couvert des arbres, de faire coulisser la fermeture de sa polaire – « Je crève de chaud » – et de voir ce qui arriverait. Karen opte rarement pour la facilité, cependant. Et puis, elle aime le frisson d'être prise en chasse.

Ils émergent du bosquet et l'horizon se dégage devant eux, révélant Bradley Hall dans toute sa splendeur gothique.

— On n'est plus très loin.

Dan a rattrapé Karen et la double, lui décochant un sourire au passage. Elle force à nouveau la cadence et ne tarde pas à le rejoindre. Il ralentit aussitôt pour adopter un rythme plus tenable à deux. Elle est hors d'haleine à présent. Des perles de sueur ornent ses joues, mais l'air glacial les sèche. Elle espère rester séduisante, néanmoins.

— Nous formons une bonne équipe, dit-il alors que le gravier crisse sous leurs semelles.

— En effet.

Elle diminue progressivement sa vitesse le temps de réguler son pouls et s'attaque aux étirements.

— Il faudra recommencer, insiste-t-il, plongeant ses yeux dans les siens juste après s'être étiré l'arrière de la cuisse.

— Vous êtes sûr que c'est autorisé ?

— Je pense, pour ma part, que ça relève de la nécessité, quand je vois tout le gras que je vais consommer dans les semaines à venir. Quel est le programme, déjà ? Tartes, puis entremets ? Je vais avoir besoin que vous me mettiez à l'épreuve.

Le sourire qu'il esquisse indique une complicité entre eux, ou du moins une compréhension mutuelle. C'est en tout cas l'interprétation que Karen décide d'en faire. Elle lit l'invitation dans son regard. Je lui plais, songe-t-elle avec un choc. Je lui plais et il me désire. Une lueur de joie s'allume en elle.

De sa chambre – elle s'est approchée de la fenêtre pour fermer les rideaux –, Claire ne parvient pas à distinguer les visages du couple. Leur langage corporel ne laisse planer aucun doute, lui. La façon dont il se penche vers elle, pose la main sur son épaule, lui caresse la joue d'un geste furtif, mais dont elle ne peut douter. Depuis combien de temps un homme ne m'a-t-il pas touchée ainsi ? se demande-t-elle. Comme s'il ne pouvait se retenir de me montrer un peu de tendresse ? Comme si, à cet instant, j'étais la seule chose qui lui importait au monde ?

Elle n'a jamais ressenti ça qu'avec une seule personne : l'homme qui est à l'origine, à la fois, de son plus grand malheur et de son plus grand bonheur. Sexy, charmeur, peu fiable, et cruel malgré lui. Jay. Elle prend son téléphone, relit son message et se demande, pour ce qui doit être la centième fois, ce qui arriverait si elle répondait.

Kathleen

Deux jours après le curetage, Kathleen Eaden est sur pied et aux côtés de George pour une nouvelle inauguration. Puis il y a la séance photo, au cours de laquelle elle est représentée en train de bercer un gros pain blanc, aussi lourd qu'un nouveau-né et encore chaud.

— Kathleen ? Tu es sûre que tout va bien ?

La sollicitude de George, qui a placé un bras protecteur autour d'elle, est une façon de demander s'il a poussé le bouchon trop loin en suggérant qu'elle prenne la pose.

— Bien sûr !

Son ton est léger et empreint d'une sécheresse inhabituelle.

— Enfin, ajoute-t-elle en désignant le photographe inexpérimenté, je ne pose pas non plus pour David Bailey.

— Il a de très bonnes recommandations.

— Je n'en doute pas, mon chéri.

Elle regrette sur-le-champ son agressivité.

— Je voulais juste dire que cette campagne publicitaire n'est pas très avant-gardiste. Je ne suis pas en train de faire une série de mode à la Jean Shrimpton.

Il l'attire contre lui et l'embrasse sur le front.

— Je ne veux pas d'une crevette[1], je veux Kathleen Eaden, et nos clients aussi.

— Je le sais bien !

Elle part d'un éclat de rire forcé pour chasser sa sottise. Ce n'est pas à ça que je pensais, songe-t-elle en se libérant de l'étreinte. Dans un flash, elle imagine une autre existence : elle se pavanerait dans tout Londres avec de charmants jeunes hommes et se conduirait comme une fille venant de fêter ses vingt ans. On attendrait simplement d'elle qu'elle soit belle, elle n'aurait pas à porter ce fardeau d'incarner la ménagère accomplie. Une jeune fille, pas une femme, qui aurait le droit, non le devoir, de s'amuser.

Elle lisse sa robe – pas une minijupe mais une trois-trous bien sage.

— Viens, on ferait mieux d'en finir avec ces photos.

Sa voix est sèche à nouveau.

— Tu es sûre ?

— Absolument. Que le spectacle continue !

Il la dévisage avec une telle expression de tendresse qu'elle baisse un instant la garde et reconnaît sa vulnérabilité.

— Personne n'est au courant, ici, pour le bébé ?

— Oh, ma chérie ! Bien sûr que non !

— Je suis idiote. Vraiment idiote.

Elle sourit et avale une gorgée d'eau pour déloger la boule dans sa gorge.

---

1. Jean Shrimpton, mannequin vedette des années 1960, célèbre notamment pour la série de photographies réalisées par David Bailey, était surnommée « the Shrimp » (la Crevette).

19

Le secret des brioches de Chelsea est dans la garniture, il ne faut pas lésiner sur le sucre, la cannelle, les raisins et les abricots secs, tous enrobés de beurre fondu et roulés bien serrés. Étalez la pâte de sorte à former un rectangle et répartissez la garniture en laissant un peu d'espace sur un bord, et enfin roulez la pâte bien serrée. Imaginez que vous langez un nouveau-né, puis que vous le bercez contre vous.

— Nous avons une bonne surprise pour la dernière épreuve de cette session !

Harriet est aux anges, ce qui rend Claire nerveuse. Elle a bien peur que celle-ci n'ait pas la même définition qu'elle de « bonne surprise ».

— Des brioches de Chelsea ! Kathleen Eaden en donne une recette incroyable dans son *Art de la pâtisserie*. Cette friandise semblait revêtir une importance toute particulière à ses yeux. George et elle possédaient une maison à Londres, juste à côté de King's Road. Elle y passait beaucoup de temps et disait souvent, en plaisantant, qu'elle était « sa petite brioche de Chelsea ». Ces brioches sont un délice esthétique et émotionnel. Vous ne pouvez pas espérer devenir la nouvelle Mrs Eaden sans maîtriser ces petites beautés.

Oh, bon sang ! Claire jette un coup d'œil à Vicki, qu'elle ne peut s'empêcher d'apprécier, et articule en silence : « Pas de pression, surtout ! » Celle-ci pourtant, en élève très appliquée, est suspendue aux lèvres de Harriet. Jenny et Mike semblent excités par ce projet, eux aussi. Seule Karen, qui inspecte ses ongles, n'exprime pas le moindre intérêt. Elle a opté pour un look particulièrement prétentieux ce matin : jean skinny, chemise en soie et bottines en cuir à talons hauts, tout sauf pratiques. Claire examine son jean et ses fausses Converse. Karen doit être drôlement sûre d'elle pour ne pas craindre de se couvrir d'œufs ou de farine.

Il n'y a pas de doute, Claire est de mauvais poil. Ce n'est pas un sentiment auquel elle est habituée, et elle ne peut pas dire que ça lui fasse plaisir d'être dans cet état. Elle a mal partout : son dos est raide et son esprit embrumé par le manque de sommeil. La nuit a été mauvaise, elle a pensé à Karen et à Dan, à sa relation désespérée avec Jay. Elle a ressassé une vieille question : aurait-elle pu faire quelque chose pour retenir Jay, et si oui, quoi ? Pour l'empêcher de prendre ses jambes à son cou alors que Chloe n'avait que trois mois, d'aller et venir dans leurs vies. Encore une fois, elle se tourmente pour identifier le moment à partir duquel ça a mal tourné.

Pour contrer la fatigue, elle a bu beaucoup trop de café noir et maintenant elle a les mains qui tremblent. Le cœur qui tambourine. Elle n'arrive pas à rester en place, agite sans arrêt les pieds. L'épreuve du jour ajoute à sa nervosité. Saura-t-elle confectionner une brioche parfaite ? Moelleuse, légère, avec des fruits bien caramélisés et une garniture qui sera jugée délicieuse ? Son cake a été un ratage complet, sa brioche au safran manquait de raffinement. Ses chances d'être la prochaine à apparaître dans une vidéo sur YouTube – sans parler de gagner la compétition – s'évaporent aussi vite que l'eau d'un sirop placé sur feu vif.

Harriet continue à débiter son monologue. Elle explique l'importance de préparer des brioches régulières. Claire ferait mieux de se concentrer.

— Cette recette requiert de la précision. Nous voulons des boules bien nettes et une répartition régulière de la garniture, qui devra elle-même être une combinaison équilibrée d'épices et de fruits secs. Ceux-ci doivent être uniformément caramélisés : nous ne voulons pas de morceaux carbonisés. Pas plus que nous ne voulons de pâte mal cuite. Là où l'opération est délicate, c'est qu'il ne faut pas non plus que les brioches placées sur les bords de la plaque de cuisson soient desséchées alors que celles du centre seraient moelleuses. La constance est le maître mot.

Autant dire qu'ils n'attendent pas grand-chose ! Avec un soupir, Claire mélange le sel, la levure et la farine avant de creuser un puits au centre. Elle ajoute le liquide et forme une boule de pâte. Elle la travaille fermement, la retournant sur une surface farinée, pour la rendre lisse et élastique. Elle garde la tête baissée pour cacher son visage qui rougit. Elle a peur de se mettre à pleurer.

Ce qui la contrarie vraiment, ce qui la bouleverse, comprend-elle en pétrissant la pâte, c'est que Jay ne serait sans doute pas parti si elle avait davantage ressemblé à Karen : une femme capable de manipuler les hommes, de les utiliser, une femme capable d'avancer dans la vie.

Claire était bien empotée à l'époque : elle a cru Jay quand il lui a promis de rester, au moment de l'annonce de sa grossesse, elle s'est persuadée qu'il serait loyal, qu'il continuerait à l'aimer, même si, pendant un temps très court, elle a eu les cheveux gras et son pantalon de jogging taché de lait, même si elle portait des soutiens-gorge détendus et gris au lieu de sous-vêtements aux couleurs vives, affriolants.

Claire la naïve, l'idiote, avait vu en Jay son âme sœur. Quelqu'un qui resterait à ses côtés durant ces premiers mois difficiles et ne sauterait pas sur la moindre occasion de sortir avec ses potes, quelqu'un qui comprendrait qu'elle était trop épuisée pour coucher avec lui et n'irait pas chercher satisfaction ailleurs.

Elle avait imaginé qu'il mûrirait, tout comme elle avait été contrainte de le faire. Qu'avoir une petite fille le transformerait en père et que, parce qu'il disait les aimer, Chloe et elle, il voudrait être à leurs côtés.

Elle retourne la pâte avec violence. Bien sûr, c'était compter sans Jade Russell, le plaisir d'une partie de jambes en l'air sans conséquence, et la proposition d'un boulot de barman à Ibiza. Ces deux éléments combinés constituaient la promesse d'une existence bien plus facile, et attrayante, que celle que lui offraient Claire et Chloe, à Exeter.

Lorsqu'il lui a annoncé son départ, elle a eu droit au bon vieux « ce n'est pas toi, c'est moi » – explication qu'il lui a resservie lors de son retour, à la fin de l'été, avant de disparaître à nouveau en avril de l'année suivante.

Angela n'a pas mâché ses mots cette fois-là. Et Claire, dévastée et perdue, l'a laissée faire. Il est régulièrement entré et sorti de leurs vies à partir de ce moment-là, rendant visite à Chloe chaque fois qu'il venait voir sa mère dans le Devon. Claire aurait trouvé égoïste de l'en empêcher. Et pourtant, lorsqu'il a posé un lapin à sa fille la dernière fois, elle a juré de ne plus s'y laisser prendre.

Le plus pathétique dans l'histoire, songe-t-elle alors que la pâte encaisse les à-coups de son angoisse, c'est qu'il n'y a eu personne pour le remplacer. Quelques aventures, mais personne à qui elle ait eu envie de présenter Chloe. Personne à qui elle ait fait assez confiance pour ouvrir la porte de son monde. Elle est comme une oie sauvage. Elle s'accouple pour la vie. Une oie débile qui a voulu s'unir à un paon. La pensée la fait grimacer. Leur relation était condamnée à être chaotique.

La pâte est lisse à présent. Au moment où Claire la place dans un bol, son humeur change. L'apitoiement sur son sort se transforme en colère – contre elle-même, puis contre Karen. Elle relève la tête et la voit sourire à Dan qui passe justement dans l'allée. Il lui répond et son regard paraît chargé de promesses. Karen baisse les yeux, aussi timide qu'une adolescente. Et Claire se détourne.

Ce n'est pas juste, s'emporte-t-elle en recouvrant le bol de film alimentaire. Karen ne devrait pas flirter avec un membre du jury. Claire n'en informera évidemment personne, elle ne la trahira pas. N'empêche. L'injustice est aussi tranchante qu'un couteau de boucher.

Il y a deux sortes de femmes au monde, s'avise-t-elle. Celles de ma catégorie, à laquelle appartiennent aussi sans doute Jenny et Vicki. Des femmes douces, qui font passer les autres en premier. Et il y a celles de l'acabit de Karen. Impitoyables. Qui empoignent la vie et prennent ce qu'elles peuvent, qui brillent dans ce monde indulgent et complaisant.

Deux heures et demie plus tard, les brioches de Chelsea ont été sorties du four. Les pâtissiers épuisés jaugent leurs créations, évaluent leur travail : les fruits secs ont-ils bien pris ? le tourbillon de cannelle est-il bien dessiné ? les brioches sont-elles régulières ? qu'en est-il de leur moelleux ? et, pour la présentation, vaut-il mieux du sucre en poudre tout simple ou de la confiture d'abricots et un glaçage ?

— Celle-ci est merveilleuse !

Harriet vient de mordre dans une brioche de Claire. Tout en mastiquant, elle réfléchit à une critique plus précise.

— Légère et collante, moelleuse… Les fruits secs s'équilibrent parfaitement tout en étant caramélisés à point. Les épices relèvent le goût sans l'écraser… Et saupoudrée d'un peu de sucre en poudre qui rend le tout irrésistible… Aïe, c'est moins réussi, là, ajoute-t-elle en tâtant les brioches de Vicki, pas assez cuites (la pâte, trop pâle, tremblote). Aïe, aïe, aïe !

Elle continue son examen.

— J'en connais une qui n'a pas été assez précise avec son temps de cuisson, assène-t-elle.

Elle poursuit son analyse. Cette brioche-ci est trop cuite, celle-là trop lourde. Vicki vire au rouge vif sous l'effet de la honte. Le découragement de Claire s'évanouit aussitôt. Peu à peu, elle se rend compte qu'aucun des autres candidats n'a obtenu de commentaires aussi enthousiastes qu'elle. Harriet compare ses brioches à d'autres, probablement celles de Jenny, et la confrontation semble se faire à l'avantage de Claire. Elle se tourne vers Mike, qui lui adresse un clin d'œil.

Harriet annonce son verdict.

— Le vainqueur de cette épreuve est, sans conteste, Claire. Bravo, je suis enchantée !

Applaudie par ses camarades, elle les considère tour à tour sans y croire. Vicki et Jenny lui rendent son sourire, Mike paraît sincèrement heureux pour elle. Lorsqu'elle croise les yeux de Karen, Claire part d'un grand rire. Un rire qui exprime surprise, soulagement et délectation. Soutenant le regard de son aînée, elle élargit encore son sourire pour partager avec elle son excitation. Non sans hésitation, comme si l'émotion qui le provoquait n'était pas familière, comme si elle doutait de pouvoir s'y fier, Karen sourit à son tour.

Kathleen

En bonne élève, elle a pris le conseil de James Caruthers au pied de la lettre et s'est mise aux fourneaux pour nourrir son corps de plus en plus mince : elle prépare des pains aux céréales et des tourtes à la viande, riches en fer.

Le bœuf et les rognons occupent une place de choix dans sa cuisine, mais aussi l'agneau, le poulet et le lapin. Des légumes verts, surtout des brocolis. Des œufs et du saumon. Elle cuisine et mange de façon compulsive. Elle a le sentiment de sentir son sang s'enrichir, sa paroi utérine se renforcer à chaque bouchée qu'elle se contraint à avaler.

George, toujours aimant, toujours impuissant, ne sait comment l'aider. Il la regarde engloutir un ragoût d'agneau, le visage figé par le masque de la concentration, l'absence de joie.

— Tu manges avec beaucoup… d'application, hasarde-t-il.

— Et comment devrais-je le faire ? rétorque-t-elle sèchement.

Elle est désarmée par l'expression de surprise qui se peint sur les traits de son mari. Accompagnée d'incompréhension. Elle ne lui a jamais parlé ainsi.

Mrs Jennings, sa cuisinière de longue date et sa goûteuse en chef, la comprend mieux.

— Monsieur a évoqué son goût pour les cakes aux fruits et au saindoux, l'autre jour. Il se demandait si vous seriez disposée à lui en confectionner un. Je serais plus que ravie de m'en charger… même si je ne possède pas votre doigté si délicat.

Elle s'est donc exécutée, à contrecœur d'abord, car elle trouvait mal de préparer un gâteau aux qualités nutritionnelles aussi discutables. Cependant le plaisir est venu progressivement, alors que la pâte s'accrochait à ses doigts. Le soleil se déversait par la fenêtre et, tout en travaillant, elle s'est rappelé quelle joie lui procurait la pâtisserie, pratiquée sans objectif particulier. Créer une chose qui respirait le gras, le sucre et la volupté… et qui faisait sourire son pauvre mari.

Elle ne s'est pas arrêtée en si bonne voie. Des gâteaux et des viennoiseries, des brioches et des sablés, des tartes et des entremets. Elle revisite ses recettes préférées et transforme légèrement les classiques. La cuisine embaume en permanence les épices, le sucre et le beurre, tandis que les deux femmes travaillent côte à côte.

Mary lui rend visite et ses enfants, Susan et James, « s'enrobent » comme ils disent, à force de manger des feuilletés à la saucisse, des cornets à la crème et des tartelettes aux amandes.

— Heureusement que tu n'as pas d'enfants, ce seraient de vrais patapoufs, observe sa sœur, plus que désobligeante, en regardant les siens courir sur l'herbe.

Kathleen, elle, trouve que sa nièce et son neveu profitent de ce régime. Leurs jambes sont plus solides, et leurs joues bien rouges lorsqu'ils jouent à chat avant de se régaler de tourtes au porc miniatures et de pommes bien croquantes du verger.

— Est-ce qu'on peut rester plus longtemps ? Tu cuisines mieux que maman, lui a murmuré James, ce qui, de façon peu charitable, lui a fait très plaisir.

Les mots se remettent à couler eux aussi. Son chapitre sur le pain et les brioches s'écrit presque tout seul, et elle ne tarde pas à tester différentes garnitures de pâte, cherchant des synonymes pour « friable » et « savoureux ».

— Le livre sera terminé à temps, a-t-elle annoncé à George.

Et pour la première fois depuis qu'elle a perdu son bébé, elle y croit : elle créera *L'Art de la pâtisserie*, même si elle ne peut pas avoir d'enfant. Son écriture s'améliore, chaque phrase révélant son amour pour la pâtisserie – aussi bien le résultat que le processus. Elle fait de moins en moins de ratures et se surprend elle-même à produire une prose vive et suggestive.

Parfois, quand sa plume file sur la page ou qu'elle goûte une tarte particulièrement réussie, elle se demande si sa créativité a des limites. Pourrait-elle vraiment écrire aussi bien, inventer de nouvelles recettes et espérer tomber enceinte simultanément ? Ne serait-ce pas se montrer trop gourmande ?

Et puis, alors que l'automne cède le pas à l'hiver, un miracle se produit, qui invalide sa théorie.

Elle est enceinte pour la troisième fois.

20

Si vos amis et connaissances vous font des compliments sur votre cuisine, acceptez-les. Le contraire serait grossier.

C'est le jour de Pâques et, seule dans son petit appartement, Claire connaît un accès d'excitation inédit au moment d'ouvrir son vieil ordinateur portable et d'attendre la connexion à YouTube.

La voilà à l'écran, montrant comment préparer des brioches de Chelsea : un peu sérieuse mais presque jolie pour une fois, tandis qu'elle s'efforce d'expliquer la recette. Elle aurait aimé avoir les cheveux plus brillants… Enfin, au moins, elle n'a pas l'air bête. Et la preuve de son succès s'affiche sous ses yeux : 15 407 vues. Deux cent trois de plus en deux heures. Plus de 15 000 internautes l'ont vue remporter cette épreuve et, à en juger par les commentaires, ils sont enthousiastes.

Son téléphone tinte. L'un d'entre eux vient de lui envoyer un sms. Jay.

Bien sûr, elle l'a appelé. Sa mère serait furieuse si elle connaissait la véritable raison pour laquelle Claire lui a demandé de garder Chloe ce soir. Malgré tout, ça lui semblait mesquin de ne pas accepter de le voir maintenant qu'il est rentré, avec l'intention affirmée d'être un vrai père pour sa fille.

Il semble s'être un peu posé et a d'ailleurs entamé une carrière d'agent immobilier – oui ! Elle l'imagine très bien dans ce rôle : costume bien coupé, voiture d'entreprise… un vendeur de rêve. Il s'est spécialisé dans les lofts de la nouvelle Riviera anglaise – elle l'a appris la semaine dernière, quand il l'a appelée pour lui proposer un rendez-vous. Elle suppose qu'il voulait parler des appartements hors de prix donnant sur la mer à Exmouth. Si quelqu'un est capable de convaincre les acheteurs que cette plage – battue par des rafales subites et où les courants sont puissants – est la réponse britannique à la côte méditerranéenne française, c'est bien lui.

Elle a donc accepté de le voir pour parler avec lui de visites plus régulières à Chloe. C'est en tout cas ce qu'elle se dit, même si cela n'explique pas le fait qu'elle se soit maquillée. Et pas seulement du mascara appliqué à la va-vite, non, un fard à paupières argenté parsème ses pommettes de paillettes, un peu de gloss rend ses lèvres plus pulpeuses et un trait d'eyeliner met son regard en valeur.

Elle s'est séché les cheveux tête en bas et s'est fait une queue-de-cheval plus haute que de coutume. Elle ajoute des créoles, tire sur le décolleté de son tee-shirt sous le sweat-shirt à capuche qu'elle ne quitte jamais et choisit des bottines à petits talons – cirées mais qui auraient bien besoin d'une visite chez le cordonnier. Je ne le fais pas pour lui, tente-t-elle de se convaincre, je le fais pour moi. Pour me sentir bien dans ma peau. Ah ouais, s'élève une petite voix intérieure. À qui veux-tu faire croire ça ?

Elle est toujours en train d'essayer de s'en convaincre alors qu'elle se dirige vers le bar du front de mer, à Exmouth, et le voit venir à sa rencontre. Les mains dans les poches, il affiche un bronzage de véliplanchiste et ses yeux verts sont rieurs. Une silhouette élancée et musclée. La démarche n'est pas nonchalante, elle est fière : un paon qui fait la roue devant une femelle intéressée. Il continue à s'aimer beaucoup, songe Claire, et le plus énervant, c'est qu'il reste aimable. Il a beau l'avoir fait souffrir en se révélant démissionnaire, imbu de lui-même, immature et égoïste, elle se surprend à répondre à son sourire enjôleur.

— La forme ?

Elle a de nouveau dix-sept ans, séduite par le garçon le plus cool du lycée. Il écarte les bras.

— J'ai droit à un câlin, mademoiselle la reine de YouTube ?

À son corps défendant, elle lui sourit et accepte l'étreinte. Elle se crispe tandis qu'il l'enveloppe de ses muscles.

— Toujours en colère ?

Il la dévisage, lui caresse la joue. Ses doigts sont chauds, tout comme son torse. Elle secoue la tête, puis s'écarte.

— Viens, allons prendre un verre. Il y a plein de monde qui rêve de te rencontrer.

Il glisse le bras autour de ses épaules, d'un geste amical. Non, possessif.

— Ah… je pensais qu'on ne serait que tous les deux, bredouille-t-elle avant de rougir. On aurait pu marcher un peu sur la plage.

— En souvenir du bon vieux temps ? Petite coquine !

Il se penche pour lui susurrer à l'oreille, sans cacher son plaisir :

— Tu vas devoir attendre encore un peu.

— Non, je ne voulais pas parler de ça.

Elle vire au cramoisi, furieuse contre elle-même et contre lui.

— J'avais compris que nous allions parler de ta relation avec Chloe.

— Bien sûr. Bien sûr que nous allons en parler.

Il n'est que sincérité.

— Mais d'abord, reprend-il, je veux te présenter à mes potes. Leur montrer combien tu es merveilleuse !

Il pose la main sur ses hanches pour la guider. Le bar, quelconque, moderne, est envahi par une clientèle jeune, accoudée au comptoir ou agglutinée autour de longues tables en bois. Jay ouvre la porte et ils sont aussitôt enveloppés d'une odeur de bière et de vin blanc doux.

— La voici ! lance-t-il en direction d'une table près de la fenêtre, où sont assis cinq jeunes hommes (elle reconnaît trois d'entre eux). La nouvelle Mrs Eaden !

— Pas du tout, proteste-t-elle, gênée.

— Bon, d'accord, pas encore. Il n'empêche que tu vas gagner. Et tu seras la prochaine cuisinière vedette. Cette Chinoise bien roulée ferait mieux d'être sur ses gardes.

— Tu vas arrêter, oui ?

Elle est furieuse.

— Désolé, désolé... Vous vous souvenez tous de Claire ? La mère de ma fille, la lumière de ma vie, la nouvelle star de YouTube ?

— Pas du tout.

— Ne fais pas la modeste !

Sean, Ethan et Jason – des types qu'elle a croisés à la fac – sourient dans leur bière. L'un des autres, sans doute Rob – bronzé, relax et séduisant – lui tend son smartphone.

— J'ai l'impression qu'il a raison. Tiens, regarde.

La vidéo de ses brioches sur YouTube a atteint les 16760 vues, soit 1 000 de plus en une heure.

— Et là, c'est ton bungalow en pain d'épices.

Des doigts balaient l'écran : 31 462 vues. Retour aux brioches : 16781.

Quelqu'un lui tend une vodka-tonic. Elle s'assied et se surprend à se détendre alors qu'elle compare la popularité de ses prestations avec celles de Jenny et de Karen.

— Lis les commentaires sur le site de Eaden, lui souffle Jay tout en glissant le bras autour de sa taille pour l'attirer vers lui.

— Ouais… qui aurait parié que Jay passerait sa vie sur ce genre de site, ironise Jason.

— D'accord, d'accord ! Pour ma défense, avant, je ne connaissais pas de déesse de la cuisine.

Il dépose un baiser sur la tempe de Claire et elle se dit qu'il est simplement amical, fier d'elle. Presque comme un grand frère.

— Ça suffit, regarde plutôt ça.

Ethan lui tend son téléphone et elle s'agite sur son siège, mal à l'aise, en découvrant une photo d'elle, présentant ses brioches de Chelsea. Elle ne peut cependant retenir un sourire en prenant connaissance des avis des clients de Eaden. « C'est la candidate la plus sympathique, nous voulons qu'elle gagne », « Beaucoup de talent, ça a l'air délicieux », et plus prévisible – même si elle doute que son auteur fasse régulièrement ses courses dans cette chaîne de magasins : « Claire chérie, tu peux t'occuper de mes brioches quand tu veux ! »

— Tu te rends compte que tu es en train de devenir une célébrité ?

Jay la dévore des yeux.

— N'exagère pas, réplique-t-elle, même si ses joues rosissent de plaisir.

— Je ne vois pas quel autre mot employer. Aucun autre candidat n'a autant de succès que toi, à part cette Karen. Et je ne crois pas que les gens s'intéressent à son talent pour la pâtisserie. Je parie qu'ils t'adorent, au travail !

— Eh bien… disons que je leur fais une bonne publicité.

Elle ne s'est pas encore habituée à l'idée. Elle rougit de se sentir au centre de l'attention. Profites-en simplement, tu l'as mérité, se dit-elle.

Jay sourit ; sa main remonte le long du dos de Claire, lui presse l'épaule d'un geste qui provoque des picotements dans son ventre.

— Tu es une vraie star, Claire Trelawney.

— Naturellement, quand elle aura sorti son livre pour Noël et entamé sa seconde émission, nous accepterons peut-être de vous parler… mais il y a toutes les chances pour que nous soyons en vacances dans une Mecque gastronomique, comme Rome, Paris, ou pourquoi pas Dubaï… En tant que manager, je devrai, bien sûr, l'accompagner lors de tous les tournages, surtout ceux dans les pays exotiques. Avec Chloe, nous aurons droit au meilleur pendant les dégustations. Regardez bien cette tablette de chocolat…

Jay soulève lentement son tee-shirt sous les encouragements de ses amis. Il envoie un baiser à Claire avant d'ajouter :

— Je compte devenir énorme !

Les garçons tapent sur la table en rythme, dans un roulement de tambour, et il vide sa bouteille d'un trait. Puis il se penche vers elle et dépose un baiser sonore sur ses lèvres. Elle essuie la mousse de la bière, émue par le flot de souvenirs qui lui reviennent.

Il est sur sa lancée, et elle doit bien reconnaître qu'il est drôle. Encouragé par ses amis, et plusieurs bières, il se livre à un délire comique, imaginant qu'elle va gagner et que lui, manager autoproclamé, mènera la belle vie. Elle espère, du moins, qu'il se rend bien compte que ce ne sera jamais la réalité.

Jay montre la meilleure facette de sa personnalité : sociable, charmeur, attentif. Cet esprit de camaraderie et ce goût pour la plaisanterie ont manqué à Claire, tout comme lui a manqué le sentiment d'être protégée, flattée. Et cette idée que, si elle en a envie, elle pourra l'avoir… pour une nuit, du moins.

Alors pourquoi n'arrive-t-elle pas à se détendre complètement et à profiter de ce moment de gloire ? Peut-être parce qu'il ne s'est pas intéressé à leur fille et qu'il ne lui a pas demandé une seule fois à quoi ressemblait sa vie de mère au quotidien.

En fait, songe-t-elle au moment d'avaler une nouvelle gorgée de vodka-tonic, l'essentiel de la soirée a porté sur son succès lors de la dernière épreuve. Voire sur Jay et ses délires comiques…

— On s'est bien marrés, non ? lui dit-il plus tard, alors qu'ils s'échappent enfin du bar et qu'elle a droit à sa promenade en bord de mer.

La surface de l'eau est lisse et les vagues viennent s'échouer presque sans bruit sur le rivage. L'air est frisquet néanmoins, sans l'édredon des nuages pour réchauffer l'atmosphère, et elle enfonce ses mains au fond de ses poches. Elle remonte les épaules jusqu'aux oreilles lorsqu'elle frissonne dans sa veste légère.

— Viens là.

Il passe le bras autour de ses épaules et elle autour de sa taille. Consciemment. Elle le glisse sur la peau ferme de Jay, sous sa chemise. La force de l'habitude, pense-t-elle. Et une bonne façon de se réchauffer.

— Tu as été géniale, là-bas. Tu es géniale.

Il lui sourit, ses yeux d'un vert moucheté d'or brillent d'un éclat taquin. Puis il la serre contre lui. Quelque chose la tracasse cependant.

— Toute ma vie ne tourne pas autour de ce concours, tu sais. J'ai beaucoup d'autres centres d'intérêt.

Elle laisse retomber son bras et traîne les pieds comme une enfant grognon.

— Hé, du calme… je le sais bien. Je sais tout ce que tu as fait pour Chloe. Combien les choses ont été difficiles avec ma présence irrégulière.

— Tu veux dire ton absence.

— D'accord, mon absence.

Il balaie la critique d'un haussement d'épaules, l'air de suggérer que les mots n'ont aucune importance.

— Ça ne devrait pas t'empêcher de profiter de l'enthousiasme que suscite ton succès, insiste-t-il. Tu devrais être excitée de réussir aussi bien.

— C'est le cas, mais…

Elle voudrait formuler ses craintes : il ne s'intéresse à elle que depuis qu'elle est devenue célèbre, il ne s'est manifesté qu'après la publication de sa première vidéo sur YouTube… Il l'en empêche.

— Arrête avec tes « mais ».

Avec un sourire, il pose le baiser le plus tendre qui soit sur ses lèvres. Les siennes sont douces et familières, bien qu'interdites. Claire reconnaît le goût de la bière et s'abandonne au baiser. L'image d'Angela, le visage plissé par la déception, s'interpose entre eux deux. « Je sais que tu ne peux pas lui résister. »

— Non, il ne faut pas…

Elle s'écarte, presque en larmes. Il réagit vivement :

— Ne fais pas ton allumeuse.

— Ce n'est pas ça… c'est juste… je ne peux pas. Pas encore. Pas en ce moment.

Elle se détourne, les traits crispés, les épaules voûtées, la tête baissée. Elle se déteste de se laisser envahir par le doute, de ne pas savoir s'abandonner à l'instant présent. Elle s'en veut d'être le genre de femme dont il tire profit, au lieu, elle, d'en profiter sans une seconde d'hésitation.

21

Le gâteau de Simnel est le cake traditionnel de Pâques, décoré de petites boules symbolisant les onze disciples fidèles, et gorgé de fruits, d'épices et de pâte d'amandes – tous interdits pendant le carême.

Pour ma part, je préfère servir un beau flan pâtissier, de la couleur des jonquilles, préparé avec des œufs frais et dorés, pour célébrer cette idée de naissance et de renouveau.

Jenny est dans son élément : enfermée dans sa cuisine, elle se consacre aux préparatifs du week-end de Pâques, synonyme d'orgie culinaire. Ses filles sont rentrées. Pas Kate, qui reste à Sydney, mais Lizzie, venue de Bristol, et Emma, remontée de Montpellier les bras chargés de délicieux poissons et œufs en chocolat provenant d'un artisan français.

— Est-ce qu'ils ne sont pas fabuleux, maman ? Tu veux en garder quelques-uns pour décorer ta tarte lors de la prochaine épreuve ? C'est autorisé ?

L'excitation presque enfantine de sa fille, et son soutien aussi soudain qu'inattendu l'ont réjouie. Nigel, qui traversait la cuisine pour sortir courir, a été moins enthousiaste.

— C'est bien joli, mais aucun de nous n'a besoin de se gaver de ces trucs-là… Surtout pas votre mère.

Elle est restée plantée là, si estomaquée qu'elle n'a trouvé aucune repartie. Et Nigel n'en avait pas terminé.

— Si vous comptez en manger, n'oubliez pas de vous laver soigneusement les dents au plus tard une demi-heure après.

Les filles n'en ont pas cru leurs oreilles.

— Vous pensez qu'on aura droit à un bon point si on suit ses recommandations ? a demandé Emma alors qu'il claquait la porte de la cuisine et s'élançait dans un grincement de gravier exprimant à merveille sa mauvaise humeur.

— Je vous parie qu'il va me confisquer mes œufs, a ajouté Lizzie. Il a toujours été aussi caractériel ?

— Il s'inquiète juste de son poids à l'approche du marathon, l'a excusé Jenny. Ça le rend ronchon. Ce qui ne m'empêche pas d'avoir prévu un festin pour demain. Il fera peut-être bien une entorse à son régime pour une fois.

La gigantesque table en acajou de la salle à manger – qu'on n'utilise qu'à certaines occasions – est digne d'un Noël de conte de fées ou d'une somptueuse séance photo pour un magazine sur papier glacé. Le gigot d'agneau, cuit à la perfection, sa chair rose enrobée d'une crépine, piquée d'ail et de romarin, occupe le centre de la scène. Il est entouré d'une sauce au vin rouge, d'une gelée de groseilles – du jardin –, ainsi que d'une sauce à la menthe relevée – faite maison, elle aussi, à partir des herbes du potager.

Les pommes de terre rôties, cuites à la graisse d'oie, sont un modèle du genre : dorées et croustillantes à l'extérieur, légères et fondantes à l'intérieur. Il y a également des navets caramélisés, des carottes de Chantenay revenues dans du beurre et du miel, des haricots verts *al dente* et, puisque Nigel les préfère ainsi, des choux de printemps et des pommes de terre nouvelles nature. Jenny les a fait cuire à la vapeur avec de la menthe, puis les a assaisonnés avec quelques tours de moulin à poivre. Elle a dû se retenir d'ajouter du beurre. Ils incarnent la chasteté, seul élément sobre de ce banquet de roi.

Jenny a consacré près de quatre heures à la préparation de ce repas, et elle a les joues rougies : pas seulement à cause de la chaleur qui règne dans la cuisine – c'est d'ailleurs un soulagement de pénétrer dans la salle à manger plus fraîche –, mais aussi parce qu'elle est excitée d'avoir deux de ses trois filles avec elle. Pendant deux jours, elle pourra faire mine d'avoir remonté le temps, retrouvé l'époque où la maison résonnait du bruit de ses filles, qui discutaient, se chamaillaient et parfois se fâchaient. Elles avaient toujours besoin d'aide pour leurs devoirs, de conseils pour leurs amitiés et elles appréciaient les repas nourrissants, parfois à l'excès, de leur mère, étant toutes trois sportives et dépensant beaucoup de calories.

En dépit des piques de Nigel et de son obsession croissante pour son régime en prévision du marathon – lequel régime n'a pas l'air de marcher –, elle espère que ce repas lui rappellera l'importance de sa famille et, par extension, son importance à elle. Bien sûr, elle ne cesse de voir surgir dans son esprit une Gabby Arkwright imaginaire : celle-ci se moque de Jenny lorsqu'elle essaie, puis remet dans la penderie une robe portefeuille qu'elle croyait plus flatteuse, lui fait les gros yeux lorsqu'elle dépose une lamelle de beurre froid sur une purée de pommes de terre, papillonne autour de Nigel, éclatant d'un rire excessivement fort chaque fois qu'il ouvre la bouche, le considère avec vénération.

Dernièrement, ils se sont croisés à l'occasion d'un cocktail organisé par un ami commun et Gabby leur a à peine adressé la parole. Ce qui n'a pas empêché Jenny d'être consciente de sa présence et de craindre que leurs amis puissent déceler l'attirance mutuelle entre Nigel et elle.

Ils ont quitté la fête de bonne heure. Plus tard, ce soir-là, Jenny a entendu son mari passer un coup de fil rapide sur son portable. Il a coupé la communication à l'instant où elle est entrée dans la pièce et elle a dû supporter le concert interminable de sonneries signalant le déferlement de sms.

— Quelqu'un cherche à te joindre, a-t-elle lancé.

Il a joué l'indifférence.

— Je parie qu'une des filles s'est assise sur son portable par mégarde.

Puis, avec un aplomb si désarmant qu'elle s'est demandé si elle n'avait pas tout inventé :

— Non, c'est un mauvais numéro.

Aujourd'hui, cependant, elle a décidé de laisser de côté ses doutes au sujet de leur couple. Nigel a déjà couru ses seize kilomètres pour pouvoir être à la maison à l'heure du repas, et le fait qu'il reconnaisse l'importance de participer à ces agapes familiales la remplit d'espoir. Malgré les remarques cruelles de leur père, les sœurs – Jenny les a entendues – se demandent si leur mère n'a pas au contraire perdu du poids. Et il faut dire que, sans l'avoir décidé, elle sent que ses vêtements la serrent moins à la taille. Entre son anxiété face à la détérioration de son mariage et sa participation au concours, elle est devenue obsédée par la pâtisserie… mais pas par le fait de s'alimenter. À force de fréquenter le sucre et le beurre, elle est moins sensible à leurs attraits. Il lui arrive parfois d'être trop épuisée, ou préoccupée, pour pouvoir avaler quoi que ce soit. Pas aujourd'hui.

— C'est somptueux, maman, observe Lizzie, tout sourire, alors qu'ils prennent place autour de la table. Je n'ai pas mangé comme ça depuis Noël.

— Moi non plus, renchérit Emma avant de disséquer le menu. Je ne suis pas certaine de la façon dont les Français réagiraient… Ils approuveraient la viande, je n'ai aucun doute là-dessus… Et ils l'accompagneraient sans doute de haricots verts, c'est tout.

— Tu peux toujours t'en contenter, si tu veux, répond Jenny, qui refuse de se laisser atteindre. Même si j'ai préparé les navets exprès pour toi.

— Oh, non, je vais tout dévorer !

Emma part du rire de la jeune femme élancée, dotée d'un métabolisme lui permettant de consommer d'énormes quantités de nourriture sans s'inquiéter de son tour de taille.

— Et toi, papa ? le taquine-t-elle. Tu vas oublier ton régime pour un jour ? T'autoriser une petite transgression ?

Un silence tendu s'installe. Oh, mais qu'il remplisse son assiette avec ce qui lui semble acceptable ! Inutile d'attirer l'attention sur la richesse calorique du repas. Nigel détache ses yeux du gigot qu'il est en train de découper et sourit avec grâce.

— Le marathon de Paris est dans moins d'une semaine, Em. Alors non, je n'ai pas l'intention de gâcher tous mes efforts… quelle est cette expression que tu aimes employer ? En faisant bombance. Ta mère s'est pliée en quatre, et je suis sûr que nous lui sommes tous très reconnaissants. Ça ne signifie pas pour autant qu'il faille me mettre la pression et me forcer à avaler toute cette nourriture.

Ses mots décolorent l'atmosphère tel un pinceau sale plongé dans un verre d'eau propre. Pour une fois, Emma est réduite au silence et se borne à empiler des carottes dans son assiette. Lizzie cherche du réconfort du côté de sa mère. Jenny lui présente la saucière en conservant un calme olympien.

— Personne ne te force à rien, chéri. Nous comprenons toutes l'importance de ce marathon. Je voulais juste préparer un repas de fête qui permettrait à chacun de manger selon son envie.

Comme pour illustrer ses propos, elle ajoute des haricots et des carottes à la tranche de gigot recouverte de sauce bordeaux dans son assiette. Elle ne se sent cependant pas autorisée à se servir de pommes de terre sautées et de navets caramélisés – ce qu'elle préfère, pourtant. Elle ne doit pas provoquer Nigel, elle n'en est que trop consciente, en critiquant ses choix ou en l'invitant à commenter les siens.

Les filles, de leur côté, ne peuvent s'empêcher de remarquer la sélection de leur père : deux tranches de gigot qu'il a méticuleusement nettoyées de tout gras, repoussé sur le bord de l'assiette telles les entrailles d'une souris torturée par un chat, une seule pomme de terre nouvelle, nue dans sa pureté jaune pâle, ainsi qu'un tas de haricots verts et de choux, dont la couleur sombre proclame combien ils sont bons pour la santé.

— C'est tout ce que tu prends, papa ?

Emma ne peut retenir cette remarque en passant.

— Pour le moment, oui. Certains d'entre nous n'éprouvent pas le besoin de se suralimenter.

Le rouge monte aux joues d'Emma, et Jenny sait qu'elle devrait voler à son secours, souligner que personne n'est dans l'excès et que, même si c'était le cas, les festins servent bien à ça, non ? Mais Emma est une grande fille, capable de se défendre toute seule.

— Je ne me suralimente pas, papa. Je profite juste de la cuisine de maman. Et ton régime m'intrigue. Sérieusement. Je suis impressionnée que tu puisses parcourir de telles distances sans manger davantage.

Nigel continue à mastiquer, sa mâchoire s'acharnant avec application sur l'unique morceau récalcitrant du gigot ou un haricot vert particulièrement filandreux. La tension ne cesse de croître le temps qu'il avale sa bouchée, cependant lorsqu'il prend la parole, le ton est léger, celui d'un bon père de famille se prêtant au jeu de sa benjamine.

— Vois-tu, Emma, je cherche à réduire ma masse corporelle pour pouvoir courir plus vite. Les coureurs professionnels sont en moyenne dix à quinze pour cent plus légers que les personnes normales. Pour moi, cela signifie de passer sous la barre des soixante-dix kilos. Il me reste encore trois kilos à perdre et puisque le marathon est dans une semaine, je n'atteindrai pas mon objectif. Chaque fois que je perds cinq cents grammes, je gagne vingt secondes. Si tu considères la longueur totale d'un marathon, ça me permettra de grappiller neuf minutes sur mon temps final.

Emma digère l'information avant d'avaler une bouchée et de dire :

— Il est évident que tu as perdu beaucoup, papa, et on ne peut que t'en féliciter. Mais t'affamer, ou en tout cas réduire significativement ton apport calorique, à quelques jours de la course, ça doit être dangereux, non ?

Nigel se cale dans sa chaise et feint l'amusement.

— Je n'ai trouvé aucune preuve de cela.

Avec un sourire, et un ton plus condescendant, il développe sa théorie :

— Chaque demi-kilo perdu m'aidera à améliorer mon temps et me permettra de battre mon record personnel. Voilà pourquoi je compte bien poursuivre mes efforts et perdre autant de poids que possible.

— Je me demandais juste si c'était le moyen le plus efficace, reprend Emma, qui ne sait jamais quand s'arrêter. Tu n'es pas censé, au contraire, emmagasiner des glucides complexes la semaine précédant une course ? Je ne t'apprends pas que tu en as besoin pour avoir une bonne libération d'énergie. En réduisant drastiquement ton apport glucidique, tu risques d'avoir des réserves trop faibles et de manquer de forces pour aller jusqu'au bout.

Une veine palpite sur la tempe de Nigel et sa voix se tend.

— Sans vouloir t'offenser, Emma, je crois connaître le sujet un peu mieux que toi. Oui, j'ai besoin de glucides, je le sais. Je constituerai mes réserves juste avant le marathon et non, comme tu sembles le suggérer, dès à présent. Pour le moment, je mange des sucres lents, de la bouillie d'avoine par exemple. Pas les pommes de terre sautées, pas les navets gorgés de gras ni aucun de ces aliments indigestes que ta mère s'échine à nous servir.

Il recule sa chaise et toise l'assemblée féminine. Jenny, heurtée par les critiques sur son repas mais soucieuse de ne pas le contrarier, fixe son assiette, se concentrant sur la nourriture, qu'elle mastique sans pouvoir l'avaler. Lizzie cligne des yeux tel un lapin pris dans les phares d'une voiture. Seule Emma soutient le regard de son père sans ciller. Implacable. Il finit par rompre le silence.

— Eh bien, bravo, tu as réussi à gâcher le repas, Emma. Rien de tel pour couper l'appétit de quelqu'un ! Analyser le contenu de son assiette et critiquer ses choix alimentaires… Tu dois t'en souvenir, ma grande.

Il attend des excuses.

— D'accord, papa.

Elle affecte un ton insouciant, suggérant qu'elle se sent dégagée de toute responsabilité dans cette dispute.

— Ne gâchons pas ce repas, reprend-elle. Maman a préparé son diplomate à la Mrs Eaden. Il y a aussi une sachertorte et un gâteau de Simnel, non ?

Son expression se teinte de raillerie. Jenny n'arrive pas à croire qu'Emma puisse être aussi imprudente. Nigel s'empourpre ; la veine sur son front se gonfle alors que le sang lui monte au visage.

— Tu es en train de te payer ma tête ?

Il se redresse et sa chaise glisse sur le parquet.

— Pourquoi, diable, voudrais-je de la crème ou du chocolat si je refuse de manger une pomme de terre sautée ?

L'espace d'un instant, il évoque un enfant irritable à qui on a interdit des bonbons pendant une fête, et Jenny est prise d'un élan de sympathie à son encontre. Il l'arrête aussitôt.

— Je sors.

Il tourne les talons et claque la porte de la salle à manger derrière lui. Elles attendent d'entendre la porte de la maison et son pas furibond sur le gravier. Un instant plus tard, la Volvo démarre dans un crissement de pneus, tant il est pressé de partir.

Sa femme et ses filles échangent un regard.

— Un autre navet, Lizzie ?

Emma tente d'alléger l'atmosphère.

— Oh, Emma, comment as-tu pu ? s'écrie Jenny, bouillonnant de colère.

Aussitôt, Lizzie se précipite vers elle.

— Ne pleure pas, maman. Tout est délicieux. Tu n'y es pour rien si papa est devenu obsessionnel… et caractériel.

Elle jette un coup d'œil à la porte comme si elle redoutait qu'il puisse l'entendre.

— Vraiment, tu n'y es pour rien, insiste-t-elle.

Jenny lui adresse un sourire amer avant de se tamponner les yeux avec une serviette en lin bien repassée.

— Ce n'est pas grave, ma chérie, dit-elle en enlevant le mascara qui a coulé.

Emma reste assise en silence, les traits déformés par le chagrin. Lentement, elle se lève, s'approche de sa mère et de sa sœur et les enlace toutes deux.

— Je suis désolée, maman.

Ses excuses viennent du fond du cœur.

— Je ne voulais pas le provoquer, poursuit-elle, mais je t'assure qu'il raconte des conneries.

— Emma…

— Je suis désolée, maman, c'est le cas. On dirait qu'il souffre d'anorexie. Et il n'aura pas les réserves nécessaires pour aller au bout de ce marathon. Remarque, ça lui fera les pieds.

Lizzie ne peut retenir un ricanement coupable.

— Peut-être que ça lui fera du bien aussi. Qu'il se rendra compte qu'il est excessif, et odieux. Et qu'il a sacrément de la chance d'avoir maman et sa nourriture.

Jenny ne bouge pas, étreinte par ses deux filles, humant la douce odeur de leurs cheveux, dont elle se gorgeait lorsqu'elles étaient enfants – ce qu'elle n'a presque plus jamais l'occasion de faire. Elle voudrait prolonger ce moment à l'infini, cette sensation d'être dorlotée qu'elle n'a pas ressentie depuis que, petite, elle se blottissait dans les bras de sa propre mère.

Elle prolonge cet instant quelques secondes supplémentaires, puis se force à bouger.

— À propos de nourriture, je n'ai plus très envie de terminer mon assiette… Mais est-ce que vous voulez du gâteau ?

— Quelle question !

Dans un tourbillon, Emma débarrasse la table avec une adresse acquise à force de travailler le samedi dans un restaurant. Lizzie n'a pas lâché sa mère. Elle la regarde avec un sourire.

Ensemble, elles empilent les assiettes, essuient les sets de table et rangent les condiments avec une efficacité née de l'habitude – elles connaissent la maison par cœur.

Ce n'est que plus tard, une fois le lave-vaisselle rempli et les gâteaux placés dans leurs boîtes – après que Lizzie s'est coupé une dernière lichette et qu'Em a volé une dernière bouchée –, qu'elles évoquent leur père. Emma met le sujet sur le tapis.

— Ça lui arrive souvent de partir comme ça, maman ?

— Oh, non, c'est très rare, répond Jenny avec une sincérité douteuse.

— Où va-t-il ?

— Courir, je pense.

— Avec Gabby Arkwright ?

Jenny s'interrompt : elle est en train de laver la poêle.

— Parfois, oui.

— Il la voit beaucoup, non ?

— Oui.

Cette simple syllabe contient à la fois un aveu et une mise en garde.

— Je ne veux pas en parler, reprend Jenny. Et je ne veux pas de câlin.

Elle chasse ses filles d'une main mouillée, puis replonge ses doigts rougis dans l'évier rempli d'eau savonneuse. Lizzie et Emma échangent un regard perplexe : la plus innocente des questions a fait voler en éclats une des certitudes de leur enfance. Sur la table de la cuisine, le diplomate se décompose, l'épaisse crème fouettée s'avachissant dans la crème anglaise, les cerises au kirsch et la génoise détrempée.

Kathleen

La troisième fois, elle s'y attendait à moitié. Et pourtant, elle a été surprise.

Ce qui a été le plus douloureux, c'est qu'elle avait fait tout ce qui était en son pouvoir pour l'empêcher. Dès qu'elle a appris, au bout de six semaines, qu'elle était enceinte, elle s'est alitée, ainsi qu'on le lui avait recommandé, et durant huit semaines de solitude absolue elle est restée allongée là, tendant l'oreille, par la fenêtre ouverte, aux bavardages des piétons, au cliquetis des talons sur King's Road, la rue animée voisine.

— DTR !

Le Dr Caruthers, avec son amour des sigles, a bien insisté.

— C'est le traitement que je recommande pour les avortements spontanés, a-t-il expliqué.

— DTR ? s'est-elle enquise sans oser lui demander d'expliciter les autres termes, associés dans son esprit à l'illégalité, aux ruelles sombres et au meurtre.

— Debout pour les toilettes et les repas. Le reste du temps, vous devez vous reposer. Et je parle de vrai repos. Donnons à ce petit gars (il ne semblait pas envisager la possibilité qu'elle attende une fille) les meilleures chances possibles, entendu ?

Elle n'a pas eu le cœur de lui rétorquer que c'est ce qu'elle faisait depuis le début.

Il y a eu des injections de progestérone, aussi. Administrées par Julie, qui venait une fois par semaine lui planter une aiguille dans les fesses. Et des instructions pour George : il devait refréner son sens du devoir conjugal.

— Les rapports sont malheureusement interdits. Vous ne pouvez pas avoir de relations sexuelles.

James Caruthers a éprouvé le besoin d'être plus explicite.

— Non, non, bien sûr que non.

George, qui assistait à la consultation, a piqué un fard.

— Je sais que tout ceci est assez pénible, a ajouté le médecin d'un ton languide, mais c'est impératif pour Mrs Eaden… et le bébé.

— Et mon livre ? Et mes pâtisseries ? s'est-elle hasardée à demander une fois qu'il a eu donné ses dernières instructions. Je suis censée le rendre en mai, c'est dans moins de quatre mois.

Il l'a dévisagée avec sévérité.

— Je crains que votre seul travail à l'heure actuelle soit d'aider votre bébé à se développer.

Elle n'a pas dû réussir à cacher sa déception, car il s'est radouci.

— Rien ne vous empêche d'écrire au lit. En revanche, vous ne pourrez pas cuisiner. Il est hors de question que vous quittiez votre lit pour descendre dans la cuisine ni même pour vous asseoir derrière votre bureau. Vous devez rester en position allongée la plupart du temps. La santé de votre bébé passe avant tout.

Ces derniers mots l'ont fait sourire. Elle a depuis longtemps cessé de se considérer comme un individu, comme quelqu'un dont les besoins devraient être pris en compte, dès lors qu'elle est chargée de la mission vitale de porter un bébé. Elle n'est plus qu'un réceptacle dont le seul rôle est d'accueillir une nouvelle vie. Et elle s'en satisfait. Que pourrait-il y avoir de plus important que veiller sur un enfant, qui n'a pas encore vu le jour, de surcroît ? Rien n'est plus important ni, pour elle semblerait-il, plus difficile.

Malgré tout, elle peut continuer à écrire. Adossée à quatre oreillers, son carnet de notes perché sur ses genoux, elle peaufine ses descriptions de tourtes savoureuses et de pâte légère. Mrs Jennings se révèle d'une grande aide : elle cuisine selon les instructions de Kathleen et monte directement à sa chambre le fruit de son travail pour discuter des problèmes qu'elle a rencontrés.

— Tu devrais cosigner le livre, plaisante-t-elle à moitié en goûtant une quiche.

Bien que flattée, Mrs Jennings n'a pas pris la proposition au sérieux.

— Oh, ma chère Kathleen, je suis loin d'avoir ton talent avec les mots.

À force d'insister, la jeune femme a obtenu que sa cuisinière la tutoie.

Le temps passe. Et bien sûr elle reçoit des visites. Charlie débarque à l'improviste, gêné d'être introduit dans la chambre de sa sœur. Mary vient avec ses enfants, qui apportent des sablés, des cartes sur lesquelles ils ont sué sang et eau, et, pour Susan, sa peluche préférée.

Lorsqu'ils sont là, Kathleen supporte l'alitement – elle y prend même parfois du plaisir, lorsque Susan se blottit contre elle et lui réclame une histoire, ou lorsque James, juché au pied du lit, les jambes ballant dans le vide, aligne ses derniers jouets. Ils improvisent un parcours du combattant, les petites voitures font la course sur les jambes de Kathleen, avant de franchir les plis de l'édredon. Pour un temps, la chambre vibre de rires enfantins.

Elle en a peut-être trop fait malgré tout.

Huit semaines plus tard, au réveil, elle découvre ses cuisses trempées de sang, les draps en coton blanc ploient sous le poids d'une flaque écarlate. Son utérus se contracte, puis palpite.

Durant de longues secondes, le choc étouffe ses larmes. Quand elle finit par pleurer, le son qui lui échappe est inconnu. Un cri primitif.

Jusqu'alors elle ignorait le vrai bruit du chagrin.

Tartes

On dit souvent que c'est à leurs pâtes qu'on reconnaît les bonnes pâtissières. Car si les ingrédients – farine, beurre et air, le tout lié par un jaune d'œuf ou de l'eau – ne pourraient être plus simples, il faut beaucoup de pratique pour acquérir ce toucher délicat, si crucial.

Dans tous les domaines de la pâtisserie, il faut suivre des règles, et sur ce sujet je peux paraître plus exigeante que beaucoup. Les principes de base – travailler la pâte le moins possible, respecter les temps de repos entre deux interventions et avant d'enfourner – sont absolument essentiels si vous visez à la perfection.

Et rien ne permet mieux de le mesurer que la cuisson à blanc d'un fond de tarte. Cette technique vous permettra de réussir ce qui semble impossible : un appareil cuit délicatement et entouré d'une pâte bien croustillante. Il faut accepter de faire un saut dans l'inconnu, car on ne sait jamais, tant qu'on ne l'a pas démoulée, si la pâte est détrempée ou non, et prêter une attention précise aux détails. Mais si vous maîtrisez toutes les étapes, vous aurez atteint un Graal culinaire.

Une fois qu'elle a pris le tour de main, la ménagère astucieuse pourra servir des merveilles telles que des tartelettes garnies de crème pâtissière ou une tarte au citron. Rien ne l'empêchera de réinventer les classiques anglais. De proposer une tarte à la mélasse sur une pâte croustillante ou d'utiliser une crème aux œufs maison pour garnir un feuilletage aérien.

Bien sûr, vous pouvez préférer les tourtes salées : il n'y a rien de tel pour réconforter un mari ayant travaillé dur toute la journée ou une troupe d'enfants affamés. Tourte aux rognons, au poulet et aux champignons, au lapin, agrémentée de bacon, de cidre et de crème. Il ne peut pas y avoir de plus grand geste d'amour qu'en proposer une à votre famille par une froide soirée d'hiver, pas de meilleur repas après une promenade vigoureuse dans la campagne. La simple odeur savoureuse de la pâte brisée et de la viande qui les accueillera à leur retour leur rappellera combien ils vous sont chers.

Pour un repas plus léger, un déjeuner de printemps par exemple, privilégiez la quiche. Ou gardez votre pâte pour le dessert et régalez votre famille d'une tarte aux pommes – les fruits enrobés de cannelle fondront dans la bouche –, ou, comble de la sophistication, une tarte au citron meringuée.

Les pâtes ne pardonnent pas : aucun autre domaine de la pâtisserie ne constitue une aussi bonne mise à l'épreuve de vos talents de cuisinière. Avec de la persévérance, vous êtes certaine d'enchanter vos convives.

Kathleen Eaden, *L'Art de la pâtisserie*, 1966.

22

Lors de la préparation d'une quiche, tentez d'associer saveurs et couleurs afin de composer un tableau exquis. Il s'agit d'un mets féminin : presque trop beau pour être dévoré. Si elle peut être copieuse, j'avoue une préférence pour celles de taille réduite : elles contiennent des œufs et de la crème fraîche épaisse, elles aussi, mais sont assez petites pour rester délicates. On peut être tenté d'engloutir de grandes quantités de pâte, et la modération est parfois de mise.

C'est la mi-avril et le printemps se déploie avec énergie, déterminé à écarter la menace de givre qui subsiste, triomphant d'avoir réchappé du « grand gel ». Les primevères tapissent le sol, des crocus pointent leurs boutons jaunes et blancs vers le ciel. Quant aux campanules, elles se déclinent selon une palette de tons pastel, allant du blanc au vert en passant par le jaune.

Dans la cuisine de Bradley Hall, Karen est en train de réunir les ingrédients nécessaires à la confection d'une quiche. Elle regarde Dan approcher.

— Pas un vrai plat d'homme, lance-t-il avec malice en désignant la recette.

Elle avait oublié que ses traits d'esprit étaient aussi convenus. Rien à voir avec ceux d'Oliver, songe-t-elle.

— Alors, comment ça avance ?

Il semble avoir du mal à partir, ce qui est flatteur.

— Bien. Même si je vais devoir courir pour éliminer ensuite.

— J'ai hâte. Dix kilomètres ce soir, après l'épreuve des deux tartes ?

— Si vous êtes sûr d'être à la hauteur…

— Oh, je n'ai aucun doute là-dessus.

Il sourit à Karen et ses yeux se promènent sur son corps. Elle le récompense avec l'éclat rare d'un sourire sincère.

— La quiche, ou tarte salée, était un plat que Kathleen Eaden réussissait à merveille, explique Harriet. Elle l'avait découverte à Paris dans les années 1950 et avait adoré sa simplicité. Servie avec une salade verte bien assaisonnée, elle est bien plus légère que le traditionnel repas anglais, composé de viande et de deux légumes, auquel elle était habituée depuis son enfance. Il a fallu du temps pour que Eaden en vende, mais Mrs Eaden en propose une recette dans son *Art de la pâtisserie*. Plutôt que celle au saumon fumé et au cresson, qu'elle adorait – ça aurait été trop avant-gardiste pour l'époque –, celle au bacon et aux oignons, qui était sa réinterprétation de la quiche lorraine et dont elle espérait qu'elle satisferait aussi les maris. Elle servait également de délicieuses tartelettes salées lorsqu'elle recevait ses amies à déjeuner ou comme entrées à l'occasion de ses dîners les moins guindés.

Dan prend le relais :

— Nous voulons que vous vous inspiriez de la recette de base de Kathleen Eaden et que vous nous montriez de quoi vous êtes capables. Saumon et cresson, quiche lorraine, ou une tout autre variante, pourquoi pas végétarienne ?

— Notre objectif est d'évaluer votre cuisson à blanc de la pâte. Pouvez-vous préparer un fond croustillant et doré à point avant d'ajouter l'appareil ? Nous ne voulons pas d'une pâte pâle et insipide, pas plus que d'une pâte brûlée. Nous attendons une garniture savoureuse qui ne déborde pas, et nous aimerions que vous gardiez à l'esprit la dimension esthétique. Kathleen Eaden était célèbre pour son usage raffiné de la couleur : de minuscules fleurettes de brocolis avec des pétales de saumon, de la betterave associée à du fromage de chèvre, des rondelles de tomates et de courgettes, ou même de la courge butternut avec du stilton. En résumé, vous devez exprimer, à parts égales, votre côté artistique et votre sens de l'innovation.

Installée à l'un des postes près de la table des juges, Jenny s'affaire : elle poche du saumon et fait revenir des échalotes pour sa garniture, puis elle bat les œufs et la crème. La cuisson à blanc devrait être le moyen d'obtenir une pâte irréprochable. La technique idéale pour s'assurer qu'elle reste croustillante et dorée à souhait, aussi délicate que son contenu. Et pourtant, tant d'accidents peuvent arriver. La pâte peut former des bulles ou rétrécir ; la garniture peut couler par les trous de fourchette sur le fond ; ce qui pour l'un est un doré parfait, pour l'autre peut être trop blanc. On peut avoir les meilleures intentions du monde, elles ne conduisent pas toujours à la perfection. Si elle ne réussit pas à se concentrer, cette quiche pourrait se révéler aussi imprévisible que le reste de sa vie.

Ce qui la ramène à Nigel. Le marathon de Paris a lieu demain et cette dernière semaine les a vus s'éloigner un peu plus l'un de l'autre : Jenny passant autant de temps à améliorer ses pâtes dans sa cuisine que lui à courir.

Une fausse guerre de tranchées s'est installée dans la maison familiale, chacun fortifiant son camp sans être préparé à lancer la première grenade pour faire voler en éclats leur mariage fragilisé. Aucun d'eux n'a mentionné Gabby ni soulevé la question de l'endroit où il se trouvait pendant dix heures, quand il a disparu le dimanche de Pâques. Son départ pour Paris, quatre jours plus tard, a été un véritable soulagement.

En bonne épouse, Jenny est conditionnée à lui apporter son soutien, cependant. Voilà pourquoi elle lui a envoyé un sms, ce matin : des encouragements joyeux à la veille de la course, un message de bonne chance. Il est resté sans réponse.

Elle continue à éprouver de la culpabilité à ne pas être à ses côtés pour l'encourager sur la ligne d'arrivée et elle s'interroge : Paris au printemps aurait-il été le cadre idéal d'une possible réconciliation ? Bien qu'elle en doute, elle se reproche toutefois de ne pas avoir saisi toutes les occasions. Ils n'ont pas fait l'amour depuis décembre. Son aventure avec Gabby a-t-elle débuté après ou avant ? La fête de Noël des Gibson a-t-elle été le point de départ de leur histoire ? Ou les a-t-il brièvement sautées – ce mot la fait grimacer – en même temps ?

Elle bat la crème et les œufs avec force, des bulles d'air se forment, puis éclatent. Ce dernier ébat, insatisfaisant, a-t-il été provoqué par le sens du devoir ou la pitié ? A-t-il été pour Nigel une confirmation de leur incompatibilité – sexuelle et générale ? A-t-il envoyé celui-ci, tête la première, dans les bras de Gabby ?

Jenny retrouve soudain un souvenir, celui d'un après-midi brumeux dans un champ de maïs. Les feuilles écrasées par leurs corps, les tiges qui grattaient sa peau nue. Elle était encore ferme et dorée, n'ayant pas subi les altérations irrévocables de grossesses successives, et elle possédait une confiance en elle née de sa fierté de travailler dans le service pédiatrique d'un grand hôpital où, elle le savait, sa présence faisait la différence. Jeune et impatient, Nigel était mordu. Sous le soleil de plomb de juillet, elle l'a regardé suivre le contour de sa poitrine avec sa bouche avant de mordiller un téton. Elle frissonne en se remémorant le plaisir éprouvé alors. De tels souvenirs appartiennent à une époque révolue.

Le minuteur sonne, le bruit est strident, insistant, et elle sort sa pâte du four. Celle-ci est trop pâle, elle a besoin d'une minute supplémentaire. Elle la badigeonne d'œuf battu et l'enfourne à nouveau. Elle se concentre, règle le minuteur, rassemble les ingrédients pour préparer une autre pâte. Au cas où sa cuisson à blanc se révélerait un échec.

À côté d'elle, Vicki ne partage pas son inquiétude. Sa quiche lorraine sera une œuvre d'art, elle a répété cette recette trois fois et elle est portée par la certitude d'être trop bien préparée pour échouer.

— Tu tiens beaucoup de ta mère, tu sais, a observé Greg en mangeant la troisième quiche, la veille au soir.

— Comment ça ? a-t-elle riposté, même si elle devinait déjà la réponse.

— Ce perfectionnisme, cette détermination, cette clairvoyance… Cet amour professoral de la préparation. Quand tu veux quelque chose, tu fais tout pour l'avoir.

— C'est censé être un compliment ?

— Eh bien, tu me voulais, non ?

Il lui a souri, la bouche pleine, puis a ajouté, plus sérieusement :

— Ce sont des qualités, à l'évidence. Il arrive qu'elles te rendent super-pénible, mais elles pourraient aussi te permettre de gagner ce concours. Grâce à elles, tu iras loin.

Claire, elle, est loin d'être aussi concentrée. Pour être franche, elle est même distraite par la silhouette de Karen qui se trouve juste devant elle. Dan manifeste un intérêt excessif pour sa quiche, demandant si la pâte est assez dorée, lui suggérant de la badigeonner de blanc d'œuf.

Elle s'efforce de se concentrer, cependant l'attitude de Dan pique autant qu'une épine de mûrier, s'enfonce dans la chair tendre et gâche le plaisir de cueillir les fruits juteux. Je suis jalouse d'elle, s'avise-t-elle. De son assurance. Elle aurait su y faire avec Jay. Elle se serait servie de lui, elle n'aurait pas été brisée, paumée. Elle n'aurait jamais pleuré. Et il aurait été à ses genoux.

À la pause, après que Karen a remporté l'épreuve avec sa quiche au maquereau fumé, au raifort et aux pousses de petits pois, servie avec une salade de pousses d'épinards et de cresson, Claire se laisse presque submerger par son défaitisme. Cherchant une distraction, elle va trouver Vicki et Mike.

— Vous ne les avez pas vus ?

Mike est déstabilisé, Vicki intriguée.

— Qui ça ? De quoi parles-tu ?

— Dan et Karen. Il l'aide, j'en suis sûre. Il l'a conseillée pour la cuisson de sa pâte, il lui a suggéré de la badigeonner avec du blanc d'œuf, sans le jaune. Il l'a invitée à vérifier le four.

— Comment es-tu au courant ? s'étonne Mike. Tu n'étais pas accaparée par ta quiche ? Je n'ai rien remarqué, je n'ai pas eu le temps de relever la tête une seule fois.

— J'ai eu l'impression qu'il lui parlait beaucoup, c'est vrai, mais comme toujours, observe Vicki, pensive. Il semble attiré par elle, je te l'accorde, enfin il ne peut pas l'aider à tricher, si ? Qu'est-ce qu'il y gagnerait ?

Claire hausse un sourcil.

— Oh… non !

Vicki pousse un gloussement nerveux, excitée par la perspective d'un ragot grivois. Mike lève les yeux au ciel et se plonge dans la lecture d'un journal.

— Il y a un truc entre eux, insiste Claire.

Elle a besoin d'en parler à quelqu'un, et Vicki, qui est la plus proche d'elle du point de vue de l'âge, et la plus accessible, malgré son côté BCBG, constitue la confidente idéale.

— Comment le sais-tu ? s'enquiert Vicki, sa curiosité piquée.

— Ils sont partis courir ensemble la dernière fois, et je peux te dire qu'ils flirtaient sec.

Vicki éclate de rire.

— Je sais que ça ne nous regarde pas, mais j'ai du mal à m'empêcher d'être jalouse. C'est moins l'idée qu'elle flirte avec Dan Keller que le fait qu'elle en ait le courage. Je ne pourrais jamais.

— Moi non plus.

— Ah bon ?

Claire est surprise. Elle pensait que Vicki, avec son côté classe, sa détermination, sa concentration, sa beauté – bref, aux yeux de Claire, la star évidente du dossier paru dans le mensuel de Eaden –, était capable d'accomplir ce qu'elle veut du moment qu'elle le décide.

— Mon Dieu, non ! Je suis une catastrophe ambulante. Tant qu'il s'agit de se tenir devant une classe de gamins, je m'en sors, et encore je suis parfois obligée de me préparer avant… En revanche, je suis terrifiée depuis le début de ce concours. Et je n'oserais pas plaisanter, sans parler de flirter, avec un juge. Je manque de confiance en moi. La simple idée d'une chose aussi spontanée, et risquée, me fait perdre tous mes moyens. Lorsqu'il s'agit d'adresser la parole à un homme, j'ai besoin d'une sacrée séance de motivation.

Claire n'en revient pas.

— Je m'étais imaginé… tu as l'air si… à l'aise. Exception faite de l'épisode de la génoise, bien sûr…

— Quel désastre ! s'esclaffe Vicki. Il faut croire que je donne bien le change. C'est une chose que m'a apprise l'enseignement. Sauf que après avoir passé pas mal de temps en tête à tête avec un tout-petit qui n'écoute pas un seul de mes mots, je dois avouer que ma confiance est pas mal sapée. Mais… tu as peut-être vécu une expérience identique avec Chloe ?

— Pas vraiment, elle a toujours été adorable, et encore aujourd'hui.

— Veinarde ! C'est la preuve que tu es une bonne mère. Ça explique sans doute pourquoi tu as l'air aussi forte.

— Moi ?

— Oui, toi. Regarde tout ce que tu as accompli.

Claire a un petit rire aussi gêné qu'incrédule.

— Comme quoi ?

— Élever un enfant seule. Depuis tes… quoi ? Dix-huit ans ? C'est si jeune…

— Je n'avais pas le choix. La vie est ainsi faite, non ? Et ma mère m'a beaucoup aidée.

— Pas le père, en revanche, si je me souviens bien de ce que tu as dit ?

— Non. Il était absolument nul.

Claire hésite à s'ouvrir à Vicki.

— Il continue à traîner dans les parages, pour être honnête. Je me demande si je dois lui donner une seconde chance.

Vicki est horrifiée.

— Oh, Claire, surtout pas ! Je sais que ça ne me regarde pas, mais à ta place je n'en ferais rien. Je suis convaincue qu'il faut laisser ses vieilles erreurs derrière soi, les empêcher d'avoir une emprise sur soi. S'efforcer d'aller de l'avant. Et de s'élever. Non que je sois très douée pour cet exercice moi-même.

L'espace d'un instant, elle paraît triste, comme si elle se remémorait un incident en particulier. Puis elle se secoue de sa torpeur et considère Claire avec bonté.

— J'en reviens à ce que je disais sur tes nombreux accomplissements. Je n'aurais jamais pu être une bonne mère aussi jeune, je crois. Non, j'en suis certaine. J'étais encore une gamine : je cherchais de l'affection, j'en voulais à ma propre mère et j'étais trop immature pour être responsable d'une autre personne que moi.

Claire la regarde avec surprise. La conversation a changé de ton, et Vicki semble parler d'expérience. Elle paraît sur le point de se lancer dans une confession, se ravise et sourit.

— On ferait mieux d'y retourner. Ils vont commencer sans nous sinon.

L'heure des aveux est passée.

Kathleen

Elle est de retour dans le cabinet de James Caruthers, accompagnée de George. Le gynécologue leur détaille son projet de traitement.

La veille, elle a de nouveau subi un examen interne sous anesthésie générale et, cette fois, le médecin a posé des dilatateurs en métal pour vérifier ce qu'il s'échine à appeler la compétence de son col utérin. Autrement dit, il la soupçonne d'incompétence.

Dieu merci, il n'y va pas par quatre chemins.

— Ainsi que nous le soupçonnions, il n'y a eu aucune résistance lors de l'insertion d'un dilatateur de huit millimètres, ce qui me conduit à diagnostiquer une incompétence cervicale.

— Ce qui signifie, docteur ?

George parti au front alors qu'il n'était qu'un adolescent, George qui impose le silence dans la salle du conseil d'administration, George semble pétrifié par ce diagnostic.

— Ça signifie que le col utérin de Mrs Eaden est anormalement faible. Il se dilate, s'ouvre avant que le bébé ne soit arrivé à terme, ce qui provoque ces avortements spontanés.

Elle aimerait qu'il cesse d'employer ce terme à tout bout de champ.

— Et je peux y remédier ?

Elle conserve le contrôle sur sa voix malgré les papillons dans son ventre.

— Eh bien, oui. Il existe une technique moderne, controversée à cause de sa nouveauté, le cerclage selon McDonald.

Kathleen n'a jamais vu le médecin dans un tel état d'excitation.

— Il s'agit de faire un point à l'entrée du col, sept ou huit semaines après le début de la grossesse, puis de le retirer une fois que le bébé est assez grand pour pouvoir naître, aux environs de trente-six semaines.

— Et ça marche ?

Son scepticisme la surprend, mais cette troisième perte l'a endurcie, comme si le noyau d'espoir qu'elle avait réussi à conserver jusqu'à cette dernière grossesse s'était desséché et était tombé en poussière.

Il lève les mains, paumes tournées vers elle.

— Mrs Eaden, l'obstétrique et la gynécologie sont des spécialités délicates, et cette méthode est relativement récente. Je suis néanmoins convaincu qu'en l'appliquant et en y ajoutant l'alitement et les autres mesures dont nous avons discuté, injections de progestérone et… hum… la suspension de tout rapport sexuel, nous donnerons à votre futur bébé une grande chance de voir le jour.

23

Si vous cuisinez avec autant d'assiduité que moi, il vous faudra sans doute pratiquer un peu d'exercice. Une part de gâteau peut être compensée par une promenade tranquille ou quelques longueurs de piscine à un rythme paisible.

La nuit est beaucoup moins pittoresque que lors de leur précédent rendez-vous. Des nuages dissimulent en partie la lune et éteignent les étoiles les plus faibles, même si Vénus brille de tout son éclat. Les deux silhouettes, moulées dans leurs tenues de course, ne se doutent pas qu'on les observe au moment où elles sortent de Bradley Hall par l'entrée principale et s'élancent pour leur parcours de dix kilomètres. Il est à peine dix-huit heures trente. Sautillant légèrement dans la cour pour s'échauffer, les deux coureurs sont des modèles de nombrilisme. Ils n'imagineraient pas une seconde qu'on les épie depuis plusieurs chambres du manoir.

Ils s'élancent, comme la fois précédente, sur l'allée majestueuse, puis entreprennent de faire le tour de la propriété, dans le sens des aiguilles d'une montre cette fois, en direction d'un bois plus touffu. Le terrain se fait plus difficile, brindilles et morceaux d'écorce se mêlent aux feuilles pourrissantes et cachent parfois les racines aériennes.

— C'est trop inégal ici, décrète Dan. Retournons sur l'herbe.

Dès qu'ils retrouvent un sol plus propice, leurs foulées deviennent plus légères, même si l'étendue herbeuse est irrégulière, aplatie par endroits à cause des moutons, dense à d'autres, et semée de bouses de vache séchées.

— On dirait un véritable cross…

— Je parie que vous étiez la meilleure, au collège.

Karen secoue la tête, se rappelant la cour bétonnée de son établissement urbain, les éclats de verre scintillant sur le bitume, les poubelles aux relents fétides, les graffitis sur les murs. Une cour où elle a appris à monnayer ses charmes contre des cigarettes, qu'elle fumait pour oublier la faim.

— À vrai dire, je n'ai pas fréquenté ce genre de collège.

Elle conserve une respiration régulière. Son entraînement des quinze derniers jours – une heure sur le tapis de course à la salle de sport – porte ses fruits. Elle a les joues rouges, mais c'est davantage dû à l'excitation qu'à l'épuisement. Étonnamment, elle commence à distancer Dan.

Elle est en tête et se demande, une fois de plus, si elle devrait tenter quelque chose ou compter sur lui pour prendre l'initiative. Elle choisit la seconde option. Bien qu'elle soit déterminée à avoir le dessus, elle éprouve une vulnérabilité atypique. Elle n'est pas habituée à être repoussée et elle pressent que s'il la rejetait, elle le vivrait très mal.

Karen lance un regard par-dessus son épaule. Il s'efforce de la rattraper à présent. Elle est aussi nerveuse qu'une adolescente submergée par le désir et redoutant pourtant ce qui risque de se passer. Sentiment à la fois dégoûtant et délicieux, sentiment d'avoir peur… d'être en vie.

J'ai éprouvé cela avec Oliver à une époque, songe-t-elle. Dans ce club moite du West End où j'ai décroché le gros lot, mon banquier. Et, plus tard, quand j'ai appris à le connaître. Avant le mariage, avant les enfants, avant de comprendre que le travail était sa véritable passion, ce qu'il ferait toujours passer avant le reste.

Elle se montre peut-être injuste… Est-il le seul à blâmer pour la distance qui s'est installée entre eux ? Ne l'a-t-elle pas repoussé, depuis l'arrivée des enfants – elle voulait tout faire à sa façon – et, en vérité, bien plus tôt, presque dès le début ?

Un souvenir l'obnubile : la salle de bains de leur suite à Rome, lors de leur voyage de noces, le clair de lune qui filtre par la fenêtre, l'expression d'incompréhension sur le visage de son mari. Il l'a de nouveau surprise, huit mois plus tard, alors qu'ils skiaient à Val-d'Isère. Cette fois, il l'a suppliée d'aller voir un psychothérapeute. Il a même pris rendez-vous pour elle. Bien sûr, elle l'a annulé, mais elle s'est arrangée par la suite pour qu'il ne soit plus jamais témoin de son trouble. Exerçant un contrôle de plus en plus grand sur elle-même, elle est devenue plus distante, plus secrète. Le quotidien – les enfants, la gym, les repas – répondait à une organisation rigoureuse. Quant à la passion, la chaleur, l'amour, l'humour, tous ces sentiments se sont peu à peu émoussés.

Dan se rapproche. Elle maintient la cadence, laissant le chagrin s'écouler, se concentrant sur sa respiration.

— Vous vous êtes entraînée ? lance-t-il au moment d'arriver à sa hauteur.

— Pour ma tarte au citron ? Bien entendu. Et attendez de goûter ma tarte Tatin.

— Je parlais de la course, répond-il sans cacher son irritation. Vous semblez plus rapide.

— Qu'est-ce qui vous fait penser ça ?

Karen accélère et réussit une échappée. Le sang galope dans sa tête, elle est persuadée que Dan pourrait entendre son pouls. Elle force encore l'allure, poussant son corps jusqu'à ses limites, exaltée par son pouvoir, aussi bien physique que sexuel.

Il l'a prise en chasse à présent, alors qu'ils s'engagent sur une pente douce qui se transforme brusquement en raidillon. Karen ne s'y attendait pas. Son pied se coince dans l'entrée dérobée d'un terrier. Elle tombe, a aussitôt le réflexe de se protéger la tête et roule trois fois sur elle-même avant de s'arrêter.

En une seconde, il est là.

— Ça va ? Vous ne vous êtes pas fait mal ? Vous ne vous êtes pas tordu la cheville, si ?

Son cœur palpite, mais le choc est plus dû à la chute qu'à la douleur. Comment a-t-elle pu être aussi bête ? La pique de Jake résonne dans son crâne : *Tu ne trompes personne.*

Le visage de Dan est un masque de panique : craint-il que leur petit rendez-vous soit découvert ou s'inquiète-t-il simplement pour elle ? Compassion et malaise se bousculent sur ses traits.

J'ai l'air vieille, songe-t-elle. Je suis plus vieille qu'il ne le pensait.

— Je vais bien, sincèrement. Je ne me suis rien tordu… Je suis tout au plus un peu secouée.

Elle tente de s'appuyer sur sa cheville et retient une grimace. D'une voix plus corrosive, elle reprend :

— Aidez-moi à me relever, s'il vous plaît. Je vous ai dit que ça allait.

Il passe deux bras musclés autour de sa taille, et elle doit se retenir de s'y abandonner. Elle se force à rester aussi droite qu'un piquet, à garder des manières guindées.

— Merci. Maintenant rentrons.

— Vous êtes certaine…

Elle est déjà repartie. Sa foulée est d'abord hésitante. Elle accélère lorsqu'ils arrivent sur du plat et qu'elle se sent plus assurée. Un mantra tourne en boucle dans sa tête : je ne trompe personne, je ne trompe personne, je ne trompe personne, je ne trompe personne.

Je ne trompe absolument personne.

Il court derrière elle, comme échaudé par son ton sec, comme redoutant de l'agacer. Au moment où ils atteignent le gravier, il lui lance :

— Je peux passer vous voir plus tard ? J'aimerais m'assurer que vous allez bien… Enfin, j'aimerais vous voir.

Elle le dévisage, ne sachant quel sens donner à cet aveu. Exprime-t-il de l'inquiétude pour une femme qui s'est blessée ou quelque chose de plus ambigu ? Elle est incapable d'interpréter des paroles dépourvues de tout sous-entendu explicite, privées de l'artifice du flirt.

Karen éprouve soudain une lassitude infinie. Elle rêve d'un bain chaud, puis de se blottir contre quelqu'un. Cette pensée la déconcerte. Elle n'est pas du genre câline. Elle a besoin de sexe, pas d'affection. Elle remarque le visage ouvert de Dan, qui trahit une douceur inattendue.

— D'accord… ça me ferait plaisir, répond-elle.

24

La tarte au citron est le plus désarmant des desserts : elle constitue un mets à l'acidité rafraîchissante tout en étant, par essence, très riche. Le citron ravive l'appétit après un repas copieux ; pourtant, très vite, la sensation de satiété revient. Impossible d'avaler une bouchée de plus. L'hôtesse avisée n'en proposera que de toutes petites parts.

— Dan ?

Harriet a le ton d'une directrice d'école déçue. Elle a observé Dan pendant qu'il regardait Karen disparaître dans le grand escalier du manoir.

— Je peux te parler, si tu as une minute ? ajoute-t-elle.

Elle s'écarte pour l'inviter à entrer dans le salon, où elle l'attendait, et referme la porte en chêne. Il se dresse devant elle, incarnation de cet idéal masculin platonicien. Elle note les boucles brunes luisantes de sueur, l'éclat de son visage, son large torse. Il a vingt ans de moins qu'elle et a encore beaucoup de choses à apprendre sur la célébrité. Elle n'est pas sûre, pour autant, qu'il l'écoutera.

— Ce que j'ai à te dire est un peu délicat…

Elle s'interrompt le temps de voir s'il se doute du sujet qu'elle souhaite aborder et joue avec ses cheveux, nerveuse.

— Tu me connais, depuis le temps, reprend-elle, je ne suis pas du genre moralisatrice… mais crois-tu qu'il soit très convenable de sortir courir avec une concurrente que tu es amené à juger ?

Il soupire.

— Ça donne une mauvaise image de nous, Dan. Et nous le savons aussi bien l'un que l'autre, dans ce concours, les apparences sont cruciales. Votre petite virée était peut-être tout ce qu'il y a de plus innocent, tu te dois de veiller à ce qu'on ne puisse pas imaginer le contraire… et à ce que cela n'aille pas plus loin.

— Nous sommes seulement sortis courir, commence-t-il.

— Oh, Dan ! Tu me crois née de la dernière pluie ?

Elle l'observe comme s'il était un élève menacé de renvoi et qu'elle ne pourrait s'empêcher d'apprécier.

— Si la nouvelle sort d'ici, elle fera les choux gras de la presse. La marque et ton image seront salies. Eaden te laisserait tomber sans hésiter, et ce serait un vrai gâchis. Tu as entamé une carrière si prometteuse…

Elle sourit et se remet à jouer avec ses cheveux.

— Je n'ai pas voulu te mettre en garde par pur altruisme. Nous formons une bonne équipe, nous travaillons bien ensemble, tu m'insuffles de l'énergie. Tu as donné à la vieille carne que je suis un second souffle.

Cette confession lui coûte.

— Je t'en prie, Dan, quoi qu'il se passe entre vous, mets-y un terme.

Ce n'est qu'à l'approche de minuit que Karen accepte la réalité : Dan s'est défilé comme un lâche, il ne viendra pas. Elle a consacré les quatre heures précédentes à se pomponner : elle a pris un long bain dans une eau rendue soyeuse par les huiles essentielles, s'est enduite de crème hydratante, s'est occupée de sa cheville, sur laquelle est apparue une contusion violette. Elle a enfilé des sous-vêtements en satin noir sous un pantalon de Pilates et un joli pull à capuche en cachemire. Elle s'est épilé les sourcils et remaquillée. Ses pieds, elle l'a vérifié, sont parfaits : les ongles vernis par les soins d'une professionnelle avec un violet de chez Chanel, le bien-nommé *Provocation*, et le petit anneau d'argent qui suggère une tendance rebelle.

Son iPod diffuse des ballades douces. Des morceaux qui sont loin d'être branchés, mais qui l'aident à se relaxer : David Gray, Katie Melua, Dido, James Blunt. Quelques classiques soul sont intercalés sans aucune logique. Tout à coup, Marvin Gaye invite à passer aux choses sérieuses. Elle bascule sur la chanson suivante pour le faire taire.

La première heure, elle s'occupe de se préparer. La deuxième, elle est étourdie par l'excitation. Elle feuillette *Vogue*, puis prend un magazine people, cherchant à se distraire avec des inepties, les sourires standardisés des célébrités de seconde zone. Elle se demande combien des relations célébrées dans des reportages photo exclusifs de huit pages, sur papier glacé, dureront une année. Un instant, elle pense à Oliver. Dégarni, cérébral, prospère dans les affaires… Un homme dont elle continue à guetter l'approbation – elle a renoncé à son affection. Se sont-ils déjà regardés avec l'adoration que cette petite actrice joviale feint pour le photographe ? Elle est à peu près sûre que ça a été le cas pour Oliver à une époque. Avant Rome, avant Val-d'Isère et peut-être un peu après. Quant à elle, elle n'a jamais donné dans l'adoration.

La passion ne lui fait pas peur, en revanche. L'antidote idéal à l'absence d'amour. Une drogue qui lui monte à la tête et lui donne une poussée d'adrénaline, qui lui confirme qu'elle est vivante. C'est d'ailleurs par goût pour la passion dévorante et instantanée qu'elle réserve le même créneau de livraison chez Eaden chaque semaine : Ryan, grand, tatoué, tout juste la vingtaine, lui appartient de onze heures à midi le mercredi. Pour la même raison elle va à la piscine lorsque Jamie, qui garde une beauté enfantine à tout juste vingt-deux ans, est chargé de surveiller la baignade.

Si elle s'est crue, à l'époque, sérieusement atteinte, avec Dan son goût pour les toquades a basculé dans une autre catégorie : une trépidation dans le bas-ventre, des battements de cœur précipités, une obsession qui détermine ses actes – ce qu'elle porte, ce qu'elle cuisine, ce qu'elle dit – et occupe toutes ses pensées. Ce n'est pas seulement sa beauté physique ou son charisme. Non, c'est le fait que l'attirance semble mutuelle. La réciprocité de cette attraction l'encourage. Elle se croit aussi belle et charismatique que lui, elle se croit digne de son désir.

Où est-il alors ? Au cours de la troisième heure, l'excitation cède le pas à l'appréhension. Peut-être attend-il que la voie soit libre, plus tard il viendra, moins il risquera de croiser un autre concurrent. À cette heure avancée, les intentions de Dan – lui rendre visite dans sa chambre de nuit – ne font plus aucun doute. Peut-être Harriet l'a-t-elle entrepris sur un sujet ou un autre et n'a-t-il pas réussi à s'échapper ? Ou peut-être y a-t-il réfléchi à deux fois…

Avec la quatrième heure, l'appréhesion se transforme en désespoir, puis en autoflagellation. Comment a-t-elle pu être assez stupide pour s'imaginer qu'il a fait autre chose que se jouer d'elle ? Elle observe son visage dans le miroir : elle y lit la fatigue d'une dure journée de labeur et le contrecoup de sa chute, perceptible aux cernes sous ses yeux, en dépit de l'application généreuse de Touche Éclat. *Tu ne trompes personne, maman.* Elle voit ses quarante-sept ans. Comment a-t-elle pu croire qu'il ne le remarquerait pas ?

Quand la quatrième heure est écoulée, elle sait ce qui lui reste à faire. Elle enfile des ballerines et un long cardigan en cachemire avant de quitter la chambre, se dirigeant d'un pas léger mais décidé vers la cuisine du concours. À sa surprise, celle-ci est ouverte. Le rai de lumière en provenance du couloir lui permet de se repérer et de localiser son poste de travail. Elle se tourne vers le réfrigérateur le plus proche et ouvre la porte. Son visage se retrouve baigné d'un éclat surnaturel. Elle plonge la main à l'intérieur et attrape d'un geste vif ce qu'elle est venue chercher.

Sa tarte au citron a beau avoir été goûtée par les juges, il en reste plus de la moitié. Elle y plonge son couteau et se coupe une lichette. Puis presque aussitôt une autre, plus grosse, et une troisième. Les triangles semblent palpiter dans la pénombre. L'appareil d'un jaune vif frémissant la tente. *Mange-moi, mange-moi*… Elle prend une inspiration et lui obéit.

Accroupie par terre, cachée par les postes de travail, elle enfourne la première part, sentant à peine le goût acidulé du fruit sur sa langue, les miettes de pâte sablée sous ses dents. Vient ensuite la deuxième, plus généreuse, suivie de près par la troisième. Sa bouche s'emplit de crème si sucrée qu'elle serait écœurante sans l'acidité de l'agrume. Son estomac, vide depuis la petite salade au poulet du déjeuner, lui paraît aussitôt gonflé.

Elle est tentée de continuer à couper des morceaux, à entamer le demi-cercle jusqu'à ce qu'il n'en reste plus qu'un tiers, puis un quart, puis un huitième, mais le dégoût que lui inspire son attitude la submerge déjà. Elle range le plat dans le réfrigérateur, rince et essuie le couteau, le fourre au fond du tiroir. Elle sort ensuite de la pièce, courant presque maintenant, tant elle est impatiente de soulager son ventre ballonné. Elle doit se purger de la masse gélatineuse qui tapisse son estomac, ou coule vers lui, tout comme elle doit se purger de la haine qu'elle éprouve pour elle.

Plus tard, elle ne verra pas comment expliquer autrement la raison de son attitude : pourquoi s'est-elle précipitée dans les toilettes jouxtant la cuisine plutôt que de se réfugier dans sa chambre, deux étages plus haut ? L'urgence, la peur de ne pas réussir à se débarrasser de la nourriture avant que celle-ci n'ait atteint son estomac, lui paraît plus importante que la discrétion. Les cabines sont vides. Elle s'enferme dans l'une d'elles, s'attache les cheveux et, du papier toilette dans la main, soulève la lunette.

Elle enfonce les doigts de sa main droite, propre, au fond de sa gorge et trouve le point sensible sur sa langue. Elle appuie dessus. Une giclée de vomi lui remonte dans la bouche. Elle se force à appuyer une nouvelle fois et libère un torrent. Elle bascule sur les talons avant de presser une troisième fois et de se pencher vers la cuvette pour cracher de la bile. Sa gorge la brûle et elle est épuisée. Brièvement, elle pose la tête contre la paroi glacée de la cabine : le rouleau de papier toilette et l'odeur répugnante de l'urine provoquent une réaction de dégoût. Elle s'essuie la bouche, tire la chasse d'eau, vérifie que le vomi a bien été emporté et déverrouille la porte.

Claire, qui attend près des lavabos, écarquille les yeux en voyant apparaître Karen. La surprise est partagée.

— Depuis combien de temps es-tu là ?

Le ton de Karen est autoritaire.

— Euh… je viens d'arriver. Je me suis attardée au bar, c'est vraiment idiot. J'ai discuté trop longtemps avec Mike. Puis comme j'avais une petite faim, j'ai voulu me glisser en douce dans la cuisine.

Elle parle pour ne rien dire, sans poser la question qui lui brûle les lèvres.

— Tout va bien ? finit-elle par hasarder.

— Pourquoi ça n'irait pas ?

Karen se détourne, presse le distributeur de savon du dos de la main, fait mousser ses doigts sous le robinet.

— J'ai juste… j'ai juste eu l'impression que tu étais un peu malade.

Claire croise le regard de Karen dans le miroir. Le sien exprime de l'inquiétude, pas de la rancœur.

— Rien ne t'échappe, n'est-ce pas, Claire ?

Karen accompagne sa réponse d'un éclat de rire tranchant. Après s'être essuyé les mains, elle se tourne vers elle.

— Si tu veux tout savoir, je crois que j'ai une petite intoxication alimentaire. J'ai un estomac très fragile.

Elle s'interrompt, contrariée d'avoir à formuler une requête mais consciente de ne pouvoir l'éviter.

— N'en parle pas aux autres, d'accord ? Je parie que, s'ils l'apprenaient, je n'aurais pas le droit de participer à l'épreuve pour des raisons d'hygiène et de sécurité.

— Non, non, bien entendu… Tu es certaine de pouvoir continuer ?

— Naturellement. Ce n'est qu'une petite intoxication. Rien de contagieux. Je ne vais pas en mourir !

Le ton est cassant.

— Il suffit que je boive beaucoup d'eau et que je fasse une bonne nuit, ajoute-t-elle.

Elle dépasse la jeune femme et lui tient la porte, façon de lui signifier qu'elles doivent partir toutes les deux. Claire, qui la suit, l'observe à la dérobée dans le couloir. Karen a beau se tenir bien droite, elle est d'une pâleur inquiétante.

Intoxication alimentaire ? Elle me prend franchement pour une idiote, songe Claire. Pourtant l'autre explication est encore plus incroyable. Un souvenir du collège lui revient soudain en mémoire : l'odeur âcre du désinfectant, le papier toilette brillant, et Hazel Adams, la grosse de la classe, qui se fait vomir.

Est-ce à ça qu'elle a assisté à l'instant ? Elle va se coucher, la poitrine écrasée par un nœud de chagrin aussi lourd qu'un bloc de granit tandis qu'elle tente de déchiffrer la scène dont elle a été témoin.

Kathleen

Toujours pas de bébé, il n'y a toujours pas de bébé. Alors que le printemps explose en été, puis que l'été se délite en automne, elle ne veut plus jouer à ce jeu épuisant.

Au début, elle a accusé l'écriture. Le lendemain de son accident, elle a déchiré tout le chapitre consacré aux tartes et a jeté les pages au feu, dans la cheminée du bureau. Les flammes ont léché le papier blanc cassé avant de l'engloutir avidement dans un grand souffle sonore, et elle n'en a éprouvé que du soulagement.

George, lui, n'a pas caché son désarroi.

— Tout ce travail… Tu en étais arrivée aux deux tiers…

— Et je n'irai jamais au bout, a-t-elle insisté sans reculer devant le côté mélodramatique de cette déclaration. Est-ce tout ce qui compte, George, que j'écrive ce livre ? Je ne pourrais pas inclure ces recettes. Elles sont souillées à mes yeux.

— C'est ridicule.

— Non. Pas pour moi.

La date de remise est constamment repoussée, et George s'abstient de tout commentaire. Il ne se plaint pas non plus lorsque, trois mois après l'accident, elle continue à se défiler pour les inaugurations de nouveaux magasins. Elle se reproche de ne pas jouer son rôle pour le développement de l'entreprise. Pour Eaden. Et pourtant, égoïstement, elle n'arrive pas à s'en soucier.

Elle continue à alimenter sa rubrique, régalant les lecteurs de *Home Magazine*, qui ignorent tout de ses angoisses. Elle se surprend à écrire sur les plus frivoles des gâteaux : meringues, omelettes norvégiennes, pièces montées, vacherins. Rien de nourrissant, contrairement à ce que Mr Caruthers a recommandé, et rien qui soit à base de pâte.

Sa prose scintille, aussi brillante que du sucre en poudre, aussi délicate que du caramel filant. Et malgré tout elle n'a aucune âme. Kathleen sait qu'elle écrit entièrement avec sa tête.

Si elle est éblouissante dans cet exercice, au quotidien elle est de plus en plus sombre. Elle se replie sur elle-même et s'éloigne de George.

Elle tressaille quand il la touche, désormais. Il ne peut y avoir d'avortement spontané, ainsi que James Caruthers s'entête à l'appeler, s'il n'y a pas de rapports sexuels. Et cependant ces rapports sexuels sont requis si elle veut avoir une chance de tomber à nouveau enceinte. Des relations charnelles et une énorme dose de foi.

En septembre, elle se réfugie à Bradley Hall, et son emménagement à la campagne, dans cette demeure qu'elle trouvait vulgaire à une époque, a un effet libérateur sur elle. La propriété est féconde. Les arbres ploient sous les fruits, le potager fournit courges, prunes et poires en abondance.

Même l'herbe recèle des trésors : champignons sauvages, à lamelles noires et couverts de rosée, et des marrons, replets et bruns, aussi lustrés que du cuir tanné. Elle les caresse, tels les grains d'un chapelet tandis qu'elle va ramasser des pommes et cueillir des glands, elle fait bruisser les feuilles mortes de son pas traînant lorsqu'elle se promène dans le domaine.

Voyant Mrs Jennings se débattre avec ce butin automnal, elle trouve presque immoral de ne pas retourner en cuisine. La cuisinière sourit et George pousse un profond soupir de soulagement. Un samedi, il dépose deux lapins sur la table de l'arrière-cuisine.

— Et qu'est-ce que je suis censée en faire ?

Tout en caressant la fourrure brune, et celle du ventre, blanche, plus douce, elle pense à Pierre Lapin.

— Prépare une tourte.

George, qui a les joues rouges d'avoir joué au propriétaire terrien, la met au défi. Et elle le relève, composant la plus délicieuse des préparations : bacon, échalotes, carottes, thym et lapin, mijotés dans du bouillon et du cidre. Avant de servir, elle ajoute de la crème.

Elle sert sa tourte avec des pousses de brocoli violet du jardin, et se surprend, à la fin du repas, non seulement à avoir terminé son assiette pour la première fois depuis mars – quand elle a perdu son bébé –, mais aussi à sourire.

— Kathleen ?

Son mari a l'air de se demander s'il peut sourire, lui aussi.

— George ?

Il y a une pointe d'humour dans sa voix, une tentative, certes timide, de taquinerie. Ce qu'elle n'a pas fait en plusieurs mois.

Un instant, elle redevient la Kathleen qui l'a espionné à la soirée dansante des Carlton, puis poursuivi de ses ardeurs : lui, cet homme plus âgé, lui offrant à la fois une occasion de se rebeller – par ses origines modestes qui ont scandalisé la mère de la jeune femme au début – et aussi la plus grande stabilité possible.

Elle le regarde, cet homme qui a été incapable d'alléger son chagrin, d'en mesurer l'étendue, mais qui reste son roc : la personne sur laquelle elle s'appuie. Elle se blottit au creux de ses bras.

25

Je suis absolument convaincue de l'importance du petit déjeuner. Je ne parle pas forcément du petit déjeuner anglais complet, ni même d'œufs sur le plat, mais plutôt du toast maison avec de la confiture de cassis et une tasse d'Earl Grey. Voilà le minimum requis, sans lequel, pour ma part, je prends le risque d'être grincheuse jusqu'au soir. Même modeste, un petit déjeuner permet d'équilibrer le taux de sucre dans le sang et de bien attaquer la journée.

Huit heures plus tard, le matin du marathon de Paris, Jenny est perchée sur le bord du lit, le front plissé par la concentration tant elle se débat avec son sms. Ses doigts tâtonnent sur l'écran alors qu'elle s'efforce de trouver un juste milieu : adresser à Nigel un message de soutien sans, en aucun cas, lui mettre la pression. Elle finit par opter pour un ton enfantin. « Bonne chance ! Je pense bien à toi, mon chéri ! »

Elle grimace au moment de l'envoyer. Pourquoi autant d'effusions ? Pourquoi l'appeler chéri ? Elle ne songe plus à lui en ces termes…

Comme aucune réponse ne se profile – elle n'en attendait pas, ce qui ne l'empêchait pas d'en espérer une –, elle en écrit un à Emma, en vraie mère étouffante. « Je pense à papa et lui souhaite le meilleur ! Embrasse-le pour moi… et garde un baiser pour toi, bien sûr ! »

Emma ne tarde pas à se manifester. « Grosse excitation ici. Il est en pleine forme et espère battre son record personnel. J'espère que le concours de pâtisserie se passe bien. Je pense à toi aussi ! Bisous. »

Tout va pour le mieux dans le meilleur des mondes. Jenny s'autorise un petit sourire, satisfaite que sa fille reconnaisse l'importance de ce concours pour elle. Un petit *bing* annonce alors l'arrivée d'un second message, et la bonne humeur de Jenny se dissout tel un sucre dans de l'eau tiède.

« Viens de voir Gabby Arkwright. Dégoulinante d'amabilité. Elle va suivre la course avec moi, puisque Peter participe aussi. »

Un frisson parcourt l'échine de Jenny alors qu'elle tente de décoder le message et les raisons pour lesquelles Emma le lui a envoyé. Serait-elle aussi naïve ? Le mari de Gabby est-il vraiment à Paris ? Pourquoi Nigel ne l'a-t-il pas mentionné ? Elle connaît la réponse à cette dernière question…

« Super. Tu m'appelles dès que tu as une minute ? » À peine a-t-elle envoyé son message qu'elle compose le numéro de sa fille, aussi nerveuse qu'une maîtresse abandonnée. À l'autre bout de la ligne résonne l'étrange tonalité nasale française. Jenny laisse un message, des trémolos de joie feinte dans la voix.

— Em, quand tu auras une minute, tu veux bien m'appeler ?

Ces mots expriment tout et rien à la fois.

Jenny est trop anxieuse pour avaler un bon petit déjeuner. Elle remplace l'habituelle théière de Earl Grey par un café noir et ne touche même pas au toast froid, recouvert de beurre et de confiture de cassis. La nourriture qui a, pendant si longtemps, constitué un grand réconfort, ne lui est d'aucun secours aujourd'hui.

— Jenny ? Ça t'embête si je me joins à toi ?

Vicki, assise à une table voisine, lui sourit d'un air engageant. Elle s'approche avec son café au lait, mais attend, pour s'asseoir, d'en avoir reçu l'autorisation expresse.

— Bien sûr, bien sûr.

Jenny s'intime intérieurement de se ressaisir, d'accueillir avec affabilité cette intrusion. Elle se force à sourire.

— Comment ça va, ce matin ?

— Très bien, merci… et toi ?

— Moi ? Très bien, répond Jenny par réflexe.

— Vraiment ?

— Non, pas vraiment.

Son sourire se transforme en grimace à l'idée qu'elle a pu s'imaginer faire illusion. La gentillesse de Vicki l'ébranle.

— Pas bien du tout, en fait, reprend-elle.

— Je peux t'apporter quelque chose de plus appétissant ?

Jenny proteste trop tard, Vicki s'active déjà, sélectionnant le meilleur du buffet : deux pains aux raisins tièdes, du pain aux céréales frais ainsi qu'une mini-plaquette de beurre froid baptisée d'une perle d'eau, un bol rempli de yaourt grec, une grappe de raisin rouge.

— Je n'ai pas vraiment faim.

— Je le vois bien, rétorque Vicki.

Elle beurre l'épaisse tranche de pain, puis ajoute de la confiture et la coupe en quatre triangles. Elle l'invite à en prendre un, et Jenny ne peut s'empêcher de penser que Vicki se conduit avec elle comme elle doit le faire avec son fils… Comment s'appelle-t-il déjà ? Alfie ?

— J'ai toujours été convaincue, reprend la jeune femme, que lorsqu'on se sent un peu abattu, il faut manger.

Jenny se force à avaler une première bouchée, une seconde. Le pain qui vient se coller à son palais n'a aucun goût. La confiture est bonne, en revanche : de gros oreillons d'abricots enduits d'une épaisse gelée luisante.

— Elle est meilleure que celle au cassis, observe Vicki en inclinant la tête vers la tartine que Jenny a repoussée. Oh, d'ailleurs, donne-moi une minute, je te l'enlève.

Elle se relève brusquement, débarrassant toute trace du petit déjeuner boudé, et revient avec une coupe de fruits des bois.

— Tu les as goûtés ? Tiens, essaie avec un peu de yaourt grec… Tu es sûre, Jenny ? Alors je vais me laisser tenter.

Vicki lui adresse un clin d'œil avant de plonger sa cuillère dans les fruits. Un jus foncé dégringole sur les reliefs blancs du yaourt. Elles mangent en silence pendant un moment.

Va-t-elle me poser des questions ? se demande Jenny. Et, si oui, pourrai-je être honnête ? L'espace d'un instant, elle envisage de lui parler de Gabby et Nigel, puis change presque aussitôt d'avis. Cette adorable jeune femme ne doit pas être mariée depuis plus de quoi… cinq ans ? Assez longtemps pour savoir que la vie conjugale n'est pas que petits cœurs et bouquets de fleurs, mais pas assez, du moins Jenny l'espère, pour comprendre qu'un mari a des chances de devenir volage.

— Alors… Est-ce que je peux faire quelque chose pour t'aider ? Tu as envie de parler ?

Vicki est visiblement dans ses petits souliers et Jenny la soupçonne de ne pas être du genre direct. La jeune femme hausse les épaules.

— Tu es tout à fait autorisée à me répondre de me mêler de mes affaires, ça me va. J'ai juste eu l'impression que tu avais besoin de partager un peu ce qui te pèse.

— C'est aussi évident ?

Malgré elle, Jenny sourit. Vicki hoche la tête.

— Mince… Que c'est gênant ! Mes filles disent toujours que je ne peux rien leur cacher.

Vicki lui sourit encore, sirote son café patiemment. Incapable de formuler la véritable cause de sa fébrilité, Jenny se contente d'exprimer un malaise plus général.

— Eh bien, je suppose que, comme toujours, je me sens un peu coupable. Mon mari est à Paris ce week-end, il participe au marathon, et je m'en veux de ne pas être à ses côtés pour le soutenir. J'ai l'impression d'être une horrible égoïste qui ne pense qu'à elle, à sa pâtisserie, alors qu'il relève un tel défi.

— Et lui ? Pourquoi n'est-il pas là pour te soutenir ?

— Oh, notre couple ne fonctionne pas vraiment ainsi…

Elle ne va pas au bout de sa phrase, ne sachant pas comment expliquer l'équilibre des forces qui s'est instauré au fil de leurs vingt-cinq ans de mariage et qui penche nettement en faveur de Nigel. Elle prend une nouvelle bouchée de pain pour éviter d'avoir à parler.

— Si tu m'autorises à dire une chose pareille, commence Vicki qui l'observe attentivement, je ne crois pas que tu aies à te sentir coupable. Je sais que c'est un domaine dans lequel nous excellons : j'éprouve ce sentiment dès que je ne suis pas avec Alfie, dès que je le dépose chez mon amie Ali, chez ma mère ou que je le laisse avec Greg, et pourtant j'ai conscience que ce n'est qu'une perte de temps… Tu es une pâtissière hors pair, Jenny. Tu nous dépasses tous largement, même si ça me coûte de le reconnaître ! Et tu mérites autant d'être ici, de démontrer ton talent, que ton mari mérite de courir un marathon. Peut-être plus, même. Il n'a aucune chance de gagner, si ?

D'un regard, elle cherche une confirmation, et Jenny secoue la tête avec énergie.

— Eh bien, alors, à moins que Karen ou moi fassions des progrès exceptionnels, tu devrais gagner. Ce ne serait que justice. Et lui devrait être là pour te féliciter, pour t'apporter son soutien.

— Oh, je doute que ça arrive…

Jenny se rembrunit et, l'espace d'une minute terrifiante, elle craint de fondre en larmes.

— Eh bien, c'est un tort, affirme résolument Vicki. Ne pleure pas, je t'en prie. J'essaie juste de dire que tu pourrais remporter ce concours haut la main. Tu es très douée et tu mérites autant que Claire, Karen ou moi de briller.

— Merci, réussit à articuler Jenny. Même si je ne suis pas persuadée que ce soit la vérité.

— Mais si ! s'écrie Vicki, qui perd un peu patience. Bien sûr que si. Évidemment, tu ne gagneras jamais si tu ne l'admets pas et si tu continues à te… tu fais plus que te dénigrer, tu doutes. Tu dois croire en toi, Jenny. Tu dois te convaincre que tu en es capable.

Après un silence, elle conclut :

— J'en ai terminé avec mon laïus. Je suis désolée, je ne voulais pas être dure. Je trouve simplement que tu es merveilleuse, nous le pensons tous, et il serait temps que tu t'en rendes compte.

Elle termine son café d'un trait et repose la tasse sur la soucoupe d'un geste déterminé. Un instant, Jenny croit l'avoir offensée.

— J'aimerais partager ton assurance.

Jenny n'en revient pas de son propre ton, presque agressif. Vicki vient de lui faire des compliments, qu'elle balaie d'un revers de la main. Elle s'inquiète de sa réaction.

— Eh bien, tu devrais, lui dit simplement Vicki. Tu es la meilleure.

Elle ne cille pas et Jenny s'avise aussitôt qu'elle n'aimerait pas être un de ses élèves tombés en disgrâce. Derrière une façade chaleureuse, Vicki dissimule une force d'acier : c'est une femme capable de résilience, puissante.

Elle semble lire dans les pensées de Jenny, car elle tend le bras vers elle et lui prend la main. Surprise, Jenny serre les doigts chaleureux, reconnaissante que toute cette conversation embarrassante puisse être oubliée. Vicki n'a pas terminé, cependant.

— Jenny… J'ignore si ton mari mesure à quel point tu es extraordinaire. Tu donnes l'impression d'être un peu… intimidée, si tu m'autorises à te parler ainsi ? Et, entre nous, il n'y a vraiment aucune raison.

Jenny baisse les yeux sur son assiette et se concentre sur le motif floral pour ravaler les larmes qui montent. Elle a honte de reconnaître que Nigel lui témoigne tout sauf du soutien.

— Merci, s'entend-elle bredouiller.

— Jenny…

— Merci, répète celle-ci avec un sourire mouillé. Tu as été très gentille.

— Il ne s'agit pas de ça !

Une fois de plus, Vicki semble perdre patience.

— Écoute, Jenny, je ne souhaite pas me montrer indiscrète ni te bouleverser. Je ne t'en parlerai plus, mais, s'il te plaît, écoute ce que j'essaie de te dire.

Le ton se radoucit, paraît presque contrit, lorsqu'elle ajoute :

— Tu es une étoile. Aucun de nous ne brille aussi vivement que toi.

Jenny relève la tête et réussit à imprimer à son sourire un soupçon de conviction.

— Oui, je t'entends, Vicki. Et merci, oui.

— Mike.

Claire rôde dans le vestibule, guettant le seul homme de la compétition. Elle attendait qu'il ait terminé son petit déjeuner pour l'entreprendre sur un sujet précis. Il s'illumine dès qu'il l'aperçoit.

— Claire ? Pourquoi tout ce mystère ?

Elle l'entraîne dans le salon et vérifie que personne ne les a vus.

— Viens par ici… Non, ne ferme surtout pas la porte ! Ça aurait l'air louche.

— Claire…

Il l'attrape par les épaules avant de continuer :

— Que se passe-t-il ?

Elle inspire, prend appui sur le dossier d'un canapé et laisse les mots sortir. Culpabilité, angoisse, honte : elle exprime un tel méli-mélo d'émotions qu'il a du mal à saisir le sens de ce qu'elle lui raconte.

— Waouh ! Du calme. Recommence depuis le début.

Il plaque chacune de ses larges mains sur le haut des bras de Claire pour l'apaiser, en vain, et il se sent aussitôt gêné de l'avoir touchée.

— Désolé, je ne voulais pas… Il faut juste que tu répètes plus lentement, et plus calmement.

Elle lui déballe alors toute l'histoire. Comment, alors qu'elle faisait un saut aux toilettes après leur verre de la veille, elle a entendu quelqu'un vomir.

— C'était Karen. Elle a mis ça sur le compte d'une intoxication alimentaire.

— Et tu ne l'as pas crue ?

Claire secoue la tête.

— Elle était trop sur la défensive… comme quelqu'un qui a quelque chose à cacher.

Elle finit par cracher le morceau :

— Il y avait une fille au collège qui passait son temps à se faire vomir…

— Elle était boulimique.

— Oui, exactement. Je crois que Karen souffre de la même chose.

Ses épaules étroites basculent vers l'avant et elle penche la tête, prête, dirait-on, à se rouler en position fœtale. Lorsqu'elle relève la tête, son visage est livide d'inquiétude.

— Je me sens si coupable de t'en parler. J'ai l'impression de la trahir… C'était évident qu'elle ne voulait pas que je sois au courant. Seulement, j'avais besoin de me confier à quelqu'un, parce que c'est idiot mais j'étais si jalouse d'elle…

Ses épaules se voûtent encore un peu plus.

— Elle est tellement classe, tellement sûre d'elle, tellement tout. Je suis une vraie peste, non ? Tout ce temps j'ai été… je ne sais pas comment dire, fascinée par elle. Et en réalité, elle est plus déboussolée que nous tous réunis.

Il voudrait la prendre dans ses bras, la serrer contre lui ainsi qu'il le ferait avec l'un de ses enfants. Sauf qu'elle n'est pas sa fille et que, soyons honnêtes, elle ne lui inspire pas uniquement un sentiment paternel, protecteur. Il se contente donc de s'asseoir à côté d'elle et de passer le bras autour de ses épaules. Il est surpris de la trouver si séduisante, tandis qu'il observe le dessin de ses pommettes, les légères rides au coin de ses yeux, sa large bouche, crispée par l'angoisse. Ses cheveux sentent le shampooing aux agrumes.

— Pour commencer, dit-il, tu n'as aucune raison de te sentir coupable. Si Karen a eu un épisode boulimique hier soir, ce n'est sans doute pas la première fois. Le problème doit être enraciné depuis un moment, des années peut-être. Tu n'aurais rien pu faire pour anticiper la situation ou l'empêcher. Tes pouvoirs magiques ne sont pas assez forts, je le crains.

Elle part d'un petit rire qui se coince dans sa gorge.

— Ensuite, le fait que tu aies pu être un peu jalouse, même si je me demande bien pourquoi, n'a aucun rapport avec le reste. Je te parie qu'elle ne s'était pas rendu compte de ce que tu éprouvais. Et quand bien même ce serait le cas, ça ne l'aurait pas offensée. Au contraire, ça a dû la flatter.

Le petit rire résonne à nouveau, accompagné d'une expression, hésitante, de soulagement.

— Merci.

Elle essuie une larme du dos de la main et renifle pour éviter que son nez ne coule.

— Tiens.

Il lui tend un mouchoir.

— Merci, répond-elle avant de se moucher bruyamment et de tenter une blague. Tu es aussi bien préparé qu'une vraie maman.

— J'y travaille. J'ai déjà eu droit au caca sur le bras, et je m'entraîne pour les petites discussions entre filles. Je vais bientôt être complètement asexué, à ce rythme.

— Vraiment ?

Elle rit malgré elle, davantage à la mention du caca qu'à celle de sa perte d'identité sexuelle, même s'il ne peut pas le savoir, lui. Il rougit et retire son bras, soudain mal à l'aise. Ils restent assis dans un silence gêné. Leurs hanches se touchent presque, un seul centimètre les sépare. Elle doit me trouver si conventionnel, si raisonnable, pense Mike.

— Merci, Mike, grâce à toi je me sens mieux… Même si je continue à me trouver peste. Enfin, je suis surtout très triste pour elle. Je ne pourrai plus porter le même regard sur elle.

— C'est peut-être une bonne chose, dit-il en s'adossant un peu plus au canapé de sorte que le tissu de son pantalon lui effleure la cuisse à présent. Peu d'entre nous sont aussi simples qu'il y paraît au premier abord.

26

La baguette, pour être parfaite, doit avoir une croûte croustillante et une mie aérienne. Elle doit craquer sous la dent avant de fondre. Servez-la chaude, si possible, et fraîche. C'est un pain trompeur : robuste à l'extérieur, léger à l'intérieur.

Paris, avenue Foch. Un magnifique matin de printemps, un soleil de plomb dans un ciel d'azur.

Le marathon a débuté presque quatre heures plus tôt à présent et Emma commence à s'impatienter à force d'être bousculée de tous côtés. L'ennui d'être plantée comme un piquet a depuis longtemps émoussé son excitation à la perspective de voir son père franchir la ligne d'arrivée. La femme à sa gauche – française, élégante et sévère – lui marche sur le pied.

— *Oh, pardon ! Désolée*[1]…

1. En français dans le texte original.

Derrière ses lunettes de soleil, Emma a le regard perdu dans le vide. On n'arrête pas de pousser derrière elle. Et elle a bu tellement d'eau qu'elle a un besoin de plus en plus pressant d'aller aux toilettes.

Elle sait qu'elle devrait se laisser griser par l'atmosphère, cependant l'inconfort limite son entrain. Elle pousse un occasionnel vivat : pour la première femme à franchir la ligne, pour l'homme qui conserve une forme exceptionnelle malgré son âge avancé… Et pourtant, son enthousiasme manque de sincérité. Peut-être est-elle trop anglaise pour ça, trop introvertie ou trop seule. Il lui faudrait un groupe d'amis et, dans l'idéal, un peu d'alcool, pour être vraiment d'humeur festive.

D'autre part, une culpabilité inhabituelle tempère ses élans : culpabilité d'avoir reproché à sa mère de ne pas venir, et culpabilité d'être là, serrée contre Gabby Arkwright. Car Emma a beau se sentir seule, elle ne l'est pas. Gabby qui, elle l'a appris incidemment, loge dans le même hôtel que son père et elle, la suit partout comme si elle était sa nouvelle meilleure amie, malgré la différence d'âge. Elle puise dans des souvenirs qui remontent à quinze ans, rappelant à Emma l'époque où elle jouait avec Robert, l'horrible fils Arkwright.

— Ça ne t'embête pas, Em, si ? lui a-t-elle demandé.

Emma a renâclé en entendant dans sa bouche le surnom réservé à ses sœurs et à ses parents.

— C'est logique qu'on se serre les coudes, a-t-elle ajouté. Peter mettra des heures avant de franchir la ligne et ça me fera plaisir d'attendre avec toi en reparlant du bon vieux temps. Et puis je me réjouis de pouvoir applaudir ton père.

« Eh bien, si, ça m'embête, Gabby. Je n'ai aucune envie d'attendre avec toi parce que je ne supporte pas que tu flirtes avec mon père et que ma mère en souffre. » Voilà ce qu'elle aurait voulu lui répondre. Au lieu de quoi, ses bonnes manières, résultat de son éducation dans le privé et de la vigilance constante de Jenny, ont pris le dessus.

— Non, bien sûr que non, a-t-elle menti, se montrant par réflexe aimable avec cette vieille amie de la famille. C'est logique ! Super !

À présent, pourtant, elle regrette de ne pas lui avoir livré le fond de sa pensée – ainsi qu'elle l'aurait fait avec sa famille ou ses amis, vis-à-vis desquels la familiarité engendre la franchise. Elle a l'impression de contracter le moindre de ses muscles pour éviter tout contact avec Gabby. Évidemment, celle-ci s'imagine qu'Emma est soucieuse de la laisser respirer. Elle lui presse le bras d'un geste affectueux et, tout en lui adressant un sourire complice, se penche vers elle.

— Ton père s'est tellement entraîné, il mérite de finir le marathon en trois heures quarante.

Elle semble parler une autre langue à présent, une langue qu'Emma la linguiste n'a aucune envie d'apprendre à maîtriser.

— Il a réussi à suivre un régime sévère et il a une endurance remarquable.

Emma lui décoche un regard dur, censé exprimer ce qu'elle ressent, mais Gabby semble imperméable au monde extérieur.

— Peter, lui, a été beaucoup plus mou. Je n'ai pas cessé de lui répéter qu'il n'arriverait jamais à passer sous la barre des quatre heures s'il ne s'entraînait pas davantage… et entre nous, je ne vois pas l'intérêt de participer si on ne parvient pas à atteindre cet objectif-là. Inutile de dire qu'il a fait la sourde oreille. En toute honnêteté, je doute qu'il y mette vraiment beaucoup de cœur.

— Pourquoi s'est-il inscrit, dans ce cas ?

Emma sent bien qu'elle ne peut pas se contenter d'écouter Gabby sans la relancer, et elle préfère l'entendre parler des échecs de Peter plutôt que des succès de son père.

— Va savoir ! La force de l'habitude, je suppose. Il participe aux marathons depuis des années. Un reste d'esprit de compétition ? Il faut bien qu'il se confronte à moi dans un domaine ! L'envie de contrôler sa bedaine ? De ce point de vue-là, c'est plutôt raté.

Avec un petit sourire ironique, elle ajoute :

— Je ne le comprends plus !

Durant le bref silence qui suit, Emma se demande si elle est censée rassurer Gabby ou lui faire une remarque sur son mariage. Déjà, celle-ci poursuit en toute insouciance :

— Ton père, lui, a montré une détermination inébranlable. Ça a été un vrai plaisir de s'entraîner avec lui. Il sait ce qu'il veut et il fait ce qu'il faut pour l'obtenir.

Elle donne au bras d'Emma une nouvelle pression. Dépitée, cette dernière voudrait s'écarter, mais elle a conscience que ce serait mal interprété et que cela ne servirait qu'à attirer l'attention sur les confidences de Gabby. Et pourtant, en ne réagissant pas, Emma se sent de plus en plus déloyale envers sa mère.

— On dirait que tu t'entraînes depuis un moment avec papa ?

— Trois fois par semaine. C'est mon poulain. Je vais le préparer aux triathlons ensuite. Il affirme être un bon nageur.

— Papa ?

Un souvenir d'enfance resurgit dans la mémoire d'Emma, et elle éclate de rire.

— Je dirais plutôt qu'il est du genre à vider la moitié de la piscine. Pas très discret…

Elle trouve un certain réconfort à connaître des détails que Gabby ignore.

— Vraiment ? Ça me surprend. Bien entendu, il faut prendre en compte le fait qu'il est nettement plus svelte que quand tu étais petite et qu'il a une grande maîtrise de son corps.

Emma a l'impression d'avoir été remise à sa place. Sous prétexte de chercher un mouchoir dans la poche de son jean, elle libère son bras. Elle finit par en extraire un qui a déjà beaucoup servi. Gabby le considère avec un dédain à peine masqué. Après s'être mouchée, Emma sort son téléphone et remarque l'appel manqué.

— Oh, maman a appelé. Je me demande ce qu'elle voulait… Est-ce que je la rappelle maintenant ? Elle risque d'être en train de cuisiner, non ?

Elle regarde sa montre, fait le calcul.

— Oui, je pense qu'elle sera occupée.

Du pouce, elle ouvre l'application des sms. Gabby reste imperturbable.

— C'est un peu le jour et la nuit, tes parents, non ? Je veux dire, ta mère est très créative, mais ses centres d'intérêt sont plutôt sédentaires… alors que ton père est si dynamique !

Emma proteste.

— Je trouve cette description injuste. Maman marche beaucoup et elle joue un rôle très actif dans la vie du village.

— Je ne l'entendais pas comme une critique ! s'exclame Gabby, plus amusée que scandalisée. Tu reconnaîtras quand même que participer à la vie de la communauté en siégeant au conseil de la paroisse et en s'impliquant dans des collectes de fonds locales n'a pas grand-chose à voir avec un marathon. Ton père fonctionne différemment.

Avant qu'Emma ait pu songer à une réplique incisive, Nigel apporte la preuve de ce que sa maîtresse vient d'avancer, passant devant elles, rouge et dégoulinant de transpiration. Toute son attention est rivée sur la ligne d'arrivée.

— Nigel ! Nigel ! Vas-y, tu peux y arriver !

Gabby est folle de joie. Elle pousse des cris, donne des coups de poing en l'air et se tourne vers Emma, le visage exsudant la fierté.

La jeune femme a l'impression d'avoir été frappée en plein ventre. Étourdie, elle s'abandonne à l'étreinte de Gabby, se joint à elle pour hurler, puis se fraie un chemin jusqu'à la ligne d'arrivée, décidée à atteindre son père la première, à féliciter le vainqueur avant Gabby. Au fond d'elle, peur et haine se mêlent. Leur aventure, qu'elle soupçonnait sans avoir aucune certitude, est bien réelle. Sa pauvre, pauvre mère ! Pas étonnant qu'elle lui ait paru si renfermée ces derniers temps, si défaite.

Ce n'est que plus tard que son téléphone portable lui annonce, avec retard, l'arrivée du texto de sa mère. Après que Gabby s'est jetée au cou de Nigel et l'a embrassé à profusion, quand Peter est accueilli avec beaucoup moins d'enthousiasme. Après qu'ils ont fêté la course en mangeant un sandwich sur les Champs-Élysées – « Nigel, tu dois ingérer des protéines dans l'heure qui suit la fin de l'effort », l'a réprimandé Gabby. Après qu'ils ont repoussé l'idée d'Emma de trinquer autour d'une bière – « Il ne pourrait rien faire de pire, il est bien trop déshydraté », a désapprouvé Gabby, appuyée par Nigel : « Il vaut mieux pas, alors. »

Emma appelle immédiatement sa mère, mais lorsqu'elle bascule sur le répondeur, elle redoute de parler d'une voix tremblante. Elle raccroche et tente plutôt d'écrire un sms. Que dire pour lui témoigner son soutien dans l'épreuve qu'elle traverse ? Pour lui prouver sa loyauté inaliénable ? « Ai essayé d'appeler. Aimerais que tu sois avec nous, maman. Tu me manques. Je t'aime. Bisous. »

27

Pour une tourte campagnarde, faites simplement revenir du bacon fumé, des échalotes, des carottes et du romarin. Ajoutez des morceaux de lapin, du bouillon et du cidre, puis laissez mijoter jusqu'à ce que la viande se détache des os. Liez avec de la crème. Recouvrez de pâte brisée badigeonnée à l'œuf. Servez avec des légumes du jardin.

Jenny, bien sûr, ignore tout du trouble qui agite sa fille. Paris, le marathon, Gabby ont tous été relégués, pour le moment, aux confins de son esprit.

Elle a trop à penser dans l'immédiat. Les candidats doivent créer une tourte de leur choix, et Jenny y voit une occasion de rendre hommage à sa mère. Ayant grandi dans la campagne des années 1960 et 1970, elle garde un souvenir bien plus vif de la tourte au lapin de Lucy que des rares repas qu'elle a pu déguster dans des restaurants étoilés au guide Michelin. Rien que de faire revenir le bacon, elle est de retour dans la cuisine du presbytère.

— Qu'est-ce que c'est ? a demandé Jenny, à six ans, alors que sa mère découpe un lapin écorché sur la table en pin décapée.

— Un poulet.

Lucy lui a souri, sortant le nez de *L'Art de la pâtisserie*, où elle a puisé la recette qu'elle adapte.

— Cette partie de la préparation est un peu barbante, ajoute-t-elle. Tu pourras m'aider à confectionner la pâte. Va jouer en attendant.

Malgré son jeune âge, Jenny a senti que sa mère n'était pas tout à fait honnête et s'est cachée sous la table. Elle l'a regardée dépecer l'animal, puis l'ajouter au bacon, qui dorait dans du beurre avec de la farine, du cidre et des herbes.

L'arôme entêtant de l'alcool qui mijotait avec la viande braisée et les différents aromates s'est vite transformé en halo vaporeux, enveloppant Lucy. Plus tard, Jenny l'a vue désosser la chair brûlante du lapin et la rendre encore plus succulente en lui mélangeant une louche de crème.

Jenny s'est chargée de décorer le couvercle de pâte – sa mission habituelle –, et, comme toujours, a redoublé d'efforts pour que le résultat soit à la hauteur.

— C'est parfait, ma chérie.

Lucy, impatiente d'enfourner la tourte, l'a rassurée.

— Mais je n'ai pas bien réussi mon poulet, a rétorqué Jenny, le visage plissé par la concentration. Il ressemble à un lapin.

Lucy, les mains blanches de farine, s'est penchée pour l'embrasser sur le dessus du crâne, respirant l'odeur de ses cheveux et de la pâte.

— Je préfère les lapins aux poulets, justement.

Aujourd'hui, pendant que Jenny perfectionne la recette, déjà originale, de sa mère – une pointe d'ail, un soupçon d'estragon –, elle s'emploie à faire fructifier son talent, du moins elle l'espère. Plus que cela, elle a l'impression que sa mère est présente à ses côtés, qu'elle guide ses mouvements. Les mots de Lucy s'entremêlent à ceux de Vicki dans une douce polyphonie rassurante : « C'est parfait, ma chérie », « Tu peux gagner, tu es largement au-dessus de nous tous. »

Tandis qu'elle sable le beurre et la farine en miettes fines, Vicki repense à la cuisine de son enfance : une pièce froide aux placards à moitié vides, aux surfaces nettes et désinfectées sur lesquelles elle mangeait des quiches achetées au supermarché et de la salade iceberg, aqueuse, pendant que sa mère corrigeait les devoirs de ses élèves à l'étage.

À l'entrée dans l'adolescence, Vicki a voulu intéresser sa mère à la cuisine : tentatives de pâtes servies avec une sauce tomate maison ou de spaghettis à la carbonara, de riz sauté au poisson trop cuit, de curry de lentilles mal préparé. Frances était trop préoccupée, et trop soucieuse de conserver sa ligne pour montrer beaucoup d'intérêt. Ne parvenant pas à cuisiner correctement, Vicki s'est découragée et a retrouvé son régime basique. L'alimentation n'était qu'un moyen de subsistance. Pommes de terre au four gratinées, sandwichs au poisson pané, pâtes au thon, œufs à la coque et mouillettes, œufs brouillés.

Vicki n'a aucun souvenir de Frances s'essayant à la préparation d'une tarte. À vrai dire, elle est même certaine qu'elle n'en a jamais préparé de sa vie. Elle se souvient, en revanche, de la grimace de sa mère, lorsqu'elle avait mordu dans un chausson à la viande – c'était à l'occasion de vacances exceptionnelles en Cornouailles, à Saint Ives.

— Je vais le finir pour toi, maman, avait proposé Vicki du haut de ses huit ans.

Elle avait déjà englouti le sandwich à l'œuf et au cresson, sélectionné parce qu'il était meilleur pour la santé. Le chausson doré gorgé de viande lui avait paru exotique, sa chaleur rassurante face aux vents cinglants montés de l'Atlantique.

— Beurk, non ! C'est beaucoup trop gras. Répugnant, vraiment, avait asséné Frances.

Après deux bouchées, profitant d'un moment où personne ne regardait, Frances avait jeté le reste du chausson dans une poubelle.

Tout en pétrissant sa pâte du bout des doigts, Vicki s'avise qu'elle n'a jamais vu sa mère en manger. Chaque fois qu'elle lui a proposé sa tarte à la mélasse ou sa quiche au saumon et au cresson, elle s'est entendu répondre : « Juste une lichette. » Et elle a eu l'irritation de la voir séparer l'appareil de la pâte pour repousser celle-ci sur le bord de son assiette ou la cacher sous son couteau. Vicki n'a pas osé affronter sa mère sur ce sujet, ni sur aucun autre. Aujourd'hui, elle se rend compte qu'elle aimerait lui demander : Pourquoi ne peux-tu pas apprécier ce que je prépare ?

Vicki comprend que la cuisine, de plus en plus, est le moyen pour elle de créer une utopie domestique qu'elle n'a pas connue. D'envelopper Alfie et Greg dans ce cocon sans prétention d'une bonne nourriture qui lui a tant manqué, enfant.

Elle se revoit, dans un flash-back d'une grande précision, assise dans la cuisine de Nicola, après l'entraînement de hockey, respirant le fumet d'un bœuf bourguignon, tandis que les trois frères de son amie s'installent autour de la table. Leur mère, à l'aise et imperturbable, remplit les assiettes d'un monceau de purée de pommes de terre crémeuse, sur lequel elle verse la viande et son épaisse sauce violet foncé. Nicola et ses frères sont habitués à ce festin : ils échangent des plaisanteries entre deux bouchées, demandent à être resservis, remercient à peine leur mère. Vicki, qui n'est pas accoutumée aux garçons et à leurs taquineries permanentes, est intimidée. Pourtant, à mesure qu'elle savoure le plat chaud, elle se détend, son silence ne lui pèse plus autant. Aujourd'hui encore, le bœuf bourguignon reste le plat le plus réconfortant à ses yeux.

Voilà pourquoi elle prépare une tourte qui s'en inspire : un succulent ragoût de bœuf, relevé avec de l'ail, des échalotes, du thym et de la pancetta, mijoté le plus longtemps possible dans du vin rouge et enveloppé dans une pâte feuilletée bien dorée. Tout au long du processus – faire revenir les ingrédients, les laisser compoter, pétrir la pâte et l'étaler –, elle se gorge de ce fumet. Il a l'odeur de l'enfance idéalisée, celle qu'elle tente de recréer.

Un instant, elle s'imagine avec une progéniture nombreuse et bruyante : trois garçons et une petite fille chouchoutée, ou alors deux de chaque – les garçons, adolescents, la dépassant d'une tête, et les filles incroyablement belles, élancées, les cheveux longs.

Une famille constituée d'un seul enfant semble si vulnérable. Trois ou quatre serait le nombre parfait... Elle soupire : elle a eu ses règles ce matin. Il ne faut pas qu'elle soit trop ambitieuse. Si elle pouvait en avoir un second, elle serait déjà aux anges.

Et le remplacement d'Amy ? Cette question se présente toujours au moment où Vicki s'y attend le moins. Non, elle a déjà écarté cette possibilité... à moins qu'elle ne parvienne à un accord avec elle-même. Si elle n'est pas enceinte d'ici la fin juin, la date limite pour postuler, elle pourrait se proposer. Il ne s'agit que d'un congé maternité, elle ne reprendrait pas le travail pour toujours. Et c'est peut-être bien ce dont elle a besoin.

Trois heures durant, les cuisiniers s'affairent, confectionnant la pâte puis la laissant reposer, préparant la garniture, réalisant le montage des tourtes et les mettant à dorer au four.

— Vous vous en êtes tous bien sortis, déclare Dan avec une bienveillance inattendue.

Un sourire vissé aux lèvres, Karen se force à l'affronter. Il croise son regard et répond à son sourire avec amitié mais neutralité. Le genre de sourire que l'on adresserait à une connaissance dont on a oublié le nom et qu'on se sent obligé de saluer dans la rue.

— La pâte a pris une belle couleur, même si celle-ci, nuance-t-il en désignant la tourte de Vicki, est peut-être un peu trop brune. C'est donc la texture et le goût qui vont nous permettre de vous départager.

Les juges tâtent et coupent, goûtent et délibèrent, se rinçant la bouche avec une gorgée d'eau minérale glacée entre deux bouchées. La tourte de Jenny est, de toute évidence, exemplaire : la suavité des échalotes vient adoucir le fumet prononcé du lapin, le cidre vient donner du mordant à la crème onctueuse. Vicki s'en sort honorablement avec sa préparation au bœuf et au vin rouge. Quant à Claire, elle est aussi surprise que les juges par sa réussite. Sa tourte au poisson est particulièrement bien présentée : les têtes et les queues des sardines percent la croûte dorée comme si elles filaient dans une mer calme.

— Celle-ci me laisse plus dubitatif.

Dan parle de la tourte de Mike. Celui-ci a voulu évoquer le souvenir de merveilleuses vacances en Espagne, avec Rachel, par le biais de l'alliance entre le bœuf et le chorizo.

— Le feuilleté est merveilleux, et la viande fond dans la bouche. Par contre, que s'est-il passé avec l'assaisonnement ? Il est beaucoup trop puissant. On a du paprika, du chorizo piquant… et beaucoup trop de vinaigre de Jerez. Ne le prenez pas mal, mais on a vraiment l'impression que cette tourte cherche à prouver quelque chose…

— Vous voulez dire qu'elle a un côté… macho, peut-être ? suggère Mike.

— Eh bien… oui. Non que vous, vous soyez…

Mike sourit.

— Je crois que j'ai été démasqué.

Il jette un regard à Claire, et elle éclate de rire.

Kathleen

C'est le réveillon du jour de l'An. Allongée dans son lit, elle écoute le carillon de Big Ben à la radio. George est à une fête. Il avait des réticences à la quitter, mais elle a insisté.

— Il n'y a aucune raison pour qu'on reste tous les deux emprisonnés, chéri. Va trinquer à 1966 pour moi.

— Si tu es sûre que ça ne te dérange pas…

— J'insiste. Et profites-en ! J'aimerais tellement boire du champagne et danser… Va ! Amuse-toi ! Ça va être une bonne année.

Elle lisse la couette et repense à 1965, qui n'a pas été bonne, à aucun point de vue. Une année au cours de laquelle elle a fait trois fausses couches coup sur coup et presque abandonné son autre bébé, *L'Art de la pâtisserie*.

Elle a plus d'espoir pour l'année qui commence. Le livre est presque terminé. Revigorée par l'automne, elle a réécrit la section sur les tartes et enchaîné sans mal sur les entremets. Il ne lui reste plus qu'à écrire quelques mots bien tournés sur l'art du thé.

Elle boit à petites gorgées un verre d'eau parfumée au sirop de fleur de sureau et s'autorise quelques instants d'autosatisfaction. Elle est fière du livre, à présent qu'elle a modulé la légèreté du ton par une chaleur qui exprime son amour de la cuisine. Sa conviction que celle-ci devrait se trouver au cœur de chaque foyer.

Elle sourit et articule en silence le mot si essentiel, et des larmes lui montent aussitôt aux yeux. Elle est ridicule ! À moins que ce ne soit les hormones… Quelle qu'en soit la raison, elle est toujours submergée par l'émotion chaque fois qu'elle y pense.

Car, et c'est un miracle, elle attend un enfant. Un bébé se cache dans son ventre. Bien à l'abri depuis huit, peut-être neuf semaines. Pour Noël, George lui a offert un bracelet en diamants de chez Boodles. James Caruthers, un cerclage. Il ne lui reste plus qu'à rester allongée.

Elle prend une profonde inspiration, puis se concentre pour expirer lentement. Inspirer sur deux, expirer sur cinq, inspirer sur deux, expirer sur cinq, répète-t-elle, appliquée. Elle doit faire tout ce qui est en son pouvoir pour rester détendue. Elle lisse à nouveau sa couette, approche de la lampe son poignet ceint du bracelet et regarde les minuscules arcs-en-ciel qui dansent sur le mur derrière elle. Elle laisse retomber son bras. L'ennui, c'est qu'il n'y a rien de plus barbant que se détendre.

Un brouhaha de voix monte de la rue : des noceurs de retour d'une fête, et peut-être en partance pour une autre. Leurs rires et le cliquetis des escarpins féminins s'éloignent. Kathleen mène une existence paisible à présent, mais peut-être devrait-elle s'installer dans un endroit plus tranquille ? Sauvage et reculé, avec la mer au pied du jardin et une plage de sable fin à l'abri des regards ? Ils ont passé leur lune de miel dans le nord de la Cornouailles, dans un coin rustique, et elle garde des souvenirs très vifs de leurs promenades matinales sur le sable vierge, où ils laissaient leurs empreintes, l'euphorie de plonger dans une eau si glaciale que c'en était presque douloureux avant de sentir sa peau parcourue de picotements. Et si leur bébé faisait ses premiers pas là-bas…

— Il ne me reste plus qu'à vous souhaiter une bonne année !

Elle a dû s'assoupir. L'animateur de la BBC tire sa révérence pour la soirée. Son ton bonhomme est remplacé par celui, plus factuel, de la météo marine :

— Viking, Utsire du nord et Utsire du sud, vent de secteur sud-ouest de modéré à assez fort…

Elle coupe la radio et se cale dans les oreillers. Une très bonne année. Oui, s'il vous plaît. Elle croise les doigts par réflexe. Il faut qu'elle cesse d'être superstitieuse. L'angoisse entame son optimisme.

Que lui apportera 1966 ? La guerre au Vietnam se poursuit, mais Kathleen n'est pas touchée par ces événements mondiaux. Les nouvelles lui parviennent grâce à la radio et aux journaux, pourtant tout ce qui lui importe se passe dans cette chambre. À l'intérieur d'elle. Dans son ventre.

À une époque, George lui faisait la cour en lui lisant du John Donne. Elle n'en était pas revenue de l'entendre bredouiller *Le Bonjour*. Qui aurait pu imaginer que ce fils d'épicier posséderait une fibre aussi sensible ? Lors de leur nuit de noces, il lui a récité en rougissant *Au soleil levant*. « Luis sur nous seulement et plus rien n'est obscur[1] », lui a-t-il dit alors qu'ils venaient de faire l'amour pour la première fois. Si l'acte en soi n'avait rien eu de spectaculaire – elle s'était préservée et les choses se sont améliorées avec le temps –, le fait qu'il ait pensé à citer un poème d'amour métaphysique avait presque rattrapé le reste. Lovée dans ses bras, l'entendant dire qu'elle était « tout Fief », elle s'est sentie plus aimée que jamais. Pour la première fois depuis la mort de son père, elle avait l'impression d'être totalement en sécurité.

Elle prend justement le recueil de poèmes de Donne pour chercher celui qui célèbre l'amour charnel. Le livre s'ouvre de lui-même à cette page, comme si ces vers avaient été lus plus souvent que d'autres.

« Car ce lit est ton centre », lit-elle.

Et c'est bien le cas. Le centre de son univers.

---

1. John Donne, *Poèmes*, trad. d'Yves Denis, Gallimard, 1962.

Entremets

Qui peut résister à un entremets ? Un pudding bien gluant et réconfortant, aussi anglais qu'un après-midi pluvieux de février, et le meilleur des antidotes à ce dernier.

Nous avons une tradition, dans notre pays : l'entremets cuit à la vapeur, qu'il soit à l'abricot, au pain d'épices, au sirop ou aux raisins, sans oublier le nègre en chemise, version française au chocolat et aux amandes. Nous les recouvrons de crème fouettée, pour que le plaisir soit complet, de crème anglaise ou de coulis de framboises, et nous nous délectons de leur douceur onctueuse et tiède.

Il y a aussi ceux qui vont au four. Les desserts de notre enfance, à base d'œufs et de lait, ou flans. Le riz au lait à l'ancienne, la crème renversée, aussi agréables qu'un câlin dans les bras d'une mamie rondelette qui sent le bonbon au caramel. Viennent ensuite ceux préparés à partir de pain ou de suif, grâce auxquels une cuisinière économe pourra régaler une famille tout entière en exploitant astucieusement les restes : pain perdu, que l'on peut améliorer en ajoutant des fruits secs et quelques zestes d'orange, charlotte aux pommes, à la rhubarbe, traditionnel pudding de Noël.

Lorsque la saison des fraises bat son plein, ou que les pommiers ploient sous les fruits, la cuisinière attentive pourra se tourner vers les préparations aux fruits, les pommes au four ou les puddings d'été. Les compotes de groseilles ou de rhubarbe accompagnées de crème fouettée sont un pur régal. Dès la fin de l'été, on se rabattra sur un réconfortant crumble aux myrtilles et aux pommes, avec sa pâte croustillante au goût de noisette, nappé de crème fraîche épaisse.

Ces desserts ont beau être succulents, certaines occasions requièrent plus de sophistication. La pâtissière rusée sortira alors les délices des dîners : une mousse au citron meringuée ou une mousse à la pomme, décorées avec de l'angélique et des cerises confites ; le vacherin, classique français, association divine de meringue, de crème fouettée et de purée de marrons ; un bavarois à la framboise, au café ou au chocolat ; une crème caramel, une crème brûlée ou, comme nous l'appelons ici, crème de Cambridge.

Il est du dernier chic, pour les femmes qui s'inquiètent de leur tour de taille, de rejeter de tels desserts et de leur préférer un fruit ou l'un de ces yaourts allégés désormais disponibles dans tous les magasins Eaden. Mais nos maris et nos enfants continuent à rêver d'un véritable entremets – et se sentent lésés si on leur refuse ce plaisir. Veillez à satisfaire leur désir au moins une fois par semaine et regardez-les savourer la moindre bouchée crémeuse !

Kathleen Eaden, *L'Art de la pâtisserie*, 1966.

28

Les jeunes enfants adorent les entremets crémeux. Ils leur rappellent le lait maternel et sont aussi faciles à préparer qu'à dévorer. Mais suivez l'exemple des Français qui s'efforcent de développer de bonne heure le palais de leurs enfants. À trois ans, ceux-ci ne résistent pas à la tentation d'une mousse au chocolat blanc ou d'un soufflé au chocolat.

— Alfie, j'ai dit non. Pas maintenant.

Vicki se concentre pour oublier sa fatigue le temps de tester ses soufflés au chocolat : elle perce la croûte de pâte pour vérifier la consistance de l'intérieur.

— Maman, choco-choco… Du choco-choco pour Alfie.

Il tire sur la jambe de son pantalon avec une force surprenante alors qu'elle ignore sa requête.

— Non, Alfie. J'ai dit non. Maman a besoin de réfléchir.

— Maman, choco-choco. S'il te plaît, maman.

Alfie s'entête. Sa lèvre inférieure se met à trembler et ses yeux s'humectent de larmes.

— Tu ne peux pas aller jouer un peu, plutôt ?

Vicki lui a presque grogné dessus. Elle se radoucit en voyant combien il est déçu et se reproche aussitôt sa dureté. Elle ne se serait jamais adressée à un élève sur ce ton.

— Je suis désolée, mon cœur, je suis occupée. Tu pourras lécher le bol bientôt, ou on pourra préparer un autre gâteau ensemble, mais pour le moment j'essaie de trouver quelque chose.

La lèvre inférieure s'avance encore un peu plus et sur son petit visage la rage le dispute à la frustration.

— Alfie veut du choco-choco. Alfie aide toi.

— Alfie, je te l'ai déjà dit. C'est compliqué. Maman doit le faire toute seule.

Elle n'a pas réussi à le convaincre ; il tire sur les poches de son jean avant de glisser la main sous son haut pour toucher les petits plis de son ventre. Comment réagirait-elle s'il était un élève difficile ?

En dernier ressort, elle l'enverrait voir le seul enseignant masculin de l'école, en charge des CM2 : plus âgé, plus grand, plus expérimenté. Plus autoritaire à tout point de vue. Avec un soupir, elle retire la main d'Alfie et se dirige, d'une démarche qui trahit son exaspération, vers l'escalier.

— Greg ?

Elle aboie le nom de son mari, et cette unique syllabe lui permet d'exprimer tout son ressentiment.

— Quoi ?

Il est encore dans la salle de bains.

— Tu as bientôt fini ? J'ai besoin d'un coup de main.

Bon sang, pense-t-elle en écartant quelques Lego du pied. Elle grimace lorsqu'une pièce s'enfonce dans sa plante. Où est-il quand j'ai besoin de lui ? Encore sous la douche après avoir fait sa grasse matinée du samedi matin.

Cinq minutes plus tard, son mari apparaît, aussi frais et sautillant qu'un jeune chiot. Ses cheveux séchés à la serviette sont ébouriffés, ses yeux brillants après leur partie de jambes en l'air de la veille, suivie d'une bonne nuit de sommeil.

Par contraste, elle se sent lessivée. Levée depuis six heures, elle s'est entraînée à préparer des dômes en sucre filé avant le réveil d'Alfie, puis s'est consacrée à ses soufflés au chocolat après lui avoir donné son petit déjeuner. Ses cheveux, retenus par un serre-tête, sont gras, et elle aurait autant besoin de se laver que son pyjama de passer à la machine. Elle rêve d'une longue douche purifiante et vivifiante pour se sentir propre. Ainsi que d'un triple expresso, préparé par quelqu'un d'autre, idéalement le *barista* d'un café du centre-ville où on ne croise jamais d'enfants.

Elle jette un coup d'œil à la photo de Mrs Eaden avec son bol et éprouve le pincement inhabituel de l'amertume. T'es-tu déjà sentie ainsi, Kathleen ? Vicki en doute. Comment as-tu trouvé le temps de cuisiner si remarquablement alors que tu avais une enfant en bas âge ? Je sais que tu avais arrêté d'écrire à sa naissance, mais tu as continué à cuisiner, tout en jouant sur la plage avec elle, en te baignant, en faisant du cerf-volant. Cet entretien, avec ta fille Laura, ne parlait que de cela : l'enfance de rêve, au cours de laquelle tu as réussi à être à la fois une mère et une compagne de jeux enthousiaste. Vous peigniez ensemble, vous cuisiniez ensemble, vous cousiez ensemble. Vous passiez des heures dans sa cabane ou à réaménager sa maison de poupée. Comment as-tu réussi ? Elle soupire. Tu étais de toute évidence beaucoup plus douée que moi pour mener plusieurs activités de front.

— Tout va bien ?

Greg est dans une forme éblouissante, ce qui l'horripile. Un visage bien propre, rougi par l'eau d'une douche bien chaude et le rasage ; un pull moulant qu'il peut se permettre de porter. À le voir se déplacer dans la cuisine, on le croirait monté sur ressorts. Il ajoute au désordre ambiant en se servant un verre de jus d'orange et en ne rangeant pas le carton dans le réfrigérateur. Il met un bagel dans le grille-pain, laisse le paquet devant la boîte à pain, allume la cafetière.

— Un peu claquée. J'ai du mal à faire ce que je veux avec Alfie dans les pattes.

— Où est-il ? s'inquiète Greg, qui se rappelle soudain qu'il a un fils.

— Devant la télé.

— Vicks…

Sa désapprobation est patente.

— Quoi ? Il ne l'a pas encore regardée ce matin, et j'ai besoin de me concentrer.

Elle croise les bras, consciente d'être sur la défensive, et se le reprochant.

— Il n'est que neuf heures et demie, Vicki. C'est normal qu'il ne l'ait pas encore regardée.

— Je te signale que beaucoup d'enfants s'installent devant dès leur réveil pour permettre à leurs deux parents de faire la grasse matinée.

Il n'en revient pas.

— Vraiment ? Enfin, c'est sans importance, mon fils n'est pas « beaucoup d'enfants ». Rien ne nous oblige à l'élever selon les critères des autres.

— C'est un programme éducatif.

Elle se réfugie derrière l'excuse habituelle tandis que Greg quitte la pièce pour aller sauver son fils des dangers de la télévision enfantine. Il ne l'entend pas et elle s'autorise à jurer, exaspérée de se sentir prise en faute.

Elle reprend le rangement de la cuisine : les paquets de farine et les boîtes de cacao retournent dans le placard, les emballages du chocolat à 70 % sont froissés, puis jetés, les coquilles d'œufs, elles, vont dans le bac à compost et le beurre dans le réfrigérateur. Elle passe l'index à l'intérieur du cul-de-poule, lèche la pâte chocolatée qui le recouvre et fait couler de l'eau chaude dans le plat. Elle essuie la farine sur le plan de travail, le mélange de sucre et d'œuf sur la poignée du batteur électrique.

Alfie accourt dans la cuisine, un sourire jusqu'aux oreilles. Il traîne son père par la main. Celui-ci affiche un air satisfait.

— On part à l'aventure !

— Ah, vraiment ? Et où ça ? demande-t-elle avant de se baisser pour être à la hauteur de son garçon. Sur la lune ? Sur un bateau pirate ? Non, je sais… dans la jungle !

— Pas du tout.

Alfie ne peut pas garder son secret plus longtemps.

— À Legoland ! s'exclame-t-il.

— Oh !

Vicki se redresse, regarde Greg.

— Je vais faire un peu de terrain pour changer. Tu te plains toujours que je ne m'occupe pas assez de lui. Ça te laissera tout le temps dont tu as besoin pour ta pâtisserie.

Il n'exprime pas la moindre rancœur, pourtant elle a l'impression qu'il a marqué un point contre elle. Maman installe Alfie devant la télé ; papa l'enlève pour le conduire au paradis des petits garçons avec la promesse de repartir avec un jouet en poche.

— Je ne suis pas certaine qu'il soit assez grand. Nous devrions en discuter. Je veux dire que c'est un très beau cadeau que tu lui fais et que, peut-être, j'aimerais bien me joindre…

Elle laisse la fin de sa phrase en suspens, consciente de sa mesquinerie.

— Tu viens de dire que tu n'avais pas assez de temps pour tout faire, je ne vois pas comment tu en trouverais pour aller à Legoland. Et puis ça nous fera du bien de partager un moment entre garçons, tu ne crois pas, Alfie ?

— Ouais ! Un moment entre garçons, répète-t-il avant de chercher confirmation auprès de sa mère. Mais maman vient aussi ?

— Oh, mon cœur, j'aimerais beaucoup…

Elle est partagée. D'un côté, elle a du mal à accepter l'idée que son petit chéri va faire cette expérience sans elle, et elle a conscience que Greg sera l'objet d'une adulation sans bornes. D'un autre côté, elle brûle d'envie d'avoir du temps pour elle, pour cuisiner sans qu'on tente d'attirer son attention, pour se raser les jambes sans qu'on déboule dans la salle de bains avec des Playmobil qui réclament une baignade urgente.

Greg perçoit son hésitation.

— Maman va rester à la maison pour perfectionner ses recettes. Comme ça, demain, elle pourra se détendre et passer la journée avec nous.

Vicki ouvre la bouche pour protester.

— C'est un bon plan, non ? Je le savais.

Elle ravale sa colère face à la situation qui lui est imposée.

— Bon, il va avoir besoin de son sac à dos, de vêtements propres, de sa bouteille d'eau et d'un encas.

Elle s'active dans la cuisine, sort des raisins secs et des biscuits, sa gourde préférée pour la remplir. Bref, elle s'affaire pour cacher son sentiment d'être laissée sur le bord de la route.

— Arrête, Vicki. Je suis sûr qu'on trouvera à boire là-bas. Viens, Alf.

Il traîne pratiquement son fils dans l'entrée, lui fait enfiler son anorak, en oubliant de le fermer, et chausser des baskets.

— Il a besoin d'aller aux toilettes avant de partir.

— Tu as envie de faire pipi, Alf ?

Leur fils secoue la tête. La voix de Vicki monte dans les aigus sous l'effet de l'exaspération.

— Greg, tu ne peux pas te fier à ce qu'il dit, il a trois ans. Bien sûr qu'il répond non.

Puis, d'un ton radouci :

— Viens, Alfie. Pas de pipi, pas de Lego.

Elle l'emmène au premier, relève la lunette des toilettes et le surveille alors qu'il réussit à contrôler un énorme jet d'urine. La tentation est trop forte pour qu'elle y résiste.

— Tu vois, Alfie. Tu avais besoin d'aller aux toilettes.

Elle a conscience que Greg fulmine dans l'entrée, irrité que Vicki ait repris le contrôle de la situation et qu'elle le fasse remarquer.

— Il faut que tu me laisses faire, marmonne-t-il quand elle ramène Alfie et visse un bonnet sur ses boucles. Il n'en a pas besoin, on prend la voiture.

— Au revoir, Alfie. Amuse-toi bien. On fera un gros câlin à ton retour.

Elle se force à rester souriante, désireuse de détendre l'atmosphère : elle ne doit pas rendre la séparation plus difficile qu'elle ne l'est déjà pour Alfie. Greg a l'air sincèrement mal à l'aise, décontenancé par sa propre sécheresse sans réussir à s'excuser.

— Il va bien s'amuser. Désolé d'avoir été cassant… j'aimerais juste que tu arrêtes de le materner tout le temps.

Elle part d'un rire incrédule.

— Et je suis censée faire ça comment ? Alfie est mon bébé. Je suis sa maman. C'est dans le contrat.

Il l'attire vers lui et l'embrasse sur le dessus du crâne. Subitement las, il murmure dans ses cheveux :

— Tu devrais peut-être essayer de le faire moins. Et moi un peu plus.

— Mais bien entendu…

— Tu as vraiment envie de te disputer ? Je fais des efforts, Vicki.

— Je sais.

Elle dépose les armes et s'abandonne contre lui.

— Je sais, répète-t-elle. Passez une bonne journée. Vous allez me manquer.

— Essaie de te détendre… et de t'entraîner pour le concours.

Il lui sourit avant d'ajouter :

— Tu en es capable, tu sais. Il te suffit d'une liste, comme tu sais si bien les faire, et de la suivre pas à pas. D'être méthodique.

— Je sais, je sais.

— On a l'intention de se goinfrer en rentrant.

— Promis.

Elle réussit à esquisser un sourire.

— Tu as toujours été douée pour les entremets. Je suis sérieux, Vicki. Je ne vois pas pourquoi tu t'inquiètes.

Elle garde son sourire vissé aux lèvres pendant qu'il attache leur fils dans le siège auto. La tentation d'intervenir, de prendre les choses en main avec un brusque : « Pas comme ça, je vais m'en charger », est si grande qu'elle doit croiser les bras. Elle réussit de justesse à se retenir.

Alfie presse son petit nez contre la vitre. Elle l'imagine désespéré et se met à agiter le bras avec frénésie.

— Au revoir, Alfie. Je t'aime ! crie-t-elle au moment où la voiture démarre.

Ses mouvements sont presque éperdus. Elle continue jusqu'à ce que la voiture disparaisse. Puis elle referme la lourde porte d'entrée en bois avec ses panneaux de verre teinté et appuie ses membres las contre celle-ci, s'octroyant une pause avant d'affronter à nouveau la cuisine.

Arrêter de le materner ? Elle ne sait pas comment. Et même si elle en était capable, elle ne le voudrait pas. Elle a trop la fibre maternelle pour ça. Ce qui ne signifie pas pour autant qu'elle ne profitera pas de cette journée de liberté. Une étincelle d'excitation la parcourt. Elle a une journée entière pour améliorer ses entremets, sans être dérangée par qui que ce soit.

Voilà une perspective réjouissante. Elle sort son téléphone et rédige un texto rapide à l'attention de Jenny et de Claire. « Je m'entraîne pour la semaine prochaine. Espère que vous allez bien et que vous arrivez à faire pareil ! Bisous. »

« Difficile… avec Chloe :-/ », répond aussitôt Claire.

« Ai commencé. Encore beaucoup de pain sur la planche », dit Jenny.

Vicki ferait mieux de s'y mettre. Mais d'abord, elle a besoin de se laver. Dans un regain d'énergie, elle court au premier jusqu'à la salle de bains, rêvant du délassement que lui apportera une longue douche ininterrompue.

Kathleen

Vient mars et elle est toujours au lit, dévouée à son bébé. Elle compte les semaines : dix-sept, dix-huit, dix-neuf, vingt. Presque la moitié.

Son ventre s'est arrondi, évoquant un œuf dur, petit mais bien présent. Elle a la preuve physique, cette fois, que quelque chose vit en elle. Elle aimerait tant pouvoir l'exhiber. Personne ne voit la protubérance, pourtant, à l'exception de ceux qu'elle accueille dans le sanctuaire de sa chambre : George, Julie et le Dr Caruthers.

Telle une fille déshonorée ou une sœur carmélite, elle mène une existence de recluse. Ça lui est égal. Elle consacre toute son énergie à se reposer. À se concentrer pour que son utérus reste fort.

Elle feuillette la rubrique mondaine des magazines, reconnaît de vieilles connaissances et n'éprouve qu'un intérêt limité. La plupart du temps, ces réceptions étaient de véritables pensums. Les Beatles prétendent être « plus connus que Jésus » et les meurtres de la lande[1] doivent

1. Affaire criminelle britannique des années 1960 dans laquelle cinq enfants âgés de dix à dix-sept ans ont été assassinés par un couple.

être jugés. Elle ne lira pas les comptes rendus qu'en fera le *Times*. Son enfant lui paraît doublement vulnérable, aussi bien dans son ventre que dans le monde.

Elle ne s'octroie qu'une demi-heure d'écriture quotidienne, assise dans son lit, redoutant ce qui est arrivé la dernière fois, quand elle passait ses journées un cahier ouvert sur les genoux, son stylo filant sur la page jusqu'à ce qu'elle en ait des crampes à la main. Les mots coulent lors de sa demi-heure autorisée : son chapitre sur le thé se construit par paragraphes bien circonscrits. Elle consacre le reste de sa si longue journée à rêver à ce qui suivra.

Soudain survient un événement qui justifie son comportement, qui donne tout leur sens aux nombreuses précautions, à l'isolement et à l'ennui.

Allongée dans son lit, où elle relit *L'Amant de Lady Chatterley*, elle sent une palpitation si discrète qu'elle craint d'abord d'avoir tout imaginé.

Puis celle-ci se reproduit.

À vingt et une semaines, son bébé bouge.

29

Peu importe ce que vous préparez avec vos enfants – bien qu'il faille simplifier et adapter la recette à leur âge. Ce qui compte, c'est que vous passiez du temps ensemble, que vous les choyiez et les nourrissiez. Profitez-en bien lorsqu'ils sont petits, car ils risquent d'être plus accaparés par leurs études une fois adolescents.

Dans sa cuisine d'un blanc immaculé, Karen prépare une omelette norvégienne : le genre de dessert auquel elle se comparerait, se dit-elle souvent, si on lui posait la question. Brillant et croquant à l'extérieur, toujours glacé au centre. Désirable et surprenant. Seules la douceur du sucre et la chaleur extérieure ruinent l'analogie.

Bien sûr, jamais elle ne goûterait à cet entremets, cependant chaque étape de sa confection lui apporte une grande satisfaction : la préparation du biscuit roulé, des fruits, de la meringue – fouettée au-dessus d'une casserole d'eau frémissante jusqu'à obtenir des pics bien fermes.

Elle a déjà réalisé le biscuit roulé : une génoise sans gras qu'elle a enduite de confiture de framboises maison avant de la rouler bien serrée puis de découper, avec une précision mathématique, six tronçons de deux centimètres d'épaisseur. Elle place dessus des fruits givrés : mûres, groseilles et framboises, qui brillent tels des joyaux. Elle s'autorise à en goûter un, un seul : une framboise. Elle laisse fondre la coque de sucre sur le bout de sa langue.

Un souvenir lointain resurgit, celui de sa mère se coupant une tranche de gâteau roulé industriel. Piètre imitation de ce merveilleux dessert, avec sa mauvaise confiture de fraises et sa fine couche de génoise entourant une masse de crème jaune, mais pour Pamela le véritable plaisir du samedi soir. Plus inoffensif que les cigarettes et les joints de ses enfants. Presque infantilisant. Emmitouflée dans son petit monde de travail harassant, de télévision et de nourriture, Pamela ne posait jamais de questions. Était-elle réellement si naïve ? Ignorait-elle que Steven, séduisant et néanmoins impitoyable, monnayait les charmes de sa sœur ? Ou que Karen avait joué le jeu dans un premier temps, prête à tout pour plaire à son grand frère, flattée de pouvoir traîner avec ses copains ?

Elle s'attaque à la meringue, fouettant les blancs d'œufs et le sucre avec une rage froide et concentrée – attentive, toutefois, à ce que l'eau frémissante ne touche pas le fond du bol pour ne pas cuire les œufs.

Le mélange scintille comme des cristaux de glace épars sur la neige. Elle le réserve, puis recouvre les fruits de glace avant de couronner chaque petit montage d'un doux duvet de meringue. Trois minutes au four, et la voici avec six minuscules montagnes, délicates, dorées et, en apparence, symétriques. Elle les place sur un plat de service en porcelaine bleu-vert et prend le temps de les admirer, ces œuvres d'art trop adorables pour être mangées.

Oh, ce n'est pas le cas, si ? Elle s'empare d'un couteau et ce geste lui rappelle son frère. Ses enfants ne savent pas qu'ils ont un oncle Steven. Elle ne veut avoir aucun contact avec lui. Rien qu'à l'idée qu'il pourrait rencontrer sa belle et innocente Livy, elle en a la nausée.

Et Jake ? Steven avait le même âge que lui quand il a commencé à exploiter Karen, mais ils n'appartiennent pas à la même classe sociale, ni à la même génération. Ils sont différents, même si elle ne sait plus très bien qui est son fils. Elle doit y remédier. Elle ne sera pas une Pamela, choisissant de ne pas voir ce qui se trouve sous son nez. D'ici une minute, elle ira l'affronter.

D'abord, elle doit découper son omelette norvégienne. La lame du couteau tranche la meringue et révèle une boule de glace à la vanille, au cœur toujours bien froid. Elle va un peu plus loin et un méli-mélo de fruits rouges éclate, libérant son jus magenta.

— Jake ?
— Quoi ?

Son ton est moins belliqueux que las – comme si parler à sa mère lui demandait un effort. Il a adopté ce mode de communication depuis le début de l'année.

— Je peux entrer ?

Karen hésite sur le seuil de la chambre sous les toits, redoutant d'envahir son espace et de le mettre de mauvaise humeur. Il y a un silence, suivi d'un soupir.

— Si tu y tiens.

La grossièreté de son fils l'agace. Ce n'est pas la première fois qu'elle s'interroge sur l'intérêt d'une éducation hors de prix – elle sait bien, pourtant, que ce mépris est un traitement de faveur, que les mères de ses camarades récoltent les bénéfices de ces frais de scolarité exorbitants. Elle pousse la porte et pénètre dans l'immense pièce aux murs couverts de femmes célèbres en petite tenue et de motos. Deux avirons – il est capitaine de l'équipe de huit du lycée – sont suspendus au plafond. Sa couette est roulée en boule sur son lit, des joggings sont jetés sur le dossier d'un fauteuil et, dans un coin, une pile de boxers semblent chercher à se reproduire.

— Tu parles d'un accueil.

Le ton de Karen est acerbe. Son aîné est affalé dans son fauteuil de bureau, ses longues jambes étendues devant lui, et il l'observe avec une antipathie à peine voilée.

— Désolé, maman.

L'excuse est ironique. Un sourire moqueur se dessine sur ses lèvres. Karen voudrait le gifler.

— Je suis juste venue te dire que j'allais à la salle de sport. Olivia est partie réviser chez Anna pour la journée et ce serait une bonne idée que tu travailles un peu aussi.

Elle pose un regard appuyé sur les classeurs qui s'entassent devant lui, fermés.

— Tes examens blancs ont lieu dans quoi… deux semaines ? ajoute-t-elle.

Il ricane.

— Qu'est-ce que ça veut dire ?

Il hausse les épaules.

— Jake ?

Il garde le silence mais, de son immense pied – il chausse du 47 –, bien au chaud dans une chaussette de rugby, se met à soulever puis à rabattre le coin du tapis dans un tic irritant. Elle sait qu'elle devrait ignorer des provocations si adolescentes, pourtant il a réussi à la mettre hors d'elle.

— Je t'ai demandé à quoi tu jouais, Jake.

Il la jauge du regard, l'air d'évaluer jusqu'où il peut aller pour la blesser. *Tu ne trompes personne, maman.* Elle va peut-être enfin comprendre ce qu'il entendait par là.

— Tu es mal placée pour me faire la morale alors que tu n'as même pas passé ton bac… Ça existait déjà, à ton époque ? la raille-t-il. Et surtout, je ne vois pas pourquoi tu me ferais la morale alors que tu n'en as visiblement rien à foutre.

— Jake !

Elle a réagi par réflexe à l'emploi du gros mot, à l'accusation – commodément, lâchement repoussée – qu'elle se fiche de lui. Elle respire un peu mieux. Ce n'est pas pour cette raison qu'il la méprise. Ce qui n'en est pas moins irritant. Un nœud de colère lui brûle la poitrine. Après avoir compté jusqu'à cinq dans sa tête, elle poursuit :

— J'en ai quelque chose à « foutre », Jake, et c'est d'ailleurs pour cette raison que je te demande de travailler. Et si je te fais la morale, c'est précisément parce que je ne veux pas que tu gâches les chances que je n'ai pas eues à ton âge.

Elle est en train de se métamorphoser en parent moralisateur, et se complaît un instant dans cette caricature.

— Tu n'as pas la moindre idée de l'enfance que j'ai eue ou pour quelles raisons je n'ai pas passé mon bac, ni même mon BEPC, comme tu as la délicatesse de le souligner. Tu ne m'as jamais posé la question et je n'ai jamais voulu t'en parler. Et ça ne va pas changer. Ce qui ne t'autorise pas à te moquer de moi ou à m'imiter. Tu ne devrais pas considérer que tout ceci (elle englobe la chambre d'un vaste geste) est acquis. Tu as une vie bien plus facile que celle que j'avais à ton âge. Et tu ne commettras pas les mêmes erreurs que moi, j'ai bien l'intention d'y veiller.

Elle s'apprête à quitter la pièce, remontée contre elle-même d'avoir perdu le contrôle de ses émotions et d'avoir échoué à identifier la racine du problème.

— Enfin, il ne s'agit pas vraiment de ça. Je me trompe, Jake ?

Dans un petit éclat de rire sec, elle ouvre la porte à une conversation plus sincère.

— Ce n'est pas pour cette raison que je t'inspire autant d'agacement… et de mépris.

Il secoue la tête avec une confusion calculée.

— Détends-toi, maman. Je ne sais pas de quoi tu parles.

— De ta remarque de l'autre jour. « Tu ne trompes personne, maman. » Que voulais-tu dire par là ?

— Je ne sais pas de quoi tu parles, répète-t-il.

Il reste impassible, la phrase ne semble éveiller aucun souvenir. L'a-t-elle imaginée ? Peut-être lui fait-elle crédit d'une intuition qu'il n'a pas… Soit elle est paranoïaque, soit il ment. Son visage est l'innocence incarnée. Il n'a jamais été doué pour mentir ; déjà petit garçon, le frémissement de sa bouche le trahissait. Elle a l'impression d'être dans son tort.

— Très bien, désolée. Je suis désolée, Jake. Oublie.

Elle lui sourit, incapable de franchir le fossé qui ne cesse de se creuser entre eux. S'arrêtant sur le seuil, indécise, elle se demande si elle peut ouvrir une brèche ou s'il vaut mieux battre en retraite.

Elle opte pour la voie de la lâcheté et s'esquive – il est soulagé, elle est insatisfaite.

— Essaie de bosser un peu, d'accord ? Je dois y aller. Je vais à la salle de sport.

Au moment de s'éloigner dans le couloir, elle jurerait l'entendre marmonner :

— Pas honte… elle n'a vraiment pas honte.

Dans le vestiaire, elle perd du temps à se coiffer dans les miroirs qui vont du sol au plafond. Si elle garde, en apparence, les yeux rivés sur son reflet, en réalité elle espionne les autres. Elle n'a rien d'une voyeuse, mais suit l'évolution du poids des habituées de la salle de sport avec autant d'assiduité qu'elles. Elle ne connaît peut-être pas leurs noms, elle sait en revanche qui a le ventre le plus flasque, qui les seins qui pendent tels deux gants de toilette. Elle peut deviner qui s'affame et qui mange trop. Elle doute que quiconque se fasse vomir.

Elle choisit un vélo au fond de la salle pour continuer à évaluer les autres femmes, se comparer à elles. Les bons jours, elle s'installe au premier rang et cherche à attirer l'attention de Ben, le prof musclé. Aujourd'hui n'est pas un bon jour. Le cours démarre lentement. Un air léger, au rythme marqué, qui lui fait prendre une allure raisonnable. Cinq minutes plus tard à peine, elle doit se lever de la selle pour une accélération de dix secondes qui propulse son pouls à quatre-vingt-cinq pour cent de ses moyens, et son cœur s'emballe dans sa cage thoracique.

Elle se rassied et continue à pédaler sans relâche, augmente la résistance et entreprend l'ascension au son d'un morceau plus rock, au rythme lent et lourd. Elle passe les vitesses jusqu'à ce que ses fessiers soient endoloris et que ses jambes lui paraissent de plomb. À côté d'elle, une femme pédale plus vite. Karen jette un coup d'œil pour vérifier : celle-ci a choisi un niveau de résistance bien plus faible que le sien.

— Vous êtes au sommet, maintenant descendez, leur indique Ben.

Karen parcourt trois kilomètres en trois minutes, alors qu'une chanson de dance déchaînée prend le relais. Tête baissée, jambes en action, elle s'imagine dévaler des routes de montagne, ou en plein orgasme.

Pendant quarante-cinq minutes, soit vingt et un kilomètres, elle dépasse ses limites : monte et descend, grimpe et accélère, grognant sous l'effort puis le plaisir. Son visage rougit, des gouttes de sueur perlent sur son front vermillon. Elle sent l'humidité imprégner sa tenue en Lycra, à l'endroit de l'aine et sous les aisselles. Personne n'a jamais dit que c'était sexy, mais elle ne connaît pas meilleur moyen de brûler des calories.

Ensuite, elle se donne à fond dans la piscine, s'astreignant à l'habituelle centaine de longueurs, par séries de huit : dos crawlé, brasse coulée, crawl. Elle accomplit quatre allers-retours sprintés, son corps fendant l'eau tel un missile sous-marin, ses bras émergeant et replongeant à un rythme régulier, sa tête se tournant d'un côté et de l'autre. Une illustration parfaite de la nageuse qui, en apparence, ne fait aucun effort, un modèle d'élégance fuselée et de puissance. Viennent quatre longueurs avec une planche entre les jambes, quatre avec la même planche sous les bras, huit avec des palmes et des gants palmés, huit supplémentaires sprintées, puis retour aux séries initiales. Elle arpente le bassin, file dans l'eau, exécute un demi-tour impeccable à chaque extrémité. Elle pense distance, par tranche de deux cents mètres – et temps. Le temps, toujours. Et avec le temps, les calories.

Au bout de cent longueurs, elle s'autorise une pause. Consulte l'horloge au mur et son chronomètre. Trente-quatre minutes trente-deux secondes. Deux kilomètres et demi en trente-quatre minutes trente-deux secondes. À sa grande surprise, elle a battu son record personnel. Elle s'autorise à observer les autres nageurs : les jeunes mamans désireuses de perdre les kilos superflus hérités de leur grossesse et qui s'essaient au crawl dans la ligne du milieu, l'octogénaire qui nage à un train de sénateur, les femmes de l'âge de Karen qui font de la brasse tout en discutant et sans se mouiller la tête.

Les femmes membres du club de natation sont en rivalité, reconnaissables à leurs maillots une pièce rouge et leurs bonnets de bain argentés. D'un signe de tête, Karen salue l'une d'elles, qui se dirige vers le bassin : elle note ses bras qui ne cessent de s'affiner, ses jambes harmonieusement musclées. Elle a beaucoup minci récemment. Les spéculations suivent aussitôt, par réflexe : combien a-t-elle perdu et combien pèse-t-elle à présent ? Quel est son IMC ? Son record personnel ?

Sur le trajet du jacuzzi, l'attention de Karen est attirée par un couple étrange : une femme, la soixantaine bien sonnée, et un homme qui doit avoir quarante-cinq ans, ou l'âge de Karen. Ils ont beau se tenir par la main, il ne fait aucun doute qu'ils ne sont pas amants. C'est elle qui le guide, et l'attire dans le petit bain avec une patience acquise au fil d'années de dévouement. Enrobé et pataud, il laisse échapper un petit cri de surprise, puis un hurlement dont l'écho, amplifié par l'eau, résonne dans toute la piscine. Les crawleurs se retournent, troublés dans leur tranquillité. Même l'octogénaire jette un coup d'œil dans leur direction. La femme, petite, qui évoque un oiseau, demeure imperturbable. Elle aide l'homme à prendre appui sur une immense planche, le promène dans la piscine.

— Tout va bien, le rassure-t-elle. Tout va bien.

Karen observe son visage, usé par des années d'angoisse, mais capable, malgré tout, de refléter la joie des autres. Elle surveille l'homme avec soin, se demande si l'eau est trop froide pour lui, tente de provoquer un sourire.

Il émet un autre grognement. Moins effrayé, mais toujours vulnérable. Il s'agrippe à la planche, les épaules crispées par la tension.

La femme le cajole :

— Tout va bien, tout va bien.

Il se détend dans l'eau, ses jambes blanches flottent derrière lui. Un second hurlement lui échappe, d'excitation cette fois. La femme sourit, le soulagement gomme ses rides. Son fardeau s'allège momentanément. L'homme est, à l'évidence, son fils.

30

Les petits adoreront façonner des bonshommes en pain d'épices ou donner à des sablés la forme d'oursons replets, d'étoiles ou de cœurs. Abstenez-vous de les presser. Ces moments d'intimité vous resteront à jamais précieux.

— Alfie ?

Vicki observe son fils pendant deux bonnes minutes avant de le déranger, tant il est plongé dans son monde imaginaire.

À plat ventre, il aligne toutes ses petites voitures par ordre de taille et par couleur. Un arc-en-ciel de véhicules qui serpente sur le tapis pour disparaître sous le canapé. Près de lui se trouvent les gros camions, ces jouets qu'il empoignait à deux mains un an plus tôt et qui sont devenus trop bébé pour le petit garçon plus adroit de trois ans.

— Et maintenant les bonshommes, ronchonne-t-il tout bas en disposant les figurines, des enfants malheureusement disproportionnés par rapport aux véhicules, ce qui ne semble pas le déranger pourtant.

Faut-il voir dans son attitude une sorte de TOC ? Devrait-elle vérifier qu'il ne souffre pas d'autisme même léger ? Oh, elle est ridicule ! Elle repense aux remarques des dames de la crèche, où il passe désormais trois heures chaque matin, ce qui laisse à Vicki le temps de cuisiner. Il est vif, ordonné et méthodique. Rien qu'un petit garçon.

Elle s'agenouille à côté de lui, puis s'allonge. Le monde paraît différent depuis ce point de vue : le tissu du canapé bouloche à son pied et quelques peluches glissent sur le parquet, telles des herbes emportées par le vent. Il faut qu'elle passe l'aspirateur, songe-t-elle par réflexe avant de se reprendre. Aujourd'hui, elle s'en est fait la promesse, elle ne s'occupera pas de la maison et se laissera guider par les désirs d'Alfie.

— Alors, mon grand… Tu aurais envie de faire des gâteaux ?

Elle le regarde réaligner la file de voitures rouges, plus longue que toutes les autres. Suivent les blanches et les vertes.

— Pourquoi y a pas de voiture jaune ?

Il redresse avec perplexité le seul véhicule de cette couleur.

— Je ne sais pas. Je n'y ai jamais réfléchi. Peut-être parce que c'est une couleur que les gens n'aiment pas pour les voitures ?

Celle de son fils a une teinte particulièrement vilaine.

— Moi, j'aurai une voiture jaune plus tard.

Il continue à jouer et elle étudie ses traits délicats : la peau rosée et lisse, sans une ride bien sûr ni même une tache de rousseur. Combien de temps pourra-t-il garder cet état de perfection, sans l'ombre d'une minuscule cicatrice ?

— Pourquoi tu me regardes ?

Il se renfrogne, ses yeux noisette écarquillés, puis approche son visage du sien. Elle a l'impression qu'elle va se noyer dans ses yeux. Il colle ses lèvres sur sa joue et, au lieu de l'embrasser, souffle bruyamment.

— Arrête, Alfie !

Il glousse, ravi de l'effet produit.

— C'est papa qui m'a montré !

— Dans ce cas… J'ai le droit de riposter.

— Ça veut dire quoi, ri…

— Riposter. Faire la même chose. Comme ça.

Elle l'attrape par la taille, soulève son tee-shirt à l'effigie de Thomas le Train et lui applique un baiser retentissant et baveux sur le ventre.

— Maman !

Il est aux anges.

— À moi !

Il la fait basculer sur le dos et y met encore plus de cœur qu'elle. Son haleine est tiède, le baiser dégoulinant de salive.

— Assez, j'abandonne !

Elle le serre dans ses bras et éclate de rire, légèrement gênée, mais soulagée de pouvoir provoquer une telle joie rien qu'en jouant avec lui. Après sa journée consacrée à « perfectionner » ses entremets, pour reprendre l'expression de Greg, elle se sent plus calme, plus maîtresse d'elle-même. Et revigorée, comme si elle était plus à même de gérer, non, de profiter de son fils de trois ans. Ce jour de relâche lui a permis de prendre du recul : Alfie lui a manqué et elle s'est rendu compte que le temps qu'ils passent ensemble lui est précieux.

— On joue aux Lego ?

Les yeux d'Alfie brillent, à croire qu'il a deviné qu'elle voulait faire oublier son irascibilité du week-end en lui accordant toute son attention. Enfin, peut-être pas toute, car ce n'est jamais assez quoi qu'il arrive.

Le cœur de Vicki se serre. Si elle peut faire semblant de partager l'enthousiasme de son fils pour les Lego quelques minutes, elle est incapable d'y jouer plusieurs heures d'affilée, contrairement à lui.

— On joue aux Lego et après on fait des gâteaux ? négocie-t-il avec une grande finesse.

Elle n'en revient pas. Se contente-t-il de répéter ce qu'il a souvent entendu dans la bouche de sa mère ou a-t-il senti qu'elle manquait de goût pour son jeu préféré ?

— Marché conclu, sourit-elle. Lego puis gâteaux. Et si je t'aidais à construire le camion de pompiers ? Ensuite, toi, tu m'aideras à faire des bonshommes en pain d'épices… À moins que tu ne préfères préparer des cupcakes ?

— Des bonshommes en pain d'épices.

Le ton est sans appel. Il choisit toujours cette option-là.

— Comment ai-je fait pour deviner ? le taquine-t-elle.

— C'est toujours les bonshommes.

— Toujours, confirme-t-elle.

— Mais après les Lego, rappelle-t-il.

— Oui, oui, après les Lego.

Elle lève les yeux au ciel, et Alfie, avec son rire en cascade, l'imite.

Plus tard, après qu'elle lui a construit le camion de pompiers en Lego – accessible aux enfants de cinq à douze ans à en croire le manuel et qui donne pourtant du fil à retordre à Vicki –, elle réussit à l'attirer dans la cuisine. La pluie fouette le velux et les portes-fenêtres, ce qui renforce l'atmosphère chaleureuse et rassurante de la pièce.

Elle a beau connaître la recette par cœur, elle sort *L'Art de la pâtisserie* et montre à Alfie la photo de Kathleen présentant fièrement une assiette de bonshommes et de bonnes femmes en pain d'épices.

— Ils sont trop grands, observe-t-il.

— Trop grands ?

— Oui. Ce sont des grands. Je veux faire des bébés.

Il se précipite vers le tiroir et l'explore à la recherche des emporte-pièces en forme de petit garçon et de petite fille.

Ils préparent une belle farandole de biscuits, deux fois plus nombreux vu leur taille. Les chutes sont réunies, puis aplaties à nouveau pour qu'ils puissent y découper des mini-cœurs et des mini-étoiles. Alfie enfourne un bout de pâte avant qu'elle ait pu l'en empêcher.

— Non, ça suffit maintenant… Tu vas avoir mal au ventre sinon, le réprimande-t-elle, s'inquiétant de l'œuf cru qu'elle contient.

Il en engloutit un autre et éclate de rire. Il a de la pâte plein la bouche.

— C'est le meilleur, maman, lui dit-il sérieusement en souriant à pleines dents. C'est déliciiiiiieux.

Tout en le regardant, elle se demande si elle pourrait l'aimer davantage. Sans doute aujourd'hui a-t-il été particulièrement adorable : affectueux, vif, intéressant, mais aussi, étrangement, plus docile. Ça doit être parce qu'elle lui a accordé plus d'attention, songe-t-elle avec une pointe de culpabilité. À moins que Kathleen Eaden ait raison et que ce soit grâce au temps qu'ils ont passé ensemble dans la cuisine ? À se consacrer à une activité qu'ils aiment tous les deux – elle un peu plus encore, pour être honnête –, et qui leur permet de discuter, de manger et de partager des expériences. D'exister dans leur petite bulle de bonheur tandis que la vie suit son cours tranquille, sans se soucier d'eux.

— Pourquoi tu es triste ?

Alfie l'étudie, interrogateur.

— Je ne suis pas triste, mon cœur. Je suis heureuse.

— Tu as l'air triste. Comme quand tu as vu la nouvelle petite sœur de Max.

— Vraiment ? demande-t-elle, la gorge nouée (elle est donc si transparente ?). Je n'étais pas triste quand je l'ai vue, mon cœur, et je ne le suis pas maintenant.

Elle se retrouve à lui expliquer qu'on peut aussi, parfois, être submergé par des émotions positives. Il décroche rapidement, avant qu'elle ait fini sa phrase, attiré par les bébés en pain d'épices qui refroidissent.

— Aucune importance, reprend-elle. Bon, et si on en goûtait un ?

Kathleen

Le bébé reste bien accroché dans son ventre. Bien, bien, bien accroché. Chaque heure, elle vérifie entre ses cuisses, mais il n'y a pas de sang. Puis elle se force à attendre deux heures entre deux contrôles. Oh, Dieu merci ! ses cuisses restent sèches.

Le bébé lui donne à nouveau des coups. S'agit-il d'un mouvement ou d'un coup ? Un peu des deux. Peut-être est-elle – car Kathleen est convaincue qu'il s'agit d'une fille – en train d'apprendre à nager. Elle s'imagine conduisant une petite fille, sa petite fille, à la piscine et la regardant filer sous l'eau tel un maquereau qu'on observe depuis un bateau de pêche. Un maquereau ou un petit dauphin.

Le coup se répète. Perceptible. Immanquable. C'est sans doute que tu es solide, dit-elle à son ventre. Un bébé solide et déterminé. Encore un coup.

Elle panique à l'idée que le cerclage ne tienne pas, que sa fille fasse sauter les points à force de donner des coups de pied ; cependant Julie, qui lui rend désormais visite trois fois par semaine, la rassure.

— C'est bon signe, toute cette activité. C'est lorsqu'ils restent immobiles trop longtemps qu'il faut commencer à s'inquiéter.

Il lui arrive aussi d'être tranquille, voudrait lui répondre Kathleen. Parfois, je reste des heures sans rien sentir du tout. Et alors, au milieu de la nuit, pétrifiée par la terreur, je crains qu'elle ne soit plus en vie.

31

Pour préparer un diplomate gourmand, il suffit de faire tremper de la génoise dans du kirsch, de disposer dessus des cerises, ou des framboises, fraîches, de recouvrir avec du chocolat fondu, puis d'ajouter de la crème anglaise maison et un coussin velouté de crème. Décorez avec des amandes effilées grillées ou des copeaux de chocolat noir. Oubliez la confiture et, par pitié, ne songez pas une seconde à ajouter des clémentines ou des pêches au sirop. Il s'agit d'un dessert tout ce qu'il y a de plus voluptueux, réservé aux adultes.

— Je suis tellement excitée !

Les jambes de Vicki se mettent presque à trembler tandis qu'elle gravit la dernière volée de marches, derrière Cora.

Les pâtissiers, réunis pour une nouvelle épreuve de « À la recherche de la nouvelle Mrs Eaden », se sont vu octroyer un accès exceptionnel aux archives de la célèbre cuisinière, dans l'espoir qu'ils y puiseront l'inspiration.

— Je n'arrive pas à croire que nous allons découvrir l'écriture de Kathleen. Que nous allons toucher ses affaires, halète-t-elle au moment où ils atteignent les greniers de Bradley Hall, qui accueillent toute la collection de recettes. C'est presque comme si elle nous faisait cours en personne. Incroyable ! Quel privilège…

Elle s'interrompt pour reprendre son souffle.

— C'était un être humain, tu sais, observe Jenny, amusée par le culte que Vicki porte à Kathleen Eaden. Elle l'appelle d'ailleurs par son prénom.

— Oh, je sais bien… dit-elle en rougissant. Mais elle était spéciale…

— Elle était surtout chanceuse, intervient Claire.

Étant tous essoufflés, ils font une pause sur le palier avant les anciens quartiers des domestiques.

— Je te parie que tu aurais pu être une Mrs Eaden et faire publier des livres, toi aussi, si tu avais épousé un millionnaire qui développait une chaîne de supermarchés.

— Oh, non ! Je n'aurais jamais pu, réplique Vicki. Elle était très en avance sur son temps. Regarde un peu son écriture : elle donne envie de préparer tout ce qu'elle décrit et de le dévorer en même temps.

— D'accord, d'accord, sur ce point-là je m'incline, concède Claire tout en tournant un regard agacé vers Mike.

— Elle était spéciale.

Cora, employée loyale s'il en est, est intervenue pour tuer dans l'œuf la mutinerie qui couve dans son dos.

— Elle était extraordinaire, approuve Vicki alors qu'ils s'engagent dans un couloir étroit débouchant dans un vaste grenier. Sinon pourquoi nous embêterions-nous avec ça ?

Ils franchissent une porte verte matelassée et découvrent l'enfilade des chambres des domestiques : basses de plafond et exiguës en comparaison des salles grandioses du reste du manoir. Une porte tout au fond comporte l'inscription *Archives*. D'un signe, Cora invite Vicki à frapper. Celle-ci s'exécute, hésitante.

Si les couloirs qui y conduisent sont plongés dans la pénombre, la pièce est lumineuse. Le soleil pénètre à flots par les fenêtres à meneaux et se réverbère sur le sol blanchi à la chaux, les baignant tous d'une lumière éblouissante. Une enfilade de vitrines s'étale le long d'un mur, et un sofa Ercol, dont les montants en orme sont plaqués contre le mur, apporte une tache de couleur vive avec son reps orange foncé. Quelle belle pièce ! songe Vicki. Puis : Je me demande si Kathleen montait ici.

Un homme, mince et voûté, vêtu d'une veste en velours usé et d'un pantalon en tweed, surgit derrière son bureau dans un coin. Tout en lui sent la poussière et la timidité. Il tord ses mains, d'une rougeur qui frappe Vicki, masse ses articulations protubérantes. Son sourire, cependant, lorsqu'il les invite à pénétrer dans son univers, est accueillant.

— Paul Usher. Enchanté de faire votre connaissance à tous… et de vous présenter dans les règles Kathleen Eaden. Ces pièces, précise-t-il en désignant les vitrines, ont toutes été cataloguées. Celles-ci…

Il indique des carnets empilés à l'autre extrémité de la pièce.

— … sont en cours d'évaluation. Il sera plus facile pour vous de consulter celles qui ont déjà été répertoriées. Et je vous avoue que ça m'arrangerait ! Toutefois, si vous êtes à la recherche de quelque chose de bien spécifique, nous pouvons attaquer cette pile.

Vicki, Claire, Karen et Mike filent aussitôt vers les recettes concernant les entremets, ainsi qu'ils en ont reçu l'instruction. Leur volume est impressionnant : des pages et des pages de notes détaillant les meilleures combinaisons d'ingrédients et la meilleure température de cuisson, pour tout un ensemble de desserts.

Malgré elle, Vicki a les doigts qui tremblent, comme si la perspective de toucher des feuilles sur lesquelles Kathleen a apposé son écriture la bouleversait. Personne d'autre ne semble aussi respectueux. Mike feuillette un classeur, et Karen un carnet de notes à la couverture rigide, aussi naturellement que s'il s'agissait de magazines dans une salle d'attente. Seule Claire a perçu l'émotion de Vicki et elle lui décoche un sourire.

— Allez, viens. Ne sois pas aussi inquiète. Il faut te jeter à l'eau !

Et c'est ce que fait Vicki. Ses nerfs s'apaisent à mesure qu'elle s'immerge dans les recettes. Toutes les cinq minutes, elle pousse un petit cri et appelle Claire.

— Regarde ! Sa recette du soufflé au chocolat ! Je me suis justement entraînée à la faire. Elle est notée de sa propre main… Son écriture n'est-elle pas magnifique ? Tout en boucles gracieuses… et quelle encre ravissante ! J'aimerais pouvoir écrire ainsi…

— Qu'a-t-elle noté dans la marge ?

— « Ce dessert est l'arme secrète de la séduction. »

Elles marquent un silence, puis se mettent à glousser.

— Quel veinard, ce bon vieux George ! observe Vicki.

— Qui vous dit que c'était pour lui ? lance Karen, qui a entendu leur conversation.

— Enfin ! Pas Mrs Eaden, voyons. Pas Kathleen…

Karen hausse les épaules et reprend sa lecture de son côté. Claire appelle Vicki.

— Il y a une recette de diplomate ici.

— Oh ! Voyons ça : cerises, kirsch, génoise maison, crème fouettée, crème anglaise, amandes effilées grillées et une couche de chocolat noir…

— Je veux en préparer un tout de suite !

— Je n'aurais jamais pensé au chocolat…

Vicki se mordille la lèvre, se reprochant d'être dépassée par quelqu'un qui l'a précédée de près d'un demi-siècle.

— Quelle idée brillante ! reprend-elle.

— Et celui-là, le paris-brest ?

— C'est beaucoup de travail. Tu as déjà essayé ?

— Non.

Vicki éprouve une petite satisfaction coupable.

— Un gâteau très compliqué, explique-t-elle, mais impressionnant. Tiens, elle donne des indications pour la crème pralinée : il faut faire caraméliser les amandes avant de les réduire en poudre. Ah, elle dit qu'on peut utiliser des noisettes ou un mélange des deux.

— Je ne crois pas que je vais me lancer là-dedans.

— Non, par contre les pâtisseries à base de pâte à choux ont toujours fière allure.

Ayant déniché une recette élégante de cygnes en pâte à choux, Vicki emmène le fichier jusqu'au sofa – elle a toujours adoré ce genre de meubles, que Greg juge trop rétro à son goût. Elle lui a pourtant répété à plusieurs reprises que c'était un classique du design. Quelle importance qu'il soit plus adapté à un loft dans le quartier branché de Hoxton que dans un pavillon envahi de jouets ?

— Plutôt chic pour l'étage des domestiques ? souligne-t-elle avec un sourire à l'intention de Paul Usher, désireuse de montrer qu'elle connaît son sujet.

— Kathleen Eaden avait acheté ce sofa pour son bureau. Il provient de la collection Ercol de 1965 et a été fabriqué à un jet de pierre d'ici, à High Wycombe. George le trouvait trop moderne et Kathleen ne s'est jamais résolue à l'envoyer à Chelsea, où il aurait été plus en accord avec le reste du mobilier.

À l'autre bout de la pièce, Jenny cherche quelque chose de très précis.

— Je suppose que vous n'avez pas sa recette pour la tourte au lapin, avec du cidre, de la crème et du bacon, si ? demande-t-elle à l'archiviste. Je viens de me souvenir que ma mère la préparait. Elle figure dans *L'Art de la pâtisserie*, et j'aimerais beaucoup voir la version originale.

Paul Usher lui sourit.

— Croyez-le ou non, je n'ai pas encore répertorié ses recettes de tourtes traditionnelles, mais elles se trouvent justement dans les carnets sur lesquels je suis en train de travailler. Si vous voulez bien enfiler ces gants, je suis certain que nous pourrons mettre la main dessus.

Malgré elle, elle éprouve un frisson d'excitation tandis qu'elle tourne les pages des carnets, les gants en soie blanche ajoutant au cérémonial. L'écriture de Kathleen déploie ses volutes sous ses yeux : ferme, claire, précise. Jenny est surprise que l'encre bleu cobalt ait conservé son éclat, comme si on l'avait préservée de la lumière depuis des années.

— Ces cahiers n'ont pas été souvent ouverts, si ? s'étonne-t-elle.

— Ceux-là, non. Les éditeurs ont toujours été plus intéressés par ses gâteaux.

Il renifle avant d'ajouter :

— Quel dommage, d'ailleurs ! Elle est tout aussi novatrice quand elle écrit sur les plats salés, seulement les lecteurs ont moins d'appétit pour eux, si vous me passez ce mauvais jeu de mots. L'expérience m'a appris que les gens sont toujours plus intéressés par les douceurs de la vie.

Jenny poursuit son enquête, tombe sur la recette de la tourte au faisan et à la perdrix, avec du vin rouge et du cognac. Elle trouve aussi les ingrédients pour la tourte au poulet et à la grouse : une grosse grouse, un poulet, six tranches de bacon et six œufs durs. Oui, elle vérifie, la recette mentionne bien des œufs. Il y a d'autres tourtes, au gibier, au veau, au porc, des quiches – au homard et aux asperges, à la saucisse et au poireau. Jenny commence à croire qu'elle a imaginé la recette, ou qu'il s'agissait d'une invention de Lucy, lorsqu'elle la découvre. Soulignée d'un trait bleu : tourte au lapin braisé, au cidre et à la crème.

Les étapes sont si méticuleusement détaillées que leur lecture la ramène, une fois de plus, dans la cuisine du presbytère. Lucy nimbée de vapeur, Eleanor et Jenny qui jouent pendant qu'elle fait revenir des échalotes, braise la viande. Pourtant, quelque chose entrave sa rêverie et la distrait. Glissée derrière la page de la recette, il y a une lettre ouverte, pliée en deux, en provenance de… Cornouailles, selon toute apparence. Deux feuilles bleu-gris, rédigées de la même écriture affirmée que les recettes.

Elle jette un coup d'œil à Paul, puis aux autres, plongés dans leurs recettes sucrées. Jenny a toujours considéré qu'il était grossier de lire le courrier des autres. En un sens, c'est différent. La lettre est déjà ouverte et a visiblement été abandonnée. La date – 18 juin 1972 – indique qu'elle remonte à plus de quarante ans. De surcroît, elle veut voir un signe du destin dans cette découverte fortuite, comme si cette lettre attendait de tomber entre les mains de Jenny, qui cherchait cette recette précise. À moins que ce ne soit une mauvaise excuse. Peut-être est-elle plus curieuse qu'elle ne veut bien l'admettre.

Elle observe l'archiviste à la dérobée. Il a le nez dans un dossier. D'un geste prompt, elle soulève le carnet pour cacher qu'elle déplie la lettre et se met à lire. Ses yeux filent sur la page pendant qu'elle absorbe les informations, et se déplacent plus lentement lorsqu'elle s'efforce de les digérer.

Le temps semble se figer. Des particules de poussière ont beau danser autour d'elle, Jenny a l'impression que la vie, telle qu'elle la connaît, a suspendu son cours. Elle en a le souffle coupé, exactement comme ce jour pluvieux de mars où elle a surpris Nigel et Gabby. Aucun haut-le-corps cette fois, mais une douleur lancinante au ventre. Une tristesse profonde. Tout se disloque, songe-t-elle, le centre ne peut tenir.

Paul Usher la considère avec enthousiasme, ayant remarqué la rougeur de ses joues, son trouble.

— Merci, dit-elle en piquant un vrai fard. J'ai trouvé la recette. Ainsi que je l'espérais.

Il lui sourit.

— Incroyable, bafouille-t-elle avant de s'expliquer, puisqu'elle en éprouve le devoir. C'est fou de la voir écrite…

Elle s'essaie à l'humour :

— En tout cas, je tiens la preuve que ma mère ne peut pas en revendiquer la paternité.

Il retourne à ses livres.

— J'ai juste une question, reprend-elle du ton le plus naturel possible. Qui était Charlie ? J'ai vu son nom écrit sur la page d'une recette, ment-elle en rougissant.

Elle a le sentiment de devoir garder l'existence de la lettre secrète, et encore plus le fait d'en avoir pris connaissance. Elle doit protéger son auteur si vulnérable.

— Charlie ? répète-t-il avant de plisser les yeux. Charlie Pollington était le petit frère de Kathleen, elle l'adorait.

— Et Kitty ?

Elle connaît déjà la réponse cette fois.

— Kitty ?

L'archiviste se cale dans son fauteuil et la jauge, tandis qu'elle se demande si la découverte de la lettre était vraiment le fruit du hasard.

— Kitty était le surnom de Kathleen Eaden.

Kathleen

Vingt semaines. Vingt et une. Vingt-deux. Les coups sont de plus en plus forts. Moins une sensation qu'une vraie bourrade.

— Bonjour, toi.

Elle sourit à son ventre, cherchant à discerner le contour d'un membre, à voir si la surface se déforme.

— Ne cherche pas encore à sortir, d'accord ? Reste là où tu es, bien au chaud.

Lorsque George lui rend visite, elle prend sa main épaisse et la pose sur sa chemise de nuit en coton. Il paraît inquiet.

— Je ne risque pas de lui faire du mal ?

— George, voyons. C'est ton bébé. Approche par ici.

Il effleure ses poils pubiens et rougit aussitôt. Il ne l'a pas touchée depuis que James Caruthers a réalisé le cerclage.

— Laisse ta main là... non, là.

Elle le guide jusqu'à ce qu'elle sente la chaleur de sa paume à l'endroit où le bébé a donné le dernier coup. Il a l'air terrorisé, le pauvre amour, et elle le comprend.

Ce n'est que la régularité des coups, et leur force croissante qui l'ont convaincue qu'elle pouvait toucher son propre ventre.

— Tu sens ?

— Je ne suis pas certain... Pas encore.

— Sois patient. Tiens, essaie en caressant un peu mon ventre, elle aime ça.

— Elle ?

Kathleen rougit.

— Je ne t'ai pas dit ? J'ai le pressentiment que nous allons avoir une fille.

— Non, tu n'as rien dit, mais je te crois sur parole.

— Ça ne te dérange pas ?

Il est dérouté.

— Je serai ravi. Plus que ravi.

Il sourit. Ils patientent : Kathleen redoutant comme toujours que les coups s'arrêtent, George d'une nervosité palpable. Il se met à décrire de petits cercles dans le sens des aiguilles d'une montre, et ses larges doigts plats la surprennent, une fois de plus, par leur délicatesse.

— Attends une minute, lâche-t-il en écarquillant les yeux.

— Tu l'as sentie cette fois ?

— Oh, oui ! Vraiment !

— Et là ?

— Oui. Bon sang ! Il était fort, celui-là.

— Elle a de l'énergie, non ? s'esclaffe-t-elle.

— Oui, confirme-t-il, extatique, des larmes dans les yeux. Oui, elle en a à revendre !

32

Pour confectionner une sachertorte, ce gâteau au chocolat particulièrement riche, il ne vous faut que quatre ingrédients… mais quels ingrédients ! Du chocolat noir, des œufs, du sucre, des amandes en poudre. Et pour la ganache, encore du chocolat et de la crème épaisse. Heureusement qu'il se conserve, car c'est un mets qui se déguste petit bout par petit bout. Un dessert dangereux, réservé aux grandes personnes.

Karen se sent presque calme lorsqu'elle se couche après un jogging revigorant et un bain relaxant – le ventre vide. Elle est d'humeur à jeûner après avoir été contrainte de goûter ses réalisations du jour.

Elle s'est remise en selle. Son omelette norvégienne était exceptionnelle – l'adjectif est de Harriet –, et Karen accorde soudain plus d'importance à son jugement qu'à celui de Dan. Sa sachertorte était aussi en compétition avec celle de Jenny pour la première place : la ganache était bien lisse et miroitante, élégant son décor chocolaté dessiné à la poche à douille – ce qui est d'autant plus étonnant qu'elle a en général une écriture de petite fille avec ses boucles appliquées et ses *a* bien ronds.

Elle n'a pas résisté à la tentation de se purger ce soir, de se débarrasser des éventuels restes de chocolat et de meringue dans les toilettes de sa salle de bains privée. Comme sa gorge la brûlait après, elle l'a apaisée, ainsi que ses crampes d'estomac, avec un thé à la menthe.

Elle se sent vertueuse. Au moment de se glisser entre les draps propres et repassés, elle tente de se détendre. Si elle ne commet pas d'erreur demain, et elle ne voit pas pourquoi elle en ferait, elle a une chance de gagner. Elle s'endort en songeant au prochain défi : une pièce montée, peut-être ? Un tiramisu serait trop facile... Un gâteau qui contiendrait une crème mousseline ?

Son téléphone portable la tire d'un sommeil profond et il ne faut pas moins de trois sonneries pour qu'elle identifie l'origine du bruit. À tâtons, elle cherche son smartphone sur la table de nuit : il vibre en même temps qu'il sonne. Une lumière fluorescente éclaire sa coque blanche. L'horloge indique 6 h 03.

— Allô ?

Sa voix est inhabituellement faible.

— Mrs Hammond ?

Le ton de l'homme à l'autre bout du fil est très officiel.

— Oui ?

Elle est bien réveillée à présent, l'adrénaline a chassé les dernières traces de sommeil. Un appel inattendu à cette heure matinale n'est jamais bon signe. Elle bascule ses jambes hors du lit et s'assied sur le bord du matelas, prête à agir.

— Ici le sergent Steve Tyler, je suis l'officier en charge des gardes à vue au commissariat de Southampton. Je vous appelle pour vous informer que votre voiture, une Audi immatriculée AK61 2BU, a été volée et gravement endommagée. « Bonne pour la casse », comme nous disons ici. Je dois aussi vous signaler que c'est votre fils Jake qui la conduisait au moment des faits.

Elle se relève d'un bond.

— Jake ? Quoi ? Est-ce qu'il va bien ? Il n'est pas mort, si ?

Sa voix frôle l'hystérie, ses intestins se liquéfient sous l'effet de l'angoisse.

— Non, il n'est pas mort, madame. Il va très bien. Par miracle, personne n'a été blessé. Mais nous l'avons placé en garde à vue.

— En garde à vue ?

— Dans une cellule, madame. Ne vous en faites pas, on lui a lu ses droits et il a vu l'avocat commis d'office. Il sera interrogé plus tard dans la matinée.

— Interrogé ?

Son interlocuteur énonce les faits avec un tel détachement qu'elle a besoin de quelques minutes pour comprendre ce qu'il veut dire. Elle a beau être mortifiée de poser autant de questions, la situation est si incompréhensible qu'elles lui viennent automatiquement.

— Il sera interrogé au sujet de ses nombreuses infractions au Code de la route et du vol du véhicule.

— Le vol ?

— Section douze de la loi sur le vol promulguée en 1968 : prise d'un véhicule motorisé sans l'autorisation du propriétaire.

— Pardon ?

Elle a l'impression qu'il parle une langue étrangère.

— Pardon, je jargonne.

Il ricane, et elle l'imagine aussitôt : petit, rondouillard, dégoulinant de suffisance.

— Une petite virée en douce, si vous préférez, reprend-il.

— Enfin, c'est ma voiture, il ne l'a pas volée.

— Nous voulons justement savoir si vous souhaitez faire une déposition, Mrs Hammond.

— Une déposition ?

— Vous êtes la victime de ce crime, Mrs Hammond, et nous avons besoin de votre déposition pour envisager d'éventuelles poursuites.

Le caractère déplaisant de ce qu'il lui demande finit par lui apparaître.

— Vous attendez de moi que je fasse une déposition contre mon propre fils pour que vous puissiez engager des poursuites ?

— Ça nous aiderait. À moins que vous ne lui ayez donné votre permission ?

Elle marque une pause. Elle a un juron sur le bout de la langue, mais elle se retient, consciente qu'elle s'adresse à un officier de police. Elle doit se montrer conciliante.

— Bien sûr, il est autorisé à la prendre quand il veut.

— Il n'a pas encore passé son permis, si ?

— Non.

— Si vous l'avez autorisé à emprunter votre véhicule, autrement dit, à conduire sans assurance ni permis… vous pourriez faire face à des chefs d'accusation bien plus graves pour vous que pour lui. J'y réfléchirais à deux fois avant d'affirmer quoi que ce soit, madame.

Ce petit officier qui joue avec elle lui donne des boutons.

— Bien sûr que non, je n'ai pas autorisé une chose pareille, sergent. Pour autant, je n'ai pas l'intention de faire une déposition contre lui.

— Pensez-y. Rien ne vous oblige à venir, cependant nous aurions besoin de vous voir pour discuter d'une libération sous caution, si elle est requise. Nous avons essayé d'appeler chez vous… vous n'êtes pas à Winchester, je me trompe ?

— Je suis dans le Buckinghamshire, je participe à un concours de pâtisserie…

L'explication, et sa présence ici lui semblent tout à coup ridicules.

— Je pars sur-le-champ, enchaîne-t-elle. Je suis en route.

— Inutile de vous presser, Mrs Hammond. Conduisez prudemment, je vous en prie. Il est sans doute en train de dormir.

— J'en doute fort, rétorque-t-elle avec amertume.

Un silence gêné s'étire au bout du fil.

— J'arrive, conclut-elle avant de raccrocher.

Elle a bien remarqué qu'il s'était remis à parler, pour l'informer que des officiers se rendraient chez elle, et elle se fiche d'avoir été brusque, d'avoir parlé sur ce ton à un policier. Elle les a beaucoup fréquentés à une époque, et ça n'a été ni plaisant ni bénéfique.

Tout ce qui compte pour elle, c'est d'aller retrouver Jake, et le plus vite possible. Elle jette sa nuisette dans son sac en cuir et ouvre les portes de la penderie pour arracher du cintre la robe qu'elle a prévu de porter aujourd'hui. La peur lui donne de l'énergie. Elle se rend soudain compte que le besoin de voir son fils est bien plus fort que celui de rassembler ses affaires.

Elle enfile son pantalon de Pilates, son pull à capuche en cachemire et des ballerines. Elle les retire aussitôt. Elle doit rester impressionnante, même si son monde est en train de s'effondrer. Elle enfile la robe et un blazer. Elle mettra des bottines à talons une fois sur place, quand elle n'aura plus à conduire. Elle renverse la tête en avant pour nouer ses cheveux en queue-de-cheval haute, enfile ses bagues. Les mains tremblantes, elle s'empare de sa trousse à maquillage, de sa pochette à bijoux, de son iPod et de son sac à main, laissant le reste de la chambre en désordre.

Moins de cinq minutes se sont écoulées depuis la fin du coup de fil, et déjà elle est devant sa Porsche. Elle a tenté de joindre Oliver à plusieurs reprises, à la maison, sur son portable, dans son pied-à-terre londonien. Il est censé être à Winchester, alors où est-il, bon sang, et pourquoi ne répond-il pas ?

Elle enclenche la marche arrière et, alors que les pneus dérapent sur le gravier, son téléphone sonne. Oliver.

Elle pile, coupe le moteur.

— C'est Jake. Il a été arrêté parce qu'il a pris mon Audi et l'a bousillée. Il n'y a aucun blessé, pas même lui. Mais il a besoin d'un meilleur avocat que celui commis d'office. Tu peux t'en occuper ? Je suis en route.

Elle lui parle le langage qu'il comprend : direct et factuel, dépourvu de toute émotion. Après un bref silence, il dit :

— Je suis au courant. J'ai essayé de te contacter.

— Tu es au courant ?

— Il m'a appelé.

— C'est toi qu'il a appelé ?

Le monde bascule.

— Il n'a droit qu'à un seul appel.

— Pourquoi toi ?

Elle est terrassée par l'injustice de la situation.

— Je suppose que l'officier de garde n'a pas autorisé de contact entre vous, puisque tu es considérée comme la victime.

Il pousse un soupir d'exaspération et ajoute :

— Franchement, Karen, on n'en est plus à savoir quel parent il a appelé. Il faut le sortir de ce merdier.

Elle est décontenancée par son manque de sang-froid, inattendu. Son mari est trop maître de lui pour jurer.

— Oliver ?

— Il risque un procès, Karen. Tu es au courant qu'il a été pris en chasse par des agents de la circulation avant de percuter une voiture garée ? Qu'il s'est donc rendu coupable de ce qu'ils appellent un « délit de fuite » puisqu'il ne s'est pas arrêté ? Ils ont sans doute tout filmé. Et c'est sans parler du fait qu'il conduisait sans permis ni assurance. Il est seulement autorisé à prendre le volant avec l'un de nous deux à ses côtés. Il va être traduit en justice… et il risque une vraie peine de prison.

— Oh, mon Dieu ! Qu'est-ce qu'il a fait, putain ? Mais pourquoi ?

— Ce n'est vraiment pas l'heure des récriminations, Karen, ni des reproches, dit-il d'un ton froid. On doit l'aider.

— Oui, oui, tu as raison, bien sûr.

Elle tente de se ressaisir.

— Où es-tu ? ajoute-t-elle.

— À Londres.

Elle attend qu'il fasse amende honorable.

— Livy passait la nuit chez Molly, et Jake m'a dit qu'il resterait à la maison pour réviser, j'ai pensé, et j'ai conscience que c'était une mauvaise décision, j'ai pensé donc qu'il était inutile de rentrer. Je suis resté en ville pour avancer sur des dossiers.

Elle laisse sa fureur imprégner le silence. Il se trouve à quatre-vingts kilomètres de chez eux, et il pourrait aussi bien être sur un autre continent.

Elle est brusquement dévastée par leur séparation virtuelle, par sa solitude. Comment est-ce arrivé ? Un instant, elle voudrait abandonner toute responsabilité, se blottir dans ses bras, en sécurité, sentir son torse se soulever puis retomber. Au lieu de quoi, elle lui donne un ordre.

— Occupe-toi de l'avocat, s'il te plaît. Je vais directement au commissariat. On se verra à la maison.

Plus tard, elle se fait la réflexion qu'elle pourrait bien être la deuxième de la famille à recevoir une amende pour excès de vitesse ce week-end, alors qu'elle contourne Londres, taillant la route dans sa Porsche Cayenne.

Elle a une conscience aiguë de la vitesse à laquelle elle file sur la voie rapide, doublant parfois à gauche les voitures trop lentes qui ont la témérité de rouler à 130 km/h sur la voie la plus à droite. Une Porsche Boxter noire entreprend de faire la course avec elle. Le conducteur, un garçon blond, lui sourit bêtement alors qu'il essaie de la défier.

Elle se rabat sur la voie du milieu, lève le pied, le laisse tracer dans une aura de gaz d'échappement et de frustration virile. Devant elle, la circulation se densifie. Les Porsche et les Mercedes qui étaient les reines de la route jusqu'à maintenant doivent désormais composer avec les berlines – Audi et Golf –, les 4 × 4 tape-à-l'œil et les taxis qui font le trajet vers l'aéroport pour la seconde fois de la journée.

Elles tournent et tournent sans fin sur le boulevard périphérique, ces voitures qui festonnent la capitale telle une guirlande lumineuse sur un arbre de Noël.

Elle le quitte pour s'engager sur la M3 en direction du sud, où la circulation est légèrement plus fluide. Elle fonce sur la voie rapide, semant une colonne de poids lourds. De part et d'autre de la chaussée défilent des collines verdoyantes, des lapins bondissent sur les bas-côtés et un renard, destiné à être écrasé, échappe de justesse à la mort. Elle enfonce l'accélérateur, le compteur indique 145 km/h à présent. Winchester dort encore et Southampton s'éveille tout juste quand elle l'atteint. Les faubourgs ont fermé boutique pour la nuit, les rues sont vides à l'exception de quelques joggeurs matinaux et fêtards paumés. Le monde poursuit son petit bonhomme de chemin tandis que Jake est enfermé dans une cellule. C'est indécent.

Elle se gare dans le centre et parcourt à pied les quelques mètres qui la séparent du commissariat ; 7 h 37 par un beau dimanche de la fin avril. À cette heure, des amoureux se remettent d'une soirée bien arrosée, blottis l'un contre l'autre dans leur lit. Alors que son fils de dix-sept ans se retrouve confronté à la dure réalité – et il l'a peut-être mérité. Elle l'imagine, privé de sa ceinture et de ses chaussures, de son portefeuille et de son iPhone, passant la première nuit de sa vie en prison, dans les entrailles du commissariat. Son beau visage sera chiffonné, son air bravache aura cédé la place aux larmes. Je n'ai pas pleuré, songe-t-elle. Pas même lorsqu'il m'a agrippé la tête.

C'est l'odeur qui réveille le souvenir, cette odeur singulière des administrations : un mélange écœurant de désinfectant et de peur, qui la ramène dans les toilettes de son collège. Dans les cabines se pratiquaient chantage de bas étage et deal de drogue à la petite semaine. Les filles se recroquevillaient contre le dérouleur de papier toilette métallique, ou s'avachissaient sur la lunette tachée d'urine, intimidées par leurs minables agresseurs. Ce souvenir conduit à un autre qu'elle a enfoui dans sa mémoire durant trente ans : elle, à dix-sept ans, jetée au trou de Southend. Je n'ai pas pleuré à l'époque. J'ai réglé le problème plus tard, comme j'en avais l'habitude.

— Je peux vous aider ?

Le sergent de garde est surpris de voir entrer une femme aussi sophistiquée dans le commissariat à cette heure matinale. Elle est habillée pour une soirée : robe courte, blazer, bottines à talons hauts, et pourtant elle semble en pleine possession de ses moyens. Ni ivre morte, ni désorientée.

— Jake Hammond, annonce-t-elle en baissant la voix, alors qu'il n'y a personne alentour, et certainement pas les ivrognes qu'elle redoutait à l'époque. Je crois que vous le détenez. C'est mon fils.

— Mrs Hammond ? Nous nous sommes parlé au téléphone. Je suis le sergent Tyler.

Étonné, il tente de faire correspondre l'image de la femme devant lui à celle, au bord de l'hystérie, et de plus en plus agressive, avec laquelle il s'est entretenu plus tôt.

— Vous êtes venue très vite, mais je vous avais dit que c'était inutile.

— Je suis désolée, je voulais juste le voir au plus tôt.

— Je crains que ce ne soit impossible dans l'immédiat. Vous êtes la victime, nous ne pouvons donc pas vous autoriser à lui parler avant de vous avoir interrogée. Et il a dix-sept ans, il n'a pas besoin de sa mère.

— Bien sûr que si. Il n'en a jamais eu autant besoin.

— Je vous demande pardon... J'aurais dû dire qu'il n'avait pas besoin d'un adulte. Ni parent ni tuteur. Nous le traitons comme un adulte lui-même.

— Mais ce n'en est pas un.

— Au regard de la loi, si.

Les larmes embuent ses yeux, la mettant en rage.

— Ce n'est pas un adulte. C'est mon petit garçon.

Plus tard, elle se montre plus stoïque lorsque l'officier de la circulation, un blanc-bec tout frais émoulu de l'École de police, essaie de lui extirper une déclaration. Être sur son terrain l'avantage : dans son salon spacieux, au parquet de chêne ciré que le jeune sergent risque de rayer avec ses gros godillots noirs, et au somptueux canapé crème sur lequel il a installé sa grande carcasse.

La présence d'Oliver aux côtés de Karen est aussi un atout. Aux yeux d'un observateur extérieur, ils forment un couple uni, soucieux du bien-être de leur enfant, tout en ayant conscience de la gravité de son acte, du fait qu'il a commis un délit.

— Je crois qu'il faut simplement l'imputer à l'enthousiasme excessif de la jeunesse.

Oliver a tenté de minimiser les faits avec une dextérité que Karen associe à la vie professionnelle de son époux et dont elle a rarement été témoin. Le sergent Knapton l'a contré avec politesse :

— Sauf le respect que je vous dois, monsieur, je crois que c'est un peu plus grave. Il conduisait à 155 km/h sur le boulevard périphérique et s'est rendu coupable d'un délit de fuite.

Avec un sourire à l'intention des deux hommes, Karen s'interpose.

— Ce que veut dire mon mari, sergent, c'est que Jake n'est pas un « mauvais garçon ». Il n'a jamais eu d'ennui avec la police auparavant, ajoute-t-elle après avoir resservi du café au policier, et, ainsi que vous le confirmera le directeur de son établissement, c'est un élève exemplaire. Nous sommes tous les deux convaincus, mon mari et moi, qu'il s'agit d'une erreur de jugement qui a très mal tourné. Soyez assuré que nous lui exprimerons notre sentiment sur son attitude. Quant à déposer plainte, je ne vois pas ce qu'il pourrait en ressortir… à part un casier judiciaire pour lui, et le risque de l'éloigner de nous.

— Mon épouse a raison, ajoute Oliver, souriant à Karen. Merci, ma chérie. Nous ne devons pas oublier, sergent, que Jake est promis à un avenir brillant. Il a postulé à l'université de Durham, et si nous entachons sa réputation, nous allons, littéralement, causer sa ruine. Nous n'avons donc pas l'intention de porter plainte. Et bien que nous reconnaissions la gravité des infractions dont il s'est rendu coupable, nous comptons soutenir notre fils.

Il a conclu sa tirade avec le sourire d'un homme riche habitué à parvenir à ses fins.

— Maintenant, en ce qui concerne la caution…

— Cette décision appartient à l'officier qui a demandé sa mise en détention, monsieur. Ça n'est pas de mon ressort. Mais si vous laissez entendre que vous êtes prêts à le soutenir et que vous n'avez pas l'intention de l'aider à fuir, et s'il apparaît qu'il a peu de chances de représenter un risque pour lui-même…

— Vous voulez parler de suicide ? Jake ? C'est ridicule.

— … je ne vois pas pourquoi on vous refuserait une libération sous caution.

Karen reprend la main.

— Merci, sergent. Il va donc pouvoir rentrer tout de suite à la maison ?

— Il doit d'abord être interrogé, madame.

— Ah oui, bien sûr, j'avais oublié. Quand il en aura terminé, j'aimerais venir le chercher.

33

Prévoyez toujours du temps pour préparer des mets réservés à vos chères têtes blondes : sandwichs aux vermicelles multicolores, sablés en forme de papillons. Un gâteau d'anniversaire confectionné spécialement pour lui restera gravé dans la mémoire d'un enfant comme un souvenir à chérir. Tout le monde veut être aimé et se sentir unique. Tout particulièrement les enfants.

C'est un Jake défait qui vient à sa rencontre. L'arrogance arborée tel un bouclier lors de ces derniers mois a disparu, et il se révèle plus enfant qu'homme : l'expression radoucie, l'air vulnérable, terrifié.

Pieds nus et sans ceinture, courbé, il paraît avoir rapetissé.

— Ça va, maman ?

Il l'accoste avec hésitation. L'ironie a déserté son ton. Il garde la tête baissée, honteux de son attitude et des larmes naissantes qui menacent de le submerger. Elle s'approche pour le prendre dans ses bras.

— Qu'est-ce que tu fais ?

Un instant mortifié, il rend presque aussitôt les armes.

— Tout va bien, mon chéri, tout va bien.

Tandis qu'elle serre son immense corps dégingandé, elle se rend compte qu'elle ne l'a pas tenu ainsi depuis au moins quatre ans, depuis ses douze ou treize ans. Ces derniers temps, il ne l'a touchée que de façon fugitive : accolade moqueuse lorsqu'il plaisantait avec ses amis ou brève étreinte accordée à contrecœur au cours de laquelle il parvenait à garder ses distances.

Jake s'écarte, conscient d'être observé par l'inspecteur, qui n'a pas caché le mépris que le jeune homme lui inspire.

— Ce qui ne veut pas dire que nous ne sommes pas furax, ton père et moi.

Cette déclaration de Karen est destinée en partie au policier et en partie à son fils. Elle ne veut pas qu'on puisse penser qu'il est un gosse de riches qui laisse papa et maman payer les pots cassés – même si c'est le cas. Plus tard, elle le maudira, après avoir eu la compagnie d'assurances au téléphone, après avoir dû expliquer que sa voiture est bonne à mettre à la ferraille, mais que la police ne considère pas l'affaire comme un vol. Elle risque fort de ne pas être dédommagée et elle pestera, dans l'intimité de sa douche, contre l'impunité de Jake. Dans l'immédiat, cependant, l'heure n'est pas aux récriminations. Elle n'éprouve rien d'autre que du soulagement.

Elle remplit la paperasse administrative avec Jake et l'officier chargé des gardes à vue. Peut-elle se porter garante qu'il ne prendra pas la fuite ? Il ne semble pas susceptible ni d'attenter à ses jours ni d'intimider sa mère, et il a fait preuve d'un tel remords qu'il obtient une libération sous caution jusqu'à son audience devant un tribunal, dans quinze jours.

Jake signe la décharge pour récupérer ses affaires, emballées dans un sachet en plastique étiqueté. Son portefeuille et son iPhone. Ses chaussettes, sa ceinture et les clés de la maison, qui font triste mine. C'est Karen qui signe pour la clé de la voiture, qu'elle range tout au fond de son sac à main, hors de vue, hors de danger.

— Vous êtes consciente que votre véhicule n'est pas en état de rouler, madame ?

— J'en suis consciente, oui.

— Vous devrez prévenir le garage.

Ils passent en revue les différentes démarches, assommantes et épuisantes, bien que nécessaires. À côté d'elle, Jake est rongé par la honte.

Le temps qu'ils rejoignent la Porsche garée en face du commissariat, il pleure pour de bon. Des sanglots silencieux qui secouent son corps et dont elle imagine, dans un accès de rage, qu'ils sont feints, pour l'amadouer.

En silence, elle déverrouille la voiture, lui ouvrant la portière côté passager, puis s'installe derrière le volant. Ce n'est qu'une fois les deux portières refermées, lorsqu'elle est certaine qu'ils sont à l'abri des oreilles indiscrètes, qu'elle se sent capable de lui parler.

— Alors ?

Son ton est froid. La colère l'emporte sur le soulagement – pas seulement pour la voiture, mais aussi pour tout ce qu'il lui fait subir. Il laisse échapper un sanglot. Il a les yeux rougis et gonflés, la lèvre supérieure mouillée de larmes et de morve.

— Oh, bonté divine, mouche-toi !

Elle lui tend un Kleenex, puis un second. Il renifle avec gratitude, esquisse un sourire larmoyant. On dirait, songe-t-elle en le considérant d'un air plus distant, qu'il a de nouveau cinq ans.

— Pourquoi as-tu fait ça, Jake ? Comment as-tu pu être aussi bête, aussi irresponsable ? Tu aurais pu te tuer... ou tuer quelqu'un. Bon sang, tu pourrais très bien te retrouver à l'heure qu'il est avec une accusation d'homicide par imprudence.

Un nouveau sanglot lui échappe, pourtant quand il relève la tête, son regard contient autant de colère et d'incompréhension que celui de sa mère.

— À ton avis, pourquoi j'ai fait ça ?

— Je n'en ai pas la moindre idée ! Parce que tu trouvais ça amusant ? Tu n'étais pas soûl. Avais-tu pris de la drogue ? Mon Dieu...

— Non, j'étais clean. Je te le jure. La police a fait analyser mon sang.

— Pourquoi, alors ? Pour me blesser ?

— Oui !

Il pleure à chaudes larmes maintenant.

— Oui ?

Elle n'en revient pas.

— Oui ? répète-t-elle d'une voix qui monte de plusieurs octaves.

— Tu ne sais vraiment pas pourquoi ?

— Non.

Bien sûr qu'elle sait ; ses craintes sont en train de se confirmer.

— C'est à cause de Jamie, débite-t-il à toute allure.

Elle en a le souffle coupé.

— Comment ça, Jamie ?

— Il s'est vanté de…

Elle a envie de vomir. Une réaction physiologique et pas seulement psychologique. Elle ouvre la portière, se penche ; elle respire l'air frais et matinal pour se calmer, éviter la catastrophe. *Tu ne trompes personne, maman. Tu ne trompes personne.*

Elle a gagné quelques minutes. Elle se tourne à nouveau vers Jake, dont les sanglots se sont apaisés. Ses reniflements ponctuent le silence.

— Il s'en est vanté ?

— Vendredi soir. Je suis tombé sur lui au Wetherspoons. Je ne crois pas qu'il l'ait crié sur les toits… enfin, j'espère. J'étais avec Sam. « Ta mère a le feu au cul », m'a-t-il balancé. Ce genre de truc… Je lui ai dit de dégager et il m'a répondu : « Elle est pas difficile, elle. Toujours partante pour un coup vite fait. »

Il grimace en répétant ces mots, coule un regard vers Karen pour jauger sa réaction. Elle est pâle. Hors d'elle.

— J'ai essayé de lui éclater la tête, mais il s'est foutu de moi. Et il a ajouté, en se poilant : « Je parle d'expérience ! Je ne suis pas un petit garçon à sa maman, moi. »

La confession jaillit dans un sanglot. Les pleurs de Jake résonnent un instant dans la Porsche. Il essuie une bulle de morve sur sa manche.

— J'ai encore essayé de le frapper, et je me suis fait virer. Plus tard, il m'a envoyé un texto qui disait : « Désolé, mon pote. C'était juste une blague. » Sauf qu'il ne plaisantait pas, maman. Je sais qu'il ne plaisantait pas.

— Bien sûr que si.

Le mensonge est automatique.

— Ne me prends pas pour un con, maman. Je ne suis pas débile.

Ses immenses yeux noisette se remplissent de larmes et de rancœur.

— Je sais, maman, je sais…

Tu ne trompes personne, maman. Tu ne trompes personne. Ne peut-elle pas essayer encore, une dernière fois ? Jake n'en a pas terminé, cependant.

— Tu passais ton temps à l'allumer à la piscine.

Elle pousse un soupir de soulagement.

— Oh, ça… Tu me connais, Jake, c'est innocent…

— Et puis il y a eu cette fois où je suis rentré plus tôt du bahut à cause d'un prof absent… Il sortait de notre allée à vélo, et il m'a ignoré. Je n'ai pas compris ce qu'il foutait là et pourquoi il m'ignorait… Tu étais dans la cuisine, un peu nerveuse. Tu avais préparé des gâteaux, des flans pâtissiers, je crois, mes préférés, et il en manquait deux. Je me souviens, j'ai été étonné que tu y aies goûté, sans même parler d'en manger deux ! Tu m'as dit que Jamie était passé te dire un truc à propos des leçons de natation de Livy et que tu les lui avais donnés. Pour être honnête, j'étais jaloux… je ne pigeais pas pourquoi tu avais offert un café au maître nageur, passé du temps avec lui. J'étais jaloux que tu lui aies filé ces foutus flans pâtissiers que tu avais préparés pour moi !

Après un silence, il ajoute :

— Ensuite, tu es montée prendre une douche et j'ai compris la raison de sa présence. J'avais vraiment été débile… Un vrai gamin !

Elle ne desserre pas les dents. Il n'y a rien à dire. Il dispose apparemment de preuves accablantes. Dans d'autres circonstances, elle mentirait, mais elle sait qu'elle n'a aucune chance de convaincre Jake. Elle regarde Southampton s'éveiller à travers son pare-brise ; les promeneurs de chiens et les joggeurs qui rentrent chez eux avec le journal du dimanche, les fidèles qui se sont habillés pour la messe et qui avancent d'un pas vif sur les trottoirs. À l'extérieur du cocon impénétrable de sa voiture, la vie continue. À l'intérieur, elle a été mise sens dessus dessous et semble, pour l'instant, suspendue. Et cependant l'horloge digitale passe à la minute suivante.

C'est elle qui décide de les sortir des limbes.

— Tu n'es pas débile. Tu es très perspicace, au contraire.

Elle le regarde digérer l'aveu.

— Et je suis vraiment, vraiment, désolée.

Elle n'est pas du genre à s'autoflageller, à se prosterner devant les autres. Si elle doit s'adresser des reproches, et elle le fera, ce sera seule, enfermée dans sa salle de bains, les robinets ouverts.

Malgré tout, ses excuses lui paraissent bien insuffisantes : ces quelques mots ne réusssissent pas à exprimer la sincérité de ses regrets. Alors elle les répète, comme si cela allait arranger les choses.

— Je suis vraiment, vraiment, désolée, Jake.

Elle passe le reste de la journée engourdie. Elle écoute Oliver contacter un ancien camarade de fac – avocat pénaliste de haute volée, qui s'est fait une spécialité d'obtenir des sentences indulgentes pour les célébrités qui se sont rendues coupables d'infractions au Code de la route – et obtenir de lui qu'il représente Jake lors de son audition. Elle ne cache pas son soulagement en apprenant que leur fils encourt une amende de trois à quatre cents livres pour conduite sans assurance et une interdiction de se présenter à l'examen du permis avant dix-huit mois. Elle prépare le repas avec soin, amour, devoir : elle fait rôtir un poulet, prépare une purée de pommes de terre pleine de beurre, des haricots verts et une sauce au vin pour un fils qui a refusé d'avaler quoi que ce soit toute la journée et qui, en début de soirée, a l'estomac dans les talons. Elle dit au revoir à Oliver, qui n'a pas mâché ses mots pour exprimer la déception que son fils lui inspire – mais qui ignore tout du rôle de sa femme dans cette affaire –, et qui rentre à Londres. Elle s'assure que Jake va bien.

Roulé en boule sous sa couette, épuisé, il ne lui répond que par monosyllabes. Mais il est sain et sauf, sous son toit ; et au lit à vingt et une heures.

Une fois qu'elle a la certitude que Livy et lui sont endormis, elle se retire dans son sanctuaire : sa salle de bains minimaliste aux allures de spa, aussi immaculée que celle d'un hôtel de charme, ne contient que peu de preuves de la personnalité complexe de Karen. Elle s'enveloppe dans un peignoir en coton gaufré, en profite pour scruter son ventre et ses cuisses, vérifier que ses hanches sont bien saillantes, qu'elle peut y poser ses pouces à plat. Puis elle étudie son visage : dur, ridé, marqué par la fatigue. Elle s'affale sur le carrelage tiède – le sol est chauffant – et tremble malgré tout, glacée par le désarroi et la peur.

Les vomissements ne suffisent pas, ce soir, ou ne sont pas satisfaisants. Elle a été incapable de dîner et se surprend à régurgiter un liquide jaune pâle, de la bile. Désemparée, elle cherche l'oubli dans un bain. La température est à peine supportable – un ou deux degrés de plus et elle se brûlerait. Elle s'immerge avec précaution, puis ouvre le robinet d'eau froide, plongeant la tête sous la surface : le jet rugissant lui apporte une distraction momentanée. Ses cheveux se déploient telles des algues, ondulent autour d'elle – moins une Ophélie préraphaélite qu'une Méduse crispée et rougissante.

Lorsqu'elle se redresse, à court d'oxygène, les larmes viennent, violentes, brûlantes, chargées de culpabilité, de honte et d'apitoiement. Malgré un récurage énergique, elle ne parvient pas à se débarrasser de l'odeur du commissariat : les relents immondes du détergent et des plateaux-repas, de l'angoisse et du désespoir.

Elle plonge à nouveau sous l'eau, s'acharnant à nettoyer chaque orifice. Elle essaie de se frotter l'intérieur du nez, mais s'étouffe. Elle reprend son souffle à la surface avant de s'immerger à nouveau entièrement et de croiser les bras, ses mains agrippant ses épaules dans une parodie d'étreinte amoureuse.

L'image qui l'obsède alors qu'elle reste allongée là, dans ce linceul liquide, n'est pas celle de Jake et de sa voix qui se brise au moment où il rapporte les sarcasmes de Jamie. Ce n'est pas non plus celle d'Oliver, si froid et efficace, qui a su tirer les ficelles nécessaires. Ce n'est même pas celle de Jamie et d'elle, étendus en travers du lit conjugal par un après-midi glacial de décembre – peut-être le jour où Jake les a démasqués –, alors que son corps résonnait encore tel un violon alto après des ébats particulièrement satisfaisants.

C'est une silhouette qu'elle s'est efforcée de chasser de son esprit depuis trente ans. L'officier de garde du commissariat de Southend. Un homme de taille moyenne, aux épaules larges. Fort et compact. Le genre avec lequel on n'aimerait pas se battre. Il avait un regard noir et pénétrant. Un regard qui l'avait jaugée à l'instant où on l'avait traînée, menottée, dans le commissariat. Elle a surtout gardé un souvenir vif de la boucle de sa ceinture : lourde, mate, cuivrée. Une ceinture qui pouvait faire des dégâts et qui lui rentrait dans la peau, marquant la démarcation entre son ventre et son entrejambe.

— Je connais un moyen d'abandonner les poursuites, a-t-il observé en la reluquant. Une pipe rapide, ni vu ni connu.

— Vous vous foutez de moi, là ? a-t-elle craché, avec la bravade qu'elle affichait à dix-sept ans.

— Comme tu veux. C'est ta première fois ici, non ? Pour vol à l'étalage. Les juges ne sont pas tendres avec les voleurs en ce moment. Une fille aussi maligne que toi n'a pas envie de gâcher son avenir… D'avoir un casier… Si tu rends ma nuit plus intéressante, on pourrait passer l'éponge…

Il a baissé sa fermeture Éclair, sorti son pénis déjà en érection, épais et turgescent. De sa grosse paluche, il a agrippé la nuque de Karen.

Trente ans plus tard, elle se souvient toujours de l'odeur : l'aigreur de l'urine séchée, le dépôt blanc sous le prépuce. L'odeur, et le goût.

Elle se jette sur la cuvette des toilettes et vomit une nouvelle fois.

34

Il y aura des moments, dans votre existence, où vous aurez tout sauf envie de vous mettre aux fourneaux. Ne délaissez pas la cuisine trop longtemps. Les rares fois où je n'étais pas d'humeur à m'y aventurer, elle n'a pas tardé à me manquer. Je me suis sentie telle une brebis séparée de son agneau.

— Elle ne le fera pas.

— Qu'est-ce que tu veux dire par là ?

— Karen. Elle a abandonné la compétition. « À la recherche de la nouvelle Mrs Eaden ».

Vicki n'a pas perdu de temps pour appeler Claire et lui annoncer la nouvelle.

— Comment ça, elle a abandonné ?

— Elle a téléphoné à Jenny pour lui dire qu'elle lui laissait le champ libre, qu'elle n'était plus dans la course. Jenny m'a prévenue.

Bien qu'excitée, Vicki ne parvient pas à se débarrasser de son irritation : ce n'est pas elle que Karen considérait comme sa principale adversaire. D'accord, Jenny a de grandes chances de gagner, mais il aurait été plus courtois de la part de Karen de ne pas l'exprimer aussi ouvertement et de se donner la peine de les contacter tous.

Claire semble continuer à se débattre avec l'idée que quiconque puisse vouloir baisser les bras.

— Elle a fourni une explication ? Parce qu'elle était vraiment bonne. Elle a remporté l'épreuve des entremets, et c'est elle qui a le plus de vues sur YouTube. Ne le prends pas mal, je pensais que ça allait se jouer entre Jenny et elle.

— Son fils a des ennuis avec la police, il lui a piqué sa voiture et l'a emboutie.

Vicki n'arrive toujours pas à y croire, et énoncer les faits bruts ne les rend que plus incompréhensibles. Il y a un silence à l'autre bout du fil, le temps que Claire digère l'information. Lorsqu'elle s'exprime à nouveau, elle est tout aussi incrédule.

— Le fils de Karen est un délinquant ? Oh, mon Dieu…

— Je sais. Enfin, c'était sa voiture, pas celle d'un inconnu.

— Ça n'est pas moins grave, souligne Claire. Elle a dû se mettre dans une colère noire.

— Je ne crois pas, non, répond Vicki, surprise par le tour qu'ont pris les événements. D'après Jenny, elle est déterminée à le soutenir. Il a une audience dans deux semaines et Karen veut pouvoir se consacrer entièrement à lui… D'où l'abandon.

— C'est adorable de sa part… et tout à fait compréhensible.

— Certes. Mais peut-être un peu surprenant, non ? Je ne sais pas toi, mais je ne lui trouvais pas la fibre maternelle. Elle ne parlait jamais de ses enfants. Pas comme toi ou moi, qui n'avons qu'eux à la bouche. Ça montre bien qu'on passe notre temps à s'imaginer des choses sur les gens alors que, en réalité, on ne les connaît pas.

Kathleen

Vingt-trois semaines, vingt-quatre. Elle lit que son bébé a la taille d'un paquet de sucre. Elle le visualise, puis envoie Mrs Jennings en chercher un à la cuisine. Elle le soupèse d'une main. Cinq cents grammes, c'est lourd. Solide. Tangible. Un poids substantiel.

Le bébé agite le pied. Oh, ma chérie, songe Kathleen. Reste là. Reste là bien en sécurité. Elle écarte le drap pour vérifier l'intérieur de ses cuisses, une fois de plus. Elle ne sent aucune humidité, elle ne perd pas de sang. Elle regarde sa Rolex. Dix heures. Sa dernière vérification remonte à deux heures. Elle doit mettre un terme à ce tic récent, ce contrôle obsessionnel. Elle se promet de ne pas recommencer avant midi.

Que faire ? Pense à des choses plaisantes, se rappelle-t-elle. Le cerisier en fleur sous sa fenêtre, le soleil de la fin avril qui perce jusqu'à elle.

— Ce lit est ton centre, murmure-t-elle, citant John Donne. Et ta sphère ces murs.

Pense à *L'Art de la pâtisserie*. Aussitôt elle sourit. L'ouvrage, terminé, sortira début septembre, soit un mois après la date prévue pour son terme. Ce qui lui laissera le temps de se remettre sur pied et de participer à la promotion, elle a rassuré George. Et oui, bien sûr, qu'elle le souhaite. Après des mois passés dans son lit, seule, aussi raide qu'une planche, elle rêve de vanter les joies de la pâtisserie et son importance au sein du foyer. Elle se sent capable de jouer à nouveau son rôle de Mrs Eaden.

Elle s'étire tel un chat et pointe les orteils dans un faux mouvement de gymnastique, profitant de ce moment de satisfaction. Elle a mené à bien un de ses projets. Et si elle a réussi, alors peut-être – par pitié, peut-être ! – le second, son bébé, verra lui aussi le jour.

Elle croise les doigts par réflexe. La culpabilité des deux années écoulées – la peur d'avoir tué ses trois premiers bébés à cause de son utérus trop faible, et la haine qu'elle en a éprouvée pour elle-même – commence tout juste à s'estomper. *J'en suis capable*, prie-t-elle tout en résistant à la tentation de regarder ses cuisses. Le bébé lui donne un coup. *Nous en sommes capables*, rectifie-t-elle avant de se caresser le ventre d'un geste rassurant. *Il faut juste que tu restes là un peu plus longtemps. Reste là, bien au chaud et à l'abri.*

Le dernier numéro de *Home Magazine*, posé à côté de son lit, contient non seulement sa rubrique, mais un modèle de chaussons pour bébé. Elle ne les tricotera pas, tout comme elle n'a pas commandé de layette. Pourtant, lorsque George achète un berceau – qu'il a choisi pour aller avec le mobilier Ercol qu'elle adore et que lui, elle le sait, ne peut pas supporter –, elle le remercie et refuse d'écouter la petite voix intérieure qui continue de lui murmurer que, ce faisant, elle tente le sort.

L'art du thé

La duchesse de Bedford a inventé le thé de l'après-midi dans les années 1840 et, cent vingt ans plus tard, il peut paraître suranné. Nous n'en avons plus réellement besoin à une époque où il suffit de sortir un biscuit du placard et de le grignoter avec une tasse de café instantané. Et nous pourrions d'ailleurs penser que nous n'en avons plus le temps avec nos existences de plus en plus remplies.

Pourtant de nombreuses traditions, bien que ne présentant pas le moindre degré de nécessité, constituent de grands plaisirs. Le thé de l'après-midi est l'un d'eux. Servi à l'occasion entre seize et dix-sept heures, il aura non seulement la vertu de revigorer, mais aussi de réconforter. Plaisir délicieux et nourrissant.

Par souci des convenances, vous vous devrez d'offrir à vos hôtes au moins une note salée. De fins sandwichs feront l'affaire s'ils sont garnis de saumon fumé et de fromage frais, d'une chiffonnade de jambon et de moutarde, de fines tranches de concombre et de beurre, ou de saumon poché et de mayonnaise à l'aneth.

Une fois la question du salé réglée, il est possible de se concentrer sur les éléments plus joyeux : scones, biscuits et délicieux petits gâteaux. La présentation a son importance, je me sers donc d'un plat à trois étages, sur lequel je dispose des macarons au citron, à la framboise et au chocolat, des mini-tartelettes aux fruits et de minuscules éclairs au chocolat ou des paris-brest miniatures.

Si vos hôtes n'apprécient pas ces mignardises, vous pouvez leur offrir quelque chose de plus substantiel, un cake au gingembre ou un cake aux fruits confits décoré d'amandes entières, par exemple. Pour ma part, je préfère dans ce cas proposer, sans la moindre honte, les plus grands des péchés mignons : un gâteau au chocolat fondant ou un fraisier. Des fantaisies nourrissantes.

Accompagnez ces mets d'un Darjeeling ou d'un Earl Grey, servi dans une théière. L'heure du thé est un rituel. Présentez-le avec un petit pot de lait ou des rondelles de citron, et n'oubliez pas : on ne verse jamais le lait en premier. Et sinon, pourquoi ne pas éviter ces petits tracas ? Profitez de ce moment de partage entre amis, et arrosez ces délices d'une coupe de champagne frappé !

Kathleen Eaden, *L'Art de la pâtisserie*, 1966.

35

La magie de la pâtisserie n'est jamais plus évidente que lors de la confection de choux, lorsque cette pâte salée gonfle pour former le plus éthéré des récipients, prêt à accueillir un régal crémeux.

Vicki est dans tous ses états, en proie à une panique extrême, au point que sa cuisine est recouverte de farine, que le moindre plan de travail est encombré et qu'elle n'arrive pas à y voir clair.

L'épreuve finale a lieu dans moins de vingt-quatre heures et rien ne va : sa pâte à choux est épaisse et lourde, ses mini-génoises, qu'elle a colorées avec de la framboise et du cacao, beaucoup trop criardes. Son millefeuille, inélégant et irrégulier, manque de finesse.

Elle a travaillé jusqu'à deux heures du matin, puis s'est levée à six heures, au moment où Greg filait en lui suggérant de prolonger un peu sa nuit. Elle tient grâce à l'adrénaline, au sucre et à la caféine. En excès, pour les trois. Et elle a la nausée.

C'est comme si elle devait remplir les bulletins scolaires, superviser le spectacle de fin d'année de tous les élèves de CP et se préparer à la visite d'un inspecteur dans la même soirée. Elle n'y arrivera jamais.

— Mamaaaan !

L'appel provient d'Alfie, qui est dans le jardin et réclame, à son habitude, de l'attention.

— Tu peux venir jouer au foot ?

— Pas maintenant, mon trésor, je suis occupée…

— Mais tu as promis !

— Je n'ai rien promis, Alfie, rien du tout. Je t'ai dit que je jouerais peut-être avec toi plus tard, quand j'aurais terminé.

La nuance échappe au petit garçon de trois ans, qui regagne le jardin en tapant des pieds, la tête baissée, les épaules voûtées, dans une incarnation presque comique de la colère.

Vicki éprouve un bref moment de culpabilité à se montrer aussi ergoteuse et dédaigneuse. Elle n'a pas le temps de s'en inquiéter, néanmoins. Elle décide de s'attaquer à nouveau à la pâte à choux et entreprend de réunir les ingrédients nécessaires : de la farine sur une feuille de papier sulfurisé, de l'eau, du beurre et du sel dans une casserole de taille moyenne, trois œufs frais légèrement battus. Elle fait chauffer le mélange de beurre et d'eau, puis ajoute progressivement la farine au premier bouillon et retire la casserole du feu. Armée d'une cuillère en bois, elle se met à remuer énergiquement.

— Allez, grommelle-t-elle dans sa barbe, alors que ce qui a tout l'aspect d'une catastrophe culinaire prend peu à peu la forme d'une pâte lisse et élastique. Oui, oui, c'est mieux.

Un bruit régulier se met à résonner dans la cuisine. Vicki est si accaparée par ce qu'elle fait qu'elle met quelques minutes à en comprendre l'origine. Alfie, qui envoyait son mini-ballon de foot contre le mur au fond du jardin, a décidé de taper plutôt en direction des montants des portes-fenêtres, grandes ouvertes.

— Alfiiiiiie !

Le ballon déboule dans la cuisine, rebondit sur l'îlot et roule jusqu'aux pieds de Vicki. Alfie est secoué d'un rire hystérique, par grands éclats, avant de remarquer la colère maternelle.

— Alfie Marchant. Je suis furieuse !

Elle abandonne sa pâte et se lance à ses trousses, fonçant dans le jardin, électrisée par la rage.

Il se retourne, hésitant entre la peur et l'espoir qu'il s'agit d'un jeu, puis aperçoit l'expression de Vicki et fond en larmes. Il n'a pas cessé de courir et trébuche sur une touffe d'herbe. Après s'être relevé, il tente de se cacher dans son tipi, à plat ventre et recule en se tortillant comme pour disparaître. Elle plonge le bras à l'intérieur et le force à sortir.

— Aïe ! Tu me fais mal !

Il essaie de libérer ses bras, elle serre plus fort, lui laissant des empreintes rouges au creux des coudes.

— Je te ferai encore plus mal si tu n'es pas plus sage.

D'où vient cette menace ? Et le choix des mots ? La réponse est immédiate : elle entend sa mère les prononcer. Elle s'agenouille, l'attire contre elle et le plaque sur ses genoux pour lui donner une fessée.

— Mamaaaan !

Au moment de lever la main, elle devient soudain spectatrice de la scène. Où est passée la douce et calme Miss Taylor, ainsi qu'elle était qualifiée à St Matthew ? La situation lui paraît si ridicule, si étrangère à sa nature qu'elle se fige aussitôt. Elle regarde sa main sans savoir qu'en faire avant d'étreindre Alfie de toutes ses forces.

— Je suis désolée, mon petit chéri, murmure-t-elle, semant le trouble dans l'esprit du garçon avec ce revirement subit.

Ils restent assis ainsi, elle le câlinant avec passion, lui caressant les cheveux et lui susurrant des paroles de réconfort, lui, muet, incapable de s'expliquer ce changement d'humeur. Elle est mortifiée. Pourquoi se conduit-elle ainsi ? Elle n'a jamais été aussi près de lever la main sur lui.

Elle le porte jusqu'à la maison, même s'il est bien trop lourd pour ça – et ferait le chemin en courant en temps normal. Il s'accroche à elle, vaguement conscient qu'elle a besoin de l'infantiliser.

Tandis qu'elle remonte le jardin en vacillant, elle continue à l'abreuver de mots doux, même si sa gentillesse est tempérée par des reproches, qui les ponctuent de loin en loin.

— Maman est désolée de s'être mise autant en colère, mais tu sais que tu n'as pas le droit de jouer au ballon à l'intérieur…

Alfie pleurniche tout bas.

— Oh, mon chéri, je te demande pardon !

De retour dans la cuisine, elle constate qu'elle a été interrompue avant que sa pâte à choux ait eu le temps de vraiment prendre et que des grumeaux se sont formés. Elle n'a pas ajouté les œufs, et elle aurait dû le faire sans tarder.

— Je vais encore devoir recommencer !

Le cri, irrationnel et puéril, lui échappe sans qu'elle ait pu le retenir. Alfie, incapable de comprendre l'attitude erratique de sa mère, se débat dans ses bras.

— Mmhhh, laisse-moi, maman…

Elle s'efforce de respirer plus profondément. Il n'y est pour rien. Il n'a que trois ans. Elle a une réaction disproportionnée. Son cœur s'emballe. Calme-toi, s'intime-t-elle, respire à fond.

Elle jette un coup d'œil à l'horloge. 10 h 10. L'angoisse l'étreint à la perspective de tout ce qui lui reste à faire. Et Alfie ? Elle s'en veut terriblement chaque fois qu'elle s'en débarrasse, le confiant à Ali ou à sa mère, elle se sent minable d'être incapable de se préparer à ce concours tout en veillant sur lui correctement. Kathleen Eaden aurait su mener les deux de front, songe-t-elle dans un accès de rancœur : sa fille Laura passait des heures dans la cuisine à aider sa mère. Sauf qu'Alfie ne peut pas participer aux recettes les plus compliquées. À moins que ce ne soit la faute de Vicki. Elle, l'institutrice remarquable, manque de la patience nécessaire. Dans un cas comme dans l'autre, elle a besoin d'aide aujourd'hui.

— On va t'installer devant un dessin animé et je vais appeler mamie pour voir si elle accepterait de te garder.

— Pas mamie, non !

Alfie paraît agité.

— Veux rester avec toi, maman.

— Je suis désolée, mon chéri, mais je ne pourrai pas bien m'occuper de toi aujourd'hui et j'ai peur que tu t'ennuies. Tu aimes bien aller chez mamie, non ?

Elle ne lui laisse pas le temps de répondre.

— Bien sûr que tu aimes bien. Je vais l'appeler. Je suis sûre qu'elle sera enchantée.

Un sourire jusqu'aux oreilles, elle s'éloigne pendant qu'il regarde des marionnettes en forme de légumes chanter les mérites du compost. Elle compose le numéro de sa mère. Dis oui, s'il te plaît, prie-t-elle alors que ça sonne à l'autre bout du fil. Dis oui, dis oui. Ne me fais pas me sentir minable et aide-moi, s'il te plaît.

— Vicki ?

— Maman ? Tout va bien ? Super. Écoute, je t'appelle pour te demander un énorme service. Tu sais que l'épreuve finale a lieu demain… oui, oui, pour « À la recherche de la nouvelle Mrs Eaden »… eh bien, j'ai vraiment besoin de m'entraîner… Oui, oui, je sais… Je t'assure que je sais… Non, je ne fais pas ma perfectionniste, ou pas seulement. Je n'y arrive pas avec Alfie ici. Alors… tu te doutes de ce que je vais te demander, non ? S'il te plaît, maman, pourrais-tu le prendre ? S'il te plaît, j'ai vraiment besoin de ton aide.

La pause qui suit est si longue que Vicki en vient à douter que sa mère soit encore en ligne.

— Maman ?

— Je réfléchis, Victoria, riposte-t-elle, d'une voix irritée. Personne d'autre ne peut s'en charger ? Et sa crèche ?

— J'ai essayé, ils n'ont pas de place disponible aujourd'hui. Ils sont au complet... Non, ils ne peuvent pas « le mettre dans un petit coin », ils sont tenus de maintenir un rapport proportionnel entre les enfants et le personnel.

— Et Ali ?

— Sam est à la crèche aujourd'hui, je ne vais pas lui demander de garder mon fils alors qu'elle n'a pas le sien.

— Vraiment ?

— Vraiment, maman. Et je l'ai déjà sollicitée beaucoup ces derniers temps.

— Je suis convaincue qu'elle serait ravie de te rendre ce service, juste pour cette fois.

— Non, maman. Et je ne veux pas le lui demander. Même si j'osais, je ne pense pas qu'elle accepterait.

Un nouveau silence.

— Maman ?

— Victoria... je réfléchis.

Vicki ronge son frein, regarde l'aiguille des secondes se déplacer sept fois sur l'écran de l'horloge de la cuisine avant que sa mère réponde :

— Tu es consciente que j'avais prévu des choses ? Je suis censée assurer une permanence à l'Oxfam cet après-midi et j'ai mon club de lecture ce soir. Enfin, d'ici là tu seras venue le chercher, n'est-ce pas ?

Une note de panique transparaît dans sa voix. Vicki ne sait plus où se mettre.

— C'est juste que je dois être dans le Buckinghamshire ce soir, pour le cas où il y aurait le moindre problème. Greg doit être rentré pour vingt heures. Est-ce que tu crois qu'il te serait possible de garder Alfie pour la nuit ? Ça me permettrait de me consacrer entièrement à la préparation du concours. Tu devais t'occuper de lui demain, de toute façon.

— Je devais, n'est-ce pas ?

Le rappel de cet engagement semble jouer contre Vicki : Frances s'interroge sur l'étendue de sa générosité.

— Je sais que je bouleverse ton emploi du temps, maman, et je ne te le demanderais pas si je n'étais pas absolument désespérée. C'est la toute dernière fois. Cette épreuve est cruciale et, pour être honnête, je panique un peu.

Elle décide de tenter le tout pour le tout et de recourir à la flatterie.

— J'ai besoin de me concentrer pour me mettre dans le bon état d'esprit. Tu me l'as toujours répété, non ? Et je n'ai pas voulu t'écouter au moment de réviser pour mon bac… Aujourd'hui je me rends compte que tu avais raison. Pense à ce concours comme à un nouvel examen. J'ai une chance de m'illustrer, maman.

Un silence. Frances émet une petite toux irritée.

— Je ne suis pas certaine que la comparaison soit très pertinente.

— D'un point de vue strictement scolaire, non, bien sûr.

Bien que sa mère désapprouve cette analogie, Vicki refuse néanmoins de battre en retraite.

— La comparaison fonctionne dans la mesure où il s'agit d'évaluer mes compétences, ajoute-t-elle.

Encore une pause. Je ne peux rien faire de plus, déplore Vicki. Je l'ai quasiment suppliée. Comment puis-je la persuader ? Il y a toujours l'option extrême, le sujet qui n'a jamais pu être abordé… Vicki n'osera pas. Et même si elle osait, elle sait d'expérience que sa mère ne se laisse pas culpabiliser.

— Très bien, lâche Frances d'un ton sec. Mais ce sera une exception. Je t'ai prévenue à la naissance d'Alfie qu'il ne faudrait pas compter sur moi pour m'en occuper.

— Naturellement. Le concours se termine demain, ce sera forcément la dernière fois.

— Et tu me l'amènes ?

Vicki regarde l'heure. Dix heures et quart. Le temps file, cependant elle n'a pas le choix.

— Oui, oui. Bien sûr que je l'amène.

— Dans ce cas, c'est entendu, conclut Frances, cassante.

Prise au dépourvu, Vicki se force à sourire au combiné.

— Merci, maman, merci beaucoup. Tu es la meilleure !

Frances renifle avant de répondre :

— Oui, je suis bien d'accord.

Deux heures et demie plus tard, Vicki retrouve sa cuisine, après un aller-retour express jusqu'à Oxford. Elle a refusé le café que sa mère lui offrait et donné à Alfie le plus autoritaire des câlins, l'embrassant avec passion et lui glissant de nouvelles excuses à l'oreille.

— Non, maman, pars pas. Alfie veut jouer avec toi, a-t-il sangloté alors qu'elle l'abandonnait avec un sourire rassurant.

Elle a eu beaucoup de mal à ne pas se focaliser sur son expression. Sur le trajet du retour, elle s'est rassurée en se répétant les paroles de l'assistante maternelle qui s'occupe d'Alfie à la crèche : ses larmes ont pour seul objectif d'attendrir Vicki. Est-ce vraiment le cas ? Ou s'agit-il d'un petit mensonge pour apaiser la conscience des mères qui profitent de l'aide gouvernementale pour se débarrasser de leurs enfants quinze heures par semaine ?

À un feu rouge, elle a envoyé un sms à sa mère. « Est-ce qu'Alfie va mieux ». Elle n'a reçu aucune réponse. Que devait-elle en déduire ? Que Frances ne répondait pas parce que Vicki avait négligé les formules de politesse requises ? Parce qu'elle avait oublié le point d'interrogation ? Ou parce que Frances avait, une fois de plus, égaré son téléphone ? La porte ouverte à l'équivoque, voilà bien le problème, avec les textos…

La cuisine est un véritable capharnaüm, toutefois le silence lui permet de travailler plus calmement. Elle rédige la liste des six recettes auxquelles elle veut se frotter et les raye au fur et à mesure. Son téléphone lui annonce l'arrivée d'un message. Il ne lui a pas été envoyé par Frances mais par Jenny. « Comment vas-tu ? Je suis très nerveuse, je n'arrive pas à croire que demain a lieu la dernière épreuve ! Tu t'entraînes encore ? Bisous. »

Elle envoie une réponse chaleureuse, s'étonnant non pas que son aînée soit nerveuse, mais qu'elle en parle aussi ouvertement. Ce n'est pas stratégique, si ? En même temps, les concurrents n'ont jamais été animés par un véritable esprit de compétition. Une courtoisie aimable a toujours caractérisé leurs rapports, qui ont peu à peu évolué vers une amitié sincère. Cette solidarité manquera à Vicki, ce sentiment de travailler avec des gens qui apprécient la joie de créer un mets délicieux et n'y voient pas seulement de la simple gourmandise.

Le minuteur du four sonne et elle éteint son téléphone pour se prémunir contre toute distraction avant d'examiner le nouveau rectangle de pâte feuilletée, pour son millefeuille.

À Oxford, Frances cherche elle aussi à se prémunir contre les distractions, et d'une en particulier, extrêmement bruyante, sous la forme d'un petit garçon de trois ans. La moitié de l'après-midi s'est écoulée et elle estime avoir accompli ses devoirs de grand-mère depuis assez longtemps déjà. Elle a préparé des œufs à la coque et des mouillettes, lui a lu une histoire et tenté de l'intéresser aux puzzles – ceux qu'elle a récupérés à l'Oxfam sont beaucoup trop difficiles pour son petit-fils, qui s'énerve face à la difficulté. Il semblerait qu'il ne soit pas capable de faire un puzzle de cent pièces, après tout.

Vicki l'a abandonné précipitamment et elle a oublié d'apporter ses jeux habituels : Lego, Playmobil, ballon de foot.

— Tu peux le faire dessiner ? Il adore ça ! a-t-elle lancé par-dessus son épaule au moment de fuir la maison de sa mère pour se réfugier dans sa voiture.

Frances a bien essayé de suivre cette instruction, pourtant elle refuse de s'enthousiasmer devant des gribouillages sans queue ni tête, et le gaspillage de papier.

— Alfie, s'il te plaît, c'est un vrai gâchis, l'a-t-elle sermonné devant la pléthore de chefs-d'œuvre griffonnés, et la quantité de feuilles – de son plus beau papier – éparpillées sur la table, telle une mauvaise main dans une partie de cartes.

— Alfie veut encore, mamie.

— Non, certainement pas, Alfie. Et je ne m'appelle pas mamie. C'est le nom que tu donnes à ton autre grand-mère. Moi, c'est Frances, rappelle-toi.

Il l'a regardée avec ses yeux en amande, bordés de cils d'une longueur inconvenante, et lui a souri.

— D'accord, mamie.

À présent, elle est à court d'idées. Il a amené Le Chien, son vieil ours en peluche dépenaillé, qui empeste. Il refuse de le poser. Les tentatives de Frances pour engager la conversation sur ce sujet sont tombées à plat.

— Et comment il s'appelle ?
— Le Chien.
— Vraiment ? Ce n'est pas un chien, pourtant, c'est un ours, non ?
Alfie a secoué la tête avec vigueur.
— Pas un ours. Un chien.
— Je refuse de te parler si tu fais ta mauvaise tête.
Il lui a décoché un sourire béat avant de tirer sur les coins de ses yeux et les commissures de ses lèvres dans une grimace clownesque. Puis il s'est mis à se trémousser en riant comme un fou furieux.
— Dacodac, dacodac, dacodac.
Elle a quitté la pièce, exaspérée. Le problème, s'avise-t-elle en branchant la bouilloire pour se préparer une camomille, c'est qu'elle a oublié comment jouer avec les tout-petits. Un frisson d'angoisse la parcourt quand elle tente de se rappeler ce qu'elle faisait avec Vicki. Peut-être n'avait-elle pas besoin de l'occuper… Vicki a été si adorable jusqu'à la fin de son adolescence. L'idée que celle-ci aurait peut-être aimé que sa mère lui accorde davantage de temps tracasse Frances. Je n'ai pas fait avec elle ce qu'elle fait avec Alfie, s'avise-t-elle avec une subite clairvoyance, alors que j'aurais pu. Alors que j'aurais dû.
La cuisine se remplit de vapeur et le souvenir du battenburg remonte à la surface. Le visage de Vicki plissé par l'appréhension… ou était-ce la peur ? D'un geste brusque, elle jette son sachet de tisane dans le mug et retourne dans la pièce voisine. Alfie, en pleine discussion avec Le Chien, s'interrompt dès qu'elle arrive,

comme s'il ne voulait pas qu'elle entende leur échange. Elle se penche vers lui. Son sourire est de moins en moins hésitant ; elle a une idée.

— Je sais ce qu'on va faire, annonce-t-elle. On va chercher des insectes dans le jardin !

Alfie s'illumine aussitôt et il tire sur sa manche pendant qu'elle se débat avec la clé de la porte de derrière.

— Vite, mamie.

— Oui, oui, Alfie, répond-elle en se mordant la lèvre.

Au soleil, tout paraît soudain plus simple. Il lui rappelle un agneau, gambadant sur le petit gazon, folâtrant sans but, profitant de sa liberté. Elle s'installe sur une chaise longue avec sa tisane et un journal après lui avoir confié un seau et une pelle, et lui avoir suggéré de traquer les vers de terre.

Durant quelques minutes précieuses, ils coexistent dans la joie. Il attend seulement d'elle qu'elle regarde dans le seau de temps à autre et feigne l'émerveillement ; elle attend seulement de lui qu'il ne piétine pas les parterres de fleurs et reste sur le minuscule carré d'herbe. Cachée derrière son journal, elle l'observe, intriguée du soin avec lequel il s'adresse aux vers de terre se tortillant au fond du seau, inquiète de la quantité d'herbe qu'il arrache à chaque pelletée.

— Voilà, mes petits vers chéris, de la nourriture !

Puis il veut cueillir une fritillaire pintade et elle ne peut pas se retenir de hurler :

— Alfie !

— Pardon, mamie.

Sa lèvre inférieure se met à saillir, il a des trémolos dans la voix.

— Et, je te l'ai déjà dit, c'est Frances, pas mamie.

— Oui, mamie.

Il réalise aussitôt son erreur et ses grands yeux s'embuent de larmes.

— Bonjour, Frances… Tu t'amuses bien ?

C'est Julia, la voisine, qui a passé la tête par-dessus la palissade entre leurs deux jardins. Cette mère poule, détendue, débonnaire et résolument originale, est le genre de femme que France fuirait en temps normal et qu'elle ne peut pourtant s'empêcher d'apprécier.

Son intrusion, par exemple, pourrait être irritante, or Frances sait qu'elle n'y entend pas malice. Dans le monde de Julia, où quatre enfants font la foire en permanence, une grand-mère qui se retrouve seule avec son petit-fils ne peut pas ne pas s'en réjouir.

— Est-ce qu'Alfie veut venir jouer chez moi ? Les enfants viennent de rentrer de l'école, et les filles adoreraient s'occuper d'un autre petit…

Alfie se tourne vers Frances, le regard brillant.

— S'il te plaît, mamie.

— Oh, je ne voudrais pas que ça te dérange, Julia…

— Au contraire. Je vais m'occuper du dîner et ils resteront dans le jardin, tu pourras l'entendre. Je pense qu'ils vont surtout s'amuser sur le trampoline.

Comme un fait exprès, des cris de joie franchissent la palissade : Saffron et Maisie, les filles de Julia, cherchent à savoir qui saute le plus haut des deux.

— Les voilà ! s'exclame Julia. Tu les entends, Alfie ? Tu aimerais essayer ?

— Écoute, si ça ne te dérange vraiment pas, reprend Frances. Je suis épuisée…

— Dans ce cas, c'est réglé. Tu veux me passer ce petit bonhomme par-dessus la palissade ou il préfère se faufiler par le trou dans les planches ?

— Mmmh… le connaissant, il sera ravi de jouer les vers de terre.

Julia disparaît au fond du jardin.

— Viens par ici, Alfie.

Enchanté, le petit garçon fuit sa grand-mère pour pénétrer dans un univers où la contrainte n'est plus reine, où l'on aime s'amuser.

Frances se cale dans sa chaise longue, submergée par la fatigue, et s'autorise un petit somme.

36

Lors des périodes de tension, la pâtisserie peut avoir des vertus thérapeutiques : la cuisinière se libérera de ses inquiétudes en pétrissant la pâte ou en préparant sa crème au beurre. Il arrivera que vous ne puissiez pas, pour des raisons pratiques, passer du temps dans votre cuisine. N'oubliez pas : vous pourrez toujours la retrouver plus tard.

Le hurlement qui déchire l'air peu après seize heures semble à peine humain. Frances pense d'ailleurs d'abord au cri d'un porcelet tant il est strident et haut perché.

Il se prolonge, encore et encore, fait voler en éclats le calme de l'après-midi et trouble le voisinage. Suivent rapidement les exclamations des enfants, hystériques.

— Maman ! Maman ! Il y a un problème !

Puis les pas lourds d'une femme en surpoids qui se traîne dans le jardin en parlant d'une voix forte, rassurante.

— Tout va bien, j'arrive. Tout va bien, tout va bien…

S'extrayant des brumes du sommeil, Frances comprend enfin que le raffut provient du jardin voisin, où elle a envoyé Alfie. Elle renverse sa chaise longue en se redressant et court jeter un coup d'œil par-dessus la palissade.

Alfie est couché à plat ventre sur le trampoline et le hurlement déchirant émane apparemment de lui. Julia, penchée au-dessus de lui, le cache en grande partie avec son gros derrière.

— Julia ? Qu'y a-t-il ? Que s'est-il passé ?

La jeune femme lui répond d'un ton brusque, toute son indolence envolée.

— Il s'est cassé le bras, Frances.

Elle s'écarte et désigne le petit qui se tord de douleur, le bras incurvé en forme de banane, et crie sans discontinuer.

Frances refuse d'accepter la réalité.

— Mais c'est impossible. Tu le surveillais…

L'incompréhension se transforme en reproche. Julia se tourne pour lui faire face, son visage d'ordinaire si rougeaud est privé de toute couleur. Elle crache les mots :

— Nous devons le conduire à l'hôpital. Regarde-le !

Frances obtempère bien que ce spectacle lui soulève le cœur. Alfie, dont l'avant-bras est déformé par un angle saillant qui n'a rien de naturel, est livide. Ses yeux font deux taches noires dans son masque blanc. Il paraît si petit et si vulnérable.

— Mamaaannn ! Mamaaannn ! vagit-il entre deux sanglots retentissants. Je veux mamaaannn !

— Je sais, mon trésor, je sais, tente-t-elle de le rassurer, séparée de lui par la clôture et le filet autour du trampoline.

Elle ajoute un mensonge pour apaiser son sentiment d'impuissance.

— Maman est en route.

Vicki laisse sonner la ligne fixe à trois reprises avant de s'aviser que quelqu'un cherche peut-être désespérément à la joindre et qu'elle devrait sans doute décrocher. Il est dix-sept heures quinze. L'heure idéale pour qu'un opérateur posté à Delhi la contacte afin de lui parler d'une assurance quelconque. L'heure à laquelle elle prépare en général le dîner d'Alfie – tous leurs proches savent que ce n'est pas le moment d'appeler.

Elle a des choses bien plus importantes à faire. Elle a rayé quatre des six recettes et s'apprête à passer à la pâte à choux, espérant parfaire la technique à laquelle elle s'est essayée plus tôt avant de s'emporter contre Alfie. En relisant *L'Art de la pâtisserie*, elle s'est rendu compte que Mrs Eaden avait un faible pour les choux et les mini-éclairs. Elle a ainsi acquis la conviction que l'un ou l'autre figurerait au programme de l'épreuve du lendemain.

Lequel des deux ? demande-t-elle à la photo. Kathleen Eaden lui retourne son sourire, posée et énigmatique. Ça ne m'aide pas beaucoup, songe Vicki, qui garde néanmoins son calme. Comme toujours, le fait de se préparer l'a apaisée, lui a rendu confiance en elle. Tu vas m'aider, n'est-ce pas, dit-elle à la photo. Il s'agit moins d'une requête que d'une affirmation. Elle a fait le plus dur du travail. Maintenant, il ne lui reste plus qu'à imiter la placidité de Kathleen Eaden, et à cuisiner aussi bien qu'elle, avec créativité et aisance. Perfection.

Le téléphone retentit à nouveau. Bon sang ! Ça ne peut pas être sa mère, elle aurait essayé de la joindre sur son portable. Une terrible pensée lui traverse alors l'esprit. Elle l'a coupé après son échange avec Jenny. Elle se précipite vers le téléphone et décroche juste avant que le répondeur ne se mette en marche.

Frances est nerveuse.

— Vicki ? Ma chérie ?

— Maman… Qu'est-ce qu'il y a ?

Son estomac se retourne au moment où les mots que tout parent redoute franchissent le combiné.

— Tu n'as aucune inquiétude à avoir… mais Alfie est à l'hôpital. Il s'est cassé le bras et on doit l'opérer.

Il lui faut près de deux heures pour atteindre le nord d'Oxford depuis le sud-ouest de Londres un vendredi en fin de journée, et elle a l'impression que le trajet est interminable, tant le flot de voitures s'échappant de Londres progresse lentement dans un nuage de gaz d'échappement, au son de basses martelées. Vicki est au bord de la crise de nerfs quand elle s'engouffre dans le hall des urgences de Radcliffe, ayant voulu se garer sur une place pour handicapés et s'étant fait réprimander.

— C'est mon bébé… mon fils, il est à l'hôpital, s'est-elle justifiée, fondant en larmes devant le gardien du parking, impassible.

— Oui, comme tout le monde, a-t-il rétorqué.

Les urgences connaissent une accalmie relative avant la tempête caractéristique d'un vendredi soir d'été. Quinze patients sont agglutinés dans la salle d'attente, sur des fauteuils en plastique qui leur collent aux cuisses, les joues rouges à cause de la chaleur ambiante. Un homme en surpoids, la cinquantaine, appuie sur sa poitrine, les yeux exorbités par l'affolement, une poignée d'étudiants – victimes d'une activité sportive qui a mal tourné – sont vautrés dans un coin, couverts de sang et de boue. L'un a un bandage suitant de sang autour de la tête, un autre fixe sa cheville enflée, un troisième, dissimulé sur un chariot derrière des rideaux, a la nuque maintenue par une minerve.

Vicki, dans un état second, découvre cette atmosphère qui lui semble d'abord surréaliste… puis cauchemardesque. L'ennui côtoie la panique. Le danger, le prosaïsme. Elle réussit à prononcer le nom de son fils et file vers le service pédiatrique, où Greg et Frances doivent se trouver. Les couloirs, décorés d'œuvres d'art très colorées, lui semblent interminables : un labyrinthe qui l'empêche de rejoindre son bébé.

Le lit d'Alfie est vide, mais Frances, assise à côté, feuillette un magazine littéraire.

— Mamaaan…

La voix de Vicki est un gémissement.

— Où est-il ? reprend-elle. Où est Alfie ?

Frances se lève pour venir la serrer dans ses bras. Vicki la repousse avec autant de fureur qu'un enfant enragé.

— Où est-il ? Que lui ont-ils fait ?

— Ils ne lui ont rien fait.

Le ton ferme, et plus que légèrement irrité, force Vicki à se ressaisir.

— Ils sont en train de l'anesthésier. Greg est avec lui. Il nous rejoindra le temps de l'opération et on nous préviendra dès qu'Alfie sera en salle de réveil.

— Quoi ? Ils ne peuvent pas l'endormir sans que je l'aie vu, sans que je lui aie fait un câlin !

Vicki est estomaquée par la désinvolture du chirurgien et par la maîtrise que sa mère a du jargon hospitalier.

— Une salle d'opération était libre, et Greg était là. Il a dit que tu étais au courant et que tu comprendrais…

— Oui, oui, il m'a expliqué au téléphone que ça pouvait arriver, je ne pensais pas que ce serait le cas. Je pensais qu'ils m'attendraient.

— Ils ont choisi la meilleure option pour Alfie. J'ai obtenu que ce soit le responsable du service d'orthopédie pédiatrique et pas l'interne qui s'en occupe. Je connais sa femme, elle travaille à la bibliothèque de l'université, et j'ai insisté pour qu'il s'en charge avant de partir en week-end.

— Oh…

Elle n'en revient pas que sa mère ait le bras aussi long. Et se sent rabaissée. Frances a fait bien plus pour

Alfie que Vicki, incapable de prendre des décisions tant elle panique.

— Je dois le voir.

Se reprochant de rester plantée là, elle s'échappe du dédale de rideaux qui cachent des lits et des enfants malades, pour s'élancer dans le couloir avec sa frise d'animaux démodée.

— Tout va bien, madame ? s'inquiète une infirmière d'un certain âge.

Plantureuse, intransigeante et autoritaire dans son uniforme bleu marine.

— Alfie Marchant, mon fils. On est en train de l'anesthésier. Je dois le voir !

Elle ne peut cacher sa frustration grandissante. L'infirmière secoue lentement la tête – comme si Vicki était une élève difficile, ou folle.

— Il doit être au bloc à l'heure qu'il est. Et vous n'êtes pas autorisée à y pénétrer. D'une minute à l'autre, votre époux…

Sa voix monte dans les aigus, façon de demander s'ils sont toujours ensemble. Vicki hoche la tête avec frénésie, impatiente de connaître la fin de la phrase.

— Votre époux ne va pas tarder à vous rejoindre et vous pourrez attendre ensemble qu'on vous appelle.

L'infirmière sourit, offrant simultanément condescendance et boisson chaude :

— Pourquoi ne retourneriez-vous pas dans la salle d'attente le temps qu'Alfie remonte en salle de réveil ? Voulez-vous une tasse de thé ? Non ? Vous êtes sûre ? Oh, regardez ! Voici la grand-mère d'Alfie… votre mère ? Vous allez pouvoir discuter toutes les deux.

— Pourquoi tu as fait ça, maman ?

Privée de son fils, assaillie par la culpabilité, Vicki cherche un coupable. Sa voix est tendue sous l'effet de la colère.

— Pourquoi l'as-tu laissé jouer sur un trampoline avec des enfants plus grands alors que tu sais pertinemment que c'est comme ça qu'on se casse quelque chose ? Et pourquoi n'étais-tu pas là pour le surveiller ?

— J'étais juste à côté, tu ne peux pas me reprocher d'avoir été négligente !

Discernant la hargne sur les traits de sa fille, Frances se ravise et ne développe pas d'argumentaire pour sa défense. Elle prend son temps, lisse un pli invisible sur sa jupe.

— Je n'avais pas compris que tu ne voulais pas qu'il fasse du trampoline avec des enfants plus grands. J'ai pensé, peut-être à tort, qu'il était entre de bonnes mains. Alfie rêvait d'avoir des camarades de jeu, et j'ai cru être gentille.

Vicki, qui voit là une pique contre son incapacité à donner un petit frère ou une petite sœur à Alfie, est abasourdie.

— Gentille ? En quoi est-ce gentil de le refiler aux enfants de ta voisine – des enfants qu'il ne connaît même pas ?

Frances se défend.

— Je comprends que tu sois bouleversée, mais je te trouve injuste de m'accuser de m'en être débarrassée. C'est un peu l'hôpital qui se moque de la charité.

— J'avais besoin que tu me soutiennes, maman, que tu m'aides. Pour un jour seulement, un jour. Je sais que personne ne mesure l'importance que ce concours a pour moi. La dernière épreuve a lieu demain. Je pensais que tu étais bien placée pour comprendre mon envie de réussir.

Frances se radoucit.

— Oh, Vicki ! Bien sûr que tu vas réussir. Pourquoi en serait-il autrement ?

Sa fille lâche un bref rire incrédule.

— Et pourquoi réussirais-je ? Il n'y a aucune garantie que ce sera le cas et qu'est-ce qui te permet d'affirmer une chose pareille ? Tu ne sais absolument rien de mes compétences dans ce domaine, tu n'as pas montré le moindre intérêt pour elles. Ta confiance ne repose sur rien de concret.

Elle s'interrompt, ulcérée par les prétendues certitudes de sa mère, avant de poursuivre :

— Je n'ai jamais été assez loin pour toi, hein ? Jamais réussi aussi bien que tu le voulais, jamais « exploité mon potentiel ». Figure-toi que je me croyais vraiment douée dans ce domaine. Et que j'espérais que tu pourrais t'en rendre compte, me soutenir. J'espérais que, pour une fois, tu pourrais me comprendre.

Elle attend une réaction. Aucune ne se profile.

— Bien sûr, tout ceci n'a plus aucune réalité, maintenant, poursuit-elle, consciente d'être en train de passer sa colère. Je vais devoir abandonner. Ça n'aura donc servi à rien que tu gardes Alfie.

— Pourquoi dois-tu abandonner ?

Vicki la considère avec effroi.

— Parce que la dernière épreuve a lieu demain et que mon fils est à l'hôpital, dit-elle, mettant les points sur les i. On est en train de l'opérer. Comment pourrais-je l'abandonner ? Quel genre de mère serais-je si je faisais une chose pareille ?

Frances reste silencieuse. Ses doigts continuent à lisser le tissu de sa jupe, s'acharnant sur un pli imaginaire. Lorsqu'elle relève la tête, son visage est calme, son regard clair.

— Une mère parfaitement normale. Une mère qui essaie de concilier sa vie de famille et une possible carrière. Une mère victime d'un coup de malchance.

Vicki laisse échapper un ricanement retentissant de dérision.

— Tu peux répéter ça ?

— Eh bien, c'est ce dont il s'agit, non ? Alfie n'est pas entre la vie et la mort. Oui, il aura mal demain, mais nous serons à ses côtés, Greg et moi. Si tu le quittes pour une journée, il n'en souffrira pas. Si cette dernière épreuve est importante pour toi, et je suis désolée de ne pas avoir perçu toute la signification que ce concours revêt à tes yeux, alors tu dois y participer, évidemment. Tu devrais peut-être arrêter d'être aussi dure avec toi-même et accepter pour une fois qu'il n'y a aucun mal à faire passer ses désirs en premier, que c'est même une bonne chose.

— Tu mets le doigt sur ce qui nous sépare justement, non ? fulmine Vicki, s'avisant soudain qu'elle devrait baisser la voix, même si la salle est momentanément déserte. Tu as toujours fait passer tes désirs avant ceux des autres, et bien volontiers. J'ai, moi, le sentiment, de devoir donner la priorité à mon enfant. De mon point de vue, c'est la clé de voûte de la maternité… même si tu n'as jamais envisagé les choses sous cet angle.

Horrifiée par la virulence de ses propos, elle voit apparaître deux taches sur les joues de sa mère. Qu'a-t-elle fait ? Presque aussitôt, elle pense : autant être honnête jusqu'au bout, lâcher ma bombe. Lui montrer l'étendue de ma souffrance.

— Une seule fois, je n'ai pas fait passer mon bébé en premier. Tu te rappelles, maman ? Je m'en suis débarrassée parce que ce n'était pas pratique. Parce que j'avais dix-huit ans et que tu m'avais conseillé l'avortement, encouragée à privilégier mes études. J'étais trop jeune pour devenir mère. Chaque mois, quand l'espoir d'une nouvelle grossesse est déçu, je me dis que je suis punie pour cette décision. Pour mon égoïsme. Et chaque mois, je me rappelle que je n'ai pas le droit de reléguer Alfie à la seconde place. Jamais.

Frances prend le temps de répondre, comme si elle ne savait pas bien comment panser une blessure vieille de quatorze ans dont elle espérait qu'elle avait été rangée dans la catégorie des souvenirs tristes.

— C'est donc de cela qu'il est question, de ton désir d'être une mère parfaite ? Oh, Vicki…

Elle se rapproche pour prendre sa fille par les épaules, et celle-ci se dérobe.

— Tu étais si jeune… Tu avais dix-huit ans, tu étais si immature… Oui, je voulais ce que je pensais être le mieux pour toi. Tu avais tellement de potentiel, tu étais si terrifiée à l'idée de devenir mère. Tu m'as dit, je m'en souviens : « Un bébé sera un véritable obstacle. »

— Je ne le pense plus… maintenant que je n'arrive pas à en avoir un second, bafouille Vicki.

— Je sais, répond Frances, qui se veut réconfortante. Mais tes problèmes de… fertilité, ajoute-t-elle après avoir hésité sur le mot, n'ont absolument rien à voir avec ton avortement. Tu le sais, non ? Inutile de t'accabler de la sorte.

Vicki secoue la tête.

— Ce n'est pas mon sentiment. J'ai l'impression d'avoir une seconde chance, une chance d'offrir à Alfie une vie idéale.

— Tu n'as pas à être parfaite, Vicki, tu as à être heureuse.

Frances veut lui prendre les mains, elle se dégage d'un geste vif.

— Tu te demandes ce qu'est une bonne mère. N'est-ce pas de lui montrer la voie du bien et du bonheur ? D'être une femme comblée et non pas aigrie ?

Vicki ne répond rien. Elle se ronge un ongle, les yeux résolument baissés, refusant de regarder Frances. Celle-ci marque une pause avant de poursuivre, consciente de marcher sur des œufs.

— Je sais bien que je ne suis pas la mieux placée pour te faire la leçon à cet égard, mais je n'ai jamais voulu que le meilleur pour toi. Et si tu me permets cette remarque, la maternité ne semble pas te satisfaire pleinement, ma chérie.

Vicki se redresse, électrisée par la colère et la certitude de savoir mener sa barque. Puis elle se met à pleurer. Des larmes brûlantes roulent sur ses joues, des larmes de chagrin, de culpabilité et de déception… car elle ne trouve pas de réponse.

Alfie est sonné lorsque Vicki et Greg le rejoignent dans la salle de réveil. Son teint de pêche habituel est d'un blanc laiteux, il a des cernes sombres sous les yeux. Vicki touche son petit corps caché sous la blouse d'hôpital. Ses membres paraissent fins sous le coton élimé, fragiles en comparaison de l'énorme plâtre blanc qui lui enveloppe le bras droit.

— Mon petit bonhomme, souffle-t-elle avec un sanglot étranglé. Mon pauvre petit bonhomme…

Elle s'appuie contre Greg.

Ce n'est qu'aux environs de minuit qu'il sort de sa léthargie et qu'elle retrouve un peu son véritable Alfie. Elle est mal installée dans un lit de camp trop étroit pour elle, entortillée dans les draps de l'hôpital. Greg est avachi dans le fauteuil en plastique bleu près du lit d'Alfie. Il a dénoué sa cravate, défait le dernier bouton de sa chemise et s'est abandonné au sommeil. Elle éprouve un élan de tendresse pour eux deux. Le père et le fils si semblables que c'en est désarmant.

— Maman.

Une seconde plus tard, elle est à son chevet, dans son tee-shirt froissé et ses dessous Marks and Spencer.

— Mon petit Alf.

Il ouvre de grands yeux, intimidé par l'environnement étranger.

— J'ai mal au bras.

Elle sent son cœur se briser.

— Je sais, mon trésor, je sais. Maman va s'en occuper.

Elle appelle une infirmière, lui caresse le front, l'embrasse.

Plus tard, après qu'on lui a administré de la morphine et qu'il a de nouveau sombré dans un sommeil profond, comme son père, Vicki rallume discrètement son téléphone. Elle a appelé Jenny plus tôt, pendant une accalmie – Alfie dormait, sa mère était rentrée et Greg s'était mis en quête de café et de sandwichs.

Ses explications confuses à propos de son désistement, exprimées en un flot de paroles incohérent, se sont transformées en un maelström de culpabilité, d'apitoiement sur soi et de désarroi. La réaction de Jenny l'a désarçonnée.

— Et qu'est-ce qui t'empêche de prendre part à la dernière épreuve ?

— Jenny ! J'ai l'impression d'entendre ma mère ! C'est exclu. Quel genre de mère serais-je ?

Son amie a marqué un temps avant de répondre, et elle l'a fait d'une voix particulièrement douce :

— Ne sois pas aussi dure avec toi, Vicki. Tu m'as l'air d'une mère tout ce qu'il y a de plus normale. J'ai sacrifié tout ce à quoi je tenais pendant des années et regarde où ça m'a menée : je suis seule à la maison – mes filles ont quitté le nid et mon mari est… disons plutôt distant. C'est toi qui m'as dit que culpabiliser ne servait à rien, tu as oublié ? Serait-ce si horrible si tu suivais tes désirs ?

Vicki a été réduite au silence : incapable de donner une réponse explicite, et consciente de devoir le faire cependant.

— Je… Karen a bien abandonné la compétition pour son fils.

— Tu n'es pas Karen. Elle l'a fait parce qu'elle éprouvait le besoin, pour une raison ou une autre, de réparer ses torts.

Vicki se raccroche à des arguments irrationnels.

— Eh bien… Kathleen Eaden n'aurait jamais abandonné son enfant, elle. Elle n'aurait pas été comme moi, indécise et égoïste. Elle aurait su quoi faire : se retirer du concours avec dignité.

Un long silence s'est étiré à l'autre bout du fil.

— Tu n'en sais rien, a fini par dire Jenny d'une voix extrêmement tendue.

— Bien sûr que si. C'était une authentique altruiste. Elle a renoncé à sa carrière pour s'installer en Cornouailles et offrir à sa fille la plus merveilleuse des enfances. Tu as lu cet article aussi, tu ne t'en souviens pas ? Elle a toujours fait passer sa famille en premier, Laura Eaden insiste bien sur ce point.

— Oui, mais… elle a très bien pu avoir des raisons très particulières d'agir ainsi. Écoute, loin de moi l'intention de nier son altruisme. Toutefois, sa retraite et son abandon de l'écriture sont peut-être dus à des motivations plus complexes que nous ne le pensions. On a toujours tenu pour acquis qu'elle souhaitait se consacrer à sa fille à temps plein… Les choses n'étaient peut-être pas aussi simples.

Vicki a pris le temps de digérer ces informations.

— Qu'est-ce que tu entends par là ? a-t-elle demandé.

Jenny a hésité.

— Rien d'essentiel. Rien qui change la face du monde. Je veux juste dire qu'on passe son temps à faire des suppositions sur les gens et que ça a peut-être été le cas avec elle. Nous nous sommes persuadées qu'elle menait une vie de rêve et qu'elle s'épanouissait dans la maternité, or toutes ses théories sur l'éducation ont été écrites avant qu'elle ne devienne mère pour de bon. Je ne dis pas qu'elle ne voulait pas l'être – à l'évidence, elle désirait plus que tout un enfant –, mais que, dans une certaine mesure, elle en avait une vision idéalisée. Il se peut que la réalité se soit révélée plus difficile. Peut-être moins idyllique. Écoute, je ne peux pas t'expliquer ça au téléphone, comme ça. Essaie de venir demain et tu comprendras.

À présent, alors que Vicki se remémore leur conversation en tentant de deviner ce que Jenny cherchait à lui dire, elle reçoit un nouveau texto. Jetant un coup d'œil à Greg, que la sonnerie n'a pas réveillé, elle ouvre le message. Une lueur fluorescente éclaire l'écran.

« Chère Vicki, j'ai consacré trente années de mon existence à faire passer les besoins des autres avant les miens. Ne reproduis pas mon erreur, je t'en prie. Et puis j'ai besoin d'une adversaire à ma taille ! J'espère qu'Alfie dort bien et que je te verrai demain. Avec toute mon affection, je t'embrasse. Jen. »

Kathleen

Elle est tirée du sommeil par une crampe et une humidité persistante : un ruban de sang se déroule à l'intérieur de sa cuisse.

James Caruthers appelle aussitôt une ambulance, « simple mesure de précaution ». Pourtant, lorsqu'ils arrivent à l'hôpital St Stephen, sur Fulham Road, vingt minutes plus tard, ce ne sont plus que de vaines paroles.

Le hall semble grouiller de monde : infirmières, médecins dans des tenues évoquant des pyjamas, Caruthers en personne, les manches de sa chemise relevées jusqu'aux coudes, le visage plissé par la concentration. Les gestes sont efficaces ; dès qu'elle est installée sur une chaise roulante, toute la troupe franchit les portes doubles. Il est question de « salle d'opération », de « pédiatres », d'« équipe de réa sur place ». Des mots qui ne semblent avoir aucun sens, alors que la douleur va et vient.

Elle est placée sur un lit, dans une chambre privée. À son grand effroi, elle mouille aussitôt le linge empesé. Un liquide rose, teinté de sang, jaillit et détrempe le matelas.

— Elle a perdu les eaux, annonce une infirmière à l'équipe médicale.

Kathleen tente de croiser le regard de Caruthers pour obtenir des éclaircissements, mais il est en ligne et s'exprime avec une douce détermination. Un tourbillon d'activité silencieuse déferle dans la chambre.

Les contractions s'intensifient. Elle fixe la peau de son ventre, aussi tendue qu'un tambour, qui s'étire puis se détend. La sensation est étrange, comme si cette partie de son corps possédait une vie propre. Elle veut parler, demander ce qui se passe, seulement elle a perdu sa voix, bâillonnée par le retour de la douleur.

— Les contractions se rapprochent. Toutes les deux minutes, dit l'infirmière grassouillette et autoritaire.

Kathleen finit par laisser éclater une fureur irrationnelle.

— Des contractions ? Il ne s'agit pas de contractions !

L'idée est grotesque.

— Le bébé ne peut pas encore sortir, ajoute-t-elle.

Un accès de douleur la réduit au silence. L'infirmière se détourne, lèvres pincées. Personne ne regarde Kathleen dans les yeux. C'est George qui énonce la vérité qu'elle refuse d'entendre et que personne d'autre n'est prêt à lui dire.

— Ma chérie, ils ne peuvent rien faire pour l'en empêcher.

37

Si la nourriture est un témoignage d'amour, alors la pâtisserie est incontestablement le plus roboratif. Elle vous permettra d'entretenir une liaison amoureuse, ou un enfant. Les faire grandir, les rendre plus forts.

Elle passe, évidemment, une mauvaise nuit. Se retournant sans cesse sur le lit de camp trop étroit, guettant le moindre reniflement d'Alfie, s'émerveillant du sommeil imperturbable de Greg.

Son fils dort bien, lui aussi, assommé par une longue journée éprouvante, par l'anesthésie puis la forte dose de morphine. La lumière qui filtre à travers les minces rideaux le réveille aux environs de six heures.

— Maman, papa…

Il leur adresse à tous les deux un large sourire.

— On se sent mieux, mon petit cascadeur ? lance Greg en dégageant les cheveux sur son front, en lui caressant la tête.

Vicki éprouve un sentiment absurde d'irritation : elle aurait voulu parler la première. Alfie hoche la tête.

— J'ai faim.

Ils éclatent de rire et la possessivité de Vicki se dissipe dès qu'Alfie lui tend son bras dans le plâtre et que Greg l'enlace.

— Ça doit être bon signe, non ?

— Je dirais que oui, approuve son mari en la serrant contre lui. Définitivement.

La sempiternelle solution médicale, qui remplace le thé et le toast à la confiture, est injectée. D'autres antalgiques viendront plus tard.

— Le chirurgien fait le tour des patients vers huit heures quarante-cinq, mais je pense que ce petit gars sera autorisé à rentrer chez lui, annonce l'infirmière avec un sourire.

— Ah bon ? Vous ne le gardez pas en observation ? s'étonne Greg.

— S'il n'y a aucune complication, c'est inutile. Et quelqu'un d'autre aura sans doute besoin du lit.

Vicki se livre à un rapide calcul. Si Alfie sort ce matin, aura-t-il besoin d'elle à la maison ? Pourrait-elle participer à la dernière phase du concours ? Elle est censée se trouver dans la cuisine du manoir à dix heures au plus tard, mais elle est convaincue qu'ils pourraient repousser le début de l'épreuve si elle les prévient de sa venue.

— Si vous êtes certaine… C'est fantastique, non, mon chéri ? Tu vas pouvoir passer la journée sur le canapé, à faire des câlins avec maman, s'enthousiasme Greg.

Son sourire s'évanouit lorsque son regard glisse de son fils à sa femme.

— Qu'y a-t-il, Vicks ? Tu as l'air inquiète. Je suis certain qu'ils ne le renverraient pas chez lui s'ils avaient le moindre doute. De toute façon, on aura la confirmation du médecin lors de sa visite.

— Ce n'est pas ça. Je… s'il obtient l'autorisation de sortir, je pourrais aller participer à la dernière épreuve du concours.

Elle se tord les mains en parlant, consciente d'adopter un ton implorant. L'incrédulité se peint sur les traits de Greg.

— Vraiment ? C'est vraiment ce que tu veux ?

— Oui. Ça ne te dérange pas, si ?

Il secoue la tête, perplexe.

— Non, bien sûr que non. Et bien sûr que tu dois y aller. Sans hésiter. Tu… tu es certaine qu'Alfie ira bien ?

Elle s'entend répéter les paroles de sa propre mère.

— Il ira très bien. Ce n'est que pour une journée. Je lui manquerai, mais tu seras avec lui. Il n'aura pas mal. Je suis désolée, Greg, je dois le faire, pour moi.

Quitter Alf a été un crève-cœur. Non, c'est un euphémisme. Elle a eu l'impression de l'abandonner pour toujours.

Elle a laissé Greg et Frances se charger de rassembler les affaires, de l'installer dans le siège auto, de le ramener à la maison après que le médecin l'a jugé apte à rentrer. De son côté, Vicki s'est précipitée dehors, sans la petite main d'Alf dans la sienne, sans les habituels sacs remplis de son fourbi. Elle aurait dû se sentir grisée d'excitation. Au lieu de quoi, elle s'est fait l'impression d'être la pire égoïste de la terre.

Pour ne rien arranger, Alfie n'était pas retourné à l'hôpital depuis sa naissance. Et Vicki ne s'est presque jamais séparée de lui entre-temps. Le jour de sa sortie de la maternité, elle n'a pas été capable de le quitter des yeux, ce petit être rouge qui gargouillait, avec sa surprenante crinière noire, emmailloté dans une combinaison-pilote et ficelé dans une nacelle. Cette minuscule personne qui était encore bien au chaud à l'intérieur de son ventre la veille et qui, à présent, était un individu distinct. Avec lequel elle repartait chez elle, ayant la responsabilité de veiller sur lui.

Elle s'était sentie submergée par l'amour… et la terreur. Elle se souvient d'avoir regardé Greg et d'avoir aperçu la même expression de surprise et d'effroi alors qu'il fixait la nacelle.

— Je n'arrive pas à croire qu'on ait le droit de l'emmener, avait-il observé.

— Je sais… avait-elle reconnu, incrédule. Qu'est-ce qu'on va faire de lui ?

À présent, il n'y pas de nouveau-né pour la déconcerter. Pas de petit garçon, qui a appris à sourire, pour la tirer par la manche, la suivre en traînant ses petits pieds. Elle avance plus vite, ses boots résonnent sur le sol de l'hôpital, son estomac se soulève au moment où elle atteint le hall avec son marchand de journaux et sa cafétéria, son odeur de friture, de café et de désinfectant.

Elle aperçoit le panneau indiquant la sortie et se précipite vers celle-ci, pour fuir la chaleur écœurante. Deux patients en pyjama et robe de chambre, reliés à leur goutte-à-goutte, se tiennent juste devant l'entrée et tirent sur leur première cigarette de la journée et elle aspire une bouffée de nicotine. La promesse du bon air frais se transforme en quinte de toux.

Quelques minutes plus tard, elle quitte le parking de l'hôpital en direction du périphérique puis de la M40. Un rapide coup de fil à Cora confirme à Eaden et Fils que leur quatrième concurrent est en route. Alors qu'elle s'engage dans une des artères principales d'Oxford, l'appréhension vient atténuer la culpabilité d'avoir laissé Alfie. Elle agrippe le volant et s'exhorte à la concentration. Elle doit se focaliser sur la passion qui l'a animée au cours des trois derniers mois, depuis qu'elle a reçu cet appel l'invitant au siège de Eaden pour un entretien en ce sinistre jour de février.

Au moment de pénétrer sur la M40, elle songe à la dernière étape de la compétition. Elle tournera autour de l'art du thé, et Harriet les a prévenus : la barre sera placée plus haut cette fois. Vicki sent ses tempes palpiter. La perspective de ce qui l'attend l'épuise.

Les juges vont sans doute leur demander de créer des bouchées exquises : éclairs, peints d'un trait de chocolat fondu et fourrés d'une onctueuse crème pâtissière, barquettes luisantes de fruits estivaux, millefeuille aux framboises, bouchées à la pâte d'amandes rose bonbon. Des scones aériens et un gâteau à base de ganache savoureuse, ou une pièce montée.

Elle se demande, et ce n'est pas la première fois, ce qui a poussé Kathleen Eaden à développer un tel intérêt… non, une telle obsession pour la pâtisserie. Les photos révèlent une silhouette élancée, elle ne devait donc pas s'empiffrer. Elle a d'ailleurs grandi pendant la guerre, elle a donc connu le rationnement, et la gourmandise lui a longtemps été interdite. Peut-être que, comme Vicki, elle était tout simplement perfectionniste.

Oh, mais tout semble si facile à te regarder, lui dit-elle. Tu ne donnes pas l'impression d'avoir dû t'entraîner ou d'avoir visé la perfection. « Il suffit d'incorporer, de fouetter, de placer, de glacer… » Voilà ce que tu écris, à croire que c'est aussi naturel que respirer. Lorsque tu prépares du pain perdu pour ton mari, il se régale. Quand tu fais du pain, tes enfants sont à leur tour sous le charme…

Vicki achoppe sur cette dernière phrase. Il lui faut un petit moment pour en comprendre la raison. Elle jette un coup d'œil dans son rétroviseur, met son clignotant et double un poids lourd particulièrement volumineux qui recrache des flots de fumée noire.

Tes enfants… Jenny a spécifié que tu n'avais pas encore d'enfant au moment où tu as écrit ce traité culinaire. Qu'as-tu dit d'autre à leur sujet ? « Refermez la porte du four aussi doucement que si un nourrisson dormait juste derrière », « les petits adoreront façonner des bonshommes en pain d'épices », « les jeunes enfants adorent les entremets crémeux », « un gâteau d'anniversaire confectionné spécialement pour lui restera gravé dans la mémoire d'un enfant »…

Qu'a ajouté Jenny ? Que nous avons fait des suppositions sur les raisons qui t'ont incitée à renoncer à ta carrière. Que ta vie n'était peut-être pas si idyllique et que certains aspects de la maternité ont pu te peser. Mais lesquels, alors ?

Pourquoi as-tu délaissé ta carrière ? Cachais-tu quelque chose ? Et pourquoi ta vie n'était-elle pas aussi idyllique que nous… non, que je l'imaginais ?

Elle enfonce la pédale d'accélérateur, à peine consciente des voitures de part et d'autre tandis qu'elle file sur la voie du milieu. Les questions qui se bousculent dans son esprit masquent le bourdonnement de la circulation, et une nouvelle version de la femme mythique se dessine soudain, par suite d'un simple changement de perspective, comme avec ces kaléidoscopes pour enfants. Kathleen Eaden ne sacrifie pas volontairement sa carrière à la maternité, elle est contrainte de le faire pour une raison inconnue.

Vicki passe la sixième et fonce sur la voie la plus à droite. L'aiguille approche des cent quarante kilomètres-heure sur le cadran, alors que Vicki est poussée par un sentiment d'urgence nouveau. Que voulait dire Jenny ? Seraient-elles en train de salir la mémoire de cette femme ?

Peut-être, songe tout à coup Vicki, que nous avons tout faux depuis le début. Peut-être qu'on n'aurait jamais dû chercher une nouvelle Mrs Eaden. Peut-être que nous aurions dû plutôt nous mettre en quête de la véritable Kathleen Eaden.

Kathleen

La douleur est intolérable à présent, elle n'a plus aucune chance d'empêcher ce qui est en train de se produire. Son corps ne lui répond plus, c'est celui d'un animal qui pousse des cris incontrôlés, qui se tortille sur le sol.

Dieu merci, George ne me voit pas dans cet état, songe-t-elle, alors qu'on la remet de force dans son lit. Une nouvelle vague de contractions survient et elle hurle de panique. Suivie d'une seconde, plus déchaînée encore. Elle est prise de tressautements, telle une marionnette qui exécute une danse grotesque et irrépressible.

Que m'arrive-t-il ? voudrait-elle hurler à l'infirmière qui place un masque sur son nez en lui demandant de respirer profondément. Que fait cette femme ? Comment ose-t-elle me toucher ? Kathleen a la tête qui tourne, puis sent monter une nausée étourdissante. Le gaz anesthésiant est en train d'agir.

— Brave petite, brave petite, lui répète l'infirmière.

Kathleen voudrait la chasser avec ses platitudes condescendantes. Brave petite ? C'est d'un ridicule consommé ! Elle est une mauvaise mère, ou même pas. Une mauvaise future mère. Une femme si inapte à la maternité, à la fonction première de sa nature, qu'elle ne parvient même pas à garder son bébé dans son ventre.

— Brave petite, continue à dire l'infirmière, comme si elle ne voyait pas ce qui se passe. Voilà, voilà… Brave petite.

La nausée l'emporte au moment où elle atteint un nouveau pic de douleur. Elle crache un jet de vomi et se met à trembler autant qu'une hystérique.

— Je veux que ça s'arrête, gémit-elle. Elle doit rester dans mon ventre… Elle le doit !

Quelqu'un vagit, et il semblerait que ce soit Kathleen.

— Là, là, chantonne une infirmière, la bâillonnant avec le masque. Vous vous en sortez très bien. Ça sera bientôt fini.

Un nouvel assaut de nausée. Quelqu'un lui demande de pousser, et elle voudrait leur crier de cesser leurs bêtises, de cesser de dire des choses pareilles.

Pourquoi tout le monde lui dit-il ce qu'elle doit faire, tout à coup ? Pourquoi les gens s'y sentent-ils autorisés ? Restez au lit, reposez-vous, détendez-vous, faites ce qui est le mieux pour le bébé, n'écrivez pas, ne cuisinez pas, mais continuez à incarner Mrs Eaden. Souriez, prenez la pose, hochez la tête. Hochez la tête, souriez, prenez la pose.

Elle ne peut plus continuer. Seulement, elle doit d'abord s'expliquer. Son bébé doit rester dans son ventre six semaines encore. C'est impératif, même s'il paraît en avoir décidé autrement.

Elle grogne, puis sent soudain un changement : une masse brûlante se fraie un chemin entre ses cuisses. Caruthers s'en empare et l'emporte aussitôt. La douleur a disparu, cependant un silence terrible emplit la pièce.

Les hommes en pyjama se massent autour de ce qui doit être la table de réanimation. Le silence s'étire à l'infini. Ses bras réclament de tenir l'enfant.

J'ai échoué, s'alarme-t-elle alors que des étoiles envahissent son champ de vision et qu'elle risque de perdre connaissance. Elle résiste à l'évanouissement. Elle doit tenir bon. Cette femme lui explique quelque chose d'important.

L'infirmière à son chevet, qui a les yeux rivés sur la table où le bébé reste silencieux, marmonne la sentence :

— Elle est toute bleue.

38

Les bonshommes en pain d'épices constituent le plus simple des régals. Les enfants les adorent, mais ne pas en avoir ne vous contraint pas à vous priver de ce plaisir ! Faites des biscuits en forme de cœur, ou créez des familles nombreuses.

Le manoir de Bradley Hall, dix heures moins le quart. Tous ceux qui prennent part au concours « À la recherche de la nouvelle Mrs Eaden » guettent le 4 × 4 de Vicki dans l'allée. La tension est palpable. Harriet et Dan font les cent pas dans le hall, Cora vérifie son téléphone toutes les deux secondes tant elle espère que la dernière épreuve pourra débuter à l'heure prévue. Claire, juchée sur un canapé en chintz, parcourt ses derniers sms. Elle relit celui de Jay – « 162 000 vues en tout ! » –, puis ressort le mot d'encouragement que lui a écrit Chloe, d'une écriture appliquée. « Tu es la meilleure maman et la meilleure pâticière du monde ! ! ! »

Le stylo rose a transpercé le papier, comme pour exprimer sa certitude.

C'est une belle journée. L'ancienne demeure à l'architecture datée s'efforce de paraître plus extravagante que grotesque, et le temps fait tout pour l'aider. Le soleil de cette matinée baigne la pierre dorée et adoucit les ornements des arcades. Du muguet l'entoure d'une frange verte et blanche. La pelouse luxuriante brille. Une petite tente y a été installée et, plus tard, les concurrents frissonneront dans leurs tenues estivales tels les invités d'un mariage printanier.

Jenny se tient devant la baie vitrée, évoquant moins la figure de matrone à laquelle on l'identifiait au début de la compétition que celle de la maîtresse des lieux. Elle dégage une sérénité qui contraste avec l'agitation ambiante. La tête relevée, les yeux rivés sur l'extrémité de l'allée, elle est digne et sereine. Elle semble s'être débarrassée de quelques kilos superflus et, surtout, d'une partie de sa timidité. L'assurance faite femme.

Dès que la voiture de Vicki s'engage sur le gravier, cependant, elle se met en branle, filant à la porte pour prendre son amie dans ses bras. Celle-ci est dans tous ses états.

— Je suis en retard, tellement en retard… Merci de m'avoir attendue… Je vous ai fait perdre beaucoup de temps ? Est-ce que je peux aller aux toilettes et avaler un verre d'eau avant de commencer l'épreuve ? Où est Harriet ? Ils sont fâchés ? Oh, Jen, je me sens si mal d'avoir abandonné mon pauvre petit Alf…

— Du calme, du calme.

Avec un sourire, Jenny l'enveloppe de sa douceur. Son corps est plus ferme que Vicki ne l'avait imaginé, elle ne s'enfonce pas dans sa chair comme dans un duvet, mais se retrouve bien plutôt entourée de coussins réconfortants. Elle sent les bras étonnamment puissants de Jenny l'étreindre, respire sa bonne odeur de propre. Voilà ce qu'on doit ressentir lorsqu'on est blotti contre sa mère, s'étonne-t-elle. Ce que je ressentirais si maman s'autorisait à le faire. Je me sentirais en sécurité. Son amie la libère.

— Pauvre chérie… Pauvre Alfie… Comment va-t-il ?

— Bien. Enfin, il ira bientôt bien.

Vicki sourit : le soulagement masque l'épuisement.

— Je ne supporte pas de penser à lui malgré tout, confesse-t-elle. Si je le fais, je vais repartir immédiatement. Je dois essayer de me concentrer, d'aller jusqu'au bout de cette journée.

— Ah, voilà de bonnes nouvelles !

Harriet vient de les rejoindre.

— Je me réjouis que votre petit aille mieux et que vous ayez pu venir. On se voit dans la cuisine d'ici vingt minutes ? ajoute-t-elle, impérieuse, avant de disparaître.

— Alors ça y est, observe Jenny. Tu es prête ?

— Pas vraiment, non, s'excuse Vicki.

Elle entraîne Jenny à l'écart tandis que Cora, Claire et Mike prennent la direction de la cuisine.

— Je n'arrête pas de songer à ce que tu m'as dit hier soir au sujet de Kathleen, explique-t-elle. Au sujet des suppositions qu'on a tous faites. De sa vie qui n'était pas aussi rose qu'on le suppose. Qu'entendais-tu par là ?

— Rien d'essentiel, répond Jenny, qui réunit son cardigan et son sac à main pour éviter de croiser ses yeux. Rien qui changera la face du monde.

— Tu as employé la même expression hier soir… Et si c'était important pour moi ?

Jenny s'interrompt pour relever la tête.

— J'en ai bien l'impression, en effet. Tu es sûre de vouloir en discuter maintenant, juste avant l'épreuve ?

— Je ne te poserais pas la question si ce n'était pas le cas !

Vicki ne s'attendait pas à s'exprimer avec autant de virulence et s'excuse aussitôt :

— Je suis désolée… je pense constamment à elle. J'ai l'impression que, d'une certaine façon, nous salissons sa mémoire.

Le regard que Jenny pose sur elle, froid et perplexe, la désarme. Lentement, celle-ci pose son sac à main et furète à l'intérieur. Elle trouve ce qu'elle cherchait : une feuille de papier bleu-gris recouverte d'une encre bleu roi, soigneusement pliée. Elle la tend à Vicki.

— Qu'est-ce que c'est ?

— Une lettre. Je l'ai découverte dans l'un des carnets de recettes de Kathleen. Je ne suis pas certaine qu'elle l'ait envoyée. Lis.

— Une lettre tirée de sa correspondance personnelle ? Je ne suis pas sûre d'y être autorisée… Comment l'as-tu récupérée ?

— Je l'ai empruntée, répond Jenny en rougissant. J'ai pensé que ça te ferait du bien de la lire. Écoute, j'ai l'intention de la rapporter ensuite. S'il te plaît, prends-la : elle explique tant de choses…

Dans un état second, Vicki la prend, la déplie soigneusement et entame sa lecture.

Little Haven, Trecothan,
15 juin 1972.

Très cher Charlie,

C'était merveilleux de te voir hier, de t'avoir auprès de nous pour fêter les six ans de Lily. Cette lettre te paraîtra peut-être ridiculement protocolaire, mais je tenais à souligner combien nous te sommes reconnaissants de tes efforts pour la traiter comme n'importe quel autre enfant.

Elle a adoré le cerf-volant. Quelle riche idée tu as eue ! Nous l'avons essayé ce matin, à marée basse, sur la plage de Constantine. Nous avons descendu la chaise roulante prévue pour le sable – celle avec les énormes roues que tu détestes porter – et nous nous sommes assurés que les poignées étaient bien fixées aux fils, pour ne pas risquer que le cerf-volant soit emporté par un coup de vent. Puis elle a pris les poignées, et George l'a poussée sur toute la longueur de la plage. On aurait cru qu'ils étaient entraînés par ce magnifique cerf-volant qui descendait en piqué et s'élevait vers le soleil. J'aurais aimé que tu sois là pour entendre ses éclats de rire. Elle était si heureuse que c'en était contagieux. Elle poussait des cris d'excitation et de crainte à l'idée que son merveilleux nouveau jouet pourrait être emporté.

Inutile de préciser qu'un tel malheur ne s'est pas produit. George avait fait des nœuds bien trop solides pour cela – tu imagines la crise s'il avait été négligent ? Nous avons dû passer une bonne heure et demie à le faire voler. J'ai cru que George allait avoir une attaque tant il était essoufflé, et j'ai pris le relais. Je suis si heureuse de l'avoir fait !

Je n'ai jamais autant eu cette impression de courir avec elle, main dans la main, et ton cerf-volant a accentué ce sentiment de liberté, lui qui filait devant nous, haut dans le ciel bleu, tel un farfadet.

Plus tard, nous avons voulu lui faire découvrir autre chose, et j'en suis si fière… Je l'ai aidée à confectionner des bonshommes en pain d'épices, une famille entière. Elle a presque tout fait elle-même. Bien sûr, elle avait besoin de moi pour verser les ingrédients dans le bol, toutefois elle a réussi à former la pâte, à l'étaler et à y presser les formes. D'accord, elle n'était pas perchée sur une chaise à côté de moi, et alors ? Nous avons préparé des gâteaux ensemble, ainsi que je m'étais toujours imaginé le faire avec ma fille. À un moment, elle m'a demandé : « Est-ce que c'est bien ce que je fais, maman ? » Je te le jure, j'ai failli pleurer.

Oh, Charlie, quand je remonte six ans en arrière, tout cela me semble impossible. Tu te souviens d'elle à la naissance ? Elle tenait plus de l'oisillon que du bébé. Sa peau était translucide, ses veines bleu vif en dessous. Pas un gramme de chair en trop.

Ça m'a paru si cruel d'avoir une enfant comme elle après mes trois pertes – je ne peux toujours pas me résoudre à employer l'expression de Caruthers, « avortement spontané ». Ce n'était pas le bébé potelé et éclatant de santé dont je rêvais, mais un petit être chétif né à trente-quatre semaines. Elle n'aurait pas dû survivre et il m'est arrivé, durant ces premières semaines pénibles, de penser que c'était impossible et, je le reconnais, cruel – pour nous, et surtout pour elle.

Je n'en reviens pas d'avoir écrit ces mots. C'est la vérité néanmoins, et tu es la seule personne à qui je puisse l'avouer : pendant un temps, j'ai pleuré l'enfant qu'elle n'était pas et ne serait jamais, Charlie. Elle s'est obstinée cependant. Et, à mesure que sa survie ne faisait plus le moindre doute, mon amour chancelant pour elle s'est fortifié. Notre petite combattante. Parfaite à tout point de vue, sinon celui de son infirmité motrice cérébrale. Sereine sauf lors des rares crises.

À ce sujet, d'ailleurs, je sais que tu es toujours inquiet de nous savoir en Cornouailles, loin de tout centre hospitalier universitaire, or tu n'as aucun souci à te faire. Il y a un hôpital à Treliske et nous continuons à rendre visite, tous les six mois, au neurologue de Harley Street. Elle vit plus librement dans un endroit aussi reculé. Un endroit où personne ne peut la montrer du doigt et murmurer tout bas qu'il s'agit d'une tragédie, ou évoquer ma carrière sacrifiée. Il me serait impossible de mener une existence anonyme à Londres avec une fille handicapée, ou de courir avec elle aussi librement qu'un cerf-volant dans Hyde Park ou Kensington Gardens. Tu imagines ? Quelqu'un nous remarquerait forcément, une expression peinée sur le visage.

Je me rends compte, en me relisant, que je peux donner l'impression d'avoir honte d'elle. Tu sais qu'il n'en est rien. Simplement, je ne supporterais pas les regards. J'ai toujours détesté être au centre de l'attention lors de ces maudites cérémonies d'inauguration et aujourd'hui, eh bien, j'y verrais une forme d'intrusion encore plus grande. C'est déjà assez dur d'être hantée par l'ancienne Mrs Eaden et ses idées naïves sur l'art de satisfaire sa famille rêvée, sur la façon de créer une famille idéale grâce à la cuisine. Je n'ai pas besoin qu'on agite sous mon nez l'image publique de celle que j'étais. Ici, je peux me contenter d'être Kitty, la mère de Lily. Je peux me consacrer à ma fille et faire tout ce qui est en mon pouvoir pour rendre son existence heureuse, le temps qu'elle durera.

Je me suis assez justifiée de notre vie d'ermites. Chaque fois que je respire l'air de l'Atlantique, je sais que nous faisons ce qu'il y a de mieux pour elle. Et il en va de même chaque fois que nous descendons sur la plage ensemble. J'espère que nous réussirons à t'attirer de nouveau prochainement dans notre antre.

Tu es bien plus en forme que George, et Lily voudrait emporter son cerf-volant à Watergate Bay. La plage s'étend sur cinq kilomètres là-bas, tu ferais bien de commencer à t'entraîner !

Avec toute ma tendresse,

Je t'embrasse,

Kitty.

L'écriture est si familière avec ses belles boucles, larges et régulières, la voix aussi claire et dynamique que de coutume. Pourtant la réalité décrite dans la lettre ne colle pas.

— Je ne comprends pas, lâche Vicki, sonnée. Qui est cette Kitty ?

— Kathleen. C'est une lettre qu'elle a adressée à son frère.

— Kathleen ? Kathleen Eaden ?

Jenny confirme d'un hochement de tête.

— Mais alors, qui est cette Lily ? La fille de Kathleen s'appelle Laura et elle n'a que deux ans de plus que moi. Trente-cinq ans, je crois. Elle le disait dans cette interview. Elle n'aurait pas pu avoir six ans en 1972.

— Kathleen a dû avoir une autre enfant. Avant. Une grande prématurée qu'elle a voulu protéger des regards curieux. Ça expliquerait pourquoi ils ont vendu l'affaire et se sont installés dans un endroit aussi isolé de Cornouailles, isolé à l'époque en tout cas. Ça expliquerait pourquoi elle n'a plus rien écrit ensuite. Elle a toujours fait passer sa famille en premier, ainsi que Laura l'a dit, et avec une petite fille aussi malade, handicapée, victime de crises, c'était sans doute la solution qui s'imposait. La seule possible.

Vicki a l'impression que le monde autour d'elle s'est légèrement déformé. Elle est aussi déboussolée que si elle venait de faire un tour de manège très rapide avec Alfie.

— Elle n'aime pas être Mrs Eaden... Elle ne pense même pas que la cuisine soit nécessaire au bonheur d'une famille.

Toutes ses certitudes volent en éclats.

— En effet. J'imagine qu'une fois confrontée à une telle épreuve, son personnage public lui est apparu un peu, je ne sais pas, superficiel ? Ou plutôt malhonnête. Avoir une enfant souffrant d'un handicap aussi lourd, après avoir subi plusieurs fausses couches, ne cadre pas vraiment avec le monde qu'elle décrit, serein et maîtrisé, en apparence idéal.

— Mais la pâtisserie peut aider ! Cela lui a procuré tellement de joie...

Vicki se raccroche à la seule certitude qu'il lui reste.

— De toute évidence, la rassure Jenny. Elle a bien préparé des bonshommes en pain d'épices avec Lily, non ? Et on voit bien que ça continue à la rendre heureuse.

— Il n'empêche que sa vie n'avait rien d'un conte de fées… En tout cas, elle était loin de ressembler à ce que son livre et ses photos suggèrent. Et si la perfection peut être atteinte dans une cuisine, dans la vie, en revanche, c'est impossible.

— L'épouse parfaite, l'enfant parfaite, la mère parfaite ? Aucune de nous ne peut être cela. Ce sont de purs fantasmes. Pour toi, pour moi, pour Kathleen.

39

Pour préparer une crème pâtissière, fouettez constamment le mélange dès l'ajout du lait chaud. La crème doit frémir, mais surtout ne pas accrocher au fond de la casserole. C'est dans de tels moments que l'attention portée aux détails est cruciale. Un instant de distraction, et votre crème sera ratée.

Frances ne met que trois sonneries à répondre, contrairement aux dix habituelles. Vicki, qui serre son portable à deux mains, est décontenancée. Elle pensait avoir quelques secondes supplémentaires pour se préparer, et elle doit déjà parler :

— Maman ?

— Victoria ?

Frances est visiblement sur ses gardes, redoutant sans doute une nouvelle attaque de colère de sa fille en mal d'amour.

— Tu n'es pas au concours ? poursuit-elle. Ça n'a pas encore commencé ?

— Si, si, dans cinq minutes. Je devais te parler d'abord. M'excuser.

La confession précipitée s'accompagne aussitôt d'un immense soulagement.

— Je t'écoute…

Sa mère est sur ses gardes, mais le ton est posé plutôt que critique.

— On devrait avoir cette conversation face à face… Seulement je voulais te le dire sans tarder, pour qu'aucune de nous deux ne rumine ça toute la journée. Je te demande pardon. De t'avoir reproché mon avortement. D'avoir sous-entendu que tu m'avais forcé la main. Que je ne l'ai fait que parce que tu l'avais suggéré.

Suit un long silence. Dis quelque chose, la supplie intérieurement Vicki, avant de comprendre que sa mère attend la suite. Car oui, il y a plus.

— Je suppose que ça m'arrangeait de rejeter toute la faute sur toi, poursuit-elle. Je me suis toujours sentie coupable, et j'ai réussi à le justifier à mes propres yeux avant d'avoir un enfant. Avec l'arrivée d'Alf, j'y ai soudain vu quelque chose de beaucoup plus grave. Je crois que j'ai voulu partager, ou me débarrasser, de ce fardeau. J'ai été injuste. Je sais très bien que je n'aurais pas pu me débrouiller avec un bébé à l'époque. J'étais encore une gamine. Et je me souviens très bien de ce que tu as dit. Que si c'était vraiment ma décision, alors tu me soutiendrais.

Vicki libère sa respiration dans un lourd soupir. Frances ne répond pas immédiatement. Lorsqu'elle le fait, c'est d'un ton hésitant et mesuré :

— Tu es bien consciente que c'était ta décision, n'est-ce pas ?

— Oui, maman. C'est ce que j'essaie de dire. Oui, j'en suis consciente. Et je te demande pardon.

— Je n'ai jamais rien voulu d'autre que ce qu'il y avait de mieux pour toi, ma chérie. Dans le domaine scolaire, bien entendu. Et, beaucoup plus essentiel, ton bien-être émotionnel. Je suis sincèrement désolée que ça n'ait pas toujours… pas souvent… porté ses fruits.

Elle marque une pause.

— Je sais que je n'ai jamais été très maternelle. Pour être honnête, je dois reconnaître que m'occuper d'un enfant ne m'était pas aussi naturel que je l'espérais. De nos jours, on parlerait sans doute de dépression postnatale.

Elle renifle aussitôt, comme pour mettre en doute cette notion – à moins qu'elle ne soit irritée d'avoir dû confesser ses sentiments d'alors.

— À l'époque, reprend-elle, j'ai simplement pensé que je n'avais pas la fibre maternelle, quel que soit le sens qu'on donne à cette expression. Les congés de maternité étaient plus courts. J'ai repris mon poste d'enseignante quand tu avais six semaines, et dès mon retour au travail je m'en suis mieux sortie. J'étais plus heureuse. Tu semblais plus calme. J'avais l'impression que tu pleurais deux fois moins avec ta nourrice qu'avec moi. Ce qui ne m'a pas empêchée de t'aimer,

Vicki. Je sais que j'ai dû te paraître stricte : exigeante avec tes devoirs, soucieuse de te voir exploiter ton potentiel. Sans doute pas très joueuse. Pas du tout, même. Mais je t'ai aimée… et je regrette de ne pas avoir su mieux t'en convaincre.

Elle reprend son souffle avant de poursuivre :

— Voici ce que j'essaie de dire, je crois : j'ai fait de mon mieux. Et sans vouloir t'assener une banalité, nous en sommes tous réduits à ça. C'est pareil pour toi et Alfie. Je t'en prie, Vicki, cesse de te tourmenter pour savoir si tu es une assez bonne mère et fais ce que je n'ai pas su faire : profite de lui.

Vicki cherche une réponse appropriée, seulement elle a la gorge serrée et sa langue lui refuse son concours. Un son lui échappe, à mi-chemin entre la respiration et le pleur.

— Vicki ? Tout va bien ? Tu ferais mieux d'aller passer cette épreuve. Il ne faut pas que tu sois en retard.

— Oui, oui, bien sûr, dit-elle, réussissant enfin à se ressaisir. Merci pour… les encouragements. Tu as raison, je dois filer. Au revoir, alors…

Leur conversation à cœur ouvert semble avoir trouvé sa conclusion, et pourtant Vicki devine – ou peut-être ne fait-elle que l'espérer – qu'elles n'en ont pas fini, que sa mère a quelque chose à ajouter.

— Merci d'avoir appelé… Et… Vicki ?

— Oui, répond-elle en agrippant le téléphone.

— Tu t'en souviendras, promis ? Je t'aime, ma chérie.

— Et nous y voilà !

Harriet, qui se balance sur ses pieds devant les candidats, a renoncé à cacher son excitation. Le soulagement d'avoir quatre pâtissiers – même si Karen, celle qu'elle aurait aimé voir gagner, est absente – la rend relativement nerveuse.

— L'art du thé. L'épreuve finale parfaite pour une compétition de haute volée. Un festin qui ne connaît pas de limites, mais où l'on aspire au raffinement, pas à l'excès. Aujourd'hui, nous attendons de vous que vous prépariez un de ces délicieux thés que Kathleen Eaden a si bien décrits : un défilé de péchés mignons, plus remarquables les uns que les autres, destinés à émerveiller les papilles. La médiocrité ne sera pas tolérée. Nous ne voulons pas de cupcakes qui vous restent sur l'estomac, pas de pain perdu figé, pas de tartes qui font grise mine. Nous attendons des sandwichs délicats taillés dans une fine tranche de pain frais, des tartelettes vigoureuses, un millefeuille, des petits choux, ainsi que des scones accompagnés de crème pour les plus anglais des convives.

— Pour l'épreuve d'aujourd'hui, ajoute Dan, votre capacité à gérer votre temps sera cruciale. Nous vous accordons quatre heures et demie en tout et pour tout. Et nous vous laissons seuls juges du meilleur moyen de les employer. Aucune de ces recettes en soi ne présente de difficulté particulière. Les préparer toutes en moins de cinq heures, et veiller à ce que chacune de vos réalisations soit un pur chef-d'œuvre, voilà votre challenge. Vous allez devoir définir un planning de travail rigoureux et vous y tenir pour vous assurer que chaque étape sera accomplie dans le temps que vous lui aurez imparti.

On pourrait entendre une mouche voler. Claire paraît sur le point de vomir ; Mike, en état de choc. Vicki est soulagée, et épuisée. Jenny sourit, calme et sereine.

— Et si nous y allions ? lance Harriet en leur souriant. Que l'épreuve finale commence !

Quatre têtes courbées par la concentration. Chacun note les temps de chaque recette avec autant d'application que s'il s'agissait de formules mathématiques compliquées. Jenny est la première à mettre au point un planning, rapide et efficace, comme toujours.

Elle débutera par le pain, et pendant que la pâte lèvera, elle s'attaquera à la crème pâtissière pour les tartelettes et le millefeuille. Les différentes pâtisseries suivront, puis viendront la cuisson et le montage. Elle doit réussir un tour de passe-passe délicat pour proposer des réalisations les plus fraîches et les plus raffinées possible, sans courir le risque d'une crise de panique à la fin.

Tout en relisant son planning, elle se demande si cette rigueur qui la caractérise – elle a inscrit le temps nécessaire à côté de chacune des étapes des différentes recettes – constitue un défaut, autant pour sa cuisine que pour sa personnalité. Peut-être a-t-elle été trop inflexible, n'osant pas, contrairement à Kathleen Eaden, lâcher la bride à son imagination. Et n'osant, jusqu'à maintenant, abandonner le rôle habituel qu'elle a, de bonne grâce, endossé tout au long de sa vie adulte.

Elle sait pourtant que c'est cette rectitude qui l'a sauvée. Tout se disloque. Le centre ne peut tenir. Les sauces, elles, doivent être remuées, les ingrédients pesés. La précision est requise. Le déroulement du concours, l'exigence d'exceller l'ont contrainte à se concentrer. À se focaliser sur l'ici et le maintenant, à ne pas se laisser prendre au piège d'une imagination sournoise. Elle parvient à contenir les images d'une Gabby Arkwright sensuelle dès qu'elle monte des blancs en neige ou prépare des copeaux de chocolat.

Bien sûr, elle sait qu'elle devra faire face à la réalité, à son mariage qui se décompose aussi inévitablement qu'un soufflé qui refroidit. Leur guerre de pacotille continue, cependant Nigel, intrigué de voir sa femme pleine d'entrain, a manifesté le désir d'entamer des pourparlers de paix. Elle ne sait pas.

Le monde de l'ancienne Jenny, épouse et mère docile, se réduisait à sa cuisine dans le Suffolk. Elle a été remplacée par une autre. Une qui a entraperçu un univers intrigant à l'extérieur de son potager clos, et qui pense pouvoir s'y aventurer. Qui s'en sent capable.

Cette nouvelle version de Jenny, améliorée – ou peut-être revivifiée –, quitte la pièce dès qu'elle s'entend qualifier de grosse, alors même que ce n'est plus vraiment le cas. À sa surprise, le stress des dernières semaines a si bien agi qu'elle a dû acheter des vêtements deux tailles au-dessous pour cette épreuve finale : si elle reste forte, l'obésité n'est plus toutefois qu'un souvenir.

Elle affrontera son mari au sujet de son infidélité, ne fermera pas les yeux dans l'espoir que tout redeviendra comme avant. Elle aimerait gagner son admiration et son respect. Elle voudrait croire qu'une histoire de vingt-huit ans ne doit pas être gâchée, qu'une thérapie de couple – à supposer qu'elle puisse convaincre Nigel d'en suivre une – aurait l'effet d'un baume apaisant sur les griefs mesquins et les comportements plus cruels. Elle craint cependant qu'il ne soit trop tard pour cela. Elle ne veut plus partager sa vie avec un homme capable de la qualifier de grosse. Elle pressent, non, elle sait qu'elle va partir.

Cette certitude est si étourdissante qu'elle décide de la mettre de côté, sur le feu du fond, comme une casserole remplie de riz cuisant dans une eau frémissante, pour se consacrer à la pâte à pain de mie. Nigel sera à Peterborough demain pour courir un semi-marathon, cependant ses filles, ses merveilleuses filles, seront là cet après-midi afin de la soutenir. Pas sa Kate qui lui manque tant, toujours à Sydney, mais Lizzie – elle montera de Bristol – et Emma, sa cadette, parfois blessante bien que toujours loyale en fin de compte. Savoir qu'elle a accepté de laisser son nouveau fiancé et sa vie bien remplie d'étudiante dans le sud de la France pour venir applaudir sa mère remplit Jenny de bonheur. Un bonheur semblable au sirop s'écoulant d'une tarte à la mélasse chaude. Il coule dans ses veines. J'ai mes filles, se rassure-t-elle. Et j'ai ce talent. Peut-être que, pour le moment, je n'ai besoin de rien d'autre.

Derrière elle, Claire s'efforce aussi de se concentrer sur les aspects positifs de son existence, s'encourageant mentalement tandis qu'elle prépare la pâte feuilletée pour son millefeuille. Elle sable le beurre et la farine avant de former une fontaine au centre et d'y verser l'eau pour lier le tout. Elle a dû beaucoup lutter contre elle-même pour se convaincre qu'elle était assez douée pour participer à ce concours, et aujourd'hui elle en a la preuve : 162 000 personnes l'ont regardée préparer ses brioches de Chelsea, son bungalow en pain d'épices et son soufflé au chocolat, alors qu'internet offre des ressources infinies ; 162 000 personnes pensent qu'elle est digne d'intérêt. Et peut-être même plus, si elle veut bien se l'avouer.

Elle étale la pâte, puis s'attaque à la crème pâtissière, faisant infuser une gousse de vanille dans son lait. Cette gousse coûte deux livres, songe-t-elle en voyant les graines noires se répandre dans l'étendue blanche et en respirant l'odeur sucrée, évocatrice. Elle n'aurait jamais utilisé des ingrédients aussi dispendieux auparavant. Elle se serait contentée d'une goutte d'essence de vanille, plus puissante et plus chimique en comparaison, mais dix fois moins chère.

Deux livres. Avec cette somme, elle pourrait acheter deux énormes paquets de pâtes, cinq cents grammes de viande hachée ou deux boîtes de poisson pané. Dix repas pour Chloe contre un bâtonnet rabougri au parfum paradisiaque qui, s'il contribuera à créer la plus délicate des crèmes, reste au fond un simple arôme. Elle est sûre que personne d'autre ne partage son opinion. Oui, sauf que personne d'autre, elle en mettrait sa main à couper, n'a jamais travaillé pour 6,08 livres l'heure. Et personne d'autre n'a jamais calculé que dépenser deux livres pour une gousse de vanille revient à se priver de deux miches de pain. Ou de deux litres de lait et d'un sachet de chips ou d'un paquet de biscuits bon marché.

Elle sépare les blancs des jaunes et bat ceux-ci avec le sucre et la farine de maïs ; les sphères orange se transforment en un mélange épais, pâle et crémeux. Personne n'a évoqué la question de l'argent : le contrat de cinquante mille livres pour prendre part à la campagne de publicité de Eaden, pour « diriger » le rayon boulangerie-pâtisserie et pour rédiger une rubrique hebdomadaire. Le montant est constamment présent à l'esprit de Claire.

Cinquante mille livres. La somme lui apparaît parfois avec le tintement d'un vieux jackpot. Une somme concevable, plus tangible que les millions que sa voisine rêve de gagner au Loto. Une somme… réaliste. Qui changerait sa vie.

Cette idée lui coupe le souffle. Cinquante mille livres. Cinq fois son salaire actuel. Assez pour acheter un petit appartement, si elle parvenait à négocier une augmentation suffisante de son salaire – afin de décrocher un prêt. Assez pour pouvoir mettre le chauffage sans compter, pour offrir à Chloe un ordinateur ou une console de jeux, pour lui acheter des vêtements neufs – au lieu de l'habiller avec des fripes d'occasion. Pour l'emmener en vacances.

Peut-être que Chloe – et, à cette idée, des bulles d'excitation l'envahissent – pourrait être comme les autres enfants et prendre l'avion ? Claire imagine la réaction de sa fille si elle lui annonçait une chose pareille : elle écarquillerait ses grands yeux, plisserait ses taches de rousseur et s'accrocherait à sa mère de ses membres interminables, la serrant si fort que celle-ci étoufferait.

Elle fouette le mélange avec énergie. Elle ne gagnera jamais si elle se laisse aller à rêvasser. Un sourire joue sur ses lèvres. Il n'y a pas si longtemps, elle croyait ne plus en être capable…

Alors que la crème de Claire épaissit, une odeur de caramel, puis de sucre brûlé envahit la cuisine. Sur sa droite, une préparation vient d'accrocher au fond de la casserole.

— Oh non ! s'écrie Vicki.

Elle est au bord des larmes. Elle récupère la casserole sur le feu et en transvase le contenu dans une seconde, espérant éviter le désastre. L'eau émet un sifflement moqueur en atteignant le fond du récipient noirci et un panache de vapeur s'élève. Les côtés ont roussi et le liquide bouillonne. Des morceaux d'œufs et de farine de maïs solidifiés flottent à la surface tels des œufs brouillés.

— C'est bon à jeter !

La voix de Vicki se brise, libérant dans ce cri la tension des dix-huit heures dernières.

— Hé, hé, du calme… Tu es juste épuisée, et nerveuse.

Claire tente de la rassurer tout en gardant un œil sur sa propre crème, qui se met justement à faire des bulles, épaisse, bien lisse et onctueuse. Elle la retire du feu.

— Pourquoi ne pas commencer autre chose pendant que ta vanille infuse ?

Elle file vers le poste de travail de Vicki et prend connaissance de son planning de travail.

— Tiens, dit-elle, la pâte à choux. Tu pourrais la préparer puis la réserver. Ça te permettrait au moins de rayer un truc.

Elle observe le plan de travail encombré de coquilles d'œufs, où règne le chaos le plus complet. La pâte à pain est en train de lever, mais la crème pâtissière ratée lui a fait prendre du retard.

— Bon, lâche Vicki en reniflant et en s'essuyant les yeux du revers de la main. On ne peut pas dire que ce soit une très grande réussite.

— Tu as eu une nuit difficile, la réconforte Claire. Tu as le temps de rectifier le tir.

— Si tu le dis… répond Vicki avec un sourire mouillé.

Claire s'essaie à l'humour :

— Allez, ne nous facilite pas autant la tâche !

Sa concurrente rit malgré elle.

— Oh, Claire ! Tu es très douée, tu n'as pas besoin que je me saborde pour briller.

— Toi aussi, tu es douée. Et tu ne vas pas te saborder. Allez, imagine que tu te prépares avant d'affronter trente gamins de six ans. Qu'est-ce que tu te disais dans ces moments-là ? Que tu devais leur en mettre plein la vue ? Que tu ne pouvais pas les laisser percevoir ta nervosité ?

— Un truc dans le genre, marmonne Vicki.

— Très bien. Il te suffit de traiter Dan et Harriet comme ces mômes. Et de leur en mettre plein la vue !

Telle une gamine prise en faute, Vicki suit les instructions à la lettre. Elle mesure l'eau, pèse le beurre, le sel et la farine pour la pâte à choux, casse les œufs. Elle porte le mélange de beurre et d'eau à ébullition, puis ajoute la farine pour former une boule de pâte. Ensuite, un par un, elle incorpore les œufs – la consistance évolue, passant de celle d'œufs brouillés épais à une pâte lisse couleur caramel. Elle la goûte et a un mouvement de recul : les saveurs du beurre fondu et des œufs lui tapissent le palais, mais l'effet n'est pas plaisant. Trop salé, pas assez cuit. Pourtant, une fois passée au four, elle sera d'une légèreté aérienne : une boule croustillante et vide, à remplir de crème fouettée ou de glace, qui constitue la base de certains des desserts les plus légers et les plus délicieux.

Réservant sa pâte, Vicki décide de se consacrer à nouveau à la crème pâtissière. L'odeur que dégage la gousse de vanille en train d'infuser lui rappelle la lotion dont elle se servait pour masser Alfie quand il était bébé… avant qu'il ne soit capable de sauter d'une table à langer et d'esquiver ses caresses.

Oh, elle n'y arrivera jamais ! Elle a beau avoir les meilleures intentions du monde, elle est incapable de se concentrer. Ses émotions l'empêchent d'avoir les idées claires : culpabilité d'avoir abandonné Alfie, chagrin au souvenir de son avortement et de la dispute avec sa mère, tristesse pour Kathleen. Cette débauche de recettes lui apparaît déconnectée de la réalité, un simple passe-temps comparé aux choses importantes de la vie : faire des bébés et s'en occuper. Elle casse un jaune et regarde le filet doré serpenter dans la masse d'albumen, la souiller en s'y infiltrant. Elle doit recommencer.

Oh, bon sang ! Elle sort un nouveau cul-de-poule et trois œufs frais, puis prend une minute pour tenter de retrouver son calme. Le visage d'Alfie se met à danser devant ses yeux : ses grandes billes noisette, son visage exsangue, sa lèvre inférieure cerise qui saillait alors qu'il l'appelait au moment où elle quittait la chambre, un sourire rassurant aux lèvres.

— Mamaaaaaan !

Je n'ai jamais voulu être le genre de mère qui abandonne ses enfants, songe-t-elle avec fureur. Comment ai-je pu partir alors qu'il avait besoin de moi ? Une vague d'écœurement la submerge. Comment ai-je pu le laisser dans son lit d'hôpital ?

Une pensée lui vient aussitôt : Kathleen n'aurait pas fait une chose pareille. Elle a tiré un trait sur toute sa vie pour Lily. Une seconde pensée se présente, accompagnée d'une certitude glaçante. Sauf que je ne suis pas Kathleen, si ? Et qui sait quel genre de mère elle aurait été si elle n'avait pas connu une expérience aussi extrême, aussi traumatisante ?

Je ne suis pas très douée dans mon rôle de mère au foyer, persiste sa voix intérieure, sinistre. C'est ce que tu voulais, lui rétorque-t-elle, et tu as de la chance de pouvoir mener cette existence. Je sais, je sais… Je sais, mais je ne suis pas heureuse et je suis loin de m'en acquitter à la perfection.

Je dois faire autre chose. Voilà ce qu'elle comprend au moment de séparer, avec succès, les blancs des jaunes, qui tombent dans un bol distinct. La vérité, qu'elle pressent depuis longtemps, remonte enfin à la surface : elle veut postuler au remplacement d'Amy. Vicki a besoin de savoir si elle capable de reprendre l'enseignement.

40

Cuisiner est un moyen de choyer ceux que l'on aime. De développer un talent plaisant et désirable. Cuisiner permet de découvrir de nouvelles saveurs, de nouvelles cultures, de vous former l'esprit et de vous ouvrir à d'autres univers.

Les quatre heures et demie sont écoulées. Quatre présentoirs à gâteaux sont chargés de millefeuilles, de choux et de tartelettes gorgés de crème pâtissière. Des scones bien dodus – ceux de Mike, généreux, invitent à une promenade digestive ensuite, ceux de Vicki tiennent davantage des bouchées délicates – nichent dans des panières tapissées d'une serviette. Ils ont été badigeonnés d'œuf battu pour briller et saupoudrés de sucre. Sur les assiettes, sandwichs au saumon poché se bousculent avec ceux au jambon fumé et au chutney de tomate verte ; de la confiture scintille comme des joyaux à côté de la crème fouettée, d'un blanc doré.

Les juges prennent leur temps pour choisir le vainqueur. Les pâtissiers ont reçu pour instruction de se détendre avec leurs familles et supporters. Ces derniers quittent le manoir, où ils ont suivi l'épreuve filmée en direct.

— Maman, tu as été merveilleuse !

Emma traverse la pelouse en courant pour se jeter au cou de sa mère, suivie de près par Lizzy. Vicki regarde avec envie les trois femmes former un nœud serré et rompre ensuite leur étreinte dans un éclat de rire. Elle n'a jamais pu exprimer ses sentiments aussi librement avec sa mère.

Mike est en pleines embrassades lui aussi, assailli par deux enfants, qui doivent être Pippa et Sam, puis par une femme qui lui ressemble de façon frappante – sans doute sa sœur. Quant à Claire, elle est en compagnie d'un couple d'un certain âge et d'une petite fille.

— Maman, tu es géniale ! s'écrie Chloe en dansant autour d'eux avant de faire la roue.

Malgré la fatigue, Vicki éclate de rire. Pippa observe Chloe avec intérêt et finit par lâcher son père pour rejoindre la grande fille qui suscite visiblement son admiration. Claire présente ses parents à Mike et Vicki remarque pour la première fois qu'il regarde la jeune femme avec une admiration sincère. Timidement, les deux groupes se fondent.

Tout le monde est entouré de sa famille, songe Vicki avec mélancolie, faisant apparaître, sur son portable, la photo que Greg lui a envoyée pendant l'épreuve. Pelotonné sur le canapé, Alfie serre contre lui Le

Chien, sa peluche élimée. « Tout va bien, maman. On t'aime ! Bonne chance ! » Voilà le message qui accompagne l'image. Alfie, qui semble sourire, a les deux pouces levés.

Un petit garçon et son père. Il faudrait peut-être que ça suffise. Non, elle reformule aussitôt : ça pourrait bien suffire. Alors un sourire naît sur ses lèvres. Venant à sa rencontre sur la pelouse, d'un pas d'abord hésitant qui, devant le sourire de Vicki, acquiert une tranquille résolution, s'avance la personne qu'elle s'attendait le moins à voir… mais celle, elle s'en rend compte à présent, dont elle espérait le plus la venue.

— J'espère que ça ne t'embête pas que je sois venue ? demande Frances.

Vicki constate qu'elle sourit à travers ses larmes.

Les délibérations se prolongent et Jenny, qui déguste une coupe de champagne avec ses filles, n'entend pas son portable. C'est alors au tour de celui d'Emma : une sonnerie puissante et insistante.

— Ta mère est là ?

La voix de Nigel est si irascible et stridente qu'elles l'entendent toutes les trois. Jenny prend le téléphone que lui tend Emma.

— Nigel ?… Ah… Ah… Oh, Nigel, je suis désolée pour toi !

— Que se passe-t-il ?

Emma et Lizzie, inquiètes, cherchent à croiser le regard de leur mère, qui continue sa conversation avec leur père.

— Non… Évidemment, je comprends que tu voudrais que je rapplique ventre à terre, mais je ne peux pas. Je suis en plein concours… Et j'en ai fini de t'aider. Je suis désolée, Nigel, je ne peux plus continuer comme ça… Je comprends bien… Peut-être que Gabby pourrait venir ? Je suis sûre qu'elle sera beaucoup plus disposée que moi à jouer les infirmières, d'autant qu'elle t'a encouragé à t'inscrire. Non… Non, Nigel, c'est impossible… Et je refuse de supporter ton attitude plus longtemps.

Elle écarte l'appareil de son oreille alors qu'un flot de rage s'en échappe, venant troubler le doux brouhaha des discussions cordiales.

— Au revoir, Nigel, assène-t-elle en plaquant le combiné contre son oreille.

Animée d'une détermination subite, elle raccroche.

— Que se passe-t-il ? hasarde Lizzie.

— Votre père s'est tordu un ligament croisé en s'entraînant pour demain. On lui a prescrit six semaines de repos forcé.

Les filles n'en reviennent pas.

— Je lui ai répondu qu'il était hors de question que je rentre dare-dare pour m'occuper de lui.

— Bravo ! s'exclame Emma avant de la prendre dans ses bras.

Lizzie a plus de mal à se remettre de sa surprise.

— Je crois que j'ai fait plus que ça, ajoute Jenny.

Blottie contre sa fille, elle se sent soudain prise d'un doute.

— Je crois que je viens de le quitter, ajoute-t-elle.

Emma lui répond dans un murmure vigoureux :
— Encore mieux !

Inconsciente de ce qui se trame autour d'elle, Claire, entourée de sa famille et de celle de Mike, bout d'excitation. On vient de lui proposer un entretien avec le directeur général de Eaden au sujet du développement d'une gamme consacrée aux spécialités pâtissières de l'ouest du pays. Elle s'en croit capable. Après tout, ça ne sera pas la mer à boire après ce qu'elle vient d'accomplir... Elle avale une nouvelle gorgée de champagne, puis trinque avec Angela.

— Ça, c'est la vraie vie, non ? lui lance sa mère avec un sourire.

— Je pourrais m'y habituer, maman. Franchement.

Claire a découvert un tout autre univers, un univers où l'on joue au croquet, où l'on organise des manifestations culinaires, des dégustations de champagne. Un univers où l'on peut se prélasser sous le regard admiratif d'hommes gentils, comme Mike. Un univers où le rêve est permis.

Devant elle, Chloe montre à Pippa comment faire la roue, avec une certaine condescendance. Elle se dresse sur la pointe des pieds et enchaîne trois pirouettes rapides avant de s'arrêter brusquement. Elle traverse alors la pelouse en agitant les bras.

— Papaaaaaa !

Un homme, dont la démarche évoque celle d'un paon en train de faire la roue, bronzé, les yeux d'un vert doré, s'avance vers elles.

— Que fabrique-t-il ici ? grogne Angela. Tu l'as invité ?

— Non… enfin, je ne crois pas. Bien sûr, il savait que Chloe et toi veniez aujourd'hui. Peut-être n'ai-je pas été assez claire…

Elle voudrait le voir disparaître aussitôt.

— Tout va bien ? lance Jay avec un sourire, un bras passé autour des épaules de Chloe.

Angela se contente d'un signe de tête rigide en guise de salut.

— Qu'est-ce que tu fais ici ?

Déstabilisée, Claire prend conscience de tout ce qui sépare Mike et Jay.

— J'ai pensé… comme on s'entend de mieux en mieux… que je pouvais venir et entamer ma mission d'agent.

Il esquisse un sourire qui s'évanouit aussitôt.

— C'est Chloe qui a eu l'idée, ajoute-t-il, je n'aurais peut-être pas dû l'écouter…

Claire ravale la réponse qui lui brûle les lèvres en voyant la confusion se peindre sur les traits de sa fille.

— Tu as eu une excellente idée, ma chérie, lui dit-elle. Jay, je peux te parler une seconde ? On n'en a pas pour longtemps, ajoute-t-elle à l'intention de Chloe, en embrassant sa joue couverte de taches de rousseur, pour la rassurer.

Claire doit absolument entraîner Jay loin de la tente et de ses nouveaux amis. Il s'agit d'un univers qu'elle a conquis seule, elle ne compte pas le partager. Lui appartient aux dunes de sable de son passé, pas aux cuisines et aux cocktails de son avenir. En l'étudiant, elle se demande si elle a enfin tourné la page. Elle le prend par le bras pour le conduire à l'écart, sans le brusquer. Il se libère pourtant d'un geste furieux.

— Ne sois pas comme ça, tente-t-elle de l'apaiser, alors qu'ils traversent la pelouse.

Ils gravissent une petite butte en direction d'un bosquet qui leur offrira un peu d'intimité.

— Tu me ridiculises, proteste-t-il, soudain boudeur. Je pensais te faire une surprise.

— Oh, Jay, tu espérais surtout tirer profit de l'occasion.

Il paraît blessé.

— Pas du tout.

— Jay… Pas à moi…. Je te connais. Je serais flattée que tu aies fait tout ce chemin pour moi, mais j'en doute… Sois honnête. Tu es venu parce que tu espérais t'amuser.

Il garde le silence le temps de décider de la stratégie à adopter.

— Je ne vois pas quel mal il y a à ça ! Tu devrais peut-être essayer de temps à autre.

Elle l'a atteint dans sa fierté et il fait sa mauvaise tête.

— Aucun. Il n'y a aucun mal à ça. Sauf que tu ne peux pas t'immiscer dans nos vies, à Chloe et à moi, seulement quand ça t'arrange. Quand c'est amusant. Ça ne marche pas comme ça, Jay.

— Oh, épargne-moi tes sermons !

Il fait mine de s'éloigner, cependant quelque chose, peut-être la fermeté de Claire, peut-être la peur de se ridiculiser encore davantage, le retient. Il revient sur ses pas et attend, en dansant d'un pied sur l'autre, qu'elle dise ce qu'elle a sur le cœur.

— Élever un enfant, former un couple, c'est aussi être là dans les coups durs, dans les moments ennuyeux, pas uniquement pour le côté amusant, les vidéos sur YouTube, le concours, à supposer que je le remporte, les soirées dans de belles propriétés à siroter du champagne.

— Ne me prends pas pour un idiot.

— Ce n'était pas mon intention, Jay. Je suis désolée. Je crois simplement que tu ne mesures pas ce que Chloe et moi attendons réellement de toi.

— Ah bon ? Eh bien, regarde !

Il retrousse la manche de sa chemise pour dévoiler un tatouage récent, *Chloe*, en lettres italiques qui s'enroulent autour de son biceps. Il n'a pas encore fini de cicatriser, sa peau est rouge.

— Je l'ai fait pour vous prouver mon engagement, pour vous montrer combien Chloe et toi comptez pour moi.

Claire a une boule dans la gorge. Il n'aurait pas pu faire une chose plus idiote. Ce geste excessif censé proclamer sa maturité produit l'effet inverse. Elle voudrait apaiser la pauvre peau irritée par les aiguilles, la guérir à coups de baisers, et effacer le tatouage par la même occasion.

— Être père, ce n'est pas se faire tatouer le nom de sa fille sur le bras, déplore-t-elle avec moins de colère que de tristesse. C'est être là pour la conduire à l'hôpital quand elle a de la fièvre, pour lui tenir les cheveux quand elle vomit dans les toilettes, pour changer ses draps si elle a fait pipi au lit, pour l'aider avec ses devoirs, aller la chercher à l'école, jouer avec elle. Écouter ses craintes. Cuisiner avec elle. S'efforcer de lui offrir une vie heureuse.

— On dirait que tu es devenue une experte de la question, lâche-t-il en donnant un coup de pied dans l'herbe.

— Non. Bien sûr que non.

Elle s'efforce de garder une voix égale malgré l'irritation qui monte.

— J'essaie, reprend-elle. Je ne peux pas tout lui donner. Chloe a besoin que toi aussi tu sois là pour elle.

— Et toi ?

Elle le regarde tendrement.

— Je ne sais pas, Jay. J'ai besoin du père de Chloe, évidemment, mais de l'homme ? Non, je ne crois plus avoir besoin de toi en tant que tel.

Un silence s'installe.

Merde ! pense-t-elle. Qu'ai-je fait ? Il est si beau lorsqu'il est abattu. S'il me décoche un de ses sourires indolents, je suis foutue, je coucherai avec lui ce soir. Serait-ce si grave ? Ne serait-ce pas excitant ? Une façon de célébrer l'occasion ? Ne me sentirais-je pas comme Karen, pour une fois ? Sauf que je ne suis pas elle, et que je ne veux pas être comme elle. J'aurais l'impression d'avoir fait un pas en arrière. Alors qu'il l'observe à travers ses cils interminables, les arguments défilent dans son crâne.

— Clai… aire ?

Une voix aiguë brise la tension. Vicki approche.

— Je suis désolée de vous interrompre, s'excuse-t-elle, ils vont annoncer les résultats !

Elle gravit la petite pente au pas de course et serre Claire contre elle. Elle lance à Jay un sourire suggérant qu'elle ne s'est pas rendu compte qu'ils se disaient des choses importantes.

Sauvée par Vicki ! songe Claire. Par cette drôle de femme BCBG que je ne peux m'empêcher d'apprécier, par une nouvelle amie qui m'a dit – quels étaient les mots exacts, déjà ? – de ne pas répéter les anciennes erreurs mais d'avancer dans la vie.

— Mon Dieu, j'ai un de ces tracs, confesse Vicki en prenant Claire par le bras.

Toutes deux descendent la butte.

— Venez… Jay, c'est bien ça ? Vous allez rater le clou du spectacle !

Vicki lâche Claire pour courir le chercher. Elle le prend par la main comme s'il était un enfant de trois ans. Claire doute qu'il ait jamais rencontré quelqu'un d'aussi imperméable à ce qu'il dégage. On dirait qu'un rouleau compresseur vient de lui passer sur le corps. Il réussit à se dégager avec douceur.

— Tout va bien, je vais vous suivre. Partez devant… j'arrive.

Vicki ne se laisse pas démonter et met Claire au défi :

— Allez ! On fait la course !

Galvanisées par le champagne, pour la première, et par le désir d'échapper à la houle de ses sentiments, pour l'autre, elles s'élancent toutes deux sur l'herbe.

Les autres sont déjà réunis quand elles débarquent. Jenny et Mike se tiennent sur la gauche de la table où sont posés les présentoirs à gâteaux. Mike affiche un air de résignation ironique. Jenny est un modèle de calme, même si son sourire est un peu crispé.

Claire et Vicki se fraient un chemin jusqu'à la table pour se camper à côté d'eux, à la droite de Dan et Harriet. Devant eux, les présentoirs sont en partie dégarnis. Claire reconnaît ses éclairs et remarque que ses tartelettes ont toutes disparu. Elle examine le présentoir voisin, celui de Jenny, pense-t-elle, et tente d'évaluer si on a goûté davantage de friandises. Peut-elle y voir un signe ?

Le brouhaha ambiant diminue avant de cesser brusquement dans un petit concert de « chut ! » nerveux. Harriet lève la main et le silence devient total.

Ça y est, songe Claire. Tout le concours menait à ce moment. L'annonce du vainqueur. D'un instant à l'autre, l'identité de la nouvelle Mrs Eaden sera dévoilée.

— Je vous remercie, dit Harriet, plus affable que jamais. Comme vous le savez, c'était notre premier concours de pâtisserie organisé à la mémoire de Kathleen Eaden, qui nous a malheureusement quittés en décembre dernier.

Oh, non, se dit Claire, on est parti pour un long discours.

— Nous n'étions pas certains de trouver quelqu'un à la hauteur. Et nous avions tort ! Car nos quatre pâtissiers auraient rendu Mrs Eaden fière. L'un, en particulier, possède ce que nous recherchions : la même passion intense pour cette activité, la même compulsion, irais-je jusqu'à dire, à la pratiquer. Le vainqueur se caractérise par sa maîtrise discrète des techniques associée à des éclats de génie. Il a appris, au fil du concours, à se connaître et il sait aujourd'hui, sans l'ombre d'un doute, qu'il excelle quand il est dans une cuisine.

Ça ne peut pas être moi, alors, comprend Claire. Elle s'attendait à cette déception, qui se teinte aussitôt de joie à l'annonce tant attendue, accueillie par des acclamations croissantes.

— Notre nouvelle Mrs Eaden est Jenny !

41

Il existe de nombreuses raisons de faire la cuisine : recevoir, créer, impressionner, nourrir, chercher qui l'on est et, parfois, il faut bien le reconnaître, parfaire cet art. Mais souvent nous cuisinons pour assouvir une faim qui serait plus sûrement rassasiée par un simple geste de l'être cher. Nous cuisinons pour aimer et être aimé.

Eh bien, la meilleure a gagné, conclut Karen qui regarde dans sa cuisine la retransmission en direct de l'annonce des résultats sur son ordinateur. Jenny pleure : de grosses larmes qui jaillissent de ses yeux et laissent des traînées sur ses joues poudrées. Vicki sanglote, elle aussi. Voilà qui n'a rien de surprenant. Le sourire de Claire, lorsqu'elle enlace Jenny, paraît sincère. Mike les enveloppe toutes dans une étreinte collective et serre le bras de Claire.

Elle se détourne de l'écran pour prendre son Coca Light. Sa planche de salut. Son poison.

Ça aurait pu être moi, claironne une petite voix intérieure. Oui, peut-être bien, sauf que ça n'avance à rien de se dire ça maintenant, lui oppose-t-elle sèchement. Elle passe en revue les techniques de pensée positive, glanées dans un manuel de développement personnel : elle a choisi de quitter la compétition, il y a toujours cet agent intéressé par un livre sur la cuisine basses calories et rien ne peut effacer les 186 000 vues totalisées par ses trois films sur YouTube, pas plus que la certitude qu'elle était la favorite du public.

Oliver pénètre dans la cuisine et jette un coup d'œil à l'ordinateur portable avant de venir se placer près de Karen, les mains pendant bêtement à ses côtés. Il retire ses lunettes à monture en titane et les nettoie avec un pan de sa chemise, puis les remet sur son nez en soupirant.

Il a été beaucoup plus présent ces quinze derniers jours, depuis l'arrestation de Jake. La journée a semblé très étrange à Karen. Il a été là, pas à Londres, pas à la salle de sport, pas terré dans son bureau mais ici, dans leur maison, dans leur lit, dans leur cuisine. Et même si elle n'en a pas l'habitude, si elle n'est même pas sûre que ça lui fasse plaisir, elle apprécie son geste. À sa façon, sans le formuler, il tente de rattraper le temps perdu.

Bien sûr, ses fringales secrètes, et le rituel de purification qui les accompagne en ont été bouleversés, ce qui a été épuisant. La peur d'être découverte a été d'abord la plus forte, avant que ce besoin de se purger reprenne le dessus. Il lui a suffi de choisir ses heures.

Elle continue à redouter qu'il soit au courant, bien sûr. Comme toujours, lorsqu'il la regarde, il la regarde vraiment, la jaugeant sans ciller.

C'est d'ailleurs ce qu'il est en train de faire.

— Tu regrettes de ne pas y être ? s'enquiert-il en désignant l'écran.

— Oh, non, pas vraiment…

Elle n'est pas convaincante.

— Bien sûr que si, dit-il sur le ton de l'évidence.

Il ajoute aussitôt, prenant sans doute conscience de ce qu'il peut avoir de dédaigneux :

— J'ai conscience de ce que tu as sacrifié, tu sais. Et Jake aussi. Il sait ce que tu as fait pour lui.

— Oh, ce n'est rien… Un concours de pâtisserie. Même pas diffusé à la télé !

Elle proteste trop, s'avise-t-elle en se détournant de l'écran pour attraper une bouteille d'eau pétillante glacée.

— Non, ce n'est pas rien.

Elle reste de dos, ne sachant comment réagir. Il y a une trace sur la porte du réfrigérateur, qu'elle nettoie avec une lingette antibactérienne. Elle évite toujours de croiser le regard d'Oliver. Jake, qui vient de les rejoindre, remarque l'écran de l'ordinateur et sa mère qui sirote un verre d'eau pétillante.

— Tout va bien, maman ?

Il passe un long bras autour de ses épaules et l'étreint avec une certaine maladresse.

— En quel honneur ? s'étonne-t-elle.

— J'ai entendu ce que disait papa… et il a raison, je te suis reconnaissant. D'être là pour moi…

Il laisse retomber son bras et rougit.

— C'est toi qui lui as demandé de faire ça ? lance-t-elle à Oliver.

Celui-ci ne cache pas son exaspération.

— Peut-être as-tu simplement réussi à élever ton fils dans le souci des autres, Karen. Peut-être essaie-t-il de te remercier.

— On va devoir s'occuper de toi ensuite, maman, marmonne Jake.

Elle remarque qu'il est rouge comme une tomate et qu'il garde les yeux rivés sur ses ongles rongés. Elle sent son estomac se nouer. Va-t-il la trahir et mentionner Jamie ? Après tout ce qu'elle a fait pour lui ? Elle n'ose pas se tourner vers Oliver. Jake scrute ses doigts plus intensément avant de river son regard sur celui de son père.

— On doit veiller sur elle aussi, papa. L'empêcher de s'affamer… de se faire vomir.

La pièce tourne, et de minuscules étoiles se mettent à danser dans son champ de vision alors qu'un vertige s'empare d'elle. « Tu étais au courant ? » voudrait-elle hurler, mais ce serait un aveu. Elle garde le silence, clouée sur place tel un enfant terrorisé, espérant que, par miracle, Oliver n'a pas entendu leur fils ou n'a pas compris ses paroles. Cependant, rien n'échappe à l'intelligence de son époux, ou plutôt à sa mémoire infaillible.

— Tu continues avec ça ?

Il a pâli et elle voit qu'il comprend soudain la véritable signification de ces repas sautés et de ces visites intempestives aux toilettes. Peut-être le souvenir de cette soirée à Rome est-il remonté à la surface – quand il l'a surprise dans la salle de bains, figée dans le clair de lune, et qu'il n'en a pas cru ses yeux. Et cet incident, huit mois plus tard, à Val-d'Isère.

— Mais… j'étais persuadé que tu avais réglé le problème il y a des années, lâche-t-il.

Il s'approche d'elle, cet homme si cérébral et d'habitude si distant, pour lui toucher le bras. Sa main retombe aussitôt le long de sa cuisse. « Pour l'amour de Dieu, serre-moi contre toi », voudrait-elle lui crier alors qu'elle baisse la tête, s'abandonnant aux larmes.

— Fais-lui un câlin, papa.

Jake la comprend mieux. Maladroit, comme s'il avait depuis longtemps désappris le geste, Olivier la prend dans ses bras.

ÉPILOGUE

14 juin 2011

Kathleen

Ses mouvements conservent rythme et efficacité. Les doigts de sa main droite ont beau être un peu noueux à cause de l'arthrose, ils savent toujours façonner une pâte.

Elle l'étale facilement sur le plan de travail, telle une plaquette de beurre à température ambiante. Elle évalue combien de biscuits elle pourra découper dans le rectangle, puis presse les formes. Dix adultes, puis, pour s'amuser, dix petits garçons et petites filles.

Armée d'une palette, elle détache les figurines et les place sur une plaque de cuisson beurrée avant d'ajouter les yeux et les boutons, en raisins de Corinthe. Ensuite, direction le four préchauffé pendant qu'elle nettoie le plan de travail et les ustensiles en prévision de l'arrivée de ses hôtes.

Une brise montée de l'Atlantique fait voleter le linge qu'elle a mis à sécher dans le jardin et vient lui caresser la joue, pénétrant par la fenêtre entrouverte. Elle sourit. Son visage, où sont gravées des rides profondes, redevient reconnaissable : plus ravissant mais toujours charismatique. Et elle a gardé ses pommettes hautes.

« La reine de la pâtisserie, dont beaucoup envient la silhouette. » La description qui autrefois la faisait sourire lui semble aujourd'hui absurde. Combien de temps cette femme-là a-t-elle existé ? Cette poupée fantoche s'est bien vite envolée – les talons hauts ne sont guère indiqués pour pousser un fauteuil roulant ou pour affronter les hivers humides de Cornouailles.

Mrs Eaden a donc disparu. Ses amis ici la connaissent sous le nom de Kitty, Kitty Pollington depuis la mort de George en 1993. Pour l'essentiel, Kathleen Eaden, cette figure culinaire montée en épingle, et veuve d'un millionnaire, n'existe plus depuis longtemps.

Autant voir le bon côté des choses : elle ne lui a jamais manqué. Kitty ouvre la fenêtre en grand, inspire l'air qu'embaument le thym et le chèvrefeuille, se délecte du chant des alouettes, haut dans le ciel. D'ici, elle voit la mer : une bande bleu marine qui se détache sur l'or sourd du sable, le rose pâle des arméries, le vert luxuriant des falaises. À soixante-quatorze ans, elle trouve réconfortant de penser que ce paysage lui survivra.

La marée est basse. Le sable sera bientôt assailli par les rubans d'écume des vagues, baptisé par des flaques d'eau salée, jonché de coquillages et d'algues. Quelqu'un joue avec un cerf-volant et, l'espace d'un instant, elle croit apercevoir une chaise roulante qui file derrière lui, ainsi qu'une fillette, cheveux bruns au vent, criant de plaisir.

Vieille insensée ! Elle se montre étrangement sentimentale, et ça n'a rien de surprenant. Aujourd'hui, Lily aurait eu quarante-six ans et, même si Kitty ne veut pas s'appesantir sur cette idée, elle ne peut s'empêcher de célébrer sa mémoire.

Les bonshommes en pain d'épices ont été faits en son honneur, tout comme l'immense génoise victorienne à la crème fouettée et aux fraises – les premières de la saison –, qui a toujours été son gâteau d'anniversaire préféré. Une image surgit dans la mémoire de Kitty, celle de son neuvième anniversaire, son tout dernier : Lily se mettant de la crème fouettée sur le nez alors qu'elle léchait une grosse fraise, les yeux rendus brillants par le plaisir de la transgression. « Lily… », a-t-elle commencé à la réprimander avant d'être réduite au silence par son rire en cascade.

Oh, elle doit arrêter. Ils ne tarderont pas à arriver et ils ne doivent pas la trouver bouleversée. Laura n'a jamais connu Lily, et Kitty a déployé d'énormes efforts pour cacher son chagrin. Pour veiller à ce que la sœur défunte ne vienne pas hanter la vivante, venue au monde si énergiquement, deux ans après la mort de son aînée.

Laura a été une surprise : un splendide cadeau, inattendu, conçu à la veille du quarantième anniversaire de Kitty, qui ne pouvait imaginer une autre grossesse et se remettait tout juste de son deuil. Elle a eu un nouveau cerclage, et peut-être cette fois-ci Caruthers a-t-il mieux serré son point. Ou peut-être Kitty n'avait-elle plus d'attentes. Laura est née à trente-neuf semaines. Seulement cinq de plus que sa sœur, mais ces cinq-là ont fait toute la différence.

Assez, maintenant. Elle jette un coup d'œil par la fenêtre et repère trois silhouettes qui cheminent le long de la falaise : deux petites devant, suivies d'une troisième, plus grande, chargée de sacs et marchant plus lentement. Laura est grande, quand Lily était petite ; blonde, quand celle-ci était brune ; bien bâtie, quand celle-ci était de faible constitution. Physiquement, elle tient tout de George, alors que Lily… Lily était le portrait craché de Kitty.

Le minuteur sonne. Elle ferait bien de sortir ces bébés en pain d'épices du four. Max et Kit seraient déçus s'ils étaient brûlés. Pile à cet instant, elle entend le portail du jardin claquer et quatre petits pieds remonter l'allée en courant. Les sandales claquent sur l'ardoise.

— Doucement, les garçons ! lance leur mère, plus par habitude que dans l'espoir d'être écoutée.

— Ils t'épuisent, lui crie Kitty, postée sur le seuil de la cuisine.

Ses petits-fils virevoltent autour de ses jambes.

— Comme toujours ! répond Laura en levant les yeux au ciel.

Elle laisse tomber ses sacs et, enlaçant sa mère, l'embrasse sur la joue.

— Bonjour, maman. Tu vas bien ? Bon sang, je suis exténuée !

Les garçons courent en rond autour des deux femmes à présent, réclamant leur attention tels deux chiots. Leurs cris s'interrompent quand ils repèrent la plaque de cuisson.

— Tu as préparé quoi ? demande Max, cinq ans, tandis qu'ils se précipitent vers le plan de travail en se bousculant. Oh ! des bonshommes en pain d'épices !

— J'en faisais pour votre maman quand elle était petite. Tu te souviens ?

— Comme si je pouvais oublier, répond Laura en lui serrant le bras avec affection. Oh, regardez ! Mamie a fabriqué des familles entières ! Des papas et des mamans en pain d'épices avec des tas de bébés, des filles et des garçons.

Kit, le petit de trois ans, tend la main pour en toucher un.

— Attention, mon ange, tu vas te brûler.

Kitty éloigne ses petits doigts de la plaque brûlante et souffle dessus, puis fait mine de les grignoter avant de les embrasser.

— Je veux voir…

— D'accord, mon amour.

Après avoir déposé les biscuits sur une grille, Kitty soulève le petit garçon maladroit. Il est tendre à croquer.

— Lequel voudrais-tu ?

Il réfléchit, les yeux écarquillés.

— Tu veux le plus grand ? lui chuchote-t-elle.

Il hoche la tête avec gravité.

— Tiens.

Elle lui tend un bonhomme en pain d'épices saupoudré de sucre : tiède, moelleux, savoureux. Il l'attrape et fixe les deux raisins secs qui lui servent d'yeux.

— Qu'y a-t-il, Kit ?

— On dirait qu'il sourit.

Puis, submergé par la timidité, il enfouit son visage brûlant dans le cou de sa grand-mère.

REMERCIEMENTS

Ce roman ne serait pas ce qu'il est sans mon agent, Lizzy Kremer, qui m'a guidée avec intelligence, sensibilité et juste ce qu'il faut de poigne.

J'adresse aussi un merci particulier à Kate Parkin, pour son travail de relecture pointilleux et la passion avec laquelle elle a soutenu ce projet, à l'équipe de Hodder, qui a fabriqué un livre époustouflant, ainsi qu'à Clare Bowron et Harriet Moore de David Higham Associates.

Ma sœur, Laura Tennant, la seule à avoir lu le manuscrit avant que je le soumette, m'a fourni des commentaires d'une pertinence qui la caractérise, sans oublier une immense dose d'encouragements. Ma mère, Bobby Hall, m'a apporté un amour et un soutien constants, tout comme mon père, Chris Hall, et mes beaux-parents, David Evans et Lynn Sime.

Mary Goodman m'a écoutée parler de ce texte pendant bien trop longtemps, m'a convaincue de le proposer après une poignée de chapitres et a frappé à ma porte lorsque j'ai traversé une brève période de doute. Merci aussi à Nikki Wilkinson pour la photo qui me ressemble, à Hazel Rayment pour l'aide informatique, à Colleen Marshman pour les conseils sur la course à pied, à Brenda Bishop pour les livres de recettes, à Sarah Sharrock pour m'avoir dit de me lancer, et à tous mes amis, qui n'ont jamais donné l'impression de douter de mes capacités.

Plusieurs spécialistes m'ont accordé leur temps avec une grande générosité : James Walker, professeur d'obstétrique à l'université de Leeds, Janet Treasure, professeur de psychiatrie à l'école de médecine Guys, Kings et St Thomas, Ruth Bender-Atik, Mckenzie Cerri, Nina Aufderheide, et l'inspecteur Mark Rogers, de la police du comté de Cambridge. Je remercie aussi Dan Lepard et son livre, *Short and Sweet*, dont je me suis inspirée pour l'épreuve des biscuits au chapitre 11.

Enfin et surtout, mes remerciements les plus sincères vont à Ella et à Jack, mes enfants, et à Phil, mon mari.

Ce livre vous est dédié à tous les trois, avec amour.

Du même auteur
aux éditions Préludes :

LA FERME DU BOUT DU MONDE, 2017.

UN HYMNE À LA CUISINE ET À L'AMITIÉ

L'ÉCOLE DES SAVEURS

ERICA BAUERMEISTER

N° 32177

Un jour, la petite Lillian se lance un défi fou : si elle parvient à guérir sa mère de son chagrin en cuisinant, elle consacrera sa vie à la gastronomie. La magie d'un chocolat chaud opère et, vingt ans plus tard, Lillian anime un atelier de chefs. L'École des saveurs réunit des élèves de tous les horizons, qui, au fil des saisons, vont partager leurs expériences culinaires, découvrir l'incroyable alchimie de la cuisine et des sentiments, le pouvoir miraculeux des épices, capables de révéler des ressources insoupçonnées, de guérir des peines anciennes, de retrouver des bonheurs enfouis, bref, de changer la vie ! Ce savoureux roman culinaire, ode généreuse à la gourmandise et aux sens, est resté plus de deux ans dans les listes de meilleures ventes aux États-Unis. À dévorer d'urgence !

PAPIER À BASE DE FIBRES CERTIFIÉES

Le Livre de Poche s'engage pour l'environnement en réduisant l'empreinte carbone de ses livres. Celle de cet exemplaire est de :
650 g éq. CO_2
Rendez-vous sur www.livredepoche-durable.fr

Composition réalisée par Belle Page

Achevé d'imprimer en février 2017 en Espagne par
BLACKPRINT
Dépôt légal 1re publication : Avril 2017
LIBRAIRIE GÉNÉRALE FRANÇAISE
21 rue du Montparnasse – 75298 Paris Cedex 06

35/5028/8